Katherine Center
Mit dir ein neuer Tag

Roman

Aus dem amerikanischen Englisch
von Ele Zigldrum

GOLDMANN

Die amerikanische Originalausgabe erschien 2020 unter dem Titel
»What You Wish For« bei St. Martin's Press,
an imprint of St. Martin's Publishing Group, New York.

Sollte diese Publikation Links auf Webseiten Dritter enthalten,
so übernehmen wir für deren Inhalte keine Haftung,
da wir uns diese nicht zu eigen machen, sondern lediglich auf
deren Stand zum Zeitpunkt der Erstveröffentlichung verweisen.

Penguin Random House Verlagsgruppe FSC® N001967

1. Auflage
Deutsche Erstveröffentlichung Februar 2022
Copyright © 2020 der Originalausgabe by Katherine Pannill Center
All rights reserved.
Copyright © der deutschsprachigen Ausgabe 2022
by Wilhelm Goldmann Verlag, München,
in der Penguin Random House Verlagsgruppe GmbH,
Neumarkter Str. 28, 81673 München
Dieses Werk wurde im Auftrag von St. Martin's Press durch die
Literarische Agentur Thomas Schlück GmbH, 30161 Hannover, vermittelt.
Umschlaggestaltung: UNO Werbeagentur, München
Umschlagmotiv: Kelly vanDellen/Alamy Stock Foto; FinePic®, München
Redaktion: Lisa Wolf
An · Herstellung: ik
Satz: KompetenzCenter, Mönchengladbach
Druck und Bindung: GGP Media GmbH, Pößneck
Printed in Germany
ISBN: 978-3-442-48880-3
www.goldmann-verlag.de

Besuchen Sie den Goldmann Verlag im Netz

Für meine Lektorin, Jen Enderlin.
Und für meine Agentin, Helen Breitwieser.
Ich kann gar nicht sagen, wie dankbar ich euch bin,
dass ihr an mich geglaubt habt.

1

Ich war diejenige, mit der Max tanzte, als es passierte.

Inzwischen erinnert sich niemand mehr daran, aber so war es.

Tatsächlich war ich an ziemlich vielen Dingen an jenem Abend beteiligt. Max und Babette waren ganz kurzfristig verreist, eine Kreuzfahrt um den Stiefel von Italien. Es sollte eine Art zweite Flitterwochen werden. Die Reise war ein Schnäppchen, und zufällig kamen sie genau zwei Tage vor Max' sechzigstem Geburtstag zurück, mitten in den Sommerferien.

Babette hatte zuerst Bedenken gehabt, die Reise zu buchen, aber ich hatte sie beruhigt. »Ich kümmere mich schon um das Fest und bereite alles vor.«

»Ist dir klar, wie viel Arbeit so etwas macht?«, meinte Babette. »Die ganze Schule wird kommen. Dreihundert Leute, vielleicht noch mehr. Das ist eine gewaltige Sache.«

»Ich denke, das schaffe ich.«

»Aber es sind Sommerferien«, wandte Babette ein. »Mir ist es wichtig, dass du sie genießen kannst.«

»Und mir ist es wichtig, dass ihr euch die zweite Hochzeitsreise nach Italien nicht entgehen lasst«, entgegnete ich und deutete mit dem Finger auf sie.

Mehr Überredungskunst war nicht nötig. Sie reisten ab.

Und ich freute mich darauf, das Fest zu organisieren. Max und Babette waren nicht meine wirklichen Eltern, aber sie kamen dem am nächsten. Meine Mutter war gestorben, als ich zehn Jahre alt war, und mein Vater – nun, sagen wir, wir hatten nicht gerade ein enges Verhältnis. Wobei ... also, wir hatten natürlich ein enges Verwandtschaftsverhältnis, er war schließlich mein Vater, aber wir hatten kein besonders inniges Verhältnis zueinander. Geschwister habe ich auch keine – nur ein paar verstreute Cousins und Cousinen, aber es gab keine Familie im näheren Umkreis. Himmel, wenn man es genau nimmt, muss ich hinzufügen: Ich hatte auch keinen Freund. Schon ewig nicht. Nicht einmal ein Haustier.

Natürlich hatte ich gute Freunde. Falls ich mich hier allzu traurig anhöre. In erster Linie war da Alice. Ein Meter achtzig groß, freundlich und rücksichtslos optimistisch. Alice war Mathematikerin und trug jeden Tag ein anderes T-Shirt mit einem mehr oder weniger witzigen Mathespruch.

Als wir uns das erste Mal begegneten, stand auf ihrem T-Shirt: TEAM NERD.

»Tolles Shirt«, sagte ich.

Und sie entgegnete: »Normalerweise trage ich nur welche mit Mathesprüchen.«

»Es gibt Mathesprüche?«, fragte ich.

»Abwarten«, sagte sie.

Um es kurz zu machen: Ja. Es gibt mehr Mathesprüche auf der Welt, als Sie sich vorstellen können. Und Alice hatte mit jedem davon ein T-Shirt. Die meisten davon verstand ich nicht.

Alice und ich hatten so gut wie keine gemeinsamen Interessen, aber das spielte keine Rolle. Sie war groß, sportlich und analytisch begabt, ich war von alldem das genaue Gegenteil. Ich war eine Frühaufsteherin und sie eine Nachteule. Sie kam jeden Tag mit Jeans und T-Shirt in die Schule, ich stellte mir jeden Morgen eine neue Kombination wild zusammengewürfelter Klamotten zusammen. Sie las ausschließlich Krimis, ich dagegen verschlang jedes Buch, das mir in die Hände fiel. An der Uni war sie sogar Mitglied der Beachvolleyball-Mannschaft, um Himmels willen!

Aber wir waren beste Freundinnen.

Ich hatte das Glück, die Schulbibliothek einer sehr besonderen, absolut legendären Grundschule auf Galveston Island in Texas zu leiten, der sogenannten Kempner School. Meine Arbeit, die Kinder und die anderen Lehrer bedeuteten mir alles. Aber nicht nur das, ich wohnte außerdem in der Einliegerwohnung über der Garage von Babette und Max. Wobei das Wort »Garage« die Sache nicht ganz trifft. Eigentlich müsste man »Remise« sagen, denn ursprünglich hat es sich mal um die Räumlichkeiten über den Ställen gehandelt. Damals, als es noch Pferdekutschen gab.

Das Leben mit Max und Babette war ein wenig so, als würde man mit einem Königspaar bei Hofe wohnen. Sie hatten die Kempner School gegründet und sie all die Jahre hindurch gemeinsam geführt, und sie waren ... sehr beliebt.

Ihr historisches Herrenhaus – Sie haben richtig gehört, Immobilien sind auf Galveston supergünstig – lag auch nur ein paar Straßen von der Schule entfernt, sodass ständig Lehrer auf einen kurzen Besuch vorbeischauten, sich zu uns auf die Veranda setzten oder Max in seiner Werkstatt halfen. Max und Babette waren Leute, die man einfach gerne um sich hatte.

Um es auf den Punkt zu bringen: Ich war glücklich, ihnen eine Freude machen zu können. Immerhin hatte ich ihnen so vieles zu verdanken.

Tatsächlich gelangte ich immer mehr zu der Überzeugung, dass dies die perfekte Gelegenheit war, sie mit der besten Party aller Zeiten zu überraschen. Ich erstellte eine Pinnwand auf Pinterest und suchte in Zeitschriften nach Deko-Ideen. In meiner Begeisterung ging ich sogar so weit, ihre Tochter Tina anzurufen und zu fragen, ob sie mir helfen wollte.

Ironischerweise war ihre Tochter Tina eine der wenigen Personen in der Stadt, die nicht oft bei Max und Babette vorbeikamen. Deswegen kannte ich sie auch nicht besonders gut.

Außerdem mochte sie mich nicht.

Ich nahm an, dass sie dachte, ich wollte bei ihren Eltern ihren Platz einnehmen.

Na gut. Ganz unrecht hatte sie damit nicht.

»Warum kümmern ausgerechnet Sie sich um die Geburtstagsparty für meinen Vater?«, fragte sie, als ich anrief – ihre Stimme klang angespannt.

»Na ja«, antwortete ich, »es hat sich einfach so ergeben.«

Es ist ein verstörendes Gefühl, wenn Leute einem ihre Abneigung so deutlich zeigen. Ich wusste nicht recht, wie ich mit Tina umgehen sollte. »Sie machen diese Reise …«

Ich wartete auf eine zustimmende Reaktion.

»Nach Italien …«

Nichts.

»Deswegen habe ich angeboten, die Party für sie zu organisieren.«

»Sie hätten sich an mich wenden sollen«, sagte sie.

Ihre Eltern hatten sich deswegen nicht an sie gewandt, weil sie gewusst hatten, dass Tina keine Zeit haben würde. Und zwar, weil ihr Ehemann ihre gesamte Aufmerksamkeit für sich beanspruchte.

»Sie wollten anrufen«, log ich. »Aber ich bin so kurzentschlossen eingesprungen und habe ihnen meine Hilfe angeboten … da konnten sie einfach nicht ablehnen.«

»Wie ungewöhnlich«, sagte sie.

»Aber genau deswegen rufe ich an. Ich dachte, wir könnten das Fest vielleicht zusammen vorbereiten.«

Ich konnte spüren, wie sie ihre Handlungsoptionen abwog. Es war ihr gutes Recht, sich um die Party zum sechzigsten Geburtstag ihres Vaters zu kümmern. Wenn sie zustimmte, musste sie allerdings wohl oder übel mit mir zusammenarbeiten.

»Diesmal nicht«, sagte sie.

Und damit war die Party allein meine Angelegenheit.

Schließlich erklärte sich Alice bereit, mir zu helfen, weil Alice am glücklichsten war, wenn sie jemandem helfen konnte. Babette hatte wohl an Luftschlangen und Kuchen gedacht, aber dabei konnte ich es nicht belassen. Ich wollte die ganz große Nummer. Es ging schließlich um Max! Schulleiter, Gründungsvater, lebende Legende – und ein absolut großherziger Mann. Sein Lebensmotto lautete: *Man muss die Feste feiern, wie sie fallen.* Und so ließ er nie die Gelegenheit für eine Party aus. Verdammt, es war wirklich an der Zeit, diesen Mann hochleben zu lassen.

Ich wollte etwas Großartiges auf die Beine stellen. Etwas Zauberhaftes. Unvergessliches.

Aber Babette hatte auf dem Küchentisch einen Briefumschlag mit der Aufschrift *Für die Party* hinterlassen, und als ich ihn öffnete, lagen darin gerade mal siebenundsechzig Dollar. Ein großer Teil davon in Ein-Dollar-Scheinen.

Babette war ziemlich sparsam.

Daraufhin schlug Alice vor, ob wir nicht die Jungs vom Hausmeisterdienst anrufen und fragen sollten, ob wir die Lichtanlage der Schule ausleihen könnten, die auf dem Dachboden des Schulgebäudes lagerte. Als ich ihnen erzählte, was wir vorhatten, antworteten sie: »Verdammt, aber klar!«, und boten an, alles für mich aufzubauen. »Wollt ihr auch die Weihnachtsdeko?«, fragten sie.

»Nur die Lichter, danke.«

Sehen Sie? Jeder liebte Max.

Je mehr Leute mitbekamen, was wir vorhatten, desto mehr wollten sich an den Vorbereitungen beteiligen. Offenbar war die Hälfte der Bewohner dieser Stadt bei Max auf die Schule gegangen oder sie hatten ihn als Baseballtrainer gehabt oder sich freiwillig zu seinen Strandsäuberungsaktionen gemeldet.

Ich bekam immer neue Facebook-Nachrichten und Angebote von Leuten, die ich gar nicht persönlich kannte: Der Blumenhändler an der Winnie Street wollte Blumenschmuck für die Tische spenden. Die Inhaberin des Stoffgeschäfts in der Sealy Avenue bot an, ein paar Ballen Tüllstoff zu liefern, um damit den Saal zu schmücken, und eine ortsansässige Oldies-Band wollte unentgeltlich bei der Party auftreten. Ich erhielt Angebote für ein kostenloses Partybuffet, Freigetränke und Luftballonspenden. Ein Straßenkünstler machte mir den Vorschlag, eine Feuerschlucker-Nummer aufzuführen, ein Eisbildhauer wollte ein Büste von Max aus Eis anfertigen, als Hingucker für den Buffet-Tisch, und ein bekannter Hochzeitsfotograf erklärte sich bereit, den Abend mit der Kamera festzuhalten – alles unentgeltlich.

Ich nahm alle Angebote an.

Und dann kam das Allerbeste: Jemand vom Gartenverein rief an und fragte, ob wir bei ihnen feiern wollten.

Ich will nicht behaupten, dass Max und Babette nicht mit der Schulkantine zufrieden gewesen wären – die beiden hatten eine Begabung, einfach überall glücklich zu sein –, aber der Gartenverein verfügt über einen der schönsten Bauten der Stadt, einen achteckigen viktorianischen Tanzpavillon aus dem Jahr 1880, blassgrün gestrichen mit weißen Verzierungen. Mittlerweile wird er vor allem für Hochzeiten und andere feierliche Anlässe genutzt – also alles andere als eine billige Alternative. Der Gartenverein wurde von einigen ehemaligen Schülern von Max geleitet, und sie wollten uns den Pavillon kostenlos zur Verfügung stellen.

»Kempner Abschlussjahrgang '94 ohne Furcht und Tadel!«, sagte der Mann am Telefon. »*Man muss die Feste feiern, wie sie fallen!*«

»Das klingt nach einem echten Max-Fan«, sagte ich.

»Richten Sie ihm liebe Grüße aus, ja?«, erwiderte der Mann vom Gartenverein.

Als Max und Babette heimkamen, waren sie vom Jetlag zu müde, um noch bei der Schule vorbeizuschauen. Deswegen hatten sie keine Ahnung, dass die Feier woanders stattfinden würde. An jenem Abend holte ich sie auf der Veranda vor ihrem Haus ab – Babette sah aus wie immer mit ihrer kleinen runden Brille und dem graumelierten Pixie-Cut, allerdings hatte sie ihren obligatorischen farbverkleckerten Overall gegen ein hübsches Sommerkleidchen mit mexikanischen Stickereien getauscht. Max wirkte unglaublich elegant in seinem Leinenanzug samt rosa Fliege.

Sie gingen Hand in Hand, und ich ertappte mich bei dem Gedanken: *Was für ein perfektes Paar sie sind!*

Anstatt zwei Straßen weiter in westliche Richtung zur Schule zu laufen, schlug ich den Weg nach Norden ein.

»Du weißt, dass wir in die falsche Richtung gehen, oder?«, flüsterte Max mir theatralisch zu.

»Bist du dir ganz sicher?«, gab ich unschuldig zurück.

»Ich weiß auf jeden Fall, wo meine verdammte Schule ist«, entgegnete er, aber in seinen Augen funkelte es.

»Ich glaube, ihr werdet es nicht bereuen, wenn ihr mit mir kommt.«

In diesem Moment kam der Gartenverein in Sicht.

Über dem eisernen Eingangstor schwebte eine Luftballonwolke. Alice – Amateur-Hornspielerin und Betreuerin der Jazzband der fünften Klassen – stand schon vorne im Garten, und im selben Moment, als sie uns sah, gab sie den Kindern den Einsatz, und sie hupten eine Bläserversion von »Happy Birthday«. Jetzt strömten noch mehr Kinder in den Garten, und Eltern standen mit Champagnerflöten in der Hand da und erhoben die Gläser, als der Jubilar eintraf.

Als Max und Babette begriffen, was vor sich ging, drehte sich Babette zu mir um. »Was hast du gemacht?«

»Wir haben das Budget nicht überzogen«, versicherte ich schnell. »Nicht viel, zumindest.«

Wir traten in den Garten, und gleich nach uns kam Tina an – grazil und schick wie immer, an der Hand ihr Sohn Clay, der nach dem Sommer in die dritte Klasse kommen würde. Babette und Max umarmten die beiden, und Max fragte: »Wo ist Kent Buckley?«

Tinas Ehemann wurde von allen stets bei seinem vollständigen Namen genannt. Er war nicht einfach nur »Kent«. Er war »Kent Buckley«. Als wäre das ein einziges Wort.

Tina drehte sich um und reckte den Hals, um nach ihrem Mann Ausschau zu halten, und ich bewunderte einen Moment lang ihren eleganten Haarknoten, zu dem sie ihr dunkles Haar gedreht hatte. Elegant, aber böse. So war Tina.

»Dort drüben«, sagte sie und deutete in eine Richtung. »Telefonkonferenz.«

Und tatsächlich, da war er, dreißig Meter entfernt mit einem Bluetooth-Kopfhörer im Ohr, offensichtlich mitten in einer Besprechung. Er gestikulierte mit den Armen und sah nicht sonderlich erfreut aus, während er den Gehsteig auf und ab tigerte.

Einen Augenblick lang blickten alle zu ihm hinüber, und mir kam der Gedanke, dass er sich wahrscheinlich enorm wichtig vorkam. Er wirkte wie ein Gockel, der dachte, dass er uns damit beeindrucken konnte, wenn er Leute am Telefon anbrüllte. Allerdings wirkte es dank des kleinen Kopfhörers am Ohr eher so, als würde er sich selbst anbrüllen.

An dieser Stelle muss ich kurz einen Satz über Kent und Tina Buckley einfügen. Kennen Sie diese Pärchen, bei denen sich alle fragen, was um alles in der Welt die Frau mit diesem Mann will?

Genau so ein Paar waren die beiden.

Die meisten Leute mochten Tina – oder übertrugen ihre Zuneigung zu ihren Eltern auf sie. Es kam oft vor, dass jemand laut darüber nachdachte, was eine so tolle Frau wie sie nur an einem solchen Widerling finden konnte. Dabei hätten die meisten wohl gar nicht näher benennen können, was sie an Kent störte. Er hatte einfach eine überspannte, schleimige, hochnäsige Ausstrahlung, die auf der Insel bei niemandem gut ankam.

Ich persönlich hatte Tina noch nie für eine tolle Frau gehalten. Selbst als sie sah, was ich alles so liebevoll für ihren Vater auf die Beine gestellt hatte, tat sie so, als wäre ich nicht da. Sie würdigte mich keines Blickes.

»Lass uns reingehen«, sagte sie zu ihrer Mutter. »Ich brauche was zu trinken.«

»Wie lange kannst du bleiben?«, fragte Babette sie im Flüsterton, als sie zusammen Richtung Pavillon liefen.

Tina schien das bereits als Kritik aufzufassen und erwiderte steif: »Ungefähr zwei Stunden. Er hat um zwanzig Uhr eine Videokonferenz.«

»Wir könnten Clay und dich später nach Hause fahren, wenn du länger hier sein möchtest«, meinte Max.

Tina sah aus, als würde sie dieses Angebot gerne annehmen. Aber dann warf sie einen Blick in Kent Buckleys Richtung und schüttelte den Kopf. »Wir müssen dann nach Hause.«

Es war ein Eiertanz, jeder wählte seine Worte mit Bedacht und achtete auf einen unbeschwerten Tonfall. Es gab jede Menge Tretminen in dieser Unterhaltung mit Tina.

Die größte davon war natürlich die Party selbst. Als wir den Pavillon betraten und Max und Babette die Lichtanlage, die Siebziger-Jahre-Band in ihren Schlaghosen, die festliche Dekoration und das riesige Buffet sahen, drehte sich Babette zu mir um und rief begeistert: »Sam, das ist fantastisch!«

Im Hintergrund sah ich, wie sich Tinas Miene verdüsterte.

»Das war ich nicht allein«, sagte ich. Und ohne weiter darüber nachzudenken, fügte ich hinzu: »Tina hat mir geholfen. Wir haben es zusammen auf die Beine gestellt.«

Dafür würde ich mich später bei Alice entschuldigen müssen. Es war eine Panikreaktion.

Babette und Max wandten sich an Tina, und sie lächelte ein steifes Barbie-Lächeln.

»Eigentlich hat die ganze Stadt mitgeholfen«, redete ich weiter und versuchte, den peinlichen Moment zu überspielen. »Als sich herumgesprochen hat, dass wir zu deinem sechzigsten Geburtstag eine Party planen, wollte jeder mithelfen. Wir wurden mit Hilfsangeboten überschwemmt, nicht wahr, Tina?«

Tinas Lächeln wurde noch steifer, als ihre Eltern sich wieder zu ihr umwandten. »Wir wurden überschwemmt«, bestätigte sie.

Daraufhin streckte Max seine langen Arme aus und zog uns beide in eine herzliche Umarmung. »Ihr beiden seid die besten Töchter, die man sich nur wünschen kann.«

Natürlich war das als Witz gemeint, aber Tina erstarrte und löste sich aus der Umarmung. »Sie ist nicht deine Tochter.«

Max lächelte unbeeindruckt. »Tja, das ist wohl wahr. Aber wir denken über eine Adoption nach.« Er zwinkerte mir zu.

»Sie braucht keine Adoptiveltern«, sagte Tina gereizt. »Sie ist eine erwachsene Frau.«

»Er macht nur Witze«, sagte ich.

»Erzählen Sie mir nicht, was er macht.«

Aber Max ließ sich seine gute Laune einfach nicht verderben. Er drehte sich bereits schwungvoll zu Babette um, legte ihr den Arm um die Taille und zog sie Richtung Tanzfläche. »Deine Mutter und ich müssen diesen Grünschnäbeln mal zeigen, wie man richtig feiert«, rief er im Weggehen über seine Schulter. Dann dreht er sich noch einmal um und deutete mit dem Zeigefinger auf Tina. »Du bist die

Nächste, junge Dame. Ich muss dich noch abpassen, bevor du ins Bett gehst.«

Tina und ich hielten gebührend Abstand voneinander, während wir ihre Eltern bei einer sehr kompetent wirkenden Tanzeinlage beobachteten. Ich entdeckte Alice auf der anderen Seite des Raumes und wünschte mir, sie würde neben mir stehen und mich emotional unterstützen. Aber sie nahm stattdessen Kurs auf das Buffet.

Sie fragen sich, ob Alice auch zu diesem feierlichen Anlass Jeans und T-Shirt trug?

Allerdings.

Vorne auf ihrem T-Shirt stand: TREFFEN SICH ZWEI GERADEN.

Und auf dem Rücken: SAGT DIE EINE: BEIM NÄCHS-TEN MAL GIBST DU EINEN AUS!

Ich wollte gerade zu ihr hinübergehen, als Tina bemerkte: »Sie hätten sie nicht anlügen müssen.«

Ich zuckte mit den Schultern. »Ich habe nur versucht, nett zu sein.«

»Das ist nicht notwendig.«

Ich zuckte wieder mit den Schultern. »Ich kann nicht anders.«

Ich muss zugeben, ich wollte unbedingt, dass Tina mich mochte. Und ich wäre wahnsinnig gerne ein Teil dieser Familie gewesen – ganz offiziell. Selbst wenn Tina nie mehr als eine biestige große Schwester für mich sein könnte, das hätte ich in Kauf genommen. Eine eigene Familie hatte ich schließlich nicht. Ich wollte so furchtbar gerne irgendwo dazugehören.

Natürlich war es nicht meine Absicht, ihr die Familie wegzunehmen. Aber ich hätte alles dafür gegeben, Teil dieser Familie zu sein.

Doch Tina wollte davon nichts wissen, was ich ein bisschen egoistisch fand, denn sie kam ja ohnehin nie vorbei. Kent Buckley und sie waren immer unterwegs, veranstalteten irgendwelche Wohltätigkeitsgalas und verkehrten in schicken, vornehmen Kreisen. Sie hätte ihr ganzes Glück also ruhig etwas mit mir teilen können.

Aber nein. Sie konnte mit ihren Eltern nichts anfangen, wollte aber auch nicht, dass jemand anders etwas von ihnen hatte. Sie nahm es mir übel, dass ich da war. Dass es mich überhaupt gab. Und sie hatte nicht vor, an ihrer Haltung etwas zu ändern. Was sollte ich also anderes tun, als weiterhin freundlich zu ihr zu sein, bis sie sich eines Tages geschlagen gab, ergeben die Arme ausbreitete und sagte: »Na gut. Ich gebe auf. Komm zu uns.«

Eines Tages wäre es so weit. Ganz sicher. Vielleicht.

Aber wahrscheinlich nicht heute Abend.

Nach einer langen Pause sagte ich etwas, wovon ich dachte, dass es ihr gefallen würde. »Sie müssen wissen, Ihre Eltern vergöttern Sie. Sie und Clay. Sie reden ununterbrochen von Ihnen beiden.«

Aber als sie sich mir zuwandte, lag auf ihrem Gesicht ein Ausdruck von Kränkung und Empörung.

»Haben Sie gerade versucht mir zu sagen, was meine Eltern für mich empfinden?«

»Ähm …«

»Sind Sie wirklich der Ansicht, dass Sie kompetent sind,

eine Einschätzung über meine Beziehung zu meinen eigenen Eltern abzugeben – zu den Leuten also, die mich auf diese Welt gebracht und dann dreißig Jahre damit verbracht haben, mich großzuziehen?«

»Ich ...«

»Wie lange kennen Sie sie schon?«

»Vier Jahre.«

»Sie sind also eine Bibliothekarin, die vor vier Jahren in die Garage meiner Eltern gezogen ist ...«

»Es ist die Remise ...«, murmelte ich.

»... und ich bin ihre biologische Tochter. Ich kannte meine Mutter schon, da war ich noch gar nicht geboren. Versuchen Sie etwa mit mir zu konkurrieren? Glauben Sie tatsächlich, dass Sie jemals auch nur den Hauch einer Chance hätten, mich auszustechen?«

»Ich versuche nicht ...«

»Denn ich sage Ihnen mal was: Sie haben in meiner Familie nichts zu suchen. Sie geht Sie nichts an, Sie gehören nicht dazu – und daran wird sich niemals etwas ändern.«

Uff. Sie wusste, wie man gezielt Schläge verteilte.

Es waren nicht die Worte allein – es war ihr Ton. Er war so scharf – er verletzte mich physisch, schnitt mir ins Herz. Mit einem Kloß im Hals wandte ich mich ab. In meinen Augen brannten Tränen.

Doch ich blinzelte sie fort und versuchte, mich auf die Tanzfläche zu konzentrieren. Ein älterer Herr mit Cowboy-Krawatte hatte Max auf die Schulter geklopft und damit gezeigt, dass er mit Babette tanzen wollte. Also richtete

Max seine Aufmerksamkeit wieder Tina zu und schwang ein imaginäres Lasso über seinem Kopf, ehe er es in ihre Richtung warf, um sie einzufangen. Als er so tat, als würde er an dem Seil ziehen, lächelte sie und ging ihm entgegen. Sie lächelte wirklich. Es war ein ehrliches Lächeln.

Und ich – die Bewohnerin der familieneigenen Garage – war vergessen.

Völlig zu Recht.

Das war in Ordnung. Ich tanzte ohnehin niemals in der Öffentlichkeit.

An jenem Abend tanzte Max vor allem mit Babette. Es war nicht zu übersehen, dass die beiden in den beinahe vier Jahrzehnten, die sie schon zusammen waren, viel getanzt hatten. Sie kannten die Bewegungen des jeweils anderen in- und auswendig. Wie verzaubert sah ich ihnen zu – und das ging sicher nicht nur mir so. Die beiden gaben einem den Glauben daran zurück, dass eine glückliche Beziehung möglich war.

Max fing an jenem Abend eine Menge Leute mit seinem imaginären Lasso ein – und schließlich war ich an der Reihe. Zuerst war ich überrascht – beinahe so, als hätte ich vergessen, dass ich tatsächlich anwesend war. Ich hatte ihnen so lange vom Rand der Tanzfläche aus zugesehen, dass ich mich schon in Sicherheit gewiegt hatte – dass ich einfach nur den Anblick der beiden und die Musik genießen könnte, ohne selbst mitmachen zu müssen.

Falsch gedacht.

Als Max mich auf die Tanzfläche zog, sagte ich: »Ich tanze nicht in der Öffentlichkeit.«

22

Max runzelte die Stirn. »Warum nicht?«

Ich schüttelte den Kopf. »Zu viele demütigende Situationen in meiner Kindheit.«

Und das stimmte sogar. Eigentlich liebte ich es zu tanzen. Und wahrscheinlich war ich auch eine ziemlich gute Tänzerin. Zumindest hatte ich ein gutes Rhythmusgefühl. In meinen eigenen vier Wänden tanzte ich ständig – beim Putzen, beim Wäschesortieren, Kochen und Geschirrspülen. Ich drehte die Musik auf, meistens Popmusik, und tanzte herum. Damit fiel mir die blöde Hausarbeit viel leichter. Tanzen machte Spaß, hob die Laune und war eine meiner absoluten Lieblingsbeschäftigungen.

Aber nur, wenn ich allein war.

Ich konnte nicht tanzen, wenn mir jemand dabei zusah. Schon ein einziger Zuschauer ließ mich vor Scham erstarren. Ich ertrug es einfach nicht, beobachtet zu werden – schon gar nicht von einer größeren Gruppe –, und deswegen versteinerte ich auf jeder Party, auf der getanzt wurde. Man hätte meinen können, dass ich in meinem ganzen Leben noch nie getanzt hätte.

Und Max wusste genug über mich, um die Gründe dafür zu verstehen. »In Ordnung«, sagte er und drängte mich nicht weiter – aber er ließ mich auch nicht laufen. »Du stehst einfach nur da, den Rest erledige ich.«

Und so stand ich einfach nur da und lachte, während die Band einen Bee-Gees-Titel coverte und Max um mich herumtanzte, ausgelassen, verrückt und albern – es war perfekt, denn alle sahen nur auf ihn, und alle, einschließlich mir, hatten Spaß.

Dann machte Max eine Pharaonen-Geste, die so unglaublich lustig aussah, dass ich mir die Hand vor die Augen hielt. Aber als ich wieder hinsah, stand Max plötzlich reglos vor mir und presste sich die Finger an die Stirn. Das hatte ich nun wirklich nicht erwartet.

»Hey«, sagte ich und trat zu ihm. »Ist alles in Ordnung?«

Max ließ die Hand sinken, und es sah aus, als wollte er den Kopf heben und antworten. Aber dann gaben seine Knie nach, und er stürzte zu Boden.

Die Musik brach ab. Alle starrten ungläubig auf Max. Ich kniete mich neben ihn, dann blickte ich auf und rief verzweifelt nach Babette.

Als ich wieder auf ihn hinuntersah, hatte Max die Augen geöffnet. Er blinzelte ein paar Mal, dann lächelte er. »Keine Sorge, Sam. Mir geht es gut.«

Babette erschien und kniete sich ebenfalls neben ihn.

»Max!«, sagte sie.

»Hey, Babs«, sagte er. »Hab ich dir schon gesagt, wie schön du bist?«

»Was ist passiert?«, fragte sie.

»Mir ist eben nur ein bisschen schwindlig geworden.«

»Kann jemand Max ein Glas Wasser bringen?«, rief ich, dann halfen Babette und ich ihm, sich aufzusetzen.

Babette stand der Schrecken ins Gesicht geschrieben. Max bemerkte das sofort. »Es geht mir gut, mein Schatz.«

Aber Max brach nicht einfach so zusammen. Er war stark wie ein Ochse. Ich überlegte, ob er schon jemals einen Tag krankgeschrieben gewesen war.

Max drückte Babette die Schulter. »Das war nur der lange Flug. Ich habe zu wenig getrunken.«

Gerade als er das sagte, kam endlich jemand mit einem Glas Eiswasser.

Max nahm einen großen Schluck. »Siehst du? Es geht schon viel besser.«

Die Farbe kehrte auf seine Wangen zurück.

Inzwischen standen alle um uns herum. Jemand reichte Max ein weiteres Glas Wasser, und als ich den Kopf hob, sah ich mindestens zehn Leute, die ihm ein Glas entgegenhielten. Er nahm noch eines und trank es aus. »Schon viel besser«, sagte er und lächelte uns an. Er sah wirklich viel besser aus. Dann hob er die Arme und winkte ein paar Männer zu sich heran. »Wer hilft mir auf die Füße?«

»Vielleicht solltest du auf den Krankenwagen warten, Max«, sagte einer der Männer.

»Sie sind ziemlich hart aufgeschlagen, Boss«, fügte ein anderer hinzu.

»Ach was, ich brauche keinen Krankenwagen.«

Die Feuerwache lag vielleicht vier Blocks entfernt – und gerade als Max den Satz ausgesprochen hatte, erschienen zwei Rettungssanitäter mit ihrer Ausrüstung.

»Zu heftig gefeiert, Max?«, fragte der eine mit einem breiten Grinsen, als er Max auf dem Boden sitzen sah.

»Kenny«, sagte Max und lächelte ihn an. »Würdest du diesen besorgten Leuten bitte erklären, dass es mir gut geht?«

In diesem Moment schob sich ein Mann durch die Menge. »Kann ich helfen? Ich bin Arzt.«

In ausnehmend freundlichem Ton sagte Max: »Du bist Psychiater, Phil.«

Kenny schüttelte den Kopf. »Wenn er über seine Gefühle reden will, rufen wir dich an.«

Dann traten Babette und ich zurück, und die Rettungssanitäter knieten sich neben Max, um ihn zu untersuchen. Er protestierte die ganze Zeit. »Ich war nur dehydriert, das ist alles. Ich fühle mich vollkommen wohl jetzt.«

Der andere Sanitäter prüfte Max' Puls, sah Kenny an und sagte: »Sein Herz rast, und der Blutdruck ist auch viel zu hoch.«

Aber Max gab ihm nur einen freundschaftlichen Klaps. »Natürlich ist er das, Josh. Ich habe den ganzen Abend getanzt.«

Wie sich herausstellte, waren beide Rettungssanitäter bei Max auf der Schule gewesen, und obwohl sie äußerst gründlich vorgingen, schien Max ansonsten nichts zu fehlen. Sie wollten ihn sofort zum EKG mitnehmen, aber es gelang Max, ihnen das auszureden. »So eine ausgelassene Party zu meinem sechzigsten Geburtstag wird nur einmal gefeiert«, erklärte er ihnen. »Und ich möchte wirklich nur ungern was verpassen.«

Nachdem die beiden Sanitäter ihm auf die Beine geholfen hatten, gelang es Max irgendwie, ihnen ein paar Kleinigkeiten vom Buffet aufzuschwatzen, sodass sie schließlich einwilligten, ihm ein paar Minuten zu geben, um etwas Wasser zu trinken. Danach wollten sie die Situation noch einmal neu bewerten.

Sie nahmen sich ein paar Cookies, ließen Max aber nicht

aus den Augen. Auch Babette und ich beobachteten ihn genau.

Aber er schien wieder völlig er selbst zu sein. Lachte. Machte Witze. Schließlich fing die Band wieder an zu spielen und gab einen von Max' Lieblingssongs zum Besten: »Dancing Queen« von ABBA.

Als Max das hörte, hielt er sofort Ausschau nach Babette. Sie stand wenige Meter entfernt, und er sah sie an, deutete zuerst auf sie, dann auf sich selbst und schließlich auf die Tanzfläche.

»Nein«, rief Babette ihm zu. »Du musst dich ausruhen und was trinken.«

»Frau!«, knurrte Max. »Sie spielen wahrhaftig unser Lied!«

Babette kam herüber, um ihn auszuschimpfen – und vielleicht auch, um ein bisschen mit ihm zu flirten. »Benimm dich«, sagte sie zu ihm.

»Mir geht's gut«, erwiderte er.

»Du sollst …« Aber noch ehe sie ihre Mahnung beenden konnte, zog er sie in seine Arme und legte ihr die Hand auf den schmalen Rücken. Ich sah, wie ihr Widerstand dahinschmolz. Ich konnte es fühlen.

Ich gab ebenfalls auf. Immerhin waren wir hier nicht auf einem Punk-Konzert. Sie wiegten sich nur zur Musik, um Himmels willen! Inzwischen hatte er mindestens sechs Gläser Wasser getrunken. Er sah gesund aus. Sollte der Mann doch dieses Geburtstagstänzchen mit seiner Frau genießen. Sie tanzten schließlich keinen Pogo.

Max führte Babette in eine Drehung, aber nur ganz sanft.

Dann ließ er sie sich rückwärts neigen, aber nur vorsichtig.

Es ging ihm gut. Es ging ihm bestens. Alles war bestens.

Aber dann fing er an zu husten.

Schlimm zu husten.

Er hustete so stark, dass er Babette losließ, einen Schritt zurücktrat und sich vornüberbeugte.

Als Nächstes suchte er Babettes Blick, und wir sahen, dass er Blut hustete – helles rotes Blut, und eine Menge davon –, es lief über seine Hand und über sein Kinn, tränkte seine rosa Fliege und sein Hemd.

Er hustete noch einmal und stürzte zu Boden.

Die Rettungssanitäter waren im selben Augenblick bei ihm, rissen sein Hemd auf, schnitten die Fliege durch, intubierten ihn und pressten mit einer Tüte Luft hinein, machten Herzdruckmassagen. Ich weiß nicht mehr, was währenddessen sonst noch alles im Raum vor sich ging. Später erfuhr ich, dass Alice alle Kinder zusammengescheucht und in den Garten hinausgebracht hatte. Ich erfuhr, dass die Schulkrankenschwester auf die Knie gefallen war und angefangen hatte zu beten. Mrs Kline, seit dreißig Jahren Max' Sekretärin, hatte hilflos versucht, ein paar Blutspritzer mit Servietten aufzuwischen.

Ich stand nur da und starrte auf die Szene.

Babette war neben mir, und irgendwann fanden sich unsere Hände, und wir verschränkten die Finger, drückten so fest zu, dass ich danach noch eine Woche lang einen Bluterguss hatte.

Eine Million Jahre schienen zu vergehen, während die

Sanitäter sich um Max bemühten – aber vielleicht waren es auch nur fünf Minuten. Sie arbeiteten konzentriert, beugten sich über ihn, vollführten beharrlich immer wieder dieselben kräftigen Bewegungen über seiner Brust. Als sie ihn nicht wiederbeleben konnten, hörte ich, wie einer von den beiden sagte: »Wir müssen ihn transportieren. Das funktioniert so nicht.«

Ins Krankenhaus transportieren, nahm ich an.

Sie unterbrachen ihre Bemühungen, um nach einem Herzschlag zu fühlen, aber als sie sich dabei ein wenig von ihm zurückzogen, blieb mir die Luft im Halse stecken, und Babette gab einen erstickten Schrei von sich.

Max lag auf dem Boden, sein Gesicht war blau angelaufen.

»O Scheiße«, sagte Kenny. »Er hat einen LE.«

Ich warf Babette einen Blick zu. Was bedeutete LE?

»O Gott«, sagte Josh. »Schau dir diese Linie an.«

Tatsächlich verlief eine gerade Linie über Max' Brustkorb, wo sich seine Hautfarbe von einem gesunden Rosa in Blau verwandelt hatte.

»Holt die Trage!«, bellte Kenny, aber ich hörte, wie ihm die Stimme brach.

In diesem Moment bemerkte ich die Tränen auf seinen Wangen.

Ich sah zu Josh hinüber. Auch ihm liefen Tränen übers Gesicht.

Und da wusste ich genau, wie es um Max stand. Ich wusste, was sie wussten. Sie würden ihre Tränen mit den Ärmeln abwischen und mit der Herzrhythmusmassage weitermachen, sie würden sich weiter um ihn bemühen und ihn ins Krankenhaus bringen, aber es wäre alles umsonst. Auch wenn es Max war, der hier lag – unser Schulleiter, unser Held, unsere lebende Legende.

Alle Liebe dieser Welt würde ihn nicht bei uns halten können.

Und so furchtbar falsch das auch alles war, letztlich würden wir uns mit der Wahrheit abfinden müssen: Wir würden ihn nie mehr zurückbekommen.

Wie ich später herausfand, stand die Abkürzung LE für Lungenembolie. Irgendwann auf dem Heimflug von Italien hatte sich bei ihm offenbar ein Blutspfropfen gebildet – der dann weiter in die Lunge gewandert war und dort eine Arterie verstopft hatte. Schwere Venenthrombose.

»Ist er während des Flugs nicht rumgelaufen?«, fragte ich Babette. »Weiß nicht jeder, dass man das tun muss?«

»Ich dachte, er hätte es gemacht«, sagte Babette wie betäubt. »Aber jetzt bin ich mir nicht mehr sicher.«

Natürlich spielte es jetzt keine Rolle mehr, was er getan oder nicht getan hatte. Es war nicht wiedergutzumachen. Es würde keine zweite Chance geben.

Was passiert war, war passiert.

Aber was war eigentlich passiert?

War es ein Unfall gewesen? Oder Zufall? Eine unglückliche Verkettung von Umständen? Ich ertappte mich dabei, wie ich mitten in der Nacht die Worte »schwere Venenthrombose« googelte und im bläulichen Licht meines Laptops einen Artikel nach dem anderen las, um irgendwie zu verstehen, was passiert war. Auf den Websites wurden Risikofaktoren aufgelistet. Da gab es verschiedene, von kürzlich vorgenommenen chirurgischen Eingriffen über die Antibabypille bis hin zu Tabakkonsum, Krebserkrankungen, Herzinsuffizienz – aber nichts davon traf auf Max zu. Und ganz unten auf jeder dieser Websites stand der merkwürdigste Risikofaktor: *Langes Sitzen, beispielsweise beim Autofahren oder während eines Flugs.* Das war es. Das war Max' Risikofaktor. Er hatte zu lange still gesessen. Er hatte nicht daran gedacht, dass er während des Fluges aufstehen und herumgehen musste – und dieser vollkommen harmlose Umstand hatte ihn umgebracht.

Ich konnte es einfach nicht fassen.

Ein ganzes Leben, ein Mensch, der herangewachsen war, erst zu krabbeln und laufen gelernt hatte, später zu rennen. Jahrelang hatte man ihm Tischmanieren beigebracht, das kleine und das große Einmaleins, wie man sich rasiert, wie man sich eine Fliege umbindet. Er hatte sich beim Lernen angestrengt, war aufs College und dann auf die Uni gegangen. Er hatte Babette geheiratet und eine Tochter großgezogen – und einen Sohn, der zu den Marines gegangen und dann in Afghanistan gefallen war. Und das alles sollte nun so enden?

Weil er zu lange in einem Flugzeug gesessen hatte?

Es war nicht richtig. Es war nicht gerecht. Es war nicht hinnehmbar.

Aber es spielte keine Rolle, ob ich es hinnahm oder nicht.

Man hört oft davon, dass jemand unter Schock steht, aber wie es sich tatsächlich anfühlt, weiß man erst, wenn man selbst betroffen ist. Noch Tage später spürte ich die Beklemmung, als wäre meine Lunge geschrumpft und nicht mehr dazu in der Lage, genug Sauerstoff zu transportieren. Ich kam schon ins Schnaufen, wenn ich mir eine Kanne Kaffee zubereitete. Ich fuhr aus tiefem Schlaf hoch und schnappte nach Luft, als würde ich ersticken. Ich hatte Todesangst, obwohl die tragischen Ereignisse jemand anderen betroffen hatten.

Auch Babette hatte körperlich mit dem Verlust zu kämpfen.

Nachdem wir aus dem Krankenhaus gekommen waren, hatte sie sich aufs Sofa gelegt und zwölf Stunden geschlafen. Im Wachzustand litt sie seitdem unter Migräne und Schwindelgefühlen. Aber sie war so gut wie nie wach. Wir zogen die Vorhänge im Wohnzimmer zu. Ich brachte ihr Bettzeug und eine Flasche Wasser und Taschentücher. Ich holte ihr Kopfkissen aus dem oberen Stockwerk und einen weichen Schlafanzug und ihren Bademantel. Wochenlang schlief sie dort auf dem Sofa. Wenn sie etwas aus dem Schlafzimmer brauchte, schickte sie mich danach. Sie duschte im ehemaligen Badezimmer ihrer Kinder am anderen Ende des Flurs.

Max war ihre erste große Liebe auf der Highschool gewesen. Können Sie sich das vorstellen? Sie waren seit der neunten Klasse miteinander gegangen, seit ihr Mathematiklehrer Babette gebeten hatte, Max nach Schulschluss Nachhilfestunden zu geben. Seitdem war er immer an ihrer Seite gewesen. Seit sie vierzehn Jahre alt war, hatte sie nicht ohne ihn auskommen müssen. Inzwischen war sie fast sechzig.

Sie waren zusammen aufgewachsen, beinahe wie zwei Bäume, die nebeneinanderstanden und deren Stämme und Äste ineinander verschlungen waren.

Dann war er plötzlich nicht mehr da, und ihre Äste griffen ins Leere.

Wir brauchten Zeit, um uns damit abzufinden. Wir alle. Aber uns blieb keine Zeit.

Der Sommer neigte sich dem Ende zu, bald fing die Schule wieder an, und das Leben musste irgendwie weitergehen.

Drei Tage nach seinem Tod fand eine Trauerfeier für Max am Strand statt, im Sand, früh am Morgen – ehe die texanische Sommerhitze einsetzte. Die Jungs vom Hausmeisterservice bauten eine Behelfsbühne vor den Wellen auf, und wie in einer bizarren Neuauflage der Geburtstagsfeier, die mir das Herz brach, erwiesen noch einmal alle Max die Ehre: Der Blumenhändler aus der Winnie Street stellte Trauerkränze und Immergrün zur Verfügung. Der Fotograf fertigte für Babette ein großes Foto von Max an, das während der Zeremonie aufgestellt wurde. Eine Harfenistin, die in Sozialkunde bei ihm durchgefallen war und ihn trotzdem heiß und innig geliebt hatte, bot an, die Feier musikalisch zu gestalten.

Diesmal fehlten die Luftballons, der Feuerschlucker und die Jazzband der Fünftklässler. Aber die Reihen waren brechend voll. Die Leute hatten Badehandtücher dabei, um sich darauf zu setzen. Daran erinnere ich mich – und nirgendwo war auch nur ein Streifen Sand mehr frei.

Es ist merkwürdig, dass Begräbnisse einfach so stattfinden.

Die Party hatte im Vorfeld so viel Planung und Arbeit gefordert, aber das Begräbnis – fand einfach statt.

Ich ging hin. Ich las ein Gedicht vor, das Babette mir gegeben hatte – eines von Max' Lieblingsgedichten –, aber ich kann mich nicht erinnern, welches es war. Es liegt jetzt zerknüllt neben dem Heft für den Ablauf der Trauerfeier in meiner Schrankschublade, weil ich es nicht übers Herz gebracht habe, etwas davon wegzuschmeißen.

Ich weiß noch, dass das Wasser in der Bucht – normalerweise an unserem Strand bräunlich vom vielen Schlamm aus der Mississippi-Mündung – an jenem Tag ungewöhnlich blau war. Ich erinnere mich an ein paar Delfine, die in der Nähe vom Strand vorbeischwammen. Ich weiß noch, dass ich mich zu Alice aufs Badehandtuch setzte, nachdem ich vergeblich den Versuch gestartet hatte, Tina zu umarmen.

»Sie mag dich wirklich überhaupt nicht«, stellte Alice beinahe beeindruckt fest.

»Man könnte meinen, die Trauer würde uns alle zu Freunden machen«, sagte ich und wischte mir wieder mit meinem durchnässten Taschentuch über die Wangen.

Nach der Trauerfeier sahen wir Tina mit Clay im Schlepptau davongehen. Der Kleine trug Anzug und Krawatte. Kent Buckley war nirgends zu sehen.

Anschließend fand auf dem Schulgelände ein Trauerempfang statt. Als wir auf dem Schulhof eintrafen, verschwand Alice sofort und half dem Cateringteam mit dem Buffet. Ich glaube zwar nicht, dass die ihre Hilfe benötigt hätten, aber Alice war schon unter normalen Umständen froh, wenn sie sich nützlich machen konnte, deswegen ließ ich sie einfach in Ruhe.

Ich verfolgte an jenem Tag genau die gegenteilige Strategie. Ich fühlte mich außerstande, mich auf irgendetwas zu konzentrieren. Stattdessen starrte ich nur Babette an, tief beeindruckt von der Würde, mit der sie die Beileidsbekundungen jedes einzelnen Gastes entgegennahm. Sie nickte und sie lächelte und sie stimmte jedem freundlichen Wort, das über Max gesagt wurde, zu.

Er war ein wundervoller Mensch gewesen.

Wir würden ihn alle vermissen.

Selbstverständlich würden wir sein Andenken in tiefer Dankbarkeit bewahren.

Aber wie um alles in der Welt brachte Babette das fertig? Aufrecht zu stehen? Zu lächeln? Wie konnte sie einer Zukunft ohne Max ins Auge blicken?

Tina hatte ihre eigene Kondolenz-Schlange, ebenso lang wie die von Babette. Eigentlich sollte Kent Buckley sich um Clay kümmern … aber Kent Buckley – und ich schwöre, dass das die Wahrheit ist – trug sein Headset. Und jedes Mal, wenn ein Anruf kam, nahm er ihn entgegen.

Der kleine Clay sah zu, wie sein Vater in einem Kreuzgang verschwand, dann stand er verloren da und blinzelte in die Menge.

Ich wusste, was ich zu tun hatte.

Natürlich stand bei mir niemand an, um mir sein Beileid auszusprechen. Ich war niemand Besonderes. Um mich herum spendeten sich die Leute alle gegenseitig Trost. Das entband mich von der Verpflichtung, das auch zu tun. Und als ich meinen Blick über die Trauergemeinde schweifen ließ, hatte ich einen »Was hätte Max in dieser Situation getan?«-Moment.

Was also hätte er getan?

Er hätte versucht, Clay aufzumuntern.

Ich ging zu ihm hinüber. »Hallo, Clay.«

Clay sah auf. »Hi, Mrs Casey.« Jeder hier sagte Mrs zu mir. Er kannte mich aus der Schulbibliothek. Dort war er ständig, er las viel.

»Schwerer Tag für dich, nicht wahr?«, fragte ich. Clay nickte.

Ich sah hinüber zum Kreuzgang, wo Kent Buckley in halbwegs verhaltenem Ton seine Angestellten am Telefon beschimpfte. »Wollen wir ein Stück spazieren gehen?«, fragte ich Clay.

Er nickte und schob seine weiche, kleine Hand in meine.

Ich ging mit ihm in die Schulbibliothek. Wohin auch sonst? Meine wunderschöne, zauberhafte, geliebte Schulbibliothek ... wo unzählige Geschichten warteten. Hier gab es Trost und Ablenkung, hier konnte man sich verlieren – im besten Sinne.

»Zeig mir doch mal dein absolutes Lieblingsbuch«, forderte ich Clay auf.

Er dachte einen kurzen Moment nach, dann führte er mich zu einer Reihe von niedrigen Regalen unter einem Fenster. Von hier hatte man eine Aussicht über das Stadtzentrum, über den Hafendamm und hinaus auf die Bucht. Ich konnte das Stück vom Strand sehen, wo gerade die Trauerfeier stattgefunden hatte.

Das hier war die naturwissenschaftliche Sachbuchabteilung. Reihenweise Bücher über Tiere, Meeresbewohner und Pflanzen. Clay kniete sich vor den Büchern zum Thema Meeresbiologie hin, zog ein Buch heraus und legte es vor mich auf den Boden. »Das hier ist es«, sagte er. »Mein Lieblingsbuch.«

Ich hockte mich neben ihn und lehnte mich gegen das Bücherregal. »Cool«, sagte ich. »Du interessierst dich also für das Leben im Meer?«

Clay nickte. »Mein Dad nimmt mich mit zum Tauchen, wenn ich größer bin.«

Das erschien mir spontan vollkommen ausgeschlossen. Vielleicht war ich einfach schon zu vielen Typen wie Kent Buckley begegnet. Aber ich ließ mir nichts anmerken. »Das ist toll!«

»Waren Sie jemals beim Tauchen?«

Ich schüttelte den Kopf. »Ich habe nur darüber gelesen.«

Clay nickte und meinte: »Na ja, das ist beinahe dasselbe.«

Mein Bibliothekarinnenherz schmolz dahin. »Das finde ich auch.«

Eine ganze Weile blätterten wir in dem Buch, und Clay erklärte mir, was er darin gelesen hatte. Das meiste kannte er auswendig. Ein Foto genügte, und er redete drauflos. Er erklärte mir, dass die längste Gebirgskette der Welt unter Wasser liegt, dass Korallen ihren eigenen Sonnenschutz hervorbringen, dass der Atlantik größer ist als der Mond und dass sein Lieblingstier im Golf von Mexiko der Vampirtintenfisch war.

37

Ich erschauerte. »Gibt es den wirklich?«

»Natürlich. Seine untere Körperhälfte sieht aus wie Fledermausflügel – und er kann sich selbst von innen nach außen stülpen und sich in den Flügeln verstecken.« Dann fügte er hinzu: »Aber es ist kein richtiger Tintenfisch. Eigentlich ist es ein Kopffüßer. Tintenfisch ist ein irreführender Terminus.«

»Entschuldige«, sagte ich, »hast du gerade Terminus gesagt?«

Er blinzelte und sah mich an. »Das bedeutet so viel wie Bezeichnung. Aus dem Lateinischen.«

Ich blinzelte auch.

»Clay«, fragte ich, »du liest ziemlich viel, oder?«

»Ja, stimmt«, antwortete er und wandte seine Aufmerksamkeit wieder dem Buch zu.

»Ich glaube nicht, dass ich schon einmal einen Drittklässler getroffen habe, der weiß, was ein Terminus ist, geschweige denn den lateinischen Ursprung dieses Wortes kennt.«

Clay zuckte mit den Schultern. »Ich mag eben Worte.«

»Sieht so aus.«

»Außerdem hört mich mein Dad mit Karteikarten ab.«

»Ach, tatsächlich?«

»Ja. Mein Dad liebt Karteikarten.«

Ehrlich gesagt hatte ich mich nie sonderlich darum bemüht, Clay näher kennenzulernen. Er war andauernd in der Schulbibliothek – beinahe jede freie Minute –, aber er kannte sich aus und brauchte meine Hilfe nicht und ... nun ja – er las eben. Ich wollte ihn dabei nicht stören.

Außerdem hatte ich tatsächlich Angst vor seiner Mutter.

Es kam vor, dass selbst Kinder mit Förderbedarf an einer Schule nicht ausreichend Unterstützung fanden – geschweige denn ein Kind, das gar keine zusätzliche Förderung brauchte. Ein solches Kind ließ man einfach sein Ding machen.

Zumindest bis jetzt. In diesem Jahr würde Clay besondere Zuwendung brauchen, und hier in der Schulbibliothek würde er die jederzeit bekommen.

Ich weiß nicht, wie lange wir in der Bibliothek waren – vielleicht eine Stunde –, als Alice atemlos hereingestürzt kam. Sie wirkte besorgt. An diesem Tag hatte sie ausnahmsweise einen schwarzen Rock und eine schwarze Bluse an – eine der wenigen Gelegenheiten, bei denen sie keine Jeans trug – und sah ganz fremd aus.

»O mein Gott«, rief sie aus, als sie uns entdeckte, beugte sich einen Moment vornüber, um Luft zu holen, packte dann Clay an der Schultern und bugsierte ihn hinaus. »Sie suchen ihn überall! Tina Buckley tickt vollkommen aus!«

Ups. Da hatten wir wohl die Zeit vergessen.

»Ich habe ihn gefunden!«, rief Alice, als wir auf den Schulhof kamen. Sie schüttelte ihn an der Schulter, wie um ihre Aussage zu untermauern. »Ich hab ihn! Hier ist er!«

Tina brach durch die Menge und zog Clay in ihre Arme.

»Es tut mir leid«, sagte ich, als ich Babettes Blick auffing. »Wir waren in der Schulbibliothek.«

Babette wischte meine Bedenken fort, aber dafür baute sich Tina vor mir auf und starrte mich wütend an. »Im Ernst?«, fragte sie in feindseligem Ton.

Ich hob die Schultern. »Wir haben eben noch Clays Lieblingsbuch durchgeblättert.«

»Und das hätten Sie nicht – ich weiß nicht – irgendwem mitteilen können?«

»Alle schienen sehr beschäftigt.«

»Clays Vater hat auf ihn aufgepasst.«

Ähm. Sorry, Lady. Sein Vater hat eben nicht auf ihn aufgepasst. Sein Vater hat geschäftliche Anrufe entgegengenommen. Auf einer Beerdigung.

»Tut mir leid«, sagte ich noch einmal.

»Das sollte es auch.«

»Ich wollte nur … helfen.«

»Nun, das können Sie nicht. Aber Sie können etwas anderes tun. Lassen Sie meine Familie in Ruhe!«

In Ruhe lassen? Was sollte das denn heißen? Ich wohnte bei Babette. Clay kam in die dritte Klasse an der Schule, wo ich Bibliothekarin war. Er würde mir dort oft begegnen. »Wie soll das denn funktionieren, Tina? Ich wohne bei Ihrer Mutter zur Untermiete.«

»Vielleicht sollten Sie sich nach einer anderen Wohnung umsehen.«

Was auch immer zwischen Tina und mir nicht stimmte – jetzt war sie zu weit gegangen.

»Nein«, entgegnete ich.

Sie runzelte die Stirn. »Nein?«

»Nein. Das ist lächerlich. Das werde ich nicht tun. Ich liebe meine Remise …«

»Garage«, verbesserte sie.

»Und ich werde nicht wegziehen. Warum wollen Sie,

40

dass ich umziehe? Wäre es Ihnen lieber, wenn Ihre Mutter ganz allein auf dem riesigen Anwesen lebt, als mich in ihrer Nähe zu wissen?«

Wir sahen beide zu Babette hinüber, die wieder in ihrer Kondolenzschlange stand und Clay die Arme um die Schultern gelegt hatte. Er sah uns mit großen Augen an.

»Sie wäre dort nicht ganz allein«, stellte Tina fest.

»Wer wäre denn bei ihr?«, fragte ich. »Sie etwa?«

Auf der anderen Seite des Schulhofes sahen wir Kent Buckley weitertelefonieren. Ich bemerkte, wie Tinas Blick schnell von Babette zu ihm huschte. Ich sah, dass sie registrierte, was er da trieb. Ihre Nasenflügel bebten – nur eine winzige Spur, aber ausreichend, um ihre Selbstbeherrschung für einen Moment zu erschüttern. Mir war klar, dass sie furchtbar wütend war, es aber nicht offen zeigte. Ihr Ehemann telefonierte tatsächlich während der Trauerfeier für ihren Vater mit dem Handy. Das war nicht nur unpassend, das war schon fast krankhaft.

Wären wir uns unter anderen Umständen begegnet, hätte mir Tina Buckley vielleicht leidgetan.

Aber nicht heute.

Sie hatte schließlich freiwillig diesen Idioten geheiratet. Das mochte ein Fehltritt gewesen sein, aber sie blieb aus freien Stücken bei ihm. Ja, ich hätte wohl mehr Mitgefühl an den Tag legen sollen. Aber was soll ich sagen? Ich trauerte ebenfalls – und sie machte schon den ganzen Tag über alles nur noch schlimmer.

Als sie wieder zu mir sah, deutete ich mit dem Kinn zu Kent Buckley hinüber, dann sagte ich: »Meinen Sie wirk-

41

lich, dass er es zulassen wird, dass Sie sich um Ihre Mutter kümmern? Er hat Sie ja noch nicht einmal aus dem Haus gelassen, als Max noch lebte.«

Zu viel.

Zu früh.

Tina erstarrte. Ich sah, wie ihr wütender Blick geradezu eisig wurde. Und wenn ich bisher schon gedacht hatte, dass ihr Tonfall mir gegenüber böse war, dann wurde mir jetzt klar, dass ich keine Ahnung gehabt hatte. Meine Bemerkung bot ihr ein Ventil, um all dem unterdrückten Ärger auf ihren Mann Luft zu machen.

»Verschwinden Sie«, zischte sie wie eine Schlange. »Verschwinden Sie von hier.«

Ich wusste nicht recht, wie ich darauf reagieren sollte.

Sie trat näher an mich heran, und ihre Stimme war nur noch ein Fauchen. »Verschwinden Sie – oder ich verliere verdammt noch mal augenblicklich die Beherrschung.«

Tinas Blick war nun nicht mehr eisig, ihre Augen sprühten giftige Funken. Ein Anflug von Wahnsinn lag in ihrem Blick. Falls irgendjemand denkt, dass ich ihre Drohung nicht ernst nahm oder davon ausging, sie würde bluffen: Ich glaubte ihr jedes Wort.

Mein Blick ging hinüber zu Babette – der liebenswerten, klugen Babette, die all ihre Kräfte aufbot, um die Fassung zu bewahren. Ich wusste, dass sie in den letzten zehn Jahren ihre Eltern, ihren Sohn und nun auch noch ihren Ehemann verloren hatte. Wollte ich etwa riskieren, dass Tina Buckley alles noch schlimmer machte? Dass von Max Kempners Beerdigung, dem Abschluss seines langen, außergewöhnlichen

Lebens, nur in Erinnerung blieb, dass seine Tochter wie eine Wahnsinnige auf dem Schulhof herumgeschrien hatte?

Nein. Auf gar keinen Fall.

Also ging ich.

Dies ist also die Geschichte, wie ich von der Beerdigung meines geliebten Vermieters, dem besten Chef der Welt und der Person, die mir in all den Jahren den Vater ersetzt hatte, verwiesen wurde.

2

Gut eine Woche nach der Trauerfeier berief Kent Buckley die gesamte Schulbelegschaft zu einer Personalversammlung ein, um, wie er es ausdrückte, »den schulumfassenden Plan, wie es weitergehen soll« zu verkünden.

Wahrscheinlich sollte ich erwähnen, dass Kent Buckley nicht nur Tinas Ehemann, sondern auch noch Aufsichtsratsvorsitzender der Schule war. Ehrlich, ich hatte das beinahe selbst vergessen – bis er diese Versammlung einberief und ankündigte, er würde die Nachfolge von Max bekannt geben.

Die Nachfolge von Max?

Nun. Das war Babette. Wenn der König stirbt, gehen die Regierungsgeschäfte auf die Königin über, oder?

Ich konnte nicht verstehen, warum man deswegen eine Personalversammlung einberufen musste.

Zur vereinbarten Zeit kamen wir alle in der Schulkantine zusammen. Normalerweise saß Babette bei solchen Veranstaltungen in der ersten Reihe, diesmal setzte sie sich auf einen Platz ganz hinten im Saal. In sich zusammengesunken und mit trübem Blick machte sie den Eindruck, als wäre sie unter Aufbietung ihrer letzten Kräfte hierhergekommen.

Alice lief nach vorne und setzte sich auf den Platz, den ich eigentlich für Babette freigehalten hatte. Ihr T-Shirt trug die Aufschrift: ICH HABE 99 PROBLEME. NEIDISCH?

Im Raum herrschte gespenstische, ernüchterte, verzweifelte Stille, während wir darauf warteten, dass es losging.

Kent Buckley brachte es fertig, eine Viertelstunde zu spät zu kommen. Als er endlich erschien, telefonierte er noch immer über sein verdammtes Headset, und obwohl er verkündete: »Ich muss aufhören, ich muss jetzt aufhören! Hier warten schon alle auf mich«, und tatsächlich das Gespräch beendete, als er sich vor uns aufbaute, nahm er den Stöpsel nicht aus dem Ohr.

Ich schwöre: Die ganze Zeit über nahm er ihn nicht ab.

Dann legte er los. »Wir alle stehen unter Schock. Der plötzliche Tod von Max ist eine Tragödie. Die Schulfamilie trauert.« Es klang, als hätte er die Sätze aus einer Musterrede abgeschrieben. Sein Gesicht war zu einer merkwürdigen Fratze verzogen, die wohl Mitgefühl ausdrücken sollte. Ich konnte nicht hinsehen.

Er legte eine dramatische Pause ein, damit wir uns alle tief bewegt vorkommen konnten.

»Aber«, fuhr er dann fort, »das Leben muss weitergehen.«

Ich sah mich nach Babette um, doch ihr Blick war fest auf Kent Buckley gerichtet.

»Hier bietet sich uns nun die Gelegenheit, das Beste aus dieser …«, ich sah, wie er sein Gehirn nach einem Synonym für »Tragödie« durchsuchte, »… Tragödie zu machen«, vollendete er den Satz.

Nun gut.

»Aber wir werden jemanden brauchen, der uns in diesen neuen Abschnitt führt. Jemand muss in die Fußstapfen von Max treten und uns voranbringen. Und ich darf mit Stolz verkünden, dass ich diese Person gefunden habe.«

Warum dieser ganze Vorlauf für Babette? Kent Buckley mochte sie noch nicht einmal besonders.

»Seit zwei Jahren ist er so etwas wie der Shootingstar von Baltimore.«

Moment mal, *er*? Und warum Baltimore? Ich drehte mich wieder zu Babette um. Sie sah mir mit ausdrucksloser Miene in die Augen und schüttelte beinahe unmerklich den Kopf, als wollte sie mir zu verstehen geben: *Mach bitte keine Szene.*

Und dann, noch ehe ich mich wieder zu Kent Buckley umgedreht hatte, hörte ich, wie er allen im Raum den Namen des Mannes verkündete, der die Nachfolge von Max antreten sollte.

»Der neue Leiter der Kempner School ist … ein aufgehender Stern am Himmel der Schuladministration … wir haben unbeschreibliches Glück, dass wir ihn so kurzfristig noch vor Beginn des neuen Schuljahres gewinnen konnten …« Wieder legte Kent Buckley eine Pause ein, als hätte er ein begeistertes Publikum vor sich. Als würde im nächsten Moment ein Trommelwirbel aus dem Nichts ertönen. Dann sagte er: »Duncan Carpenter.«

Ich weiß nicht, ob Kent Buckley Begeisterungsrufe oder

Beifall erwartet hatte. Es folgte eine Stille. Der Name war schließlich nur ein Name. Niemand konnte mit diesem Namen etwas anfangen.

Niemand außer mir.

Ich kannte diesen Namen.

Als Kent Buckley ihn nannte, sprang ich von meinem Stuhl auf. Mitten im Publikum.

Ich schoss regelrecht in die Höhe, es war ein Reflex. Wie ein Schienbein bei einem ärztlichen Reaktionstest.

Aber anders als ein Schienbein blieb ich einfach stehen – mein Verstand war eingefroren.

Alle starrten mich an. Einschließlich Kent Buckley, und er sah dabei nicht gerade erfreut aus.

In keinem Universum wäre Kent Buckley ein Fan von mir, schließlich war ich die Erzfeindin seiner Frau. Aber so wirklich hassen gelernt hatte er mich erst, als er zufällig Zeuge davon wurde, wie ich ihn auf einer Schulfeier einen Idioten nannte.

Zu meiner Verteidigung muss ich sagen, dass er wirklich ein Idiot ist, und ich wette, dass neun von zehn Leuten ihn insgeheim so bezeichneten. Aber keiner davon hätte ihm das ins Gesicht gesagt.

Nicht einmal ich.

Kent Buckley wollte, dass ich mich wieder setzte. So viel war klar. Aber das konnte ich nicht.

Der Name, den er gerade ausgesprochen hatte, ließ mich weiter wie schockgefroren dastehen.

»Tut mir leid.« Ich schüttelte den Kopf, wie um ihn klar zu bekommen. »Haben Sie gerade verkündet, dass der

Nachfolger von Max ... dass seine Nachfolge ... also dass ...« Mir wurde klar, dass ich mich geirrt haben musste, und ich brach ab.

Kent Buckley hatte keine Sekunde Zeit für solche Sperenzchen. »Duncan Carpenter«, wiederholte er, als spräche er mit einem begriffsstutzigen Kind.

In meinem Kopf schwirrten tausend Fragen. Ich wusste nicht, womit ich anfangen sollte. »Meinen Sie *den* Duncan Carpenter?«

Kent Buckley runzelte die Stirn. »Gibt es mehrere?«

»Das frage ich Sie gerade.«

Jeder im Raum verfolgte wie gebannt die Szene. Musste dieses Gespräch wirklich hier in diesem Moment stattfinden?

Nun – ja.

»Groß und schlaksig?«, fragte ich Kent Buckley, dabei hob ich meine Hand weit über meinen Kopf. »Hellbraunes Haar? Für jeden Spaß zu haben?«

»Nein. Er ist ganz sicher nicht für jeden Spaß zu haben.« Kent Buckleys Stimme war eisig.

Vielleicht hatten wir unterschiedliche Vorstellungen von Spaß. Ich versuchte, mich deutlicher auszudrücken. »Ich meine, trägt er zum Beispiel verrückt gemusterte Hosen? Oder eine Krawatte mit Gummienten drauf?«

Aber meine Redezeit war abgelaufen. »Er trägt einen ganz gewöhnlichen Anzug«, sagte Kent Buckley.

Ich hielt inne. *Einen ganz gewöhnlichen Anzug. Puh!*

Allen im Raum war klar, dass etwas nicht stimmte. Ich kann nicht beschreiben, was ich fühlte, als Duncans Name fiel, es war eine ganze Mischung verschiedener Emotionen, die sich schwer mit einem einfachen Begriff zusammenfassen ließen. Entsetzen und Hochstimmung zu gleichen Teilen, mit einem Schuss Panik und einer Prise Fassungslosigkeit – und darunter die eisige Erkenntnis, was Kent Buckleys Ankündigung für meine unmittelbare Zukunft bedeutete.

Nichts Gutes.

Ich strapazierte die Geduld aller Anwesenden – vor allem die von Kent Buckley. Ehe ich noch eine weitere Frage stellen konnte, deutete er mit entschiedener Geste auf meinen Stuhl, als wollte er sagen: *Das reicht jetzt.*

Ich setzte mich. Nicht aus Gehorsam, ich war vielmehr benommen. Von da an verhielt ich mich still und versuchte, das Adrenalin allein mit Willenskraft aus meinem Körper zu verdrängen.

War es möglich, dass es auf der Welt mehr als einen Duncan Carpenter gab? Warum nicht? Die Welt war groß. Aber ... gab es auch mehr als einen Duncan Carpenter auf dem Feld der Grundschulpädagogik?

Das war schon weniger wahrscheinlich.

Mir wurde klar, wie schlecht meine Chancen standen.

Duncan Carpenter würde hierherkommen. In meine verschlafene kleine Stadt auf Galveston Island. Um meinen geliebten Schuldirektor zu beerben und meine geliebte Schule zu leiten.

Der Duncan Carpenter.

»Er ist die ideale Besetzung«, fuhr Kent Buckley schließlich ans Publikum gewandt fort. Er schien froh, wieder die

Aufmerksamkeit aller bei sich zu wissen. »Als Konrektor hat er eine albtraumhafte Schule in nur einem Jahr auf Vordermann gebracht. Sie haben harte Bleibeverhandlungen geführt, aber aus persönlichen Gründen wollte er einen Kulissenwechsel, und jetzt gehört er uns. Er wird hier durchgreifen und die Dinge aufmischen. Er wird dem Laden den Tritt in den Hintern geben, den er schon so lange nötig hat.«

Hatte unser süßes kleines Utopia von Schule einen Tritt in den Hintern nötig?

Nein. Ganz und gar nicht.

Natürlich brauchten wir jemanden, der die Verantwortung übernahm. Aber warum sollte das nicht Babette sein? Ich gehe jede Wette ein, dass die gesamte anwesende Schulbelegschaft ihrer Wahl zugestimmt hätte.

Aber das war nicht im Sinne von Kent Buckley. Er hatte nicht die Absicht, uns abstimmen zu lassen.

Für ihn war es ausreichend, dass er seine Wahl getroffen hatte.

Sie wundern sich vielleicht, dass Kent Buckley den Posten des Aufsichtsratsvorsitzenden bekleidete, obwohl niemand ihn leiden konnte. Denn genau so war es: Niemand konnte ihn ausstehen. Niemand mochte seine Intrigen, seinen krankhaften Ehrgeiz oder seine abwegigen Vorstellungen davon, was das »gemeine Volk« angeblich brauchte.

Aber wenn ich sage, niemand mochte ihn, dann beziehe ich mich eigentlich ganz konkret auf die Schulfamilie.

Sagen wir es mal so: Wir ließen uns nicht von seinem BMW blenden.

Er hatte einen harten Wahlkampf geführt, um in den Aufsichtsrat gewählt zu werden, und als Max noch lebte, hatte ein solcher Posten auch noch nicht besonders viel Bedeutung gehabt. Letztlich traf sowieso Max die Entscheidungen – und unsere Schule lebte von seiner Persönlichkeit.

Max hatte gewusst, dass Kent Buckleys Wertvorstellungen nicht mit unserem Schulkonzept zusammenpassten. Aber er hatte sich darüber keine großen Sorgen gemacht. »Lasst ihn doch den Vorsitzenden machen. Er möchte das so gerne.«

Also überließ man ihm den Posten. Und dann, nicht einmal ein Jahr später, starb uns Max unter den Händen weg. Damit hatte ausgerechnet Kent Buckley das Sagen – ein Mensch, der Max nie gemocht und der sich nie etwas aus unserer Schule gemacht hatte, ein Mensch, der sein Kind nur deswegen auf diese Schule geschickt hatte, weil es das Einzige war, worauf seine Frau in ihrer gesamten Ehe bestanden hatte.

Um. Himmels. Willen.

Und seine erste Amtshandlung bestand darin, Duncan Carpenter zum Schuldirektor zu berufen.

Eine gelinde gesagt unerwartete Entscheidung.

Ich hätte erwartet, dass Kent Buckley jemanden anheuerte, der genauso eifrig und kleinlich war wie er selbst. Aber er hatte Duncan Carpenter engagiert. Ausgerechnet Duncan Carpenter. Wahrscheinlich der Max-artigste Mensch auf der ganzen Welt – außer Max selbst natürlich.

Irgendwo musste ein Missverständnis vorliegen.

Im Laufe seiner Verlautbarung ließ Kent Buckley von ein paar IT-Leuten ein Foto von Duncan Carpenter an die Wand werfen, sodass wir ihn alle sehen konnten. Im ersten Moment atmete ich erleichtert auf.

Eine halbe Sekunde lang dachte ich: *Alles in Ordnung, falscher Alarm.*

Der Duncan Carpenter, den ich kannte, trug ein schiefes Grinsen im Gesicht, hatte zerzauste, verstrubbelte Haare, und auf seinem Foto im Jahresbericht präsentierte er sich jedes Jahr in einer anderen verrückten Pose: Einmal trug er einen albernen Haarreif, ein andermal eine Irokesen-Perücke oder einen riesigen falschen Schnurrbart. Von dem Duncan Carpenter, den ich kannte, existierte kein einziges vernünftiges Foto. Sein unbezähmbarer Widerspruchsgeist und seine fröhliche, antiautoritäre Grundhaltung waren auf jeder Aufnahme zu sehen.

Ganz anders dieser Mann.

Das konnte unmöglich Duncan Carpenter sein.

Der Mann auf dem Foto hatte einen tadellosen Haarschnitt, keine Strähne lag an der falschen Stelle. Er sah aus wie ein seriöser Geschäftsmann. Grauer Anzug und dunkelblaue Krawatte. Und er saß einfach nur da, ohne besondere Pose. Er lächelte noch nicht einmal.

Der Typ auf dem Foto war ein Langweiler.

Und doch, als ich genauer hinsah und die fehlende Haartolle, die Krawatte mit Hawaiimuster und das schiefe Grinsen dazurechnete, musste ich zugeben … das Gesicht auf dem Foto sah dem von Duncan Carpenter eigentlich sehr ähnlich. Anders und doch irgendwie dasselbe.

Seine Nase. Seine Augen. Und ohne Zweifel der Mund.

Die Erkenntnis traf mich wie ein Blitz und hinterließ mich verzweifelt und zugleich aufgeregt.

Er war es wirklich. Das war Duncan.

Ich hatte gedacht, ich würde ihn niemals mehr wiedersehen. Ich hatte zumindest die Absicht gehabt, ihn nie wiederzusehen.

Aber da war er.

Also, irgendwie. Obwohl er so verstörend anders aussah. So wenig er selbst. Er wirkte, als hätte er sich verkleidet. Tatsächlich schien das die logischste Erklärung: Er musste sich verkleidet haben – er hatte ein ironisches Foto gemacht, auf dem er den knallharten Geschäftsmann mimte, und Kent Buckley, in seiner unendlichen Humorlosigkeit, hatte die Vorstellung ernst genommen.

Denn diese Version von Duncan konnte ganz einfach nicht echt sein.

»Darf ich vorstellen: Ihr neuer Direktor«, verkündete Kent Buckley allen im Raum. »Er bringt eine Menge Erfahrung mit, so viel ist sicher. Er wird nächste Woche hier anfangen. Wenn er kommt, müssen also alle sofort voll einsatzbereit sein.«

Wovon redete der Mann überhaupt? Er hatte uns gar nichts zu sagen.

Alice hob die Hand. »Wir hatten alle erwartet, dass Babette die Nachfolge antritt.«

Kent Buckley warf Babette einen schnellen Blick zu.

Babette unterrichtete an unserer Schule Kunst. Sie war verantwortlich für all die bunt bemalten Steinfliesen im

53

Hof. Und für die mosaikgeschmückten Trittsteine. Und die bemalten Leuchten. Und den farbenfrohen Wandbehang im Lehrerzimmer. Eigentlich für so ziemlich jeden gut gelaunten Farbklecks auf dem Schulgelände.

Aber sie war nicht einfach nur Kunstlehrerin. Max und Babette hatten unsere Schulfamilie von Anfang an weise und liebevoll zusammen geleitet.

»Babette befindet sich in Trauer«, erklärte Kent Buckley. »Sie ist nicht in der Verfassung, eine Schule zu leiten.«

Wir sahen alle zu Babette.

Sie erhob keinen Einspruch ... aber sie stimmte auch nicht zu.

Noch Monate nach dieser Versammlung wurde an der Schule lebhaft darüber diskutiert, warum Babette den Posten nicht bekommen hatte. Die meisten hatten die Vermutung, dass Kent Buckley sie abserviert und ihr ihre rechtmäßige Stellung verwehrt hatte.

Schließlich einigte man sich auf die Version, dass Kent Buckley sich geweigert hätte, Babette überhaupt für diesen Posten in Betracht zu ziehen. Dass ihm ihre Kraft und die Ergebenheit, mit der ihr die Schulfamilie begegnete, Angst machten. Dass er formale Einwände genutzt hatte, um ihr ihren rechtmäßigen Posten vorzuenthalten.

Aber bald kam noch eine zweite Version der Geschichte auf. Nämlich die, dass sie ihn hatte abblitzen lassen. Man sah auf den ersten Blick, dass es ihr nicht gut ging. Ich weiß gar nicht, ob sie nach der Beerdigung überhaupt noch irgendetwas zu sich genommen hatte. Und ihre Hände zitterten nach wie vor, das konnte ich jeden Tag beobachten.

Sie wirkte teilnahmslos, ihre Züge waren eingefallen. Sie war immer eine starke, kluge Frau gewesen, aber nun sah es so aus, als könnte sie den Verlust von Max nicht verkraften.

Im Grunde spielte es auch gar keine Rolle, ob es fair und rechtmäßig war oder nicht, die Dinge waren nicht mehr zu ändern. Unter Kent Buckleys Leitung würden wir einen Fremden in unsere betäubte, verlorene, trauernde Schulfamilie holen.

Allerdings war er für mich kein Fremder.

Ich starrte auf das Foto, während Kent Buckley immer weiterredete. Er schwadronierte darüber, dass das amerikanische Schulsystem verweichlicht sei, und dass wir uns alle zusammenreißen müssten, und dass aus diesen Kindern, wenn wir nicht aufpassten, eine Generation von Hippies, Nerds und Hänflingen werden würde.

Und das sagte er zu einer Lehrerschaft, die ausschließlich aus Hippies, Nerds und Hänflingen bestand.

Ein weiterer Grund, warum ich Kent Buckley unausstehlich fand. Er hatte keine Ahnung, was um ihn herum vorging.

Als er seine Litanei beendet hatte, und noch ehe jemand etwas erwidern oder eine Frage stellen konnte, klingelte Kent Buckleys Headset-Telefon – und er entschied sich dafür, den Anruf anzunehmen. Er verkündete noch kurz, dass unsere Versammlung zu einem anderen Zeitpunkt fortgesetzt werden würde, marschierte aus dem Raum und widmete seine Aufmerksamkeit dem Anrufer, wobei er die Person am anderen Ende der Leitung mit »Verdammt noch mal, das war so nicht ausgemacht!« beschimpfte.

Womit verdiente Kent Buckley gleich noch mal sein Geld? Irgendwelche Geschäfte. Ich vermutete, dass er in der Immobilienbranche arbeitete. Wahrscheinlich war er mit der Planung von ein paar kleinen Einkaufszentren betraut. Wie wichtig konnte also so ein Anruf schon sein?

Aber es war eine Tatsache. Kent Buckley war fort. Und wir saßen da mit einer neuen Schulleitung.

Im ersten Moment rührte sich niemand. Alle blieben auf ihren Plätzen und sahen sich um, langsam erhob sich Gemurmel. Alle versuchten zu verstehen, was soeben passiert war – und an allererster Stelle ich. Ich saß da wie vom Donner gerührt, blinzelte und versuchte, das alles zu begreifen.

Duncan Carpenter kam hierher.

Mein Duncan Carpenter.

Und das war gleichzeitig die beste und die schlimmste Neuigkeit, die ich jemals erfahren hatte.

3

»Wer zur Hölle ist Duncan Carpenter?«, wollte später jeder wissen – viel später, als wir uns am Abend alle unter den Glühbirnchen in Babettes Garten zu einer spontanen Lagebesprechung trafen.

Seit Jahren war dies unser Treffpunkt, wenn wir uns freitags zum Abschluss der Woche versammelten, und hier war auch die Anlaufstelle, wenn irgendetwas außer der Reihe anstand oder ein Notfall eingetreten war.

Um einen Notfall ging es heute zweifellos.

Normalerweise machte es Babette nichts aus, wenn wir uns in ihrem Garten trafen. Es herrschte das Selbstversorgerprinzip – und die Leute kamen und gingen einfach durch das Gartentor. Kein Problem. Unsere Treffen hier waren zur Routine geworden, und wenn ich ehrlich bin, dann stellten sie so etwas wie eine wöchentliche Gruppentherapie dar. Mit Alkohol. Auch während der Sommerferien.

Inzwischen waren diese Treffen so etabliert, dass Babette gar nichts mehr dagegen hätte machen können, selbst wenn sie wollte. Schon gar nicht heute.

Ich erwartete nicht, dass sie sich uns anschloss. Seit der Beerdigung hatte sie praktisch nur geschlafen.

Mir war klar, dass dies Teil der Trauerarbeit war. Ich hatte meine Mutter verloren, als ich zehn Jahre alt war. Trauer war mir nicht fremd, ich kannte die Verzweiflung, wenn man darin ertrank, ohne dabei zu sterben – die Trauer hielt einen einfach so lange unter Wasser, bis man vergessen hatte, wie sich Luft und Sonnenschein anfühlten. Trauer hatte ihren eigenen Zeitplan, und sie ließ sich nur überwinden, indem man sie durchstand.

All das wusste ich nur zu gut.

Aber schließlich kam Babette doch noch zu uns heraus, und ich war dankbar dafür. Wir alle hatten Max verloren, aber ich hatte auf gewisse Weise Max und Babette verloren.

Max, Babette und ich waren immer die Letzten gewesen, die freitags von den Eisentischchen im Garten aufstanden … wo wir über die Situation an der Schule geredet hatten, Kinder und Eltern analysiert und uns gegenseitig die Bälle zugeworfen hatten, wenn es um kreative Problemlösungen ging.

Sie waren wirklich meine allerbesten Freunde gewesen.

Und meine Förderer.

Und meine Ersatzeltern.

Natürlich drehte sich bei unserem Treffen diesmal alles um Duncan Carpenter. Niemand hatte je von ihm gehört. Was sollte dieses überkorrekte Foto? Hatten wir im Auswahlprozess gar nichts mitzureden? Was ging da gerade vor sich, und warum zum Teufel trat nicht Babette die Nachfolge von Max an?

»Kent Buckley hat nicht ganz unrecht«, sagte Babette. »Ich bin momentan wohl kaum in der Verfassung, die Schule zu leiten.«

Aber wer war denn dieser Duncan Carpenter? Und warum war niemand gefragt worden? Und welche Art von psychotischem Zusammenbruch hatte ich heute in der Personalversammlung erlitten?

Ich erzählte ihnen also alles, was ich öffentlich zugeben konnte. »Wir haben mal zusammengearbeitet«, erklärte ich. »In Kalifornien, an der Andrews Preschool, das war meine letzte Stelle, bevor ich hier angefangen habe. Er war dort Lehrer – Vorschule und Sport – und er war … eine Art Legende. Jeder hat ihn geliebt. Ich sage euch, er war etwas ganz Besonderes. Er war wie Max.«

Ich sah hinüber zu Babette.

Sie nickte kurz, als wollte sie mir sagen: *Ist schon in Ordnung. Erzähl weiter.*

»Er hat eine ganz eigene Wärme ausgestrahlt. Er war lustig und albern und verrückt. Verspielt. Zum Totlachen. Die Kinder liefen ihm nach. Verdammt, sogar die Erwachsenen liefen ihm nach.«

Emily Aguilo, die die zweiten Klassen unterrichtete, meldete sich zu Wort. »Warum sollte denn Kent Buckley so jemanden anwerben? Das sieht ihm gar nicht ähnlich. Er hat uns doch vorhin lang und breit erklärt, warum in unserer Schule andere Saiten aufgezogen werden müssen.«

Ich zuckte mit den Schultern. »Vielleicht hat er ihn nicht richtig kennengelernt?«

Carlos Trenton, unser hipper Naturwissenschaftslehrer

mit geflochtenem Kinnbärtchen, meinte: »Kent Buckley interessiert sich doch null für die pädagogischen Grundsätze von diesem Typen.«

Da gaben wir ihm alle recht. Kent Buckley interessierte sich in der Tat kein bisschen für Pädagogik. Ihm ging es eigentlich nur um eines: Status. Wenn Duncan ein aufgehender Stern am Schulhimmel war und er ihn von einer anderen Schule abwerben konnte, dann war Kent Buckley glücklich. Aber an dieser Stelle meldete sich Donna Raswell, die Clay letztes Jahr in der zweiten Klasse unterrichtet hatte, zu Wort: »Kent Buckley überlässt nichts dem Zufall. Ich habe in meinem Leben noch keinen größeren Kontrollfreak erlebt. Er zählt die Stifte im Federmäppchen seines Sohnes nach.«

Ich schüttelte den Kopf. »Er ist vielleicht ein Kontrollfreak, aber vielleicht achtet er nicht auf die entscheidenden Sachen.«

»Warum sollte er jemanden anwerben, der wie Max ist?«, wandte eine Vorschulerzieherin ein. »Seit sein Sohn hier angefangen hat, hat er versucht, Max' Linie zu untergraben.«

Carlos schnaubte verächtlich. »Ohne Erfolg.«

Das stimmte. Max hatte in Kent Buckley einen nervtötenden Wadenbeißer gesehen, den er in regelmäßigen Abständen von seinem Hosenbein abschütteln musste.

Aber er hatte ihn nie richtig abservieren können wegen Tina. Und wegen Clay.

Tatsächlich war uns allen klar, dass Kent Buckley keinen Gedanken an unsere unkonventionelle Schule verschwendet hätte, wenn sein Sohn nicht zufällig hier Schüler gewesen wäre. Und das wäre er nie, wenn seine Frau nicht darauf bestanden hätte, dass Clay auf die Schule ging, die ihre Eltern gegründet hatten. Aber so kam es, dass Kent Buckley wohl oder übel zusehen musste, wie sein Sohn eine Schule besuchte, die in seinen Augen alles falsch machte.

Und es war nicht die Art von Kent Buckley, Leute mit einer anderen Meinung einfach so davonkommen zu lassen.

Während der Tod von Max also für alle anderen einen vernichtenden Verlust darstellte, bedeutete er für Kent Buckley – wie er selbst in der Versammlung mehr oder weniger zugegeben hatte – eine Chance.

Denn jetzt, da alle noch um ihre Fassung kämpften, konnte Kent Buckley den Lauf der Dinge an der Kempner School auf Jahre hinaus in seinem Sinne beeinflussen, wenn er die Nerven behielt und einen neuen Direktor durchdrückte, der seiner Linie entsprach.

Also hatte er schnell und im Stillen agiert – und seinen Kandidaten bereits in Stellung gebracht, noch ehe wir uns zum Protest formieren konnten.

Aber in diesem Spiel war Kent Buckley der Dumme. Er hatte, ohne es zu wollen, genau das Gegenteil von dem getan, was er eigentlich beabsichtigt hatte: Er hatte einen neuen Direktor verpflichtet, der genau so war wie der alte.

Ein Teil von mir musste sich darüber freuen. Etwas Unfassbares war plötzlich über uns hereingebrochen, und Duncan Carpenter war ein unerwarteter Glücksfall. Ihn an Bord zu holen wäre das Beste, was wir für unsere Schule tun konnten.

Mit Blick auf unsere gemeinsame Vergangenheit wäre es allerdings für mich vielleicht das Schlimmste, was mir passieren konnte.

Später am Abend stand ich in der Küche am Spülbecken und wusch Dosen und Flaschen aus, um sie in den Recyclingbehälter zu stecken. Babette hatte sich schon hingelegt, und die meisten anderen waren nach Hause gegangen, als Alice sich neben mich an den Küchentresen lehnte und fragte: »Sam, was ist hier los?«

Alice war ein Jahr jünger als ich, siebenundzwanzig, aber dafür fünfzehn Zentimeter größer, deswegen fühlte es sich für mich immer so an, als wäre sie meine große Schwester. Sie war mit ihrer Collegeliebe Marco verlobt, der bei der Navy war und oft lange Auslandseinsätze absolvieren musste. Sie hatten einen kleinen Bungalow aus den 1920er-Jahren gemietet, nur ein paar Straßen von Babettes Haus entfernt. Wenn Marco unterwegs war, verbrachten Alice und ich viel Zeit zusammen, wenn er zuhause war, bekam ich sie so gut wie nie zu Gesicht.

Das war nachvollziehbar.

Marco war eine Woche vor Max' Tod abgereist, und obwohl ich es natürlich nie laut ausgesprochen hätte, war ich doch froh, dass Alice in diesen Tagen allein war. Sagen wir es so: Ich war dankbar, eine Freundin um mich zu haben.

Sie kannte mich ziemlich gut. Auf jeden Fall gut genug, um zu merken, dass ich den anderen nur die halbe Wahrheit gesagt hatte.

»Also, jetzt mal Klartext«, sagte sie, als hätte sie den

ganzen Abend nur darauf gewartet, dass alle anderen endlich nach Hause gingen. »Was hast du uns verschwiegen?«

Ich begegnete ihrem Blick und sagte: »Duncan Carpenter ist der – du weißt schon.«

»Wer?«

Ich schürzte die Lippen, beugte mich zu ihr hinüber und antwortete in beschwörendem Tonfall: »Na, eben der Typ.«

Alice runzelte kurz die Stirn, dann ging ihr ein Licht auf. »Ach, *der* Typ?«

Ich nickte unmissverständlich, als wollte ich sagen: *Bingo*.

»Er ist also der Typ, der ... der dich aus Kalifornien vertrieben hat?«

»Entschuldige mal, ich bin freiwillig gegangen.«

»Aber es ist dieser Typ von deiner alten Schule? In den du so verknallt warst?«

»Ich war nicht verknallt. Ich war in gesunder Weise verliebt wie jede Amerikanerin.«

Jetzt versuchte Alice sich zu erinnern. Es war schon eine Weile her – es schien mir beinahe in einem anderen Leben gewesen zu sein –, dass wir darüber geredet hatten. »Hast du nicht heimlich in seinem Tagebuch rumgeschnüffelt?«

»Ich habe nicht rumgeschnüffelt. Ich habe seine Katze gefüttert, während er unterwegs war.«

»Aber du hast in seinem Tagebuch gelesen.«

»Na ja, er hat es offen auf dem Küchentisch liegen lassen. Man könnte also auch die Ansicht vertreten, dass er irgendwie unbewusst wollte, dass ich es lese.«

Alice wartete einen Moment ab, ob ich wirklich bei dieser These bleiben wollte.

»Und außerdem«, fuhr ich fort, »war es gar kein Tagebuch. Es war nur ein Notizbuch.«

»Ein Notizbuch voll mit persönlichen Gedanken.«

»Wir haben doch alle unsere persönlichen Gedanken, Alice«, sagte ich, als ob das in irgendeiner Weise ein Argument wäre.

»Du hättest diesen Job als Katzensitterin gar nicht erst annehmen sollen«, meinte sie.

»Was hätte ich denn tun sollen? Seine Katze verhungern lassen? Sie hatte keine Krallen und keinen Schwanz mehr.«

»Es war noch nicht einmal seine Katze. Es war die Katze seiner Freundin.«

»Das wusste ich damals noch nicht.«

Alice sah mich mit einer Mischung aus Sympathie und Vorwurf an. Sie glaubte mir kein Wort.

Und es hatte ja tatsächlich keinen Sinn, die Dinge weiterhin zu leugnen. Sie wusste schließlich alles. Ich hatte wirklich in seinem Notizbuch gelesen, damals an jenem Tag vor vielen Jahren, als er auf irgendein Weingut gefahren war, um sich dort zu verloben – zumindest sagte das die Gerüchteküche. Und ich hatte es auch nicht bei der einen Seite belassen, auf der das Notizbuch aufgeschlagen lag. Ich hatte eine Gebäckzange aus der Schublade geholt – als ob es mein Vorgehen weniger verwerflich machte, wenn ich die Seiten nicht mit meinen Fingern berührte – und hatte damit jede einzelne Seite des Notizbuchs umgeblättert. Wie ein liebeskranker Sherlock Holmes hatte ich nach Hinweisen auf sein Seelenleben gesucht, und dabei war ich vorsichtig vorgegangen, um nur ja keine Fingerabdrücke zu hinterlassen. Wie eine Irre.

64

Was soll ich sagen? Ich war tief gesunken.

Sehr tief.

Und tatsächlich war das eine Art Wendepunkt.

Davor war ich ganze zwei Jahre lang in Duncan Carpenter verknallt gewesen. Richtig verknallt. Absolut rettungslos verloren. So wie Teenager in Popstars verknallt sind. Wenn er Liedtexte geschrieben hätte, dann hätte ich sie auswendig gelernt. Wenn er Fanartikel vertrieben hätte, hätte ich sie gekauft, und wenn es einen Fanclub für ihn gegeben hätte, wäre ich die erste Vorsitzende gewesen.

Aber natürlich war er kein Popstar.

Aber er war … na ja … irgendwie war er schon ein Star. In der abgeschiedenen Welt der Schulpädagogik. In unserer winzig kleinen Nische der Menschlichkeit war er eine ganz große Nummer. Er war so etwas wie eine lebende Legende, so viel stand fest.

Und das hatte seine Gründe.

Er hatte ein strahlendes, freundliches Lächeln, voll mit strahlenden, freundlichen Zähnen. Er war auf eine unaufgeregte Art gut aussehend. Er hatte eine Anziehungskraft, die beinahe physikalisch nachweisbar war. Immer wenn er sich mit anderen Leuten im selben Raum aufhielt, bildete sich nach einer gewissen Zeit eine Menschentraube um ihn. Er strahlte etwas Sonniges aus, das wir alle aufsaugen wollten.

Ich auch.

Vor allem ich.

Aber ich benahm mich in seiner Gegenwart grauenhaft. Ich gab die schlimmste Vorstellung ab, zu der ich fähig war. All die Sehnsucht und das Knistern und die Aufregung, die ich empfand, wenn er in meiner Nähe war, schienen mein System zum Schmelzen zu bringen. Ich wurde steif und wortkarg und unsicher, und ich starrte ihn an, ohne zu blinzeln, wie eine Wahnsinnige.

Es war ein unangenehmer Zustand, um es milde auszudrücken.

Als wir uns zum ersten Mal begegneten, war er noch Single – und das blieb er ein ganzes langes, wunderbares, verheißungsvolles Jahr, in dem ich versuchte, den Mut aufzubringen, mich in der Kantine an seinen Tisch zu setzen. Dieses eine Jahr war schnell vorbei, und dann plötzlich, noch ehe ich irgendeinen Fortschritt erzielt hatte – boom! –, fragte ihn eine selbstbewusste junge Frau aus der Zulassungsstelle, die neu an die Schule gekommen war, ob er mit ihr ausgehen würde. Offenbar lagen die ihnen zugewiesenen Dienstparkplätze direkt nebeneinander.

Die Neuigkeit verbreitete sich in der Lehrerschaft wie ein Lauffeuer, und die meisten aus dem Kollegium reagierten irritiert. War es nicht ein wenig ungehörig, dass sie einfach so auftauchte und gleich ausging, mit wem sie wollte?

Offenbar nicht.

Wenig später waren sie unzertrennlich, und noch ein bisschen später war es offenbar etwas Ernstes zwischen ihnen, und nur ein Jahr, nachdem sie ihn angesprochen hatte, zogen sie schließlich zusammen. Dem Gerücht nach war das ihre Idee gewesen. Bei jedem anderen Pärchen der Welt hätte ich diesen Schritt aus emanzipatorischen Gründen begrüßt.

Der weibliche Teil der Lehrerschaft war sich einig, dass

sie zu brav sei, zu einfältig und zu gewöhnlich, um eine gute Partie für ihn abzugeben – in erster Linie deswegen, weil er in den meisten Punkten das genaue Gegenteil war.

Ehrlich gesagt stimmte ich dieser Auffassung zu, aber mir war klar, dass meine Meinung auf einer einzigen kurzen Begegnung beruhte, als ich ihr auf einer Schulveranstaltung begegnet war und in einem verzweifelten Versuch, keine peinliche Stille aufkommen zu lassen, zu ihr gesagt hatte: »Aufnahmeverfahren! Das muss heftig sein! Wie treffen Sie nur diese ganzen schwierigen Entscheidungen?«

Und sie hatte mich nur angesehen und gesagt: »Es geht lediglich darum, wer das meiste Geld hat.«

Auf meinen schockierten Gesichtsausdruck hin hatte sie lachend gesagt: »Kleiner Scherz.«

Aber war es wirklich nur ein Scherz?

Eigentlich fand niemand, dass sie ihn verdient hatte.

Natürlich ließ sich daraus nicht unmittelbar ableiten, dass ich ihn verdient hatte.

Ich brachte es noch nicht einmal fertig, ihn im Lift zu grüßen.

Auf jeden Fall waren noch keine fünf Minuten vergangen, seit ich die Neuigkeit, dass sie zusammenziehen würden, erfahren hatte – von einer Bibliotheksangestellten, die es von einem Mathelehrer gehört hatte, der es wiederum von der Schulkrankenschwester erfahren hatte –, als ich nach draußen ging, um ein wenig frische Luft zu schnappen, und er mich fragte, ob ich auf die Katze aufpassen könnte.

Ich bog gerade um die Ecke im Gang, und auf einmal stand er da. Um den Hals eine Krawatte mit Dackelmotiv.

67

»Hi«, sagte er.

»Hi«, erwiderte ich leicht panisch, schockiert von seinem plötzlichen Auftauchen.

Dann sagte er die unvergesslichen Worte: »Ich habe gehört, dass Sie sich mit Katzen auskennen.«

Katzen? Ich? Nein. Aber ich wollte das Gespräch nicht schon im Keim ersticken, deswegen zuckte ich mit den Schultern und meinte: »Eigentlich eher mit Hunden.«

Er blinzelte verwirrt.

»Ich meine«, redete ich weiter, weil ich das Gefühl hatte, etwas Falsches gesagt zu haben, »ich habe nichts gegen Katzen.«

»Haben Sie nicht einen Haufen Katzen bei sich zuhause?«

»Ähm, nein.«

Er runzelte die Stirn.

»Ich habe überhaupt keine Katzen«, fügte ich hinzu, nur um das klarzustellen. »Gar keine.«

»Oh. Jemand hat mir erzählt, Sie hätten mindestens drei Stück.«

Wow. Er wusste eine einzige Sache über mich – und die war falsch. Oder vielleicht verwechselte er mich auch einfach mit jemandem.

Er sah genauso enttäuscht aus, wie ich mich fühlte.

Ich zwang mich zum Weiteratmen.

»Ich habe keine Abneigung gegen Katzen«, redete ich weiter, um ihn aufzuheitern. »Ich wünsche ihnen nichts Böses oder so. Sie sind mir einfach … gleichgültig.«

Er nickte. »Verstanden.« Dann wandte er sich zum Gehen.

»Moment!«, rief ich. »Warum?«

Er hielt inne. »Ich suche jemanden, der auf eine Katze aufpassen kann. Über das Wochenende. Eigentlich nur für eine Nacht.«

Und dann, im Ernst, ohne auch nur darüber nachzudenken, wie armselig es wäre, wenn ich das Katzenklo meiner großen Liebe säuberte, während er ein romantisches Wochenende mit seiner neuen Lebensgefährtin verbrachte, sagte ich: »Ich mache es.«

»Wirklich?«

»Klar. Gar kein Problem.«

Und ehe ich mich's versah, fand ich mich in seiner Wohnung wieder, wie ich in seinen Sachen herumschnüffelte und unaussprechliche Dinge mit seiner Gebäckzange anstellte.

Aber wonach suchte ich eigentlich, als ich die Seiten in seinem Notizbuch mit der Zange umblätterte? Was hatte ich denn gehofft zu finden? Eine heimliche Notiz, dass er eigentlich gar nicht mit der Frau zusammen sein wollte, die er gerade zu seiner Lebensgefährtin auserkoren hatte? Eine flüchtig hingeworfene Zeichnung, die meinem Gesicht erstaunlich ähnlich sah? Einen codierten Hilferuf, den nur ich entziffern konnte?

Es war lächerlich. Und natürlich fand ich nichts dergleichen.

Da waren Einkaufslisten. Gedankenstützen. Ein halb fertiger Brief an seine Mutter. Eine eingekreiste Notiz, seiner kleinen Nichte ein Geschenk zu ihrem ersten Geburtstag zu schicken, daneben hatte er das Wort *Baby-Bikerjacke* gekritzelt, dann durchgestrichen und *irgendwas Cooles* daneben geschrieben. Ein paar Krakelzeichnungen (vor allem 3D-Kästchen), To-do-Listen und eine ganze Menge durchgepauster Erledigt-Häkchen in der Pappe des rückwärtigen Einbands. Nichts Besonderes oder Bemerkenswertes, nicht mal was sonderlich Privates. Der ganz normale Bodensatz eines in keiner Weise unglücklichen Lebens, das rein gar nichts mit mir zu tun hatte.

Und in dem Moment, als ich das Notizbuch zuklappte, kamen mir zwei sehr wichtige Worte in den Sinn: *Es reicht.*

Mir war beinahe so, als hätte ich die Worte laut ausgesprochen. Und dann tat ich das tatsächlich: »Es reicht.«

Ich schüttelte den Kopf. So konnte es nicht weitergehen – heimliche Blicke in seine Richtung, unbemerkt hinter ihm im Gang auftauchen, in der Mittagspause in der Nähe seines Tisches sitzen – aber auf keinen Fall zu nah –, in meiner Arbeit innehalten, weil ich beobachtete, wie er auf dem Spielplatz mit einer Kindergartengruppe einen Tanz einstudierte. Die heimliche Sehnsucht.

Es reicht.

Ich musste dem Ganzen ein Ende bereiten. Er hatte jemand anderen auserwählt. Ich musste mein Leben weiterführen.

Und obwohl ich nicht immer, eigentlich selten, meine eigenen Ratschläge befolge – an jenem Tag tat ich es. Ich legte die Gebäckzange zurück in die Schublade, verließ die Wohnung, schloss die Tür ab, fuhr direkt nach Hause und setzte mich an den Computer, um nach einer neuen Arbeitsstelle zu suchen.

Auf diese Weise bin ich ausgerechnet in Texas gelandet. Der Zufall hat mich auf diese Insel verschlagen, aber ich fand hier schließlich ein wirkliches Zuhause, am untersten Ende der Staaten in dieser sturmgebeutelten, historischen Stadt. Ich liebte die Gebäude im viktorianischen Stil mit ihren malerischen Holzfassaden und geschnitzten Veranden. Ich liebte die Straßen mit ihrem Kopfsteinpflaster aus Ziegelsteinen, gesäumt von Souvenirläden mit bedruckten T-Shirts. Ich liebte den schlammigen, weichen Sand und die sanften Wellen, mit denen der Golf an den Strand spülte. Ich liebte die Ausstrahlung der Stadt, zugleich bescheiden und stolz, vom Schicksal gebeutelt und standhaft, erschöpft und dabei doch voller Lebenskraft, historisch und immer wieder erfrischend neu.

Am allermeisten aber liebte ich unsere Schule. Meine Arbeit. Das Leben, das ich mir hier aufgebaut hatte.

Ein Leben nach Duncan Carpenter, in dem für diesen Typen absolut kein Platz vorgesehen war.

»Wie standen denn die Chancen?«, sagte ich zu Alice, während ich Teewasser aufsetzte. »Wie wahrscheinlich war es denn, dass Kent Buckley von allen möglichen Kandidaten ... ausgerechnet ihn aussuchen würde?«

»Möchtest du wirklich, dass ich die Wahrscheinlichkeit dafür ausrechne?«, fragte Alice.

»Vielleicht lieber doch nicht.«

Aber Alice war schon nicht mehr zu bremsen. »Ich nehme die Herausforderung an! Wir müssen eine Vielzahl von Variablen in die Rechnung einbeziehen. Du musst die

Quadratwurzel der Anzahl von Privatschulen im Südosten des Landes nehmen und mit der Anzahl der Schulen multiplizieren, deren Leitung in letzter Minute vor Schuljahresbeginn noch wechseln will, und die Gleichung dann nach x und y auflösen.«

Eine halbe Sekunde lang dachte ich, sie würde das wirklich ernst meinen.

Sie redete weiter, wobei sich ein Lächeln hinter ihrer todernsten Miene andeutete. »Es ist im Prinzip dieselbe Gleichung, die man zur Berechnung der Fluchtgeschwindigkeit im Gravitationsfeld verwendet. Minus α und ω natürlich. Mal π.«

»Irgendwie fühle ich mich nicht ernst genommen.«

»Ich habe das Foto von ihm gesehen«, fuhr sie grinsend fort. »Wenn man jetzt noch diese Profillinie mit einrechnet, krümmt der Koeffizient an dieser Stelle die ganze Kurve.«

Meine Nasenflügel bebten. »Danke für die große Hilfe.«

»Er hat wirklich ein gutes Profil.«

Ich seufzte. »Ja, nicht wahr?«

Eigentlich war das Ganze natürlich ein Luxusproblem – verglichen mit dem, was Babette gerade durchmachte. Ein alter Schwarm von mir war also zurückgekehrt, um mich heimzusuchen. Das war alles.

»Ich schätze, die Wahrscheinlichkeit spielt jetzt keine Rolle mehr«, meinte ich. »Es ist passiert.«

»Kluges Mädchen«, sagte Alice nur.

»Aber du verstehst, was ich meine, oder?«, fragte ich. »Das bringt mich in eine sehr merkwürdige Situation.«

Alice sah mich an. »Ich könnte jetzt nicht sagen, ob du am Boden zerstört oder begeistert und aufgeregt bist.«

»Ich bin zu neunundneunzig Prozent am Boden zerstört und zu einem Prozent begeistert. Aber es fühlt sich genau umgekehrt an.« Man könnte meinen, diese beiden Gefühle würden einander ausschließen, aber sie befeuerten sich eher noch gegenseitig.

Alice nickte. »Du bist also am Boden zerstört, weil …?«

»Na weil eben! Weil er und ich eine gemeinsame Vergangenheit haben, auch wenn er davon nichts weiß. Eine Vergangenheit, mit der ich ziemlich erfolgreich abgeschlossen hatte. Ich hatte hier ein neues Leben angefangen, nur um jetzt zu erleben, wie alles ohne Vorwarnung wieder über mich hereinbricht. Er war der einzige Grund, warum ich diese Schule damals verlassen habe. Es ging einzig und allein darum, Abstand von ihm zu gewinnen. Und jetzt kommt er hierher. Ausgerechnet. Ich weiß schon, wie die Sache ausgeht. Er wird mich auch von hier vertreiben. Und dann muss ich mir irgendwo an einem weit entfernten Ort eine neue Arbeit suchen und wieder ganz von vorn anfangen. Aber ich weiß, dass es keine Schule gibt, die dieser hier das Wasser reichen kann, ich wäre also dazu verdammt, den Rest meines Lebens im Exil zu verbringen und mich nach dieser Schule, meinen Freunden, einfach allem zu sehnen.«

»Das ist wohl ein mögliches Szenario«, sagte Alice trocken.

Ich lehnte mich vor und hämmerte mit der Stirn auf die Tischplatte. »Ich will nicht, dass er mir mein Zuhause wegnimmt.«

Alice runzelte die Stirn. »Du denkst, er wird dich entlassen, nur weil du vor einer Million Jahren mal in ihn verliebt warst?«

»Ich glaube nicht, dass er mich entlassen wird. Ich glaube, dass er mir das Leben hier so schwer machen wird, dass ich freiwillig kündige.«

»Du glaubst, dass er dich mies behandeln wird?«

»Nein«, erwiderte ich und spürte, wie ich in mich zusammensackte. »Ich glaube, dass er nett zu mir sein wird.«

Alice legte fragend den Kopf schief.

»Ich glaube, dass er sehr nett sein wird«, versuchte ich ihr zu erklären. »Zu nett. Absolut unwiderstehlich nett.«

Sie hob den Kopf und schien endlich zu verstehen. »Du hast Angst, dass deine Gefühle von damals wieder über dich hereinbrechen.«

»Wie ein Tsunami.«

»Du hast also Angst, dass alles wieder genauso läuft wie damals.«

»Nur noch schlimmer. Weil sie inzwischen sicher verheiratet sind und ungefähr vierzig Kinder haben. Ich habe mich nicht getraut, ihn anzusprechen, weil ich keine Abfuhr riskieren wollte, und jetzt werde ich so lange zusehen müssen, wie sie das Leben führen, das ich mir so sehr gewünscht habe, bis ich zusammenbreche.«

Mit sehr sanfter Stimme sagte Alice zu mir: »Vielleicht kommt aber auch alles ganz anders.«

Aber ich hatte mich schon in meiner Verzweiflung eingerichtet. »Nein. Keine Chance. Es wird genau so kommen, wie ich gesagt habe.«

Aber damit gab Alice sich nicht zufrieden. »Und selbst wenn er jetzt verheiratet ist. Selbst wenn er einen Stall voller Kinder hat. Na und? Das kann doch auch ein Vorteil für dich sein, weil du ihn dann kaum zu Gesicht bekommst. Er wird zu erschöpft sein, um in Babettes Garten Bier zu trinken, so viel ist sicher.«

»Es hilft alles nichts«, sagte ich und zuckte mit den Schultern. »Ich werde ihn oft genug sehen und ziemlich schnell genug davon haben.«

Vor meinem geistigen Auge sah ich Duncan auf unserem Schulhof stehen, in einer seiner verrückten Hosen – vielleicht die rote mit den Hummern drauf –, wie er für eine Schar von jubelnden Kindern eine Jongliervorstellung gab.

»Du siehst nicht gut aus«, stellte Alice fest.

»Mir geht's auch nicht gut.« Und in diesem Moment merkte ich selbst, wie sehr mich die Sache mitnahm. Von allen aufwühlenden Vorkommnissen in letzter Zeit nahm mich diese Neuigkeit am meisten mit.

»Vielleicht kommt alles gar nicht so schlimm, wie du denkst«, sagte Alice. »Vielleicht taucht er hier auf, und du fühlst rein gar nichts. So etwas vergeht, das war schon immer so. Es ist Jahre her. Vielleicht ist er inzwischen verlebt und reizlos. Vielleicht wachsen ihm Haarbüschel aus den Ohren. Oder vielleicht hat sich einer seiner Zähne komisch braun verfärbt. Oder …«, sie fing an zu strahlen, als wäre ihr gerade die allerbeste Idee gekommen, »… vielleicht hat er jetzt richtig schlimmen Mundgeruch!«

»Vielleicht«, sagte ich, aber nur aus reiner Höflichkeit.

»Was ich eigentlich sagen will: Das Foto bei der Versammlung war nicht unbedingt vielversprechend.«

Das konnte ich mir auch nicht erklären. »Stimmt«, sagte ich. »Aber er war darauf nicht gut getroffen.«

»Hoffentlich nicht«, sagte Alice.

»Du wirst ihn lieben«, versprach ich. »Du wirst gar nicht anders können. Wir werden ihm alle zu Füßen liegen. Man kann ihn gar nicht nicht mögen. An heißen Tagen hat er oft Wasserpistolen mitgebracht und nach Schulschluss eine Wasserschlacht veranstaltet. Er hat den Hut-Tag ins Leben gerufen. Oder das berühmte Pfannkuchen-Wettessen. Er hat die Kinder dazu ermutigt, auf dem Spielplatz eine Massenbalgerei anzufangen. Einmal hat er eine Zuckerwatte-Maschine gemietet und sie heimlich in der Schulkantine aufgestellt. Und jedes Jahr am letzten Schultag hatte er einen lila Samt-Smoking an und ist mit einer Limousine in den Sommer abgedüst.«

»Okay«, lenkte Alice ein. »Gut. Er ist ein echter Lebenskünstler.«

»Ja, das ist er«, sagte ich träumerisch. »Und das strahlt er auch aus. Man kann gar nicht in seiner Nähe sein und sich nicht damit anstecken.«

»Nun, das wird der Schule sicher guttun.«

»Nicht nur guttun – er wird sie mit seiner guten Laune auf den Kopf stellen«, sagte ich. »Es wird super – für die Schule.«

Alice nickte und brachte meinen Gedanken zu Ende. »Und für dich wird es irgendwie furchtbar.«

»Die Ironie an der Sache ist«, redete ich weiter, »dass ich

meine Entscheidung bereut habe, sobald ich weggezogen war. Ich habe ihn so sehr vermisst und mir tausend Anlässe ausgemalt, wo und wann ich ihn wiedertreffen könnte. Ich habe mich immer nach einem Grund gesehnt, in seiner Nähe zu sein.«

»Genau«, sagte Alice, als wüsste sie, was ich meinte. »Pass auf, was du dir wünschst.«

Ich nickte. Dann wurde es still in der Küche, und wir starrten in unsere halb leer getrunkenen Teetassen.

In diesem Moment merkte ich, dass mir noch eine weitere Katastrophe bevorstand. Mir wurde übel. Also richtig übel. Es bereitete mir Übelkeit, hier in Babettes Küche zu sitzen und über Duncan Carpenter zu reden.

Aber es war nicht irgendeine Art von Übelkeit. Es war eine sehr spezielle Art. Die Art von Übelkeit, die ein Zeichen dafür sein kann, dass etwas neurologisch nicht in Ordnung ist. Die Art von Übelkeit, die ich manchmal empfand ... wenn ein Anfall kurz bevorstand.

Von Zeit zu Zeit hatte ich solche Anfälle.

Es kam nicht oft vor. Ein- oder zweimal im Jahr.

Also gut. Ich sag's jetzt einfach. Ich bin Epileptikerin.

Die Krankheit zeigt sich bei mir in leichter Form.

Es ist eher eine Spur von Epilepsie. Aber immerhin genug, dass ich in diesem Moment, als ich dasaß und in meinen Körper hineinfühlte, wusste, dass ich eine Aura durchlebte.

Eine Aura ist eigentlich auch schon der Beginn eines Anfalls. Es fühlt sich nur anders an.

Ich spürte, wie die Übelkeit sich in meinem Magen wie

eine Sturmwolke zusammenballte. Ich setzte mich ein wenig aufrechter hin und schob meinen Stuhl ein kleines Stück vom Tisch weg.

Alice merkte es sofort. »Alles in Ordnung?«

»Mir ist gerade nicht so … gut«, sagte ich.

»Hast du eine Aura?«

Alice war eine der wenigen Personen, die davon wussten.

Ich formte ein »O« mit meinen Lippen und stieß einen kontrollierten, frustrierten Seufzer aus, dann sagte ich: »Wahrscheinlich.« Was so viel hieß wie: *Natürlich. Natürlich muss mir das jetzt passieren.*

Stress war ironischerweise ein Auslöser.

Als Kind hatte ich richtig schlimme Anfälle. So schlimm, dass meine beste Freundin in der dritten Klasse mich wieder von ihrer Geburtstagsfeier auslud, nachdem sie einen Anfall von mir in der Schulkantine miterlebt hatte. Während der Mittelstufe waren die Anfälle dann verschwunden – und blieben so lange aus, dass ich schon dachte, ich wäre geheilt.

Aber dann, nicht lange nach meinem Umzug hierher, kam die Krankheit zurück.

Nur in milder Form. Im Vergleich zu früher wirklich nicht dramatisch. Ich versuchte mir das immer wieder klarzumachen. Aber allein der Gedanke daran – die Gewissheit, dass die Krankheit zurück war, dass ich jederzeit mit einem Anfall rechnen musste, dass ich nicht genesen war, dass ich immer noch diejenige war, die von einer Übernachtungsparty wieder ausgeladen wurde – genügte, um mein Selbstbild komplett in Frage zu stellen.

Aber darüber redete ich nicht. Niemals, wenn ich es irgendwie vermeiden konnte. Ich trug diesen Gedanken stattdessen wie einen kleinen Eiswürfel aus Angst in meiner Brust mit mir herum.

Und so drang Alice auch nicht zum eigentlichen Kern der Sache vor. »Vielleicht solltest du mal wieder mit jemandem ausgehen.«

»Mit jemandem ausgehen?«, fragte ich.

»Du weißt schon. Als Vorsichtsmaßnahme.«

»Mit wem denn?«, fragte ich herausfordernd. »Vielleicht mit Raymond vom Wachdienst?«

»Was ist mit diesem Typen aus der IT-Abteilung mit den Ohrringen?«

»Ohrringe sind für mich ein Ausschlusskriterium.«

»Oder Bruce, der die Nachhilfestunden gibt?«

»Er ist mit der Frau verheiratet, die das Café an der Post Street betreibt.«

»Hat sich der neue Unterstufen-Biolehrer nicht gerade scheiden lassen?«

»Himmel noch mal, Alice!«, rief ich entrüstet. »Er ist ungefähr vierzig!«

Alice konnte mit hysterischen Ausbrüchen nichts anfangen. »Irgendwann bist du auch vierzig.«

»Ja, in zwölf Jahren!«

»Der entscheidende Punkt«, fuhr Alice fort, »ist doch folgender: Wenn du dich jetzt schnell noch in jemanden – irgendjemanden – verlieben könntest, dann wäre dein Herz zu glücklich, um sich noch um diese ganze Angelegenheit zu kümmern.«

»Ich habe nicht besonders viel Erfahrung in Sachen Liebe«, sagte ich düster. »Aber ich glaube nicht, dass es so funktioniert.«

Es war lächerlich. Seit die Anfälle zurückgekommen waren, war ich mit niemandem mehr ausgegangen. Das lag sicher auch zum Teil daran, dass die Auswahl an Kandidaten auf der Insel eher übersichtlich war. Aber vor allem mochte ich Stabilität. Ich brauchte Stabilität in meinem Leben. Gerade jetzt. Stillstand. Routine. Selbst wenn es möglich wäre, sich schnell noch in jemanden zu verlieben – ich befand mich im Moment ohnehin in einem emotional hoch angespannten Zustand, es war also nicht gerade der richtige Zeitpunkt für irgendwelche Experimente auf diesem Feld. Außerdem war da noch etwas, das ich noch nie jemand anderem gegenüber zugegeben hatte, vielleicht hatte ich es noch nicht einmal mir selbst eingestanden. Ich hatte bereits aufgegeben.

Denn in meinem Leben gab es eine hartnäckige, unbeantwortete Frage. Zusammen mit den Anfällen war sie wieder in meinem Kopf aufgetaucht. Mir war gar nicht richtig bewusst gewesen, dass sie mich nach wie vor beschäftigte. Ich war nicht einmal sicher, ob ich die Antwort überhaupt wissen wollte.

Wer konnte mich denn überhaupt lieben, so wie ich war?

Ich hatte diesen Gedanken niemals ausformuliert, schon gar nicht hatte ich ihn laut ausgesprochen.

Und ich würde ganz sicher auch heute nicht damit anfangen.

4

An jenem Abend hatte ich keinen Anfall – auch nicht am folgenden oder am darauffolgenden. Manchmal sind alle Vorboten da, und es passiert trotzdem nichts.

Aber das kann einem helfen, Prioritäten zu setzen. In Erwartung der Katastrophe versuchte ich mich auf mich selbst zu konzentrieren, meinen Alltag an meinen labilen Zustand anzupassen und schlicht alles zu tun, um einen Anfall zu vermeiden.

Das klingt einfacher, als es ist. Vor allem dann, wenn man anfängt, sich darüber aufzuregen, dass man es nicht schafft, Ruhe zu bewahren.

Tatsächlich hatte ich ein Arbeitspensum, das kaum zu bewältigen war. Den ganzen Sommer über hatte ich nicht in der Bibliothek gearbeitet. Nicht mehr, seit Max gestorben war, klar – aber auch davor, als ich mit so viel Vorfreude seine Geburtstagsparty geplant hatte. Ich hatte gedacht, dass ich mich danach wieder an die Katalogisierung der Bücher machen könnte. Dann, nach der Beerdigung, hatte ich mich um Babette gekümmert: Ich organisierte die Trauerfeier, machte ihre Wäsche, backte Blaubeermuffins, die sie nie aß, goss die Pflanzen in ihrem Garten und ordnete die ungelesenen Kondolenzkarten in alphabetischer Reihenfolge.

Der Sommer war für mich sonst immer die Zeit gewesen, in der ich mich organisierte, liegengebliebene Sachen aufarbeitete und die kommende Zeit plante. Aber in diesem Jahr hatte ich nichts davon getan. Und nun war er schon fast vorbei.

Ich hatte also keine Zeit mehr zu verlieren. Ich musste alles – den Schock, die Trauer, die Angst, die Aufregung, die Sorge – auf die altbewährte Art und Weise bewältigen: durch blinde Arbeitswut.

Das passte gut. Denn es gab wirklich jede Menge zu tun.

Der Start eines neuen Schuljahres bedeutet schon unter normalen Umständen zahllose Überstunden und lange Abende in der Bibliothek – all unsere neuen Bücher müssen erfasst und abgestempelt werden (ich stemple grundsätzlich auf die Titelseiten, und dort in die Ecke), dann müssen sie mit einem Barcode versehen und in einen Plastikeinband eingeschlagen und schließlich in die Regale eingeordnet werden. Außerdem muss ich mich um eine ansprechende Gestaltung der Schulbibliothek, um alle organisatorischen Fragen und um den Stundenplan kümmern. Meine Schränke werden nach Marie-Kondo-Art durchgeräumt, ich mache mich mit den Unterrichtsplänen der Lehrer vertraut und stelle die entsprechenden Bücher themengebunden zusammen. Das alles bedeutet jede Menge Planungsaufwand, es ist aber auch mit körperlicher Anstrengung verbunden und braucht ganz einfach seine Zeit.

Ich bin immer erstaunt, wenn die Leute glauben, ich würde den ganzen Tag nur in der Bibliothek herumhängen und mir dort eine schöne Zeit machen. Eine weitverbreitete Meinung ist auch, dass ich den ganzen Tag nur lese. Und dann sind da natürlich noch die Kinder, die tatsächlich glauben, dass ich in der Bibliothek wohne. Es also wirklich für mein Zuhause halten.

Tatsächlich verbringe ich jede freie Minute mit Lesen – aber nicht während der Arbeit. Da helfe ich Kindern, die Bücher zu finden, die sie gerade brauchen, und erkläre ihnen dann, wie die selbstständige Ausleihe funktioniert. Ich zeige ganzen Schulklassen, wie man sich in der Bibliothek zurechtfindet und wie man sich als verantwortungsvoller Bibliotheksnutzer verhält. Ich versuche ihnen zu vermitteln, warum Geschichten so wichtig sind. Ich veranstalte Vorlesestunden für alle Altersstufen, auch für die höheren Klassen. Ich bringe Freiwilligen bei, wie sie beim Einräumen der Regale helfen können, ich vertiefe mich in Bücherkataloge, um Neuanschaffungen für die Bibliothek herauszusuchen, und ich sortiere alte Bücher aus den Beständen heraus. Außerdem habe ich Pausenaufsicht, muss zu Personalsitzungen, organisiere Autorenlesungen, plane Kurse. Und nicht zu vergessen: Im Frühling steht die große Inventur an. Das alles bedeutet mehr Arbeit, als die Leute denken.

Es ist sogar mehr Arbeit, als ich selbst vermutet hätte.

In diesem Jahr hatte ich zudem – von meinem eigenen Geld – ein buntes Riesenmobile gekauft, bestehend aus grell bemalten Fahrradteilen. Im Internet hatte es so beruhigend gewirkt, und ich hatte mich von einem Video verzaubern lassen, in dem sich das Mobile sanft drehte ... aber als die Kiste dann ankam, fand ich darin lauter Tüten mit über hundert Einzelteilen, die zusammengesetzt werden mussten – und ich schloss die Kiste sofort wieder.

Wohl eher nicht. Macht nichts.

Es würde mich eine Million Stunden kosten, das alles zusammenzubauen, mindestens. Auf meiner schier endlosen To-do-Liste musste der Aufbau des Mobiles auf den allerletzten Platz verwiesen werden.

Arbeitswut war ein funktionierendes Prinzip – und dann doch wieder nicht. Stress abbauen kann ich eigentlich am besten mit Schaumbädern, guten Romanen oder dem ein oder anderen Nickerchen unter einer kuschelweichen Decke – in Wahrheit hatte ich aber überhaupt keine Zeit für solche Sachen. Doch das Abarbeiten meines Aufgabenberges hatte ebenfalls eine meditative Wirkung auf mich, und das lag nicht nur daran, dass ich mit jedem Punkt, den ich von meiner Liste streichen konnte, ein bisschen weniger panisch wurde: Die Arbeit hielt mich auch davon ab, einen objektiven Blickwinkel auf meine Situation einzunehmen. Sie hielt mich davon ab, über die Vergangenheit nachzudenken, und sie hielt mich davon ab, mir die Zukunft auszumalen. Vielmehr konnte ich mich immer auf den nächsten kleinen Schritt konzentrieren, den ich zu erledigen hatte.

Es hat einen beruhigenden Effekt, wenn man seine Sichtweise so einschränkt. Ich sah gewissermaßen den Wald vor lauter Bäumen nicht. Und in manchen Momenten der

Erleichterung, wenn wieder ein Punkt abgehakt war, vergaß ich sogar den ganzen Wald.

So kam es auch, dass ich vollkommen aus allen Wolken fiel, als Alice sich am Abend vor unserer ersten offiziell anberaumten Personalversammlung mit Duncan meldete. Mir war bewusst, dass Sonntag war, aber ich hatte inzwischen die Übersicht verloren, welcher Sonntag.

Ich war gerade auf dem Weg zum Supermarkt, um die Vorräte für die kommende Woche aufzufüllen, als ich folgende, zunächst nichtssagende Nachricht von Alice bekam: *Tolle Neuigkeiten!*

Was denn?, schrieb ich zurück.

Mir ist gerade der Titel für meine Autobiographie eingefallen!

Na, Gott sei Dank!

Ja, nicht wahr?

Und, wie soll sie heißen?

Nachdenken genügt.

Ich möchte jetzt nicht nachdenken.

Nein, das ist der Titel!

Ach.

»Nachdenken genügt. Die Erfolgsgeschichte der Alice Brouillard.«

Ah ja.

Perfekt, oder? Das wird mein Slogan.

Ein Slogan war lange nötig.

Finde ich auch. Und vielen Dank schon mal.

Wofür?

Dass du meine Ghostwriterin bist.

85

Das war ein typischer Chatverlauf zwischen Alice und mir. Wir tauschten noch ein paar Emojis aus, und dann, als ich dachte, unsere Konversation wäre für diesmal beendet, pingte mein Handy noch einmal.

Alice schrieb: *Ich kann es kaum erwarten, deinen berühmten Typen morgen endlich kennenzulernen!*

Mir fiel das Handy aus der Hand.

Morgen? Aus heiterem Himmel war plötzlich der Tag gekommen. Morgen war es so weit. Morgen war der Tag, vor dem ich mich so gefürchtet hatte, dass ich die Zeit vergessen hatte. Der Tag, an dem ich Duncan Carpenter wiedersehen würde, ob ich wollte oder nicht. Die Zeit ließ sich schließlich nicht anhalten.

Ich konnte es nicht fassen.

Das war doch einfach nicht möglich.

Wie hatte es so weit kommen können?

Stress abbauen, rief ich mir in Erinnerung. *Stress abbauen.*

Aber das Timing war gut. Supermärkte waren für mich schon immer eine gute Ablenkung gewesen.

Ich schnappte mir einen Einkaufswagen und atmete tief durch, während ich um die Zeitschriften und massentauglichen Taschenbücher herumkurvte und dann die Gänge auf und ab schob. Einen Moment erwog ich, ein Badehandtuch mit Einhorn-Motiv zu kaufen, es war im Angebot. Brauchte ich vielleicht ein neues Handrührgerät? Eine Kaffeemühle? Eine neue Muffin-Backform?

Ich hatte gerade mal einen Artikel in meinen Einkaufswagen gelegt – den allerwichtigsten überhaupt: Kaffee –, als ich ihn plötzlich entdeckte.

Duncan Carpenter.

Er war hier. Einfach so. In meinem Supermarkt.

Ich sah ihn aus dem Augenwinkel am Ende des Ganges vorbeilaufen, und unwillkürlich ging ich in die Hocke und versuchte, mich hinter meinem Einkaufswagen zu verstecken.

Dann stand ich ganz langsam wieder auf, alle Sinne in Alarmbereitschaft, und schob meinen Wagen zum Ende des Ganges, wo ich Duncan gerade gesehen hatte. Vorsichtig spähte ich um die Ecke.

Da war er, ganz am anderen Ende. In weißem Hemd und grauer Anzughose spazierte er hinter seinem Einkaufswagen her, als wäre es nichts Besonderes. Als wäre es das Normalste der Welt. Als würde jeden Tag jemand mit dem Namen Duncan Carpenter in einem Supermarkt in Galveston herumlaufen.

Ja, es bestand kein Zweifel. Er war es.

Ich konnte sein Gesicht nicht sehen, aber seinen Gang hätte ich überall erkannt: Wie er die Beine nach vorne bewegte und die Füße aufsetzte. Ich weiß, was Sie jetzt denken. *Genau. So funktioniert das Gehen gemeinhin.* Aber die Sache ist die, dass ich seine ganz spezielle Art zu gehen erkannte. Die Bewegungsausrichtung, den Rhythmus, den Schwung. Ich war mir vollkommen sicher. Manche Feinheiten hatten sich geändert, aber im Grunde war alles noch dasselbe. Die Haltung, der Gang, der Hinterkopf: Das war Duncan. Ich ließ den Blick ein wenig tiefer schweifen.

Ja, Bestätigung auch hier, das war sein Allerwertester.

Und damit ergriff mich eine jähe Panik.

Darauf war ich nicht vorbereitet. Das konnte ich nicht. Ich musste hier raus.

Den ganzen Tag über hatte ich in der Bibliothek gearbeitet, hatte Bücher in Plastik eingebunden und die Titel in den Computer eingegeben, anschließend war ich direkt zu Babette gefahren, um für sie Spaghetti zu kochen, und hatte dabei in ihrer Küche ein Tomatensoßenmassaker angerichtet. Die Spuren davon waren noch auf meinem T-Shirt zu sehen. Schließlich hatte ich noch den Abwasch erledigt. Ich war übernächtigt, meine Augen verquollen, die Schultern verspannt. Ich hatte heute Morgen nicht geduscht, so viel wusste ich sicher. Allerdings konnte ich mich gerade nicht mehr erinnern, ob ich Deodorant benutzt oder mir die Haare gekämmt hatte.

Nein. Das war sicher nicht der Zeitpunkt, um Duncan Carpenter unter die Augen zu treten. Ihn wiederzusehen.

Ich musste hier raus.

Ich beugte mich tief über meinen Einkaufswagen und ging hinter ihm her, denn ich dachte, es wäre besser, ihn auf dem Weg zu den Kassen im Auge zu behalten. Jeder Gedanke an sinnloses Shopping war nun vergessen. Er war hier! Auf der Insel! Auf meiner Insel! In meinem Supermarkt, ausgerechnet!

Ich kann Ihnen gar nicht beschreiben, wie sehr mich sein Anblick schockierte. Im Nachhinein gesehen wäre es besser gewesen, ich hätte den Kaffee stehen gelassen und wäre einfach abgehauen. Aber tatsächlich hatte ich keinen Kaffee mehr im Haus. Ich konnte unmöglich ohne Kaffee in das neue Schuljahr starten.

Ich wollte Duncan nicht zu direkt anstarren, aus Angst, er könnte meinen Blick im Rücken spüren und sich umdrehen, deshalb konzentrierte ich mich auf einen Punkt ein Stückchen neben ihm. Plötzlich bog er links zu den Tiefkühlprodukten ab, und ich schlug einen Haken nach rechts in die erstbeste Kassenschlange. Dann wartete ich, während ein Kassierer einen riesigen Stapel Fertiggerichte über den Scanner zog. Ein alter Mann mit Gehwagen hatte offenbar das gesamte Sortiment leer gekauft.

Natürlich hätte ich Mitgefühl für diesen alten Mann empfinden sollen. Wer weiß, womöglich war er verwitwet und musste sich nun, nachdem er die Liebe seines Lebens verloren hatte, selbst versorgen, genau wie Babette. Möglicherweise hatte er auch den wöchentlichen Einkauf für ein paar Freunde übernommen, die Unterstützung brauchten. Vielleicht war er krank, und etwas anderes als Mikrowellengerichte konnte er nicht zubereiten. Jeder hatte seine eigene Geschichte. Aber ich hatte jetzt keine Zeit für Mitgefühl. Ich musste hier weg. Ungeduldig stand ich hinter ihm – ich klopfte tatsächlich mit den Zehen auf den Boden –, während der Scanner wieder und wieder erfolglos über den Barcode der gefrorenen Päckchen fuhr. Ich wurde immer nervöser.

Vielleicht darf ich noch hinzufügen, dass der Kassierer nicht die hellste Kerze auf der Torte war? Darauf, den Barcode manuell einzutippen, kam er nicht – vielleicht konnte er es auch einfach nicht. Stattdessen fuhr er immer und immer wieder mit dem Scanner erfolglos über den Barcode. Zwischendurch wischte er den Scanner an seinem T-Shirt ab oder pustete darauf, er redete sogar in mahnendem Ton mit ihm.

Siebentausend gefrorene Fertiggerichte später war ich so weit, mit meiner Stirn auf das Förderband einzuschlagen. Aber ich hielt still. Absolut still. Denn in genau jenem Moment, als der alte Mann endlich abkassiert war und den exakten Betrag abzählte – in Münzen, um Himmels willen –, hörte ich, wie ein Einkaufswagen hinter mir ankam. Ich hörte es, und dann spürte ich es, denn er rammte mir unsanft gegen das Hinterteil.

»Hoppla, tut mir leid«, sagte der Mensch hinter dem Einkaufswagen, nur wenige Schritte entfernt.

Duncan Carpenter.

Ich hatte diese Stimme über vier Jahre nicht mehr gehört, aber ich erkannte sie augenblicklich. Als ich vorhin seine Bewegungen gesehen hatte, war ich mir schon zu neunzig Prozent sicher gewesen, dass er es war. Als ich dann einen verliebten Blick auf sein Hinterteil geworfen hatte, war die Wahrscheinlichkeit auf neunundneunzig Prozent gestiegen. Und jetzt, als ich seine Stimme hörte, hatte ich endgültig Gewissheit. Er war es. Kein Zweifel. Keine Ausflüchte. Es gab nicht den Hauch einer Chance, dass es sich um jemand anderen handeln könnte, der mich, in meinem bekleckerten T-Shirt, gerade gerammt hatte.

In diesem Moment wusste ich nur eines ganz sicher:

Ich würde mich unter keinen Umständen umdrehen.

Eher würde ich meinen Kaffee liegenlassen. Eher würde ich den alten Mann mit seinem Gehwagen aus dem Weg schubsen, als dass ich mich umdrehte. Eher würde ich auf allen vieren auf den Parkplatz hinauskrabbeln, als dass ich mich umdrehte.

Als ich nicht auf seine Entschuldigung reagierte, versuchte er es mit: »Ich hab zu spät gebremst.«

Raten Sie mal, was ich ganz sicher nicht tun würde? Mich umdrehen.

Ich hob lediglich den Arm und machte eine wegwerfende Handbewegung, als wollte ich sagen: *Egal.*

Dann stand ich da. Und beachtete ihn einfach nicht.

Als ich an der Reihe war, um meine alberne Dose Kaffee zu bezahlen, schaute ich weiter stur geradeaus und warf dem Kassierer nur einen Blick aus dem Augenwinkel zu, und im selben Moment, als er den Betrag in die Kasse eingegeben hatte, packte ich die Kaffeedose, schnipste ihm einen Fünf-Dollar-Schein hin und machte mich aus dem Staub.

»Was ist mit Ihrem Wechselgeld?«, rief mir der Kassierer nach.

»Behalten Sie es«, rief ich zurück, ohne mich umzuwenden, und schoss an dem alten Mann vorbei. Draußen auf dem Gehsteig lehnte ich mich kurz gegen einen Pfosten, doch dann taumelte ich weiter, als wäre ich auf der Flucht – und konnte an nichts anderes mehr denken als daran, auf dem schnellsten Weg nach Hause zu kommen, ehe noch irgendetwas anderes passieren konnte.

Einen Block weiter ließ die Panik allmählich nach, und mir wurde die Tragweite dessen bewusst, was gerade passiert war.

Es war eine Tatsache. Es war wirklich wahr.

Duncan Carpenter würde hierherziehen – er war bereits hierhergezogen. Das geschah wirklich. Ich würde jeden Tag in die Arbeit gehen müssen und ihm dort unweigerlich begegnen. Ich würde ihm am Strand über den Weg laufen, bei einem Stadtbummel und, wie sich soeben gezeigt hatte, im Supermarkt.

Sicherlich war er inzwischen mit dieser dummen Frau aus Andrews verheiratet. Sicher hatte er Familie. Wie viele Kinder mochten sie wohl im Laufe der Jahre zustande gebracht haben? Drei? Vier? Sicher eine ganze Kinderschar. Wahrscheinlich eine Herde. Natürlich, was auch sonst. Sicherlich war er ein großartiger Vater – trug seine Kinder auf den Schultern herum und spielte Flieger mit ihnen. Alle Termine der Kinder waren in einen bunten Familienkalender eingetragen. Sie war bestimmt eine gute Köchin, und jeden Abend trank sie genau ein einziges Glas Wein zum Abendessen ... und sicherlich nahm sie all ihr Glück für selbstverständlich.

Ich dachte an all die Schulfeste, wo ich den beiden notwendigerweise begegnen musste, in all ihrer Herrlichkeit. Ich würde ihr zusehen müssen, wie sie gutmütig seine Verrücktheiten in Kauf nahm, wenn er auf den Händen lief oder mit Hotdogs jonglierte oder wenn er auf dem Picknick zu Schuljahresbeginn eine Karaoke-Maschine anschmiss.

Und so schlug mein Versuch, mich bereitwillig in das Unvermeidliche zu fügen, auf einmal in so akute Angst um, dass ich unwillkürlich schneller ging, als wollte ich vor mir selbst davonlaufen. Allein der Gedanke daran ... hier mit ihnen zusammen gefangen zu sein, auf unabsehbare Zeit Zeugin ihres Familienglücks sein zu müssen, während sich mein eigenes Leben in jeder Hinsicht auf so tragische Weise armselig dagegen ausnahm …

O Gott. Das würde alles noch viel schlimmer werden, als ich es mir ausgemalt hatte.

Ich war ihm schon einmal entkommen. Ich hatte alles aufgegeben und war weggezogen, hatte mir ein neues Leben aufgebaut. Ein gutes Leben. Und jetzt, während ich nach Hause lief – oder eher nach Hause stampfte –, nahm ich es Duncan Carpenter verdammt übel, dass er einfach fröhlich hierherkam und alles kaputt machte. Und ich verübelte es Kent Buckley, dass er Duncan angeworben hatte. Und wenn ich schon mal dabei war, machte ich auch Max Vorwürfe, dass er uns verlassen und überhaupt erst in diese Situation gebracht hatte.

Als ich schließlich bei meiner Remise angelangt war, hatte ich mich damit abgefunden. So war es nun mal. Meine Zukunftsaussichten waren düster. Duncan würde jeden verzaubern und als unser neuer Liebling in die Fußstapfen von Max treten. Überall Duncan. Jeden Tag, für immer. Was würde das mit mir machen? Würde ich dahinwelken? Würde ich zusammenbrechen? Oder würde ich verbittern, austrocknen und allmählich eingehen?

Und auf einmal wurde mir klar: Irgendeine Seite musste nachgeben.

Ich hatte vielleicht keinen Einfluss darauf, was Duncan Carpenter tat oder Kent Buckley oder gar Max. Aber das bedeutete nicht, dass ich gar keine Wahl mehr hatte.

Ich musste nicht hierbleiben und tatenlos zusehen, bis die Situation unerträglich wurde. Ich musste nicht stillhalten, während mein Leben um mich herum zerfiel. Ich konnte etwas tun, ich konnte fortgehen, besser gleich als später. Ich konnte die schlimmste Phase überspringen und direkt zu dem Teil vorspulen, wo ich mich langsam wieder erholte.

Das schien mir eine hervorragende Idee zu sein.

Ich konnte weggehen.

Ich wollte meine Leben hier nicht aufgeben. Aber noch weniger wollte ich, dass man es mir nahm. Und das gab den Ausschlag.

Gemessen an meinen Optionen, schien das eine ziemlich gute Lösung zu sein. Ich würde mich selbst aus dem ganzen Schlamassel herausziehen, morgen in die Schule gehen, die Einführungsveranstaltung von Duncan Carpenter über mich ergehen lassen und ihn anschließend in seinem Büro aufsuchen. Und dann würde ich meine Zukunft in meine eigenen Hände nehmen … und kündigen.

Von allen hervorragenden Ideen, die ich jemals gehabt hatte, war dies die tragischste.

Aber damit war mein Problem gelöst.

5

Ich fand meine Idee genial. Auch am nächsten Tag, als ich zufällig zwei Stunden vor dem Weckerklingeln aufwachte, war ich noch absolut überzeugt davon. Ich war nicht machtlos. Es musste nicht so sein, dass ich jeden Tag zur Arbeit ging und zuließ, dass eine unerwiderte Liebe jede Lebensfreude aus mir herauspresste.

Ich würde einfach kündigen – ganz Herrin der Lage.

Jeden Tag kündigte irgendjemand seinen Job, das war ganz normal.

Natürlich würde ich meine Kinder in der Schulbibliothek nicht im Stich lassen, sondern so lange bleiben, bis eine geeignete Nachfolge gefunden war. Und natürlich war eine Kündigung von außen betrachtet, die schlechteste Lösung, denn sie bedeutete, dass ich mein gesamtes Leben hier aufgeben musste. Aber ich betrachtete die Sache nicht von außen. Ich fixierte mich auf genau einen einzigen Ausschnitt: Wollte ich ohnmächtig sein – oder wollte ich mein eigenes Schicksal in die Hand nehmen? Wenn man es auf diese eine Frage herunterbrach, war die Antwort einfach. Und einfache Antworten fühlen sich immer gut an.

Der Gedanke an einen Ausweg öffnete mein Herz und ließ Erleichterung durch meinen Körper strömen. Ich hatte eine Wahl. Es war zwar keine besonders attraktive Wahl … aber darum ging es nicht.

Ich würde noch einmal neu anfangen. Das war nicht unmöglich. Immerhin hatte ich es schon einmal getan, und ich konnte es wieder tun.

Ich würde mich auf die Suche nach Stellenangeboten für Bibliothekare in hübschen kleinen Städtchen machen. Vielleicht würde sogar Babette mitkommen. Ein Neuanfang würde ihr sicher guttun. Und wenn Babette mitkam, würde Alice vielleicht folgen. Himmel, wir könnten ein ganz neues Utopia erschaffen, irgendwo in Maine in einem romantischen Fischerörtchen oder in einer vergessenen Geisterstadt in Colorado.

An Schlaf war nun nicht mehr zu denken. Ich setzte mich im Bett auf und schaltete die Nachttischlampe ein. Draußen war es noch dunkel.

Ich fühlte mich besser. Und nicht nur das: Ich fühlte mich belebt.

Ich würde mir mein Leben zurückerobern.

Nur musste ich erst noch ein kurzes Wiedersehen mit Duncan überstehen. Aber wie lang konnte so eine Veranstaltung schon dauern? Eine Stunde vielleicht? Eine Stunde lang würde ich die Zähne zusammenbeißen, und dann würde ich frei sein.

Ich hatte meine Entscheidung getroffen. Das Schwierigste war also überstanden. Dennoch blieb noch eine weitere Sache zu klären: Was sollte ich anziehen?

Es ist keine Kleinigkeit, jemanden, in den man einmal verliebt war, nach so vielen Jahren wiederzusehen – für niemanden. Aber für mich stellte es eine besonders große Herausforderung dar.

Weil ich mich seither so sehr verändert hatte.

Als wir damals Kollegen gewesen waren, war ich eine graue Maus. Absichtlich. Ich hatte mich … versteckt. Aber inzwischen versteckte ich mich nicht mehr. Jetzt tat ich genau das Gegenteil.

Bei jenem ersten Anfall, als meine Epilepsie zurückgekehrt war, hatte ich am Steuer gesessen. Und war mit meinem Auto in einen 7-Eleven gekracht. Erst im Krankenhaus war ich wieder zu mir gekommen, mit einem gebrochenen Arm, einem blauen Auge, sechzehn Stichen und einer kahlrasierten Stelle am Kopf, wo sie mich operiert hatten.

Zum Glück war sonst niemand verletzt worden … aber ich habe seitdem keinen 7-Eleven mehr betreten.

Als ich nach dem Unfall in die Arbeit zurückkehren sollte, brachte ich es einfach nicht über mich. Ich hatte mich angezogen und mir das blaue Auge so gut wie möglich überschminkt, und ich hatte eine graue Beanie-Mütze aufgesetzt, um den Verband zu verstecken. Dann hatte ich meine Tasche über die Schulter gehängt, hatte die Autoschlüssel in die Hand genommen, mich kurz im Spiegel betrachtet … und war in Tränen ausgebrochen.

Als Max nach der zweiten Pause vorbeikam, um nachzusehen, warum in der Bibliothek noch immer kein Licht brannte, heulte ich immer noch. Es endete schließlich damit, dass ich einen Tag freinahm, aber am Abend stand Max

97

wieder vor meiner Tür und brachte mir ein Geschenk vorbei: einen Hut, über und über mit Kreppblumen verziert.

»Der ist wirklich sehr … bunt«, sagte ich.

»Er gehört Babette«, erwiderte Max. »Ich habe sie gefragt, ob ich ihn dir schenken darf.«

Ich bat ihn herein, und wir setzten uns aufs Sofa. Ich hatte keine Ahnung, was ich mit einem so grellbunten Hut anfangen sollte. Ich wusste nicht, was ich sagen sollte. »Da sind wirklich … viele Blumen drauf.«

»Ich finde, du solltest ihn morgen in der Schule tragen«, sagte Max.

Ich betrachtete den Hut. Ich wollte nicht unhöflich sein. »Er ist ein bisschen … mutiger, als ich mich normalerweise anziehe.«

»Ja, das ist er«, stimmte Max zu. »Und deswegen wirst du den ganzen Tag auf die Blumen angesprochen werden und nicht auf den Anfall.«

Ich nickte. Ich hatte verstanden. »Oder die Stiche.«

Er zuckte mit den Schultern. »Oder den 7-Eleven.«

Ich betrachtete den Hut noch einen Moment länger.

»Warum zögerst du?«, fragte Max.

»Hast du mich schon jemals so was tragen sehen?«

»Blumen strahlen Fröhlichkeit aus«, sagte Max.

»Ich bin gerade nicht besonders fröhlich.«

»Eben«, sagte Max. »Dafür sind die Blumen da.«

Ich sah den Hut an und schüttelte den Kopf. »Ich weiß nicht, ob ich das fertigbringe.«

»Probier ihn doch mal an«, meinte Max mit einem Kopfnicken Richtung Hut. »Na los.«

Und da nahm ich den Hut und setzte ihn mir auf, vorsichtig, wegen der Blumen und wegen meiner Naht, dann drehte ich mich zum Spiegel. Mit einem Mal sah ich nicht mehr wie die traurige, verschüchterte, enttäuschte und ernüchterte Person aus, die gerade beinahe bei einem selbstverschuldeten Autounfall ums Leben gekommen wäre. Ich sah aus, als wollte ich auf einen Faschingsumzug gehen.

Und da brach ich wieder in Tränen aus.

Ich wusste nicht einmal genau, warum.

Wegen allem. Weil meine Wunde am Kopf schmerzte. Und weil ich meine Mutter vermisste. Und weil ich nicht zurück in die Schule wollte – nie mehr. Und weil ich zehn Jahre nach meiner Heilung eben nicht mehr geheilt war. Aber auch wegen der unbeirrbaren Schönheit dieser Papierblumen. Und wegen Max' Güte. Und ich weinte über diesen erstaunlichen, lächerlichen, wunderbaren Hut.

Max legte mir den Arm um die Schultern und ließ mich einfach weinen. Er blieb da, bis ich keine Tränen mehr hatte. Und dann, als ich schließlich ruhig geworden war, sagte er: »Ich möchte dir was Schlaues sagen, das ich über das Leben herausgefunden habe.«

»Okay«, sagte ich.

»Und ich will, dass du dir das merkst, weil es nämlich wirklich schlau ist.«

»Okay.«

»Bereit?«

Jetzt lächelte ich schon. »Ja.«

»Okay. Hör genau zu. Achte auf die Dinge, die dir Spaß machen.«

Das hatte ich nicht erwartet. Ich lehnte mich ein Stück zurück, damit ich ihn anschauen konnte. »Was hat denn Spaß mit alldem zu tun?«

»Spaß ist wichtig.«

Wirklich? »Ich weiß nicht recht. Es ist wichtig, keinen Autounfall zu haben. Spaß scheint da eher entbehrlich.«

Aber Max lächelte nur. »Es ist eines der Geheimnisse des Lebens, die einem keiner erklärt. Spaß heilt alles.«

Ich schnaubte verächtlich. »Alles?« Herausfordernd deutete ich auf den Verband auf meinem Kopf.

»Alles, was mit Gefühlen zu tun hat«, verdeutlichte Max.

»Ich glaube nicht, dass man Gefühle heilen kann«, sagte ich.

Aber Max nickte nur. »Spaß ist ein Gegenspieler von Angst. Von Wut. Von Langeweile. Von Trauer.«

»Aber man kann ja nicht einfach beschließen, fröhlich zu sein.«

»Stimmt. Aber man kann beschließen, etwas zu tun, das einem Spaß macht.«

Darüber dachte ich kurz nach.

»Du kannst jemanden umarmen. Du kannst das Radio lauter drehen. Du kannst einen lustigen Film anschauen. Oder jemanden kitzeln. Oder lautlos den Text deines Lieblingsliedes mit den Lippen formen. Oder der Person hinter dir in der Starbucks-Schlange einen Kaffee kaufen. Oder einen Blumenhut in der Arbeit tragen.«

Ich schüttelte den Kopf. »Ein Blumenhut kann unmöglich all meine Probleme lösen.«

»Nein, aber er kann bestimmt dabei helfen.«

Ich seufzte.

»Es geht auch gar nicht darum, all deine Probleme zu lösen«, sagte Max. »Du wirst niemals all deine Probleme lösen.«

»Na, das ist doch ermutigend.«

»Es geht darum, trotzdem fröhlich zu sein. Sooft du kannst.«

Ich holte zitternd Luft.

»Ich weiß, dass du Angst hast«, sagte Max und drückte meine Hand. »Aber morgen wirst du aufstehen und diesen verrückten Hut aufsetzen, und dann wirst du zur Schule laufen … und du wirst dich auf jeden Fall besser fühlen.«

Das wollte ich gerne glauben. »Woher willst du das wissen?«, flüsterte ich.

»Weil mit Mut alles einfacher wird«, sagte Max. »Und ich werde nicht zulassen, dass du dein Leben in Angst verbringst.«

Am nächsten Tag ging ich mit dem Hut in die Schule. Und tatsächlich – alle achteten nur auf den Hut. Die Kinder waren außer sich vor Begeisterung – genau wie die Lehrer. Ich konnte es in ihren Gesichtern lesen, wenn sie mich ansahen – wie freudig überrascht sie waren. Die Leute fingen bei meinem Anblick an zu strahlen, und sie behielten dieses Strahlen, wenn sie wieder gingen. Sie nahmen dieses Gefühl mit in den Tag und zu ihren nächsten Begegnungen.

Niemand sprach von dem Autounfall oder dem Anfall oder von der Tatsache, dass mein Leben gerade über mir zusammengestürzt war. Wir redeten über den Hut. Wo hatte ich ihn her? Woraus war er gemacht? Wie fühlte es sich an, ihn zu tragen?

»Fabelhaft«, sagte ich daraufhin immer, und das meinte ich ernst.

Natürlich war der Hut nicht die Lösung all meiner Probleme.

Aber jedes Mal, wenn ich sah, wie jemand anders deswegen anfing zu strahlen, freute ich mich. Das hob mein Stimmungsbarometer gerade genug an, dass ich funktionieren, in die Schule gehen und meine Arbeit erledigen konnte.

Es war nicht wirklich ein Rettungsboot – eher ein Schwimmring. Es reichte gerade zum Festhalten.

Aber es funktionierte.

Diese Erkenntnis änderte mein Leben. Meinen Kleidungsstil und mein ganzes Auftreten, meine Einstellung zum Leben. Innerhalb eines Jahres trennte ich mich von meiner gesamten Garderobe, die bis dahin ausschließlich aus gedeckten Tönen und Dunkelblau bestanden hatte, und ersetzte sie durch Punkte und Streifen, Bommel und Fransen, grelles Pink und Orange und strahlende Blautöne. Während ich darauf wartete, dass meine Haare nachwuchsen, trug ich bunte Tücher um den Kopf und große gepunktete Sonnenbrillen, hängte mir Blumenketten um den Hals.

Ich verschrieb mich buchstäblich mit Haut und Haar den bunten Farben und färbte mir die nachgewachsenen Strähnen leuchtend pink.

Ich sage Ihnen, in dem Jahr nach meinem Unfall erlebte ich eine Art Wiedergeburt.

Eine modische Wiedergeburt.

Das meiste stammte natürlich aus dem Kaufhaus. Ich konnte von meinem Bibliothekarsgehalt schließlich nicht nach Paris fahren, um mich einzukleiden. Es war eine kontofreundliche Wiedergeburt, aber trotzdem eine Wiedergeburt: Schals, Handtaschen, Ketten, gestreifte Kniestrümpfe, Plateausandalen, gemusterte Röcke, Lippenstift. Je verrückter und bunter, desto besser. Es war, als würde ich mich nach langer Zeit wieder an all die Farben zurückerinnern, die ich jahrelang gemieden hatte – genauso wie an Stoffe, Schnitte und Texturen.

Ich mag vielleicht ein wenig übertrieben haben. Möglicherweise ging ich in diesem ersten Jahr eher in Richtung Zirkusclown als in Richtung Fashionista. Aber das war nicht der Punkt. Die Verwandlung rettete mich. Sie bot mir die Möglichkeit einer Beschäftigung – ich konnte mich auf etwas freuen und für etwas begeistern. Durch sie konnte ich meine Aufmerksamkeit in positivem Sinne auf mich selbst richten.

Nach einer langen Reihe von Niederlagen war das zweifelsohne ein Triumph. Vielleicht würde ich nie wieder Auto fahren, aber verdammt, egal – ich hatte jede Menge bunte Klamotten.

Und um ehrlich zu sein, zog ich während dieser Zeit einige Inspiration aus meinen Erinnerungen an Duncan Carpenter.

In Sachen Mode war er absolut schmerzfrei.

In jenem Jahr dachte ich viel an ihn – allein seine Sammlung von Hosen und Krawatten war unvergesslich. Wenn es irgendwo auf der Welt eine verrückt gemusterte Hose gab, dann hatte er sie unter Garantie im Schrank. Normale Baumwollhosen besaß er in allen Farben: rot, grün, lila, gestreift und uni, sogar mit Patchwork-Karomuster. Er hatte rosa Hosen mit Flamingomotiv, blaue mit Palmwedeln darauf oder gelbe mit Ananasmuster. Es gab nichts, was nicht auf seinen Hosen abgebildet war: die amerikanische Flagge, Hibiskusblüten, Hamburger, Dalmatiner.

Zudem hatte er es sich zur Regel gemacht, jede Krawatte, die ihm ein Schüler schenkte, auch zu tragen, was bald zu einer ganzen Sammlung von Prachtexemplaren führte: Gummienten, fliegende Schweinchen, Eiswaffeln, Frida Kahlo oder sogar Einstein mit herausgestreckter Zunge. Die Schüler machten sich einen Spaß daraus, die verrücktesten, schockierendsten Krawatten für ihn zu finden. Und egal, ob Dollarnoten, Homer Simpson oder Dosenfleischbüchsen, er trug jedes Motiv um den Hals. Wenn einmal im Jahr der Schulfotograf kam, hatte Duncan immer eine Krawatte um, auf die er das Vorjahresfoto des Kollegiums hatte drucken lassen, um einen Spiegel-im-Spiegel-Unendlichkeitseffekt zu erzielen. Von seinen Socken will ich gar nicht erst reden.

Dabei ging es ihm vor allem darum, die Leute zu überraschen. Es ging um Schrulligkeit, Ungehörigkeit und Regelverstoß. Das hatte eine Wirkung auf sein Umfeld. Die Kinder zogen ihn wegen seiner Garderobe auf, ebenso die Erwachsenen. Und ihm gefiel das. Er tat das alles für sich selbst – und gleichzeitig für die anderen. Er legte damit seine eigenen Regeln fest – allerdings so gut gelaunt, dass sich niemand daran störte. Man kam darüber auf wunderbar ungezwungene Weise miteinander ins Gespräch.

Er hatte eine entwaffnende Art. Eine entspannende Wirkung auf sein Umfeld. Er verbreitete damit gute Laune.

Ganz ehrlich, wir reden hier von dem Typen, dessen offizielles Namensschild, auf dem eigentlich nur Name und die Fachrichtung aufgeführt werden sollten, also in seinem Fall *Duncan Carpenter/Vorschule und Sport* jedes Jahr mit einem »Tippfehler« aus der Druckerei kam, sodass dort stand: *Duncan Carpenter/Verteidigung gegen die Dunklen Künste.*

Das war Duncan: ein wahrer Entertainer.

Als ich an jenem Tag mit dem Blumenhut in die Arbeit ging, löste das eine Menge Dinge bei mir aus – aber ich hätte nie damit gerechnet, dass es mir eine Ahnung davon vermitteln könnte, wie es sich anfühlte, Duncan Carpenter zu sein.

Es war ein ziemlich gutes Gefühl.

Nach dem Blumenhut-Tag begann ich mir vor meinem Kleiderschrank immer öfter eine Frage zu stellen: Macht es mir Spaß, das zu tragen?

Später las ich dann einen Stapel Bücher über Farbenlehre und die Psychologie der Freude, in denen genau erklärt wurde, inwiefern bunte Farben und ein gesundes Maß an Schrulligkeit nachweislich neurologische Auswirkungen auf das Glücksempfinden von Menschen haben. Aber zu jenem Zeitpunkt damals hatte ich noch keinerlei wissenschaftliches Hintergrundwissen. Ich wusste lediglich, dass ich mich besser fühlte, wenn ich mit einem rot geblümten Kleid und gepunkteten Sandalen zur Arbeit ging.

Und ich hatte es wirklich verdammt nötig, mich besser zu fühlen.

Jetzt, an diesem Morgen, blickte ich einem Wiedersehen mit Duncan mit sehr gemischten Gefühlen entgegen – aber eines davon war definitiv Aufregung. Ich konnte nichts dagegen tun. Ich wollte ihn wiedersehen. Und ich wollte, dass er mich wiedersah – oder vielleicht zum ersten Mal richtig sah – die neue, verbesserte Version von mir, die gar nicht mehr mausgrau, unsichtbar und schüchtern war. Aber das gestaltete die Wahl meiner Garderobe für diesen Tag umso schwieriger.

Es war eine Gelegenheit, für mich selbst einzutreten und klarzumachen, dass ich all diese Farben schon immer in mir getragen hatte. Damals hatte er sich nicht für mich entschieden, aber damals hatte ich mich ja auch vor ihm versteckt.

Jetzt versteckte ich mich nicht mehr.

Jetzt war ich eine Frau, die einen Blumenhut trug.

Im Angesicht von Dunkelheit hatte ich mich für Blumen entschieden. Und für Tupfen. Und Licht.

Und wenn irgendein Mensch auf der Welt das zu schätzen wusste, dann war das verdammt noch mal Duncan Carpenter.

Dann war es – schließlich, endlich, viel zu früh – acht Uhr fünfundvierzig. Und damit Zeit, mich auf den Weg zur Einführungsveranstaltung um neun Uhr zu machen.

Seit dem Aufwachen hatte ich mich nicht weniger als sieben Mal umgezogen – und mich schließlich für ein rotes

Shirtkleid, ein Halstuch mit blassblauen Tupfen, in Stewardess-Art um den Hals geknotet, und offene blaue Plateausandalen, die zu meinem blauen Nagellack passten, entschieden. Meine Haare hatte ich mir inzwischen mehr als schulterlang wachsen lassen – vor allem, weil es mir so viel Spaß machte, sie zu flechten und in wilden Hochfrisuren aufzutürmen. Die Strähnen waren weiterhin pink. Sie waren inzwischen zu einer Art Markenzeichen von mir geworden. Ich vervollständigte meinen Look noch mit großen Ohrringen, rotem Lippenstift und einem leicht geschwungenen Eyeliner, sodass ich ein bisschen wie ein Filmstar aus den Sechzigern aussah. Alice hatte mir zum Geburtstag eine kleine Schachtel Klebe-Tattoos mit aufbauenden Sprüchen geschenkt, zum Beispiel ICH BRAUCHE DICH ÜBERHAUPT NICHT oder WEIL ICH ES SAGE oder SO BIN ICH HEUTE FRÜH AUFGEWACHT. Ich ging aufs Ganze und druckte mir eines auf den Oberarm: DU SCHAFFST DAS – auch wenn es von meinem Ärmel verdeckt wurde.

Du schaffst das.

Ich wollte betörend sein. Nicht einfach nur heiß oder lediglich hübsch. Ich wollte atemberaubend sein. Zugegeben: Für eine Lehrerkonferenz am Montagmorgen war das vielleicht ein wenig dick aufgetragen.

Bevor ich aufbrach, drehte ich mir die Haare zu zwei hohen Dutts und steckte Blumen hinein wie Frida Kahlo.

Dann holte ich mein Fahrrad mit dem blumenbekränzten Fahrradkorb aus der Remise und machte mich auf den Weg.

Es war der längste Arbeitsweg, der jemals mit dem

Fahrrad über die Strecke von drei Querstraßen bewältigt wurde.

Ich konnte es nicht erwarten, Duncan Carpenter wiederzusehen, gleichzeitig hoffte ich inständig, dass er gar nicht erst auftauchen würde. Ich sehnte den Augenblick herbei und fürchtete mich gleichzeitig davor. Und wie schon die ganze Zeit, seit Kent Buckley Duncans Namen ausgesprochen hatte, musste ich ununterbrochen daran denken, dass er nun hier in Galveston war, und weigerte mich gleichzeitig, einen Gedanken daran zu verschwenden.

Das war eine Art Dauerzustand für mich geworden.

Wie würde es sein, ihn wiederzusehen?

Auf diesem Foto, das Kent Buckley uns gezeigt hatte, trug Duncan seine Haare kurz … das wäre also schon mal seltsam. Der Duncan, den ich gekannt und geliebt hatte, hatte immer den Inbegriff eines unkomplizierten Wuschel-Looks gepflegt – jeden Tag ein bisschen anders. Ein liebenswertes Durcheinander.

Auf dem Foto hatte Duncan zweifelsohne anders gewirkt: erwachsener, ernster, sorgfältiger rasiert. Aber ich konnte mir einen Duncan im Anzug einfach nicht vorstellen.

Ich wusste doch, wer Duncan war.

Er war der Typ mit dem Hawaiihemd.

Ungeduld und Vorfreude schärften meine Sinne, ich nahm alles viel deutlicher wahr: den Fahrtwind auf meiner Haut, das Motorengeräusch der Autos, die an mir vorbeifuhren, das Blau des Himmels, den Schwarm Pelikane, der über mir dahinzog. Ich spürte ein nervöses Kitzeln in meinen Nerven – angenehm und unangenehm zugleich.

108

Würde er sich freuen, mich zu sehen? Würde er mich gleich wiedererkennen, oder hatte ich mich so sehr verändert, dass er einen Moment brauchte? Würde ihm meine neue Ausstrahlung gefallen? Es war immerhin möglich, dass er sie nicht mochte. Wie sollte ich reagieren, wenn er mir zu verstehen gab, dass ich mich in dieser Hinsicht ein wenig zurücknehmen sollte? Würde ich wie früher reagieren und schüchtern die Augen niederschlagen und nicken – oder würde ich trotzig die Augenbrauen heben und kontern: »Das sagt der Mann mit den Flamingohosen?«

Erwartete mich Glück oder Verzweiflung? Ich hatte keine Ahnung.

Aber ich musste definitiv mit beidem rechnen.

Ich war pünktlich vor Ort und erwartete eigentlich, dass Duncan Donuts verteilte oder bereits jemanden zum Armdrücken herausgefordert hatte oder auf der Bühne einen Moonwalk hinlegte.

Aber als ich zur Tür hereinkam, war Duncan noch gar nicht da. Unsere Schule war ein Altbau, und so diente die Schulkantine gleichzeitig als Theaterraum. Hinten die Küche, vorne die Bühne. Deswegen fanden auch alle großen Versammlungen hier statt – und deswegen konnten wir uns nie während der Mittagspause treffen.

Meine Nervosität erreichte ihren vorläufigen Höhepunkt, als ich die Türschwelle überschritt, aber dann flaute sie ab.

Die Stuhlreihen waren von Lehrern besetzt.

Aber kein Duncan.

Ich war erleichtert und enttäuscht zugleich.

Ich blinzelte. Dann suchte ich die Sitzreihen noch einmal ab. Und entschied mich dann, den Raum schnell wieder zu verlassen und später wiederzukommen.

Verstehen Sie, es ging hier um Duncan Carpenter.

Wenn ich ihn zum ersten Mal nach so langer Zeit wiedersah, konnte ich nicht einfach nur ein Punkt im Publikum sein. Ich musste zur Tür hereinrauschen, eine aufrechte, strahlende Erscheinung in Rot, eine flippig angehauchte, farbenfrohe Göttin, verdammt noch mal. Dieser Mann hatte mein Herz gestohlen, was sage ich, er hatte es gebrochen, und ich hatte eine Menge zu beweisen und ein völlig neues Persönlichkeitskonzept zu vertreten – um danach für immer aus seinem Dunstkreis zu verschwinden.

Ich musste den Auftritt meines Lebens hinlegen, und ich hatte dafür nur eine einzige Chance.

Ich musste Eindruck schinden. War das nicht verständlich?

Ich beantwortete mir diese Frage selbst, indem ich den Rückwärtsgang einlegte. Ich hob den Finger, als wäre mir gerade eingefallen, dass ich etwas vergessen hatte, hielt an und drehte mich um. Ich hatte vor, ein paar Schritte im Kreuzgang auf und ab zu gehen und es dann noch einmal mit meinem dramatischen Auftritt zu versuchen.

Aber wissen Sie was?

Duncan war genau hinter mir, er war wohl nur Augenblicke nach mir zur Tür hereingekommen. Als ich nun abrupt stehen blieb, mich umdrehte und die Richtung wechselte, alles innerhalb eines Augenblicks, prallte ich mit ihm zusammen.

Oder vielmehr rannte er mich um.

Wie auch immer, wir stießen zusammen – sehr heftig –, und ich bin mir ziemlich sicher, dass ich ihm meinen Kugelschreiber, den ich in der Hand hielt, in den Bauch rammte. Sicher weiß ich allerdings, dass mein Kinn gegen etwas Hartes prallte, wahrscheinlich sein Schlüsselbein, und dass Duncan in der Folge seinen Laptop auf den Linoleumboden fallen ließ.

Er schlug mit einem Krachen auf, und der ganze Raum stieß einen gedämpften Schrei aus.

Dann rief jemand: »Da bleibt bestimmt eine Kerbe!«

Das alles ging so schnell, dass ich vollkommen aus der Rolle fiel.

Für einen Moment wusste ich gar nicht mehr, wo wir uns befanden und wer wir eigentlich waren, und mein einziger Gedanke war, dass ich gerade jemanden erstochen hatte. Ohne darüber nachzudenken, senkte ich den Blick, schob meine Hand unter Duncans Anzugjacke, presste sie auf seinen Bauch und murmelte: »O Gott, alles in Ordnung?«

Das alles dauerte nur ein paar Sekunden.

Was in aller Welt machte ich da? Wollte ich sehen, ob er blutete? Oder sichergehen, dass mein Kugelschreiber nicht in seinen Gedärmen steckte? Im selben Moment, als ich meine Hand unmittelbar über seinem Gürtel auf seinen Bauch presste und seine warme Haut durch den kühlen Stoff des Baumwollhemdes spürte, fühlte ich, wie er die Bauchmuskeln zu einem Sixpack anspannte, während er vor der unerwarteten Berührung zurückwich.

111

Der Schock darüber, was ich gerade getan hatte, traf mich erst, als ich seine Reaktion sah. Hatte ich wirklich gerade unter seine Jacke gegriffen und ihm die Hand auf den Bauch gepresst? Ich riss die Hand zurück. Aber als ich aufblickte, um ihm ins Gesicht zu sehen und mich für all das zu entschuldigen, blieb mein Blick an etwas anderem hängen: ein dunkelroter verschmierter Fleck – o Gott, es war Lippenstift – prangte auf seinem weißen Hemdkragen. Er musste von unserem Zusammenstoß herrühren. Als ich das sah – mein Verstand hinkte meinem Tun immer noch hinterher –, wollte ich die ganze, grauenhafte Situation wohl irgendwie retten. Ich hob also die Hand und begann, an dem Fleck herum zu reiben, als könnte ich ihn mit meinen Fingerspitzen beseitigen, obwohl das bei Lippenstift natürlich nicht funktioniert.

Sie haben richtig gehört. Nachdem ich ihm beiläufig die Hand auf den Bauch gelegt hatte, rieb ich ihm genauso beiläufig mit den Fingerspitzen über sein Hemd.

In der Gesamtschau kann der ganze Vorfall nicht länger als fünf unglückliche Sekunden gedauert haben. Endlich trat ich einen Schritt zurück, den Mund geöffnet, mit schmerzendem Kiefer, als hätte mir jemand einen Schlag versetzt, und er sah auf den Trümmerhaufen von Laptop hinunter.

Als er sich bückte, um ihn aufzuheben, langsam und bedächtig, als gäbe es noch Hoffnung, gab das Gerät ein schepperndes Geräusch von sich.

»Es tut mir furchtbar leid«, sagte ich und beugte mich ebenfalls näher heran, um den Schaden zu besehen.

Er richtete sich auf und wich zurück. Dabei starrte er mich mit weit aufgerissenen Augen ungläubig an, als wäre ich der Teufel in weiblicher Person. Als hätte er Angst, dass ich ihn noch einmal anfallen könnte.

Dann blieb die Zeit stehen, und ich sah ihn zum ersten Mal richtig. Bei unserer ersten kurzen Begegnung im Supermarkt war ich zu sehr in Panik gewesen, um ihn wirklich wahrzunehmen.

Da war er.

Nach all den Jahren.

Er höchstpersönlich und irgendwie doch nicht er selbst.

Er, aber verändert. Irgendwie trainierter. Sorgfältig rasiert. Kurze Haare, nach hinten frisiert. Irgendetwas zwischen Kurzhaarschnitt und Schmalzlocke. Ordentlich gelegt. Professionell. Erwachsen.

Das war es: Er sah wie ein Erwachsener aus. Und ich gebe gerne zu, dass er dabei auf eine neue Art anziehend wirkte.

Ich hatte gehofft, dass mich sein Anblick kaltlassen würde, dass der Moment, wenn ich ihn tatsächlich wiedersah, nach all der Aufregung im Vorfeld, den Befürchtungen, Sorgen und der Erwartung verpuffen würde. Dass ich ihn nach all der Zeit wiedersehen und denken würde: »Ach, du bist es. Auch egal.«

Aber ...

Nicht ganz.

Im Gegenteil. Das absolute, elektrisierende, physische, atemberaubende Gegenteil.

Die Tatsache, dass er mir gegenüberstand – direkt, so

113

nah – sandte knisternde Stromstöße durch meinen Körper. Es tat beinahe weh. Aber auf angenehme Weise.

Duncan Carpenter war hier, keinen halben Meter von mir entfernt.

Er sah wirklich, wirklich gut aus. Männlicher. Sogar sein Kiefer schien eckiger zu sein. Wie war das möglich?

Er war es, da gab es keinen Zweifel. Aber er war überhaupt nicht der verrückte Kerl, dessen Bild ich in meinem Herzen wie einen Schatz gehütet hatte. Er war es, aber sein Gesicht war vollkommen ausdruckslos. Er war es, aber er trug – kein Witz – einen Dreiteiler.

Einen grauen Dreiteiler.

Zu einer dunkelblauen Krawatte.

War mir jemals schon jemand in einem Dreiteiler begegnet? Wurde so etwas überhaupt noch hergestellt? Trugen das nicht nur Väter in Wiederholungen von Serien aus dem letzten Jahrhundert? Es wäre schon bizarr gewesen, wenn irgendjemand sonst aus meiner Generation einen solchen Anzug getragen hätte – aber Duncan Carpenter? Der Mann, der barfuß Jonglierkurse gegeben hatte, weil man »die Erde massieren müsste«, um den Rhythmus zu finden?

Unmöglich.

Ich blinzelte ein paarmal, als könnte ich die Dinge damit zurechtrücken.

Seine Miene ließ sich nicht deuten. Er holte Luft, um etwas zu sagen, und ich hoffte inständig, dass es etwas wäre wie: »Samantha Casey? Von Andrews?« Und dann – was soll's, wenn ich hier schon das Drehbuch schrieb, konnte er genauso gut sagen: »Du siehst umwerfend aus! Mir ist nie aufgefallen, wie atemberaubend und toll du bist!« Und dann – warum nicht? – würde er vielleicht ein strahlendes Lächeln aufsetzen, seine Arme ausbreiten, um mich zu umarmen, und der versammelten Menge verkünden: »Ich bereue, dass ich mich nicht gleich für sie entschieden habe!«

Einer solchen Szene wäre ich nicht abgeneigt gewesen.

Stattdessen sah er mich an und sagte in einem Tonfall, als würde er mich gar nicht kennen, als wäre ich nur irgendeine Teilnehmerin der Veranstaltung, die gerade mit ihm zusammengestoßen war und dabei seinen Laptop zerstört, ihm die Hand auf den Bauch gelegt und sein Schlüsselbein gestreichelt hatte: »Bitte nehmen Sie Platz. Wir sind schon spät dran.«

Während er sich abwandte und nach vorne zur Bühne ging, den kaputten Laptop unter dem Arm, fand ich mich mit mehreren Wahrheiten auf einmal ab. Erstens: Duncan Carpenter war tatsächlich hier, an meiner Schule, und er war drauf und dran, die Leitung zu übernehmen. Zweitens: Ich war nicht einmal ansatzweise gegen seinen Anblick immun. Und drittens: Er hatte nicht den blassesten Schimmer, wer ich war.

Die dritte Erkenntnis traf mich hart, das will ich nicht leugnen. Nicht einmal der Hauch eines Wiedererkennens. Nicht mal das Zucken einer Augenbraue als Zeichen einer flüchtigen Erinnerung. Nichts.

Mir war klar, wie sehr ich mich verändert hatte. Eigentlich hatte ich nichts mehr mit meinem früheren Ich gemein. Die Strähnchen, die Brille, der Lippenstift – die

115

Farben. Ich hatte schon damit gerechnet, dass er mich zunächst nicht richtig einordnen könnte.

Aber ich hatte mich so auf den großen Knalleffekt gefreut, indem ich sagte: »Ich bin's, Samantha Casey! Von Andrews! Inzwischen absolut atemberaubend!«, und dann hätte ich zugesehen, wie alle Puzzleteile an ihren Platz fielen.

Tatsächlich war mir gar nicht bewusst gewesen, wie sehr ich mich danach gesehnt hatte, diesen Moment miterleben zu dürfen, bis er eben gerade nicht eintrat. Ich war auch vorher nicht unbedingt ein hässliches Entlein gewesen, vielleicht eher eine graue Maus. Wie hätte es sich angefühlt, ihm dabei zuzusehen, wie ihm klar wurde, dass sich die Maus in eine ... eine ... eine schicke Bibliothekarin mit getupftem Halstuch verwandelt hatte?

Es gibt nichts Besseres als ein Vorher-Nachher-Vergleich.

Aber er erinnerte sich nicht an das Vorher. Und damit war der Nachher-Effekt tot.

Es war gelinde gesagt ernüchternd. Wenn es eine Gelegenheit gegeben hätte, unauffällig auf die Damentoilette zu verschwinden, hätte ich das Ganze vermutlich bis zum Abendessen mit Alice dort durchdiskutiert.

Aber es gab keine Gelegenheit.

Sekunden später war Duncan auf der Bühne, und ich setzte mich kleinlaut auf den letzten freien Stuhl, gleich in der ersten Reihe neben Alice, deren T-Shirt heute die Aufschrift trug: ESSEN. SCHLAFEN. MATHE. UND VON VORN.

Alice saß immer in der ersten Reihe und ich eigentlich auch. Nur heute wäre es mir anders lieber gewesen.

Ich sah verstohlen zu Duncan hinauf, der jetzt den roten Lippenstiftfleck auf seinem Hemd betrachtete. Er rieb kurz daran, dann gab er es auf.

Als er sich dann ans Publikum wandte, hatte ich das Gefühl, als würde mein Blick wie magisch von ihm angezogen.

Auf der Bühne wirkte er noch größer, und der Anzug passte überhaupt nicht zu ihm, dieser schlichte, langweilige, graue Anzug, aber ich musste zugeben, dass er trotzdem sehr gut darin aussah. In meinen Augen zumindest.

»Hallo«, sagte er schließlich. Er benutzte ein Mikrofon, obwohl nur etwa vierzig Leute aus Lehrerkollegium und Verwaltung anwesend waren. Er hätte also eigentlich gar keines gebraucht. »Mein Name ist Duncan Carpenter, aber Sie können mich ...«

Ich war mir vollkommen sicher, dass er einen seiner alten Spitznamen aus seiner Zeit in Andrews nennen würde: Duncan Duck, Dunker (nach der gleichnamigen norwegischen Jagdhundrasse) oder einfach nur D. Aber dann fiel mir ein, dass er ja hier einen Verwaltungsjob antrat. Also schraubte ich meine Erwartungen darauf herunter, dass er es schlicht bei seinem Vornamen belassen würde.

In diesem Moment beendete er seinen Satz mit »Direktor Carpenter«.

Mir entkam ein albernes Kichern.

Duncan ging darüber hinweg. »Ich bin Ihr neuer Schulleiter.«

117

Wo blieb denn die Pointe? Wo war der Witz bei der Sache? Ich erwartete, dass nun etwas Lustiges passierte, irgendetwas. Vielleicht fielen gleich ganz viele Luftballons von der Decke. Oder er würde eine komische Interpretation eines Liedes zum Besten geben. Vielleicht war der Anzug doch nur ein Kostüm und er würde ihn sich gleich vom Leib reißen.

Nein, nichts dergleichen.

»Die Kempner School«, begann Duncan seine Rede mit ausdrucksloser, ernster Stimme, »ist eine Vorzeigeschule. Sie genießt landesweit einen einzigartigen Ruf, was die Förderung von Kreativität und Vielseitigkeit angeht. Seit dreißig Jahren ist sie ein zentrales, ermutigendes Beispiel für beständige Erneuerung und kindbezogene Erziehung und Bildung. Hier wurde eine ganze Generation von Erziehern geprägt. Es ist für mich eine große Ehre, hier zu sein, und ich trete mit Demut in die Fußstapfen von Direktor Kempner.«

Okay. In Ordnung. Das hier war eine ernste Angelegenheit. Ich würde ihm ein paar gewichtige Worte zugestehen.

Aber seine Sätze klangen so förmlich und aufgesetzt, es machte eher den Anschein, als würde er uns einen fertig ausformulierten Text vorlesen, anstatt uns wirklich anzusprechen. Eher wie ein Nachrichtensprecher, der das Neueste vom Tage vorliest, als wie ein Kollege. Wie ein Roboter, nicht wie ein Mensch.

So ging das noch ewig weiter, er arbeitete die ganze Liste von verwaltungstechnischen Tagesordnungspunkten ab, die zu Schuljahresbeginn eben anfielen.

Gerade als ich zu Alice hinüberschielte und sah, wie sie

ein Gähnen unterdrückte, änderte sich sein Tonfall, und er schien so etwas wie Spannung aufbauen zu wollen. »Seit so vielen Jahren ist Ihre Schule schon eine führende Institution in Sachen Erziehung – vor allem hinsichtlich Kreativität und Vielseitigkeit. Unter meiner Amtszeit hoffe ich, die Kempner School noch in einem anderen Bereich als führend zu etablieren. Ein Bereich, der oft auf tragische Weise übersehen wird. Ein Bereich, in dem ich einige Kompetenz erworben habe.«

Auf einmal fiel es mir wie Schuppen von den Augen. All dieser steife, bürokratische Unsinn diente nur als Vorspiel zu einem großartigen Finale.

Ich wusste, was er sagen würde.

Ein breites, strahlendes Lächeln trat auf mein Gesicht.

Auf welchem Gebiet hatte Duncan Carpenter große Kompetenz?

Spielen.

Er war der König des Spiels. In Andrews hatte er damals die Donut-Society gegründet, hatte ein Spiel namens Trottelball erfunden und den Kicheranfall-Club ins Leben gerufen, bei dem es sich im Prinzip um eine das ganze Schuljahr während Lach-Challenge handelte. Er hatte das alljährliche Erbsenwettessen der Lehrer begründet. An einem zufällig ausgewählten Tag des Jahres kam er als Hamster, Sandwich oder Kaktus verkleidet in die Schule – einfach so. Er war der Initiator von zahlreichen Macarena-Tänzen in der Schulkantine, spontanen gemeinsamen Liedern oder Nudelschlachten gewesen.

Wenn dieser Mensch in irgendeinem Bereich eine Kern-

119

kompetenz besaß, dann war das der Bereich »Spaß und Spiel«.

Ich spürte, wie sich freudige Erwartung in mir ausbreitete. Natürlich war diese ganze Bürotypen-Verkleidung nur Show gewesen. Unter dem Anzug trug er bestimmt irgendein Superheldenkostüm. Und sicher würde gleich eine Discokugel von der Decke schweben.

Irgendwo da drin musste der echte Duncan Carpenter stecken.

Irgendetwas lag in der Luft. Ich konnte es spüren.

Ich stieß Alice an, als wollte ich sagen: *Pass auf, gleich kommt's.*

Dann wandte ich mich wieder Duncan auf der Bühne zu, meine Augen leuchteten schon voller Bewunderung dafür, was er sich wohl diesmal wieder ausgedacht hatte. Das war der Augenblick, in dem er jedem im Saal zeigen würde, was ich gemeint hatte, als ich ihnen allen von ihm vorgeschwärmt hatte.

Er würde uns beide wieder rehabilitieren.

Jetzt sagte er: »Machen Sie sich bereit.«

Ich hob die Arme, um unmittelbar Beifall zu klatschen.

Doch dann schob er die Hand in seine Jacke und tat etwas Ungeheuerliches. Auch heute fällt es mir immer noch schwer zu glauben, dass er es wirklich getan hat. Duncan Carpenter – einer der reizendsten Menschen, die ich jemals kennengelernt habe – stand auf der Schulkantinenbühne unserer kleinen Schule vor der versammelten Lehrerschaft und allen Angestellten, griff in seine Jacke und holte ... eine Pistole heraus.

Er hob den Arm.

Zielte auf die Decke.

Und während das ganze Publikum erschrocken nach Luft schnappte, verkündete er, als handelte es sich um eine eindrucksvolle Passage aus einem Actionfilm-Drehbuch: »Wir werden landesweit eine führende Rolle in Sachen Gebäudeschutz und Sicherheitstechnik einnehmen.«

6

Um es vorwegzunehmen: Es handelte sich um eine Wasserpistole.

Nicht, dass das irgendetwas besser machen würde.

Duncan hatte eine durchsichtige Wasserpistole metallicgrau angesprüht.

Wie ein Psychopath.

Es war ihm gelungen. Die Waffe sah verdammt echt aus.

Einen grauenhaften Moment lang hielt er inne. Dann, noch ehe jemand anfangen konnte zu schreien oder in Ohnmacht zu fallen oder an einem Herzinfarkt zu sterben, drückte er ab und spritzte ein paar harmlose Wasserstrahlen an die Decke. Als er die Hand sinken ließ, starrte er uns wütend an.

Erst nach einer ganzen Weile fing er an zu reden.

Er fragte: »Haben Sie Angst bekommen?«

Das Publikum antwortete nicht.

Duncan legte die Wasserpistole neben sich auf das Podium. »Denn das sollten Sie.«

Niemand wusste, wie er darauf reagieren sollte. Wir saßen alle da wie schockgefroren.

Wer war dieser Mann? Hatte Duncan Carpenter einen bösen Zwillingsbruder? Der Duncan, den ich kannte, hätte inzwischen schon mit Gummienten jongliert. Ich wartete ab und hofft noch immer, dass plötzlich eine Blaskapelle in den Raum marschiert käme.

Aber nichts dergleichen geschah.

Duncan hob die Waffe wieder auf und hielt sie in die Höhe.

Obwohl wir wussten, dass es nur eine Attrappe war, zuckten wir alle zusammen.

»So hochgelobt diese Schule auch ist«, fuhr Duncan fort und sah uns jetzt wirklich wütend an, »und bei allen großartigen Ideen und durchschlagenden Lernprogrammen ... gibt es auf diesem einen Gebiet noch sehr viel zu tun.«

Er ließ die Waffe wieder sinken, und wir atmeten alle auf. »Ich habe dieses Ding einfach mit hier hereingebracht. Möchte irgendjemand wissen, wie ich das bewerkstelligt habe?«

Er sah uns fragend an.

Wir schauten fragend zurück.

Schließlich hielt ich es nicht mehr aus – die Situation war in jeder Hinsicht unerträglich. Ich hob also die Hand und rief: »Weil Sie unser neuer Direktor sind und wir darauf vertraut haben, dass Sie kein irrer Mörder sind?«

Duncan nickte mir zu. »Das ist genau der Punkt. Vertrauen Sie niemandem.« Dann ließ er seinen Blick sorgfältig und langsam über jeden Einzelnen von uns im Publikum schweifen und wiederholte: »Vertrauen. Sie. Niemandem.« Als wollte er das zu unserem neuen Schulmotto machen.

123

Alice sah zu mir herüber, ihr Blick schien zu sagen: *Das kann doch alles nur ein verdammter Scherz sein.* Und ich konnte diesen Blick nur erwidern.

Was ging hier vor? Spielte Duncan »Guter Bulle, böser Bulle« nur ohne den guten?

»Die Sicherheitsvorkehrungen an dieser Schule«, fuhr er fort, »sind erschreckend.« Dann zählte er an seinen Fingern ab: »Niemand hat darauf geachtet. Niemand hat es überprüft. Das Tor zum Schulhof stand weit offen. Niemand hat mich gefragt, wer ich eigentlich bin, niemand wollte meinen Dienstausweis sehen. Der Wachbeamte schlief tief und fest in seinem Sessel, mit einer Angler-Zeitschrift auf dem Bauch!«

Alice und ich sahen uns an und schüttelten den Kopf. *Raymond.*

Duncan war noch nicht fertig. »Ich habe gerade Ihre Sicherheitsvorkehrungen überprüft. Wissen Sie, dass das Sicherheitskonzept seit sieben Jahren nicht überarbeitet wurde? Wussten Sie, dass die Hälfte der Sicherheitsanweisungen, die in den Klassenzimmern hängen sollten, entweder verdeckt sind oder ganz fehlen? Wussten Sie, dass ein Drittel der Überwachungskameras nicht funktionsfähig ist?«

Er hielt einen gelben Notizblock hoch. »Ich könnte noch stundenlang so weitermachen. Für eine Schule dieser Größe und Bedeutung ist es eine Schande, so wenig auf die Sicherheit ihrer Schüler zu achten. Diese Schule ist ein nationaler Schandfleck. Ein Albtraum.«

Ich sah mich in unserer sonnendurchfluteten Schulkantine um. Die hohen, hellen Fenster. Das fröhlich gelbe Schachbrettmuster auf dem Boden. Die von den Kindern gestalteten Laternen, die von der Decke hingen. Die Anschlagtafeln, die schon mit buntem Papier in Rot, Orange und Gelb beklebt worden waren und nun auf die Selbstporträts der Vorschulkinder warteten. Nicht zuletzt das Gemälde mit den riesigen Schmetterlingen, das Babette und ich vor ein paar Jahren in mühevoller Kleinarbeit an die Wand gepinselt hatten – bunt, geheimnisvoll und fröhlich.

Mir fiel zu all dem nicht unbedingt das Wort »Albtraum« ein.

Duncan redete weiter. »Was ich nicht verstehe: Wie konnte es so weit kommen? Welche Schule schließt denn heutzutage während der Unterrichtszeit ihre Tore nicht ab? Oder verlangt, dass Besucher sich ausweisen? Oder dass Wachmänner bei Bewusstsein sind?«

Wir nahmen an, dass dies rhetorische Fragen waren, aber er schien tatsächlich auf eine Antwort zu warten.

Schließlich erwiderte Carlos schulterzuckend: »Weil wir bisher nie ein Problem hatten?«

Duncan nickte und deutete auf ihn. »Genau.« Dann wandte er sich wieder an alle im Publikum. »Niemand hat jemals ein Problem – bis es ein Problem gibt. Die Zustände in diesem Gebäude sind ehrlich gesagt eine Beleidigung. Eine Beleidigung Ihnen und mir und den Kindern gegenüber, die jeden Tag hierherkommen. Sie betteln geradezu darum, dass man Sie angreift.«

Ganz so hätte ich es nicht gesehen.

125

Aber hatte Duncan in manchen Punkten vielleicht sogar recht? Womöglich gingen wir an unserer fröhlichen Inselschule wirklich ein bisschen leichtfertig mit den Sicherheitsvorschriften um. Doch eines stand fest: Alle Anwesenden fanden Duncans Verhalten äußerst befremdlich.

Was dachte er sich nur dabei? Das hier war die allererste Versammlung, die er abhielt. Nicht einmal Leute mit grauenhaft schlechter Sozialkompetenz hatten eine so grauenhaft schlechte Sozialkompetenz. Warum wickelte er uns nicht alle um den Finger und war zauberhaft? Er musste doch genau wissen, wie sehr der Tod von Max uns allen zugesetzt hatte. Welches Ziel verfolgte er damit, uns alle mit einer Wasserpistole zu Tode zu erschrecken, und wie konnte er es dann auch noch für eine gute Idee halten, unsere entzückende kleine Schule einen Albtraum zu nennen?

Den Mienen der Zuhörer nach zu schließen, waren alle genauso ratlos wie ich. Wir hatten gewusst, dass der Neue es nicht mit Max aufnehmen konnte – wer konnte das schon? –, aber niemand hatte mit so etwas gerechnet.

Duncan Carpenter hatte wirklich gut mit Menschen umgehen können. Er hatte – zumindest früher – eine magische Wirkung auf Kinder gehabt. Und auf Erwachsene. Und auf Tiere im Übrigen auch. Duncan hatte eigentlich aus jedem Lebewesen stets das Beste herausgeholt, ganz einfach, indem er die passenden Worte fand, den richtigen Ton traf und sein Gegenüber ermutigte.

Aber diese Zeiten waren offensichtlich vorbei.

Max hatte uns vermittelt, dass wir uns mit Haut und Haaren für unsere Schule einsetzen mussten. Dass darin unser Auftrag lag. Dass wir uns einbringen mussten, aktiv und von Herzen. Keiner von uns rechnete je auf, was er für die Schule leistete. Die meisten von uns machten jede Woche Überstunden. Die meisten von uns hatten hier ihren Traumjob gefunden – wo man unsere Ideen würdigte und uns für unsere Fähigkeiten schätzte, egal, welche das waren. Max hatte uns immer dazu ermutigt, an der Gestaltung des Schullebens teilzuhaben.

Das war Max' Führungsstil gewesen. Er hatte eine Atmosphäre des Respekts und der gegenseitigen Unterstützung geschaffen.

Und er hatte uns alle furchtbar verwöhnt.

Aber diese Horrorversion von Duncan schien das alles nicht zu erkennen. Er sah nur die Fehler. Vollkommen anders als der Duncan, den ich kannte. Der hatte nämlich die herausragende Begabung gehabt, in allem immer nur das Gute zu sehen.

Duncan trat näher an den Rand der Bühne und richtete sich auf, als wollte er eine Art Superhelden mimen. »Ich möchte eines klarstellen: Ich weiß, dass Direktor Kempner das Herz dieser Schule war.«

Zusammen mit Babette, wollte ich ergänzen.

»Aber ich sage Ihnen mal was«, fuhr er fort. »Wenn er sich keine Gedanken um Ihre körperliche Unversehrtheit gemacht hat, dann war er nichts weiter als ein Narr.«

Ich spürte, wie der gesamte Raum nach Luft schnappte.

Das konnte er nicht bringen.

Nur fürs Protokoll: Der Mann, von dem er hier redete, war vor unser aller Augen gestorben.

Babette wurde kalkweiß im Gesicht, zeigte aber ansonsten keine Regung.

»Ich möchte, dass Sie eines wissen«, fuhr Duncan fort. »Ich freue mich sehr, hier zu sein. Dass Direktor Kempner Ihre Sicherheit in so krimineller Weise vernachlässigt hat, gibt uns nun die Möglichkeit, auf diesem Feld Verbesserungen von epischem Ausmaß zu etablieren. Es ist an der Zeit, unser Land voranzubringen. Und indem wir die Sicherheit und Unversehrtheit jedes einzelnen Mitgliedes dieser Schulfamilie garantieren, gehen wir mit gutem Beispiel voran.«

Wir starrten ihn an.

Er starrte zurück.

Schließlich nickte er kurz und sagte: »Vielen Dank.«

Und dann war er fertig.

Zumindest sah es so aus.

Er hatte sich mit niemandem im Raum bekannt gemacht. Er hatte uns keine einzige Frage über diesen für ihn neuen Ort gestellt, dem er in Zukunft vorstehen sollte. Er war nicht mit uns ins Gespräch gekommen, hatte sich in keiner Weise verbindlich gezeigt, er hatte überhaupt nichts von dem getan, was man von ihm erwartet hätte. Nichtsdestotrotz hob er jetzt seinen kaputten Laptop auf und ging von der Bühne.

Aus reiner Höflichkeit klatschten vereinzelt Leute.

Dann verebbte der spärliche Applaus, und wir lauschten nur noch dem Geräusch seiner Schuhsohlen, während er den Raum durchquerte und endlich zur Tür hinausging.

7

Im selben Moment, als die Tür hinter Duncan ins Schloss fiel, war es mit unserer Fassung vorbei.

»Was zum Teufel war das denn?«, fragte Carlos herausfordernd, während Donna und Emily gleichzeitig riefen: »Der Typ ist doch verrückt!«

Ein Sportlehrer namens Gordo stand auf und deutete auf die verwaiste Bühne. »Hat der Typ sich wirklich gerade in einer Grundschulkantine hingestellt und eine Knarre rausgezogen?«

»Eine Wasserpistole«, fühlte ich mich bemüßigt zu sagen, so als ob ich mich irgendwie für Duncan einsetzen müsste … um der alten Zeiten willen, sozusagen.

»Für mich sah sie verdammt echt aus«, knurrte Anton, der frisch geschiedene Biologielehrer.

»Bis Wasser herausgespritzt ist«, sagte ich.

Warum verteidigte ich Duncan? Ich war genauso schockiert wie alle anderen.

»Aber was noch viel schlimmer ist«, sagte Carlos. »Hat er gerade Max beleidigt?«

Verächtliches Raunen erfüllte den Raum, Befremdung

und Wut waren deutlich herauszuhören. Außerdem die Ausrufe: »Was zum Teufel« und »Wer tut denn so was?«

»Vielleicht wollte er sich nur wichtigmachen«, versuchte ich es.

»Mit einer Waffe?«, fragte Anton herausfordernd.

Ich seufzte. Was an diesem Morgen passiert war, war einfach ungeheuerlich. Ich konnte es nicht erklären – und schon gar nicht konnte ich es verteidigen.

Duncan, oder wer auch immer das eben gewesen war, stand ganz allein da. Aber ich konnte mich auch nicht so ohne Weiteres von ihm distanzieren. Gerade hatte ich mich noch für ihn eingesetzt und mich dafür verbürgt, dass Kent Buckley mit Duncan, ohne es zu wollen, den besten Schulleiter für uns berufen hätte. Ich hatte hoch und heilig versprochen, dass Duncan uns alle umhauen würde.

Im Rückblick keine sehr gelungene Formulierung.

In jedem Fall hatte ich mich selbst als Schlichtungsstelle in Sachen Duncan etabliert, und jetzt wollte das Publikum Antworten von mir. Die allgemeine Panik schlug in Anklage um.

»Du hast behauptet, er wäre umwerfend«, wandte sich Emily direkt an mich.

»Er war auch umwerfend«, versicherte ich. »Ich schwöre, dass es so war!«

»Das war aber gerade nicht besonders umwerfend. Das war krank«, schimpfte Emily.

»Er hat eine Wasserpistole angepinselt, damit sie echt aussieht! Wer macht denn so was?«, pflichtete Carlos ihr bei. Sie schaukelten sich gegenseitig hoch.

»Vielleicht ist es sein bösartiger Zwillingsbruder«, meinte die Schulkrankenschwester kopfschüttelnd.

Das erschien mir unwahrscheinlich. »Vielleicht hatte er einen schlechten Tag?«

»Einen schlechten Tag!« Die Menge war empört.

»Ich weiß es nicht!«, rief ich. »Ich bin genauso verstört wie ihr alle. Was auch immer diese Vorstellung gerade sollte – sie hatte rein gar nichts mit dem Mann zu tun, mit dem ich früher zusammengearbeitet habe. Der Typ, den ich kannte, hat sich zweimal – zweimal! – beim Testdurchlauf der Götterspeisen-Rutsche für den Schulfasching die Schulter ausgekugelt! Er war kein Sicherheitsfreak. Er hatte überhaupt keine Zeit, sich um so etwas wie Sicherheitsmaßnahmen Gedanken zu machen.«

Babette saß nur da und sah uns zu. Normalerweise war sie immer diejenige gewesen, die die Sorgen aller auffing. Aber nichts war mehr wie früher.

Schließlich stand ich auf. »Okay, das war wohl nicht die Art von Einstand, mit der irgendjemand gerechnet hat.«

»Das ist eine Untertreibung«, meinte Gordo trocken.

»Aber«, fuhr ich fort und versuchte, in meiner Stimme einen Optimismus anklingen zu lassen, den ich selbst nicht recht spürte, »es war schließlich gerade mal eine einzige Veranstaltung. Vielleicht war er nervös. Vielleicht ist er schlecht beraten worden. Vielleicht hat er sich nicht wohl gefühlt. Das wissen wir nicht. Wir können jetzt nichts weiter tun, als in unsere Klassenzimmer zurückzugehen und den Schulstart vorzubereiten.«

»Wir können sehr wohl noch etwas tun«, sagte Anton.

Ich seufzte. »Ich werde mit ihm reden und versuchen, Licht in die Sache zu bringen. Wir treffen uns dann heute Abend alle bei Babette im Garten, und ich werde berichten.«

Einer der Lehrer bot an, in der Schulsatzung nachzulesen, wie viel Mitspracherecht Kent Buckley bei der Neubenennung eines Direktors tatsächlich hatte. Konnte er einfach jeden Wahnsinnigen berufen, der ihm gefiel? Das schien unwahrscheinlich, aber andererseits hatte all das auch nie eine Rolle gespielt, als Max und Babette noch das Sagen hatten. Es war immerhin möglich, dass man irgendeine seltsame Klausel übersehen hatte.

Während wir über diese Möglichkeit nachsannen, wandte ich einen alten Lehrer-Trick an. »Achtung, Durchsage«, rief ich. »Wir lassen uns davon nicht verrückt machen. Wir werden davon ausgehen, dass alles seine Richtigkeit hat, bis wir den Beweis für das Gegenteil haben.«

Das war einer meiner Lieblingssprüche von Babette. Sie hatte das schon oft zu mir gesagt.

»Ähm«, meldete sich die Krankenschwester, »ich denke, wir haben unseren Gegenbeweis in dem Moment bekommen, als er die falsche Pistole gezogen hat.«

»Okay«, lenkte ich ein. »Aber es war sein erster Tag hier. Wir sollten ihm noch eine Chance geben.«

Das war ein sinnvoller Vorschlag, und so würden wir es machen. Es gab noch genug zu tun. Wir mussten die Aufteilung der Klassenräume organisieren, schließlich ging nächsten Montag das Schuljahr los, so oder so. Wir hatten keine Zeit für etwas anderes. Bis auf Weiteres musste mein

Plan genügen. Also fingen alle an, ihre Sachen zusammen-zupacken.

Sie würden nicht in Panik verfallen und ich auch nicht.

Zumindest nicht, ehe ich wusste, was zum Teufel hier eigentlich vor sich ging.

Auf dem Weg zum Büro von Max, das jetzt Duncans Büro war, versuchte ich mich irgendwie auf die Herausforderung einzustellen, ihm wieder gegenüberzutreten. So vieles war mir unbegreiflich – angefangen von der Spielzeugpistole bis hin zu seinem zwischenmenschlichen Versagen gegenüber seinem Publikum und seinen beleidigenden Äußerungen über Max.

Mal ganz abgesehen davon, dass er mich nicht wieder-erkannt hatte. Jetzt, da der ganze Irrsinn der Versammlung ein wenig in den Hintergrund gerückt war, wurde mir dieses Detail erst richtig klar und traf mich wie ein Schlag. Er hatte mir direkt ins Gesicht gestarrt und keinerlei An-zeichen des Wiedererkennens gezeigt.

Wie konnte das sein? Ging das überhaupt? Ich meine, rein organisch? Es war schließlich nicht zwanzig Jahre her. Ich rechnete nach, während ich durch den Kreuzgang am Innenhof vorbeiging. Ich hatte Andrews im Mai vor vier Jahren verlassen, um an die Kempner School zu gehen, es war demnach also vier Jahre und drei Monate her, seit Duncan Carpenter mein Gesicht das letzte Mal gesehen hatte. Konnte man die Züge von jemandem, mit dem man ganze zwei Jahre lang zusammengearbeitet hatte, während dieser Zeitspanne vergessen? Von jemandem, dem man bei

133

diversen Institutsversammlungen gegenübergesessen hatte, dem man auf den Gängen begegnet war und der beim Mittagessen in der Kantine am nächsten Tisch gesessen hatte?

Mir war bewusst, dass ich es damals darauf angelegt hatte, unsichtbar zu bleiben, aber – trotzdem!

So unsichtbar konnte doch niemand sein?

Oder?

Während ich darüber nachdachte, fiel mir auf, dass ich zwar immer in seiner Nähe, aber niemals direkt in seinem Sichtfeld gewesen war. Ich war mir seiner Anwesenheit immer bewusst gewesen, aber das hieß ja nicht, dass er mich auch bemerkt hatte. Wenn ich mit dem Hintergrund verschmolzen war, konnte er sich vielleicht tatsächlich nicht an mich erinnern. Vielleicht war ich nur irgendeine Kollegin unter vielen gewesen – ohne besondere Merkmale, die mich herausstechen ließen. Eine Art dunkelblauer, undefinierbarer, weiblicher Fleck in seiner Erinnerung.

Es gab eine Menge Leute auf der Welt, an die ich mich nicht erinnerte. Tatsächlich war es die Mehrzahl.

Trotzdem kränkte es mich.

Natürlich war ich inzwischen ein vollkommen anderer Mensch geworden. Zumindest rein äußerlich. Vielleicht ließ er sich davon blenden. Oder er sah einfach nicht richtig hin. Womöglich war er so damit beschäftigt, seine neue Stelle in den Griff zu bekommen, in die Fußstapfen von Max zu treten und dabei die Leute zu Tode zu erschrecken, dass er für die visuellen Reize in seiner Umgebung nicht empfänglich war. Vielleicht war er auch nur müde, weil er sich die ganze Nacht um ein krankes Kleinkind hatte kümmern müssen. Oder um zwei. Oder vielleicht hatte er auch seine Brille nicht aufgehabt.

Trug er überhaupt eine Brille?

Gut. Immerhin etwas, das ich nicht über ihn wusste.

Denn insgesamt wusste ich zu viel über ihn. Zum Beispiel, dass er am 8. Mai Geburtstag hatte – und dass er an diesem Tag stets ein Luke-Skywalker-Kostüm getragen hatte, mit einem Button, auf dem stand: *MÖGE DIE M8 MIT DIR SEIN*. Das war doch nicht in Ordnung. Ich wusste, wann er Geburtstag hatte, ich wusste, wie er ihn am liebsten beging, und ich wusste auch noch genau, wie umwerfend er in diesem Luke-Skywalker-Kostüm ausgesehen hatte. Sein Anblick, wie er ein Laserschwert schwang, hatte sich für immer auf meiner Netzhaut eingebrannt. Und er wusste noch nicht einmal, wer ich war.

Das war nicht fair.

Aber inzwischen schwang er keine Laserschwerter mehr. Was zum Teufel war nur mit ihm passiert? Lag es daran, dass er diese Langweilerin von der Zulassungsstelle geheiratet hatte? Hatte sie ihm gesagt, dass er erwachsen werden und mit all dem Unsinn aufhören müsste? Oder vielleicht lag es auch daran, dass er Vater geworden war? Oder irgendein Coach hatte ihm den schlechten – und vollkommen falschen – Rat gegeben, er müsse seine ganze Persönlichkeit ändern, um beruflich wirklich erfolgreich zu sein?

Vielleicht hatte er aber auch einfach nur einen schlechten Tag. Aber konnte man denn einen so schlechten Tag haben? Es war mir einfach ein Rätsel. Und ich wollte es nicht mal lösen.

Vor dem Schreibtisch der Sekretärin, Mrs Kline, stapelten sich Pappkartons bis zur Decke. Sie tupfte sich die Augen mit einem Taschentuch.

»Das sind alles Sachen von Max«, sagte sie, während ich die Stapel betrachtete. »Ich habe das ganze Wochenende damit verbracht, sie in Kisten zu packen.«

»Oh, Mrs Kline«, sagte ich, und mir war beinahe auch zum Heulen zumute, »das war sicher schwer für Sie.«

»Besser ich mache das als Babette«, meinte sie, und dem musste ich zustimmen.

»Da kam sicher eine Menge Material zusammen.«

»In dreißig Jahren sammelt sich ganz schön was an.«

»Ja«, sagte ich.

»Ich wollte gerade den Hausmeister anrufen und ihn bitten, die Kisten einzulagern.«

Ich nickte. *Guter Plan.*

Dann holte Mrs Kline tief Luft und änderte ihren Ton. »Sind Sie wegen …«, sie warf einen kurzen Blick in ihren Terminkalender, »… Ihres Termins um halb elf hier?«

Ich sah auf die Uhr hinter ihr an der Wand. Es war neun Uhr siebenundvierzig. »Ja«, sagte ich.

»Möchten Sie warten?«

»Eigentlich nicht«, entgegnete ich.

Sie deutete mit dem Kopf zur geschlossenen Tür von Max' Büro. »Direktor Carpenter möchte nicht gestört werden.«

»Okay«, sagte ich. Ich wollte auch nicht gestört werden. Keiner von uns wurde gerne gestört.

Ich betrachtete die geschlossene Tür, zögerte eine ganze

Sekunde lang, dann ging ich mit entschlossenen Schritten darauf zu und klopfte.

Energisch.

Keine Reaktion.

Ich klopfte noch einmal. Nichts.

Aber ich wusste ja, dass er da war.

Schließlich verfiel ich in ein Dauerklopfen. Ein beständiges Pochen: *Klopf-klopf-klopf.* Wie ein Specht. Ein energischer »Du öffnest jetzt besser diese Tür«-Specht.

Mrs Kline sah mich nur mit schreckgeweiteten, ungläubigen Augen an.

Endlich riss Duncan die Tür auf und knurrte: »Mrs Kline, ich habe doch gesagt, dass ich …« Als er mich sah, hielt er inne. Dann beendete er den Satz: »… für niemanden zu sprechen bin.«

Er wirkte ein wenig aus der Puste. Beinahe verschwitzt, so als hätte er gerade … trainiert vielleicht? Er hatte Anzugjacke und Weste ausgezogen. Die Krawatte war verschwunden, und der Hemdkragen stand offen. Was trieb er denn da?

»Nun habe ich Sie ja doch erwischt«, sagte ich, fest entschlossen, mich nicht einschüchtern zu lassen.

Mrs Kline stand auf. »Direktor Carpenter, das ist unsere Bibliothekarin, Samantha Casey. Die meisten Leute nennen sie Sam.«

»Ja, außer wir haben schon ein paar Drinks intus«, ergänzte ich und zwinkerte Mrs Kline zu. »Dann nennen mich alle Saaam oder Samster oder Sammie.« Ich konnte mir das einfach nicht verkneifen.

137

Was dachte ich mir nur dabei? Ich trank noch nicht einmal Alkohol. Ich hatte keinen anderen Spitznamen als Sam. Aber das wusste Duncan nicht. Denn er hatte, wie bereits erwähnt, keinen blassen Schimmer, wer ich war.

»Ich muss mit Ihnen reden«, sagte ich.

»Ich bin gerade beschäftigt.«

Klar. »Es ist dringend.«

»Ich habe keine Zeit.«

»Aber ich habe einen Termin.«

Duncan warf einen Blick auf die Uhr hinter dem Schreibtisch von Mrs Kline. »In einundvierzig Minuten.«

Da hatte er recht. Aber ich konnte unmöglich noch einundvierzig Minuten warten.

»Das dauert mir zu lange«, sagte ich und marschierte an ihm vorbei ins Büro. Eine ziemlich kühne Aktion, die mir einen Augenblick lang das Gefühl gab, Herrin der Lage zu sein.

Allerdings nur so lange, bis Duncan – weniger beeindruckt, als mir lieb war – seelenruhig zusah, wie ich mich vor ihn hinstellte, bereit für einen Schlagabtausch. Dann schien er sich mit meiner Anwesenheit abzufinden, kniete sich auf den Boden, lehnte sich nach vorne auf seine Hände und fing an … Liegestützen zu machen.

Einen Augenblick sah ich ihm einfach nur zu. Sein Verhalten traf mich unerwartet. Und außerdem war ich wie verzaubert von seinem Anblick – gerade wie ein Brett von den Fersen bis zum Kopf, mit kräftigen Bewegungen auf und ab, als wäre es das Einfachste der Welt. Er war wirklich gut in Form.

»Was machen Sie da?«, fragte ich schließlich.

»Ich habe Ihnen ja gesagt, dass ich beschäftigt bin.«

»Macht man solche Dinge nicht üblicherweise im Fitnessstudio?«

»Manche Leute tun das wahrscheinlich. Ich verteile meine Workouts gerne über den Tag.«

Das war entwaffnend. Es brachte mich aus dem Konzept. »Soll ich … warten, bis Sie fertig sind?«

»Hatten Sie nicht gesagt, dass Ihnen das zu lange dauert?«

Richtig.

Im Rückblick war es wohl meine feste Absicht zu kündigen, die wesentlich dazu beitrug, wie sich die Situation weiterentwickelte. Ich betrachtete mich nicht mehr als Duncans Angestellte, bemühte mich gar nicht mehr um ein professionelles Auftreten. Ich machte mir keine Sorgen mehr um meinen Job. Ich stand ohnehin schon mit einem Fuß auf der Straße.

Im Übrigen hatte dieser Typ gerade in einer Schule eine Pistole gezogen. Keine echte, aber doch eine Pistole.

Bei ihm musste man also wohl mit allem rechnen.

Zu Zeiten von Max hatte dieses Büro noch eine sehr persönliche Note getragen. Regale, Wände, so gut wie jede Oberfläche war mit Pflanzen, Kunstwerken von Kindern und Fotos versehen, genauso wie der Schreibtisch – zumindest der Teil, der nicht ständig von wechselnden Unterlagenstapeln belegt war.

Dasselbe Büro, jetzt von Duncan in Anspruch genommen, war das genaue Gegenteil. Natürlich war Duncan auch gerade erst eingezogen. Das meiste von seinen Sachen stand noch in Kisten verpackt in einer Ecke des Raumes. Aber es lag nicht nur daran, dass er noch nicht fertig ausgepackt hatte. Er hatte alles verändert. Die Wände waren neu gestrichen worden – was tatsächlich notwendig gewesen war –, und Duncan hatte sich für einen kalten Grauton statt dem bisherigen warmen Cremeweiß entschieden. Auch der hellbraune Teppich war gegen einen grauen ausgetauscht worden. Die gemütliche Einrichtung von Max hatte – Sie ahnen es – billigen grauen Büromöbeln weichen müssen. Mit einem Hauch von Schwarz, zur Abwechslung.

Der Farbgeruch, der in der Luft hing, trug auch nicht gerade zur Gemütlichkeit bei.

Aber ich will mich hier nicht über die Vorzüge eines hellbraunen Teppichs gegenüber einem grauen Teppich auslassen. Ich will nur sagen, dass eine ganz andere Atmosphäre herrschte.

»Hier sieht es aus wie auf dem Todesstern«, sagte ich und sah mich im Raum um.

Falls Duncan mich gehört hatte, zog er es vor, nicht darauf zu reagieren.

Wieder ließ ich meinen Blick auf ihm ruhen, wie er weiter kraftvoll seine Liegestützen ausführte, auf und ab, auf und ab. Kein Zittern, keine Schwäche. Wie ein Maschinenkolben in einer Fabrik.

Kein Wunder, dass seine Schultern inzwischen so viel ... *schultriger* waren.

»Also«, sagte er von seinem Platz auf dem Boden aus in jovialem Ton, als wäre an der ganzen Situation absolut nichts Ungewöhnliches. »Was ist so wichtig, dass es nicht einundvierzig Minuten warten kann?«

Gute Frage. Was hatte ich noch gleich sagen wollen?

Ich war ganz durcheinander. Sein seltsames Verhalten mir gegenüber und die Vorfälle vorhin bei der Versammlung brachten mich so aus dem Konzept, dass ich gar nicht wusste, wo ich anfangen sollte. Ursprünglich hatte ich Duncan heute treffen wollen, um ihm mitzuteilen, dass es schön war, ihn wiederzusehen. Ich hatte ein paar Andeutungen machen und dann seelenruhig meinen Job kündigen wollen.

Aber es war überhaupt nicht schön, ihn wiederzusehen.

Man konnte viele Bezeichnungen dafür finden, aber schön war definitiv nicht das passende Wort. Eher höchst verstörend. Und besorgniserregend. Und angsteinflößend. Und hier stand ich nun, um – was zu tun? Ihn mit meinen Fragen zu bombardieren? Ihn an den Schultern zu packen und zu schütteln? Herauszufinden, warum er sich so seltsam benahm?

Und wie sollte ich von all dem dann die Überleitung finden und lässig sagen: »Oh, und übrigens, ich kündige«?

Aber natürlich würde ich heute nicht kündigen. Jetzt nicht mehr. Das konnte ich nicht bringen. Wie sollte ich das sinkende Schiff verlassen und alle anderen, die mir lieb und teuer waren, schutzlos ihm ausgeliefert wissen?

Alles, was ich mir noch vor einer Stunde zurechtgelegt hatte, war jetzt nicht mehr relevant – und eine neue Strategie hatte ich noch nicht.

»Wir müssen über die Veranstaltung vorhin reden«, brachte ich endlich heraus.

Duncan strich eine Falte an seinem Hemdsärmel glatt. »Was ist damit?«

»Es war ... wirklich merkwürdig.«

Keine Reaktion. Duncan machte einfach weiter Liegestützen.

»Besteht irgendwie die Möglichkeit, dass Sie Ihr Trainingsprogramm kurz unterbrechen? Es ist wahnsinnig unhöflich von Ihnen, mit den Liegestützen fortzufahren, während ich mit Ihnen rede.«

»Hier einfach so reinzustürmen ist auch wahnsinnig unhöflich.«

»Dann sind wir ja jetzt quitt«, entgegnete ich.

Duncan schien das Tempo ein wenig zu drosseln, während er darüber nachdachte. »Also gut«, sagte er, richtete sich auf und drehte sich zu mir um. Er wirkte noch mal größer als vorhin. »Okay«, fuhr er fort, die Hände an seinem Gürtel. »Dann reden wir.«

Aber was sollte ich sagen? Wo sollte ich anfangen? Ich wollte sagen: »Was zum Teufel sollte das?« oder »Wer zum Teufel sind Sie?« oder vielleicht sogar: »Haben Sie den echten Duncan aufgefressen und seine Identität angenommen?« So durcheinander war ich.

Letztlich versuchte ich es mit der althergebrachten Variante: »Was war da gerade los?«

Dafür legte ich aber umso mehr Nachdruck in meine Stimme.

Jetzt, da ich endlich seine Aufmerksamkeit hatte, jetzt, da wir endlich unter uns waren und uns direkt gegenüberstanden, drängte sich mir noch einmal die Frage auf, ob er mich hier, ohne Publikum und Bühne, vielleicht doch wiedererkennen würde. Ich hoffte inständig, dass er sagen würde: »Hey, kennen wir uns nicht?« Oder: »Hey, Sie sehen ein bisschen aus wie …«

Aber nein. Er wandte sich an mich wie an eine vollkommen fremde Person: »Ich weiß nicht, wovon Sie reden.«

Und an dieser Stelle kam mein Ego meinen Plänen in die Quere. Denn wenn er mich nicht wiedererkannte, dann würde ich ganz sicher nicht zugeben, dass ich ihn meinerseits sehr wohl wiedererkannte. Das wiederum hatte zur Folge, dass ich einige meiner stichhaltigsten Argumente nicht anbringen konnte. »Ich rede von der Personalversammlung«, entgegnete ich.

»Was ist damit?«

»Das war eine Katastrophe.«

»Da bin ich anderer Meinung.«

»Haben Sie irgendeine Vorstellung davon, womit diese Schule gerade zu kämpfen hat? Wir haben kürzlich unseren Direktor verloren. Unseren geliebten Direktor – den Gründer der Schule. Nicht letztes Jahr oder im Frühling. Sondern in diesem Sommer. Jeder der Anwesenden war in Trauer, empfindlich, durcheinander und ängstlich – einschließlich seiner Frau, wie ich vielleicht ergänzen darf. Sie saß in der letzten Reihe wie versteinert.«

»Das hat alles nichts mit mir zu tun«, sagte Duncan. »Ich bin an keinem dieser Dinge schuld. Und ich kann sie auch nicht wieder richten.«

»Vielleicht nicht. Aber Sie könnten verdammt noch mal versuchen, nicht alles noch schlimmer zu machen.«

143

»Menschen sterben nun mal«, stellte Duncan fest. »Das passiert jeden Tag. Am besten ist es, man schaut nach vorn. Und dafür bin ich hier.«

»Niemand ist bereit, nach vorn zu schauen.«

»Darauf kann ich keine Rücksicht nehmen. Am Montag geht die Schule los.«

»Ja, genau. Und darauf müssen wir uns irgendwie vorbereiten. Was dabei sicher nicht weiterhilft, ist ein Wahnsinniger, der mit einer Wasserpistole herumfuchtelt.«

»Ich habe nur getan, was ich für notwendig erachtet habe.«

»Aber Sie haben nicht das getan, was alle anderen für notwendig erachtet haben. Sie haben nicht versucht, uns kennenzulernen. Sie haben sich mit niemandem unterhalten. Sie haben sich in keiner Weise bemüht, einen persönlichen Kontakt herzustellen.«

»Ich bin nicht hier, um einen persönlichen Kontakt herzustellen.«

»O doch, das sind Sie. Oder denken Sie, dass Sie diese Schule leiten können, ohne sie kennenzulernen?«

»Und Sie denken, Sie können hier einfach so hereinmarschieren und mir sagen, was ich zu tun habe?«

Das konnte nicht sein Ernst sein. »Ich versuche doch nur, Ihnen zu helfen.«

»Ich brauche Ihre Hilfe nicht.«

»Sie haben Max nicht gekannt. Also lassen Sie sich von mir sagen, dass er diese Schule nie wie ein Alleinherrscher geführt hat. Das funktioniert hier nicht. Es ging von Anfang an um gemeinsame Überzeugungen und um Diskus-

144

sionen. Die Leute, die hier arbeiten, tun das mit großem Engagement und echter Leidenschaft – diese Schule ist unter anderem deswegen so legendär, weil hier jeder mit jedem zusammenarbeitet. Was auch immer Sie mit dieser Versammlung vorhin erreichen wollten, es wird nicht funktionieren – nicht hier.«

»Was Direktor Kempner getan oder gelassen hat, spielt jetzt keine Rolle mehr«, sagte Duncan daraufhin.

»Ich versuche Ihnen zu vermitteln, wie der Laden hier läuft.«

»Der Laden läuft so, wie ich es sage.«

»Wenn Sie sich weiter so aufspielen, werden Sie alle gegen sich aufbringen.«

»Was wollen Sie damit andeuten? Dass alle kündigen?«

»Das sind allesamt hervorragende Lehrkräfte – die Besten der Besten. Sie finden überall eine Anstellung.«

»In meinen Ohren klingt das seltsamerweise wie eine Drohung.«

»Ich drohe Ihnen nicht. Ich sage Ihnen nur, wie die Dinge stehen. Alle hier sind angetreten, um einen ganz bestimmten pädagogischen Leitgedanken mitzutragen. Es geht hier um Kreativität und Ermutigung und darum, dass Lernen Spaß machen soll.«

Duncan gab sich unbeeindruckt. »Tja, dann herrscht jetzt eben ein anderer Leitgedanke.«

Er nahm mich nicht ernst. »Sie haben keine Ahnung, was für einen Schrecken Sie der gesamten Lehrerschaft gerade eingejagt haben.«

»Doch, ich denke, ich habe eine Ahnung.«

145

»Und von der Waffe war hier noch gar nicht die Rede.«

»Das wird sich bestimmt gleich ändern.«

»Was zum Teufel war das?«

»Eine Wasserpistole«, entgegnete er. »Und es ist mir gelungen, damit Aufmerksamkeit zu erregen, nicht wahr?«

»Aber nicht in einem positiven Sinne.«

»Ich bin nicht hier, um zu kuscheln.«

»Warum sind Sie hier?«

»Ich will diese Schule auf Spur setzen.«

»Sie ist bereits auf Spur. Sie ist eine der besten Grundschulen des Landes. Sie genießt einen hervorragenden Ruf.«

»Zugleich ist sie aber eine tödliche Falle. Und dessen werde ich mich annehmen. Und wenn das jemandem nicht passt, dann kann er sehr gerne seinen Hut nehmen – jeder Einzelne. Sie selbst eingeschlossen.«

Aber so einfach würde ich mich nicht geschlagen geben. »Ich kann nicht kündigen«, sagte ich.

»Natürlich können Sie das«, sagte er herausfordernd. Dann sah er mir direkt in die Augen und sagte: »Lehrer sind ersetzbar.«

Das war grob. Verletzend. Max hatte über Jahrzehnte ein Kollegium von Superstars zusammengestellt – hier lehrten nur die Allerbesten. Lehrer konnte man nicht einfach so ersetzen. Im besten Fall vermittelten sie Kindern Begeisterung, Hingabe und Neugier, im schlechtesten erreichten sie genau das Gegenteil. Und niemand auf der Welt hätte das besser wissen sollen als Duncan Carpenter.

Ich blickte einen Moment zu Boden, um mich zu sammeln. Um was ging es mir hier überhaupt? Ich wollte, dass

146

er mit diesem Theater aufhörte. Dass er wieder er selbst war. Ich wollte, dass er zeigte, was in ihm steckte. Aber ich hatte nichts in der Hand. Machte er mir nur etwas vor? Wenn es ihm wirklich egal war, wenn alle kündigten, dann war ich tatsächlich ratlos.

In diesem Moment sah ich etwas unter Duncans Schreibtisch hervorlugen.

Etwas Felliges.

Etwas, das aussah wie eine Pfote.

Ich ging näher heran und beugte mich hinunter, um einen genaueren Blick darauf zu werfen.

Unter dem Tisch lag zusammengerollt ein riesiger, grauer, sehr wuscheliger Hund – und schlief tief und fest.

In diesem vollkommen kalten grauen Büro war das Allerletzte, was ich vermutet hätte, ein wuscheliger Hund – und natürlich war er perfekt getarnt: graues Fell auf grauem Teppich.

»Ist das ein Pudel unter Ihrem Schreibtisch?«, fragte ich.

»Das ist ein Labradoodle«, sagte Duncan, als wäre das offensichtlich.

Ich beugte mich näher heran. »Gehört er ... Ihnen?«

»Es handelt sich um einen Wachhund«, sagte Duncan in geschäftsmäßigem Ton. »Er bewacht die Schule.«

»Im Moment sieht er nicht besonders wach aus.«

»Auch Wachhunde müssen sich mal ausruhen.«

»Das stimmt. Wie heißt er?«

Duncan richtete sich noch eine Spur höher auf. »Chuck Norris.«

147

Ich musste lachen. Dann gefror mir das Lachen auf dem Gesicht. »Sie meinen das ernst, nicht wahr?«

»Ich muss ihn noch abrichten«, erklärte Duncan trocken.

»Da hätte ich dann eher einen Deutschen Schäferhund oder etwas vergleichbar Furchterregendes erwartet.«

»Dieser Hund ist durchaus furchterregend«, sagte Duncan, während wir beide auf das ganz und gar nicht furchterregende, schnarchende Fellbündel starrten. »Zumindest wird er das sein, wenn ich ihn abgerichtet habe.«

»Wollen Sie ihn mit der Wasserpistole nass spritzen?«

Duncan verzog keine Miene. »Das ist im Trainingsplan für Wachhunde nicht vorgesehen.«

»Wenn Sie das sagen«, meinte ich. Tatsächlich gefiel mir der Gedanke, einen Hund auf dem Schulgelände zu haben. Ich hatte gerade erst einen Artikel darüber gelesen, dass Hunde eine beruhigende Wirkung auf Menschen haben. Mein Ton wurde merklich weicher, während ich Chuck Norris betrachtete. »Er wird uns beschützen?«

»Er ist nicht die einzige Maßnahme, aber ja.«

Ich wurde hellhörig. »Er ist nicht die einzige Maßnahme?«

Duncan richtete sich auf. »Ich habe vor, eine ganze Reihe von Sicherheitsmaßnahmen einzuführen. Angefangen bei verbesserter Übersichtlichkeit des Schulgeländes über ein Sicherheitstraining für die Lehrer bis hin zum Einsatz neuer Technologien. Ich habe da ein paar sehr moderne, technologisch ausgereifte Formate im Auge. Es wird teuer, aber das ist es wert.«

Ich sage Ihnen: Dieser Typ – genau dieser Typ, der hier vor mir stand – war derjenige, der sich damals in Andrews bei einem Skateboardrennen durch die Schulhausgänge das Handgelenk gebrochen hatte.

Doch dann kam mir eine Frage in den Sinn: »Wo soll denn das Geld dafür herkommen?«

Duncan blinzelte. »Das Budget lässt genügend Spielraum.«

Ich wusste nicht viel über das Budget, aber so viel wusste ich. »Das glaube ich Ihnen nicht«, meinte ich.

Duncan sah weg. »Es gibt immer Möglichkeiten, man muss nur kreativ sein.«

Was für eine erstaunlich nichtssagende Antwort. Ich trat einen Schritt näher an ihn heran und sah ihm ins Gesicht. Sein Ausdruck war eine Mischung aus Entschlossenheit, Abwehr und einem Hauch von Schuldbewusstsein. Als ich das sah, wusste ich Bescheid.

»Wir reden hier aber nicht über das unbebaute Grundstück?«

Er trat zum Schreibtisch und heftete seinen Blick darauf. »Welches Grundstück?«

Aber tief im Innern kannte ich die Antwort bereits. Ich richtete mich gerade auf und spannte jeden Muskel meines Körpers an. »Das Grundstück für den Spielplatz.«

»Welcher Spielplatz?«, fragte Duncan daraufhin.

War es möglich, dass er tatsächlich nichts davon wusste? Das Anlegen des Spielplatzes war unser Herzensprojekt für das kommende Schuljahr, die Sache, auf die alle Planungen zuliefen. Es gab bereits einen fertigen Gestaltungsplan, und wir hatten eine Baufirma beauftragt. Alles war vorbereitet.

Allerdings war er ja auch gerade erst angekommen. In

letzter Zeit hatten sich die Ereignisse hier überschlagen, um es vorsichtig auszudrücken. Vielleicht hatte ihn niemand in Kenntnis gesetzt. Ich trat zum Schreibtisch, beugte mich über Duncans Telefon und drückte einen Knopf, wie ich es hundertmal getan hatte, wenn Max und ich hier herumgealbert hatten. Ohne Duncan aus den Augen zu lassen, sagte ich mit verhaltener Stimme in den Lautsprecher: »Mrs Kline, könnten Sie bitte die Pläne für den Spielplatz hereinbringen?«

Zwei Sekunden später erschien sie, hocheffizient wie immer, mit einem Berg von Unterlagen – eine mit einem Gummiband zusammengehaltene Sammlung von Prospekten, Zeichnungen, Bauplänen, Notizen, Post-it-Zetteln, Skizzen, Ideen und Vorschlägen – und ließ den ganzen Stapel mit Schwung auf Duncans Schreibtisch landen.

»Darf ich vorstellen: der Abenteuergarten«, sagte ich zu Duncan, während Mrs Kline wieder nach draußen verschwand. »Vor zwei Jahren haben wir das Nachbargrundstück von der Stadt gekauft. Vor einem Jahr starteten wir eine Spendenkampagne, die mehr als hunderttausend Euro eingebracht hat, um den coolsten, kreativsten, fröhlichsten, überraschendsten und vielseitigsten Spielplatz in der Geschichte der Menschheit anzulegen. Und dieses Jahr werden wir ihn trotz aller Widrigkeiten bauen.«

Duncan sah mich einen Augenblick prüfend an, und ich hatte das Gefühl, als würde er das Ausmaß des von mir zu erwartenden Widerstandes ausloten. Dann sagte er in einem Ton, der keinen Zweifel an seiner Entscheidung zuließ: »Ach ja. Das ist alles gestrichen.«

Ich hatte das Gefühl, alle Luft wäre aus meiner Lunge gewichen. »Gestrichen?«, stieß ich hervor.

»Ja, ganz recht«, bestätigte Duncan geschäftsmäßig und schlug mit der Hand auf den Unterlagenstapel. »Wir werden das Geld für andere Dinge brauchen.«

Beschützend zog ich den Stapel zu mir herüber. »Andere Dinge? Was für andere Dinge?«

»Nun, ich kann mich darüber leider noch nicht genauer äußern, aber es steht Großes bevor.«

»Sie können den Abenteuergarten nicht streichen!«

»Warum nicht?«

»Weil er die Idee von Max war.«

»Aber Max ist nicht mehr da, oder?«

»Aber …« Was geschah hier gerade? Ich schüttelte den Kopf. »Das können Sie nicht machen.«

»Doch, das kann ich«, meinte Duncan zufrieden, ging zur Tür des Büros und legte seine Hand auf die Türklinke, als gäbe es nichts weiter zu besprechen. »Sie sollten meinen Vertrag durchlesen. Ich kann noch viel mehr. Ich könnte jeden Mittag Eisbecher mit Karamellsoße auf den Schulspeiseplan setzen, wenn ich das wollte. Ich könnte festlegen, dass alle im Halloweenkostüm statt in Schuluniform erscheinen müssen. Ich könnte die gesamte Lehrerschaft entlassen und eine Gruppe von Zirkusclowns engagieren.«

»Das würde Ihnen der Aufsichtsrat nie durchgehen lassen«, sagte ich.

»Mit dem Aufsichtsrat ist es so eine Sache«, sagte Duncan.

»Was soll das denn heißen?«

151

»Das soll heißen, dass ich die vorhandenen Gelder für alles verwenden darf, was ich für notwendig erachte, um die Schule voranzubringen.«

Was zum Teufel geschah hier? Ein ganzes Jahr lang hatten wir diesen Spielplatz geplant. Wir hatten Arbeitsgruppen gebildet, recherchiert, zahllose Artikel zum Thema gelesen und Dokumentationen dazu gesehen. Es war das Herzensprojekt von Max gewesen. Von ihm stammte die Idee – und er hatte den Aufsichtsrat überzeugt, einen Teil der Stiftungsgelder für den Kauf des Grundstücks zu verwenden. Nachdem der Kaufvertrag unterschrieben war, hatte er uns alle aufgefordert, eigene Ideen einzubringen, wie sich das Projekt umsetzen ließe. Dann, im Laufe des Sommers – ein Sommer, der inzwischen tausend Jahre zurückzuliegen schien – hatten Max, Babette und ich die Vorschläge und Skizzen durchgesehen, hatten Zeitungsartikel und Konzepte sondiert, mit Architekten gesprochen, einen Kostenvoranschlag erstellt und die Dinge ins Rollen gebracht.

Das war eigentlich unser übliches Sommerprogramm gewesen – angefangen mit dem Jahr, als wir das Schmetterlings-Wandbild in der Schulkantine malten. Im Jahr darauf hatten wir den Spielplatz im Hof mit bunten gehäkelten Girlanden, Netzen und Blumen überschüttet. Auch das letzte Jahr hatte ganz im Zeichen der Farben gestanden: Wie in einem Rollschuhpalast hatten wir die Spinde und die Wände der Gänge mit grellgelben, orangefarbenen und hellblauen Streifen verschönert und überall dort, wo man es nicht vermutete, Wölkchen, Blumen und Regenbögen gemalt.

Ich wäre niemals auf den Gedanken gekommen, dass

Duncan unser Projekt nicht weiterführen wollte. Immerhin war er es gewesen, der in Andrews eine Discokugel an die Decke der Kantine gehängt hatte. Eine seiner Klassen hielt unter seiner Anleitung einen eigenen Schulklassen-Igel. Und einmal hat er versucht, eine Seilrutsche vom Dach der Turnhalle zu bauen.

Wie konnte Duncan die Pläne für einen Spielplatz boykottieren? Er war ein Spielplatz in Person!

Der Abenteuergarten war ein riesiges, jahrgangsübergreifendes Projekt, das jeder Einzelne von uns begeistert verfolgte, und gerade jetzt hatten wir so etwas nötiger denn je. Ich begann, die Gummiringe von den Unterlagen abzuziehen und einzelne Mappen herauszuholen, suchte wie besessen nach den anschaulichsten Beispielen, um ihm klarzumachen, worum es mir ging. »Aber der Abenteuergarten bringt die Schule doch nach vorn! Ich zeige Ihnen die Pläne. Der Spielplatz wird eine Legende werden! Ein magischer Ort! Sie werden nicht glauben …«

»Sie müssen mir die Pläne gar nicht zeigen«, sagte Duncan.

»Aber so etwas haben Sie noch nie gesehen!«, versprach ich. »Wir planen ein Baumhaus und einen Seerosenteich und einen Klettergarten …«

Er öffnete die Tür und hielt sie auf, eine eindeutige Aufforderung an mich, das Büro zu verlassen.

Aber ich zögerte noch. Dann nahm ich mir ein Herz. »Sind Sie gekommen, um diese Schule zu zerstören?«

Seine Stimme war eine winzige Spur weicher, als hätte er zumindest zur Kenntnis genommen, dass für mich von dieser Frage ganz grundlegende, lebenswichtige Dinge abhingen: »Ich bin nicht gekommen, um diese Schule zu zerstören.«

Ich seufzte erleichtert auf.

Dann fügte er hinzu: »Ich bin gekommen, um sie wieder aufzubauen.«

Nach dieser Szene war eines klar: Ich saß hier fest. Mehr als je zuvor.

Als ich erfahren hatte, dass Duncan kommen würde, hatte ich befürchtet, dass er mich unglücklich machen würde. Ich hatte damit gerechnet, dass er mein Herz mit seiner Liebenswürdigkeit noch einmal im Sturm erobern würde. Nun sah es so aus, als wäre genau das Gegenteil der Fall. Er würde mich unglücklich machen, indem er meine Schule und damit mein Leben zerstörte.

Ich war nicht sicher, was schlimmer war – aber auf jeden Fall machte mich das alles unglücklich.

Meine Gefühle wechselten hin und her wie die Zahlen auf einem Schiebepuzzle. Aber ich kam der Lösung dabei keinen Schritt näher.

Ich wusste nur so viel: Irgendwie, aus irgendeinem Grund war Duncan Carpenter vollkommen verwirrt, und ich konnte nicht abhauen, ehe ich den Grund dafür kannte. Wenn ich ging, würde ich vielleicht mich selbst damit retten. Aber ich würde eine ganze Schule in den Fängen eines Wahnsinnigen zurücklassen.

Ich kam zu dem Schluss, dass Duncan vielleicht doch einen bösen Zwilling hatte. Denn war die Persönlichkeit

154

eines Menschen nicht im Großen und Ganzen unveränderlich? Konnte man morgens aufwachen und ein völlig anderer Mensch sein? Irgendetwas war mit ihm passiert – aber was? Ein Schädelhirn-Trauma? Amnesie? Ein böser Fluch?

Es musste etwas Gewaltiges sein.

Im Ernst. Er hatte sich in ein Monster verwandelt.

Und das waren auch genau die Worte, die ich am Abend in Babettes Garten vor allen aussprach.

Irgendwie hatte ich gehofft, dass die schockierende Erfahrung der Einführungsveranstaltung am Morgen Babette aus ihrer Starre holen und sie dazu bewegen würde, endlich Maßnahmen zu ergreifen. Ich verstand ja, dass sie trauerte. Das durfte sie natürlich auch. Aber ich war eigentlich keine Führungspersönlichkeit, und deswegen hätte ich es begrüßt, wenn Babette plötzlich aufgeschaut, die Situation erfasst und ihre rechtmäßige Position als Anführerin des Widerstandes eingenommen hätte. Aber danach sah es an diesem Abend nicht aus. Sie hatte sich mit Kopfschmerzen ins Bett gelegt und würde dort auch erst mal bleiben.

Also riss ich mich zusammen und mahnte mich zur Ruhe. Als »Anführerin« musste ich in erster Linie reden, planen und die Leute dazu bringen, mir zuzuhören. Das konnte ich alles sehr gut.

Ich erzählte den Leuten im Garten alles, was Duncan gesagt hatte, alles, was ich in Erfahrung gebracht hatte: Dass die Vorstellung kein Versehen gewesen war. Dass der legendäre, warmherzige Spaßmacher sich irgendwie in einen Kriegsherrn verwandelt hatte. Dass es ihm egal wäre, wenn

155

die gesamte Lehrerschaft kündigte. Und dass er vorhatte, den Abenteuergarten zu streichen.

Mit jeder Information wurden die Ausrufe der Entrüstung lauter, aber das entscheidende Argument war schließlich die Absage des Spielplatzvorhabens.

»Das war das Projekt von Max!«, rief Anton.

»Was wird aus dem Baumhaus?«, fragte Carlos.

»Und dem Gemüselehrpfad?«, fragten Emily und Alice.

Alle wollten wissen, was wir jetzt tun sollten.

Ich sagte ihnen, dass ich es auch nicht wüsste. Wir mussten einfach loslegen. Ich sah mich um. »Mrs Kline?«

Sie hob die Hand. »Anwesend.«

»Könnten Sie bitte eine Kopie seines Arbeitsvertrages heraussuchen? Und am besten auch gleich die Satzung der Schule. Wir müssen herausfinden, wie fest wir tatsächlich an diesen Kerl gebunden sind. Und ...« Ich sah mich um. »Kennt irgendjemand die Bestimmungen hinsichtlich eines Hundes auf dem Schulgelände?«

»Ein Hund?«, fragte Rosie Kim.

»Er hat einen Wachhund«, erklärte ich.

Das löste eine weitere Welle der Entrüstung aus. Was für ein Hund war das? War er groß? War er furchteinflößend? Abgerichtet? Was hatte er auf dem Schulgelände zu suchen? Was war mit Kindern, die Angst vor Hunden hatten? Wer würde auf ihn aufpassen? Was war das für ein Mensch, der einen Hund auf das Gelände einer Grundschule mitbrachte? Was war mit Tierhaarallergien? Durfte man überhaupt einen Hund auf das Schulgelände mitbringen? Konnte das jemand herausfinden?

156

Ich erzählte ihnen gar nicht erst, dass der Hund Chuck Norris hieß. Auch nicht, dass Duncan ihn als furchterregend bezeichnet hatte.

Als der Sturm der Entrüstung seinen Höhepunkt erreichte, stand ich auf. Vielleicht war ich keine Führungspersönlichkeit, aber einer Sache war ich mir sicher: Wir würden unsere Schule beschützen. Wir waren doch nicht umsonst so wunderbar.

Also erhob ich meine Stimme und schwor uns alle auf unseren Kampf ein.

»Ich weiß nicht genau, was wir unternehmen werden«, sagte ich. »Ich habe noch nie etwas erlebt, was auch nur im Entferntesten mit so einer Situation vergleichbar gewesen wäre. Aber ich weiß auf jeden Fall, was wir nicht tun werden. Wir werden nicht in Panik verfallen. Wir werden nicht zulassen, dass wir aus Angst vergessen, wofür wir als Schule eigentlich stehen. Wir haben eine Mission, oder nicht? Wir müssen auf all die kleinen Seelen aufpassen, die uns anvertraut sind. Das werden wir nicht vergessen. Wir müssen für sie da sein – und für uns untereinander. Als Erstes müssen wir uns um die Kinder kümmern – mit dem Fall Duncan Carpenter befassen wir uns später. Ich will nicht, dass irgendjemand sich zu einer unüberlegten Handlung hinreißen lässt – Anton, damit meine ich vor allem dich. Keine Graffiti, keine Drohbriefe, kein Shitstorm in den sozialen Medien. An erster Stelle muss für uns in den nächsten Wochen das Wohl der Kinder stehen. Nicht wahr? Wir müssen ihnen erklären, dass der Tod zum Leben dazugehört. Dass Max zwar gestorben ist, aber dass wir ihn niemals ver gessen werden, dass wir sein Erbe in unseren Herzen bewahren können, indem wir seine Freundlichkeit und Güte weitergeben. Die Kinder brauchen jetzt jeden Halt, den wir ihnen geben können. Also hocken wir uns hin, machen unsere Arbeit und helfen den Kindern über diese einschneidende Erfahrung hinweg. Rufen wir uns dabei immer in Erinnerung, für wen wir das hier alles leisten! Wir dürfen nichts unversucht lassen, um die Dinge zum Guten zu wenden, anstatt sie noch schlimmer zu machen.«

8

Es sollte sich herausstellen, dass Chuck Norris, der Wach-Labradoodle, in keiner Weise furchterregend war. Aber es stellte sich auch heraus, dass er eine furchtbare Nervensäge war.

Bald ging trotz aller Widrigkeiten der Schulalltag wieder los. Das Gebäude quoll über von Kindern, Schulranzen und Brotdosen. Es kam mir so vor, als würde sich jedes Kind einzeln danach erkundigen, wo Max war. Selbst diejenigen, die auf der Party gewesen waren.

Ich konnte es ihnen nachfühlen. Wo war Max nur?

Ich für meinen Teil setzte mich hin und versuchte, mich auf das Naheliegendste zu konzentrieren: Kinder, Bücher, Papierkram und eine Menge Planung.

Manchmal, in kurzen, stillen Momenten, wenn ich von meinem Schreibtisch in der Schulbibliothek aufblickte und all die Kinder sah, auf den Sofas und Sitzsäcken oder in unserer Leseburg, vertieft in ihre Bücher, konnte ich beinahe so tun, als ob alles wie immer wäre.

Aber der neue Wachhund wollte das nicht zulassen. Es stellte sich heraus, dass er ein Bücherfresser war. Nicht nur

einmal, sondern gleich zweimal am ersten Schultag schlich
er sich in die Schulbibliothek und zerkaute Bücher. Zuerst
eine Gesamtausgabe von Mo Willems im Schuber. Und
dann, nach der Mittagspause, den *Geheimen Garten*.

Beide Male brachte ich ihn persönlich zu Duncan zurück.

»Ist das Ihr Ernst?«, fragte ich angriffslustig und hielt
ihm die zerfledderte Ausgabe des *Geheimen Gartens* hin, der
jetzt ein Drittel des Einbandes fehlte.

»Ich glaube, er ist im Zahnwechsel. Ich habe vorhin auf
dem Teppich einen Zahn gefunden.«

»Das ist trotzdem nicht in Ordnung. Kaufen Sie ihm ein
Kauspielzeug.«

Duncan nickte, als wäre das tatsächlich ein guter Gedanke. »Das werde ich.«

»Und lassen Sie ihn nicht einfach frei in der Schule herumlaufen.«

»Wie es aussieht, kann er meine Bürotür öffnen.«

»Und die Türen zur Schulbibliothek«, ergänzte ich.

»Ich dachte, er schläft«, meinte Duncan.

»Nun, das hat er nicht«, sagte ich. »Er ist frei draußen
herumgestreunt.«

»Tut mir leid wegen der Bücher. Ich bezahle sie.«

»Sehr gut«, erwiderte ich todernst. »Ich stelle sie Ihnen in
Rechnung.«

Dieser Hund brachte es bereits am ersten Tag zu einiger
Berühmtheit. Bis nach Feierabend war er auf Mrs Klines
Schreibtisch gesprungen und hatte eine ganze Packung
Taschentücher zerfasert, ein Eichhörnchen über den Hof

gejagt, war mit dem Halsband an einem Ast hängen geblieben, hatte ganze fünf Minuten lang sein eigenes Spiegelbild in der Tür zu Duncans Büro angebellt, auf den Teppich im Vorschulraum gepieselt, ein Loch in die Sporttasche von Gordo gebissen und eine ganze Tüte Hotdog-Brötchen aus der Schulkantine geklaut.

Zu alledem hatte er in der Pause versucht, sich Alice in die Arme zu werfen, und sie in voller Länge niedergestreckt. Ihr machte das nichts aus. Sie mochte Hunde. Aber Gordo war nicht besonders erfreut über seine zerstörte Tasche. »Was zum Teufel soll das, Mann?«, schimpfte er, nachdem ihm Duncan einen zerrissenen Socken und eine durchgesabberte Boxershorts überreicht hatte.

»Er ist noch in der Ausbildung«, erklärte Duncan.

Diese Vorkommnisse waren dann der Anlass für seine erste offizielle schulinterne Mitteilung.

Mitteilungen bedeuten im Schulwesen nie etwas Gutes – vielleicht gilt das sogar für jeden Bereich. In der Regel sind sie langweilig, ermüdend und – wie Max es auszudrücken pflegte – »ZLZL«: Zu Lang Zum Lesen. Noch bevor ich an unserer Schule anfing, hatte Max diese Art der Kommunikation aus unserem Schulleben verbannt und stattdessen das Format der SEVs etabliert – Statt Einer Versammlung. Das war im Prinzip gar nichts anderes als eine Mitteilung. Aber Max kürzte sie grundsätzlich auf hundert Worte herunter, verschickte sie nur freitags (»wenn schon beinahe Wochenende ist«) und betonte stets, dass er sie nur schrieb, damit wir um eine PdeeMss – Personalversammlung, die eigentlich eine Mitteilung sein sollte – herumkamen.

161

Es ist eben alles eine Frage des Stils.

Max' oberste Leitlinie war es, uns als Pädagogen mit Respekt zu begegnen, genauso wie unseren Ideen, unserem individuellen Beitrag zum Gelingen des Schullebens und unserer Zeit. Mitteilungen waren seiner Meinung nach das genaue Gegenteil.

Aber Duncan hatte sozusagen die entsprechende Mitteilung nicht gelesen.

Und während Max sehr genau gewusst hatte, wie wertvoll es war, Mitteilungen anders zu nennen, machte Duncan genau das Gegenteil. Er nannte eine E-Mail, die noch nicht einmal eine Mitteilung war ... eine Mitteilung.

Fünf Minuten nach dem Sockenzwischenfall hatte jeder von uns folgenden Text in seinem Mailaccount:

Von: Duncan Carpenter
Betreff: Mitteilung Wachhund

Viele von Ihnen hatten bereits Gelegenheit, »Bekanntschaft« mit dem neuen Wachhund der Kempner School, Chuck Norris, zu machen, als er heute eine Schachtel Donuts aus dem Lehrerzimmer klaute und einen abenteuerlichen Fluchtversuch unternahm, der von Wachmann Raymond vereitelt werden konnte, als dieser sich in der Leine verfing. Glücklicherweise wurde niemand verletzt, auch wenn ich leider berichten muss, dass keiner der Donuts den Vorfall überlebt hat.

In Zukunft müssen sich alle Mitglieder der Schulfamilie stets bewusst sein, dass Chuck Norris noch in der Ausbildung ist und unser aller Hilfe braucht, um diese erfolgreich abzuschließen. Bitte unterlassen Sie es, Chuck Norris auf dem Schulgelände zu streicheln, mit ihm zu spielen, ihn zu kraulen, mit ihm zu reden, ihn zu locken oder in irgendeiner Weise aufzuregen. Jede Form von menschlicher Zuneigung stellt eine Ablenkung von seinen Pflichten dar, während er lernt, auf unser Schulgelände aufzupassen und uns alle zu bewachen. Zu seinem eigenen und zum Wohle aller ist jede Kontaktaufnahme mit Chuck Norris ausdrücklich untersagt.

Zwei Minuten nachdem ich diese Mail bekommen hatte, beobachtete ich durch ein Fenster der Schulbibliothek, das zum Schulhof hinausging, wie Chuck Norris einem Kind die Brotdose klaute und daraufhin von einer ganzen Horde Zweitklässler über den Pausenhof gejagt wurde. Sein wehendes Fell, das flauschige Gesicht und die glänzenden schwarzen Augen zeigten deutlich, wie toll er die ganze Sache fand.

Dann sah ich, wie Duncan aus dem Gebäude kam, mit dem Hund schimpfte und die Brotdose an ihren Besitzer zurückgab. Anschließend bedeutete er den Kindern mit versteinerter Miene, sich in den Pausenraum zu begeben. Nur diese neue Version von Duncan brachte es fertig, einen entzückenden Hund auf das Schulgelände mitzubringen und dann jeden liebevollen Umgang mit ihm zu verbieten. Dieser Mann und dieser Hund passten so überhaupt nicht zusammen.

Nachdem die Kinder verschwunden waren, beobachtete

ich, wie Duncan ungefähr fünf Minuten lang versuchte, mit Chuck Norris das Befolgen von Kommandos zu üben. Dann wurde es Chuck Norris zu bunt, er stellte sich auf die Hinterpfoten und leckte Duncan über das ganze Gesicht.

Machten wir uns nun Gedanken, dass die Kinder Chuck Norris zu irgendetwas anstachelten, oder umgekehrt?

In jedem Fall blieb es an diesem Tag nicht bei dieser einen Mitteilung – Duncan überschwemmte uns geradezu.

Von: Duncan Carpenter
Betreff: Mitteilung über Ausweise

Bitte nehmen Sie zur Kenntnis, dass jedes Mitglied des Instituts heute zur Datenerfassung für die neuen Namensschilder beim Sicherheitsdienst vorstellig werden muss. Die Schilder werden nächste Woche ausgegeben. Jedes Mitglied des Instituts muss zu jeder Zeit ein solches Namensschild sichtbar tragen, ansonsten droht ein Disziplinarverfahren.

Von: Duncan Carpenter
Betreff: Mitteilung über Parkplätze

Bitte nehmen Sie zur Kenntnis, dass jedes Mitglied des Instituts heute beim Sicherheitsdienst vorstellig werden muss, um sich einen neuen, nummerierten Parkplatz zuweisen zu lassen. Wenn die Plätze einmal zugewiesen sind, dürfen sie nicht mehr getauscht oder gehandelt werden. Jeder parkt ausschließlich auf dem ihm zugewiesenen Parkplatz, ansonsten droht ein Disziplinarverfahren.

Von: Duncan Carpenter

Betreff: Mitteilung über Sicherheitsfragebogen

Bitte nehmen Sie zur Kenntnis, dass jedes Mitglied des Instituts heute online einen neuen, standardisierten Fragebogen und eine Sicherheitsprüfung ausfüllen muss. Die Umfrage muss bis Freitag abgeschlossen sein, ohne Ausnahme. Mitgliedern des Instituts, die ihren Fragebogen nicht fristgerecht bearbeiten, droht ein Disziplinarverfahren.

Duncan drohte offenbar gern mit Disziplinarverfahren.

Bis zur Mittagspause bekamen wir ungefähr neun solcher Mitteilungen. Die meisten Lehrer, die ich an diesem Vormittag zufällig traf, hatten nach der zweiten oder dritten aufgehört zu lesen. Das bedeutete, dass nur die gutmütigsten Kollegen noch Interesse zeigten, als kurz vor Feierabend die Mitteilung mit dem Betreff *Führung über das Schulgelände* kam. Natürlich war ich eine davon. Ich las alles. Wie sich herausstellte, brauchte Duncan jemanden, der ihm das Schulgelände zeigte, ihm die Interna verriet und alles erklärte, was er wissen musste.

Während ich die Nachricht las, sagte ich laut vor mich hin: »Vergiss es.«

Aber dann waren sich alle, die noch auf die Anfrage antworteten, einig, dass ich das machen sollte. Ohne Gegenstimme.

Also gut. Nach Feierabend, als alle anderen das Schulgelände verlassen hatten, ging ich zu Duncans Büro.

Auch heute trug er wieder einen grauen Anzug. Es war wieder exakt dasselbe Modell wie sonst auch, bis hin zum Stoff.

Die gleiche Hose. Die gleiche Weste. Ein weißes Hemd. Eine blaue Krawatte. Und – bei mindestens dreißig Grad Außentemperatur in Texas im August – ein Jackett. Zugeknöpft.

Hatte etwa ein winziger Teil von mir gehofft, dass er am ersten Schultag in karierter Hose und SpongeBob-Krawatte auftauchen würde? Absolut.

Aber nur ein sehr kleiner Teil von mir.

Ich dagegen, das möchte ich kurz erwähnen, trug eine blaue Bluse mit Tupfen, einen orangefarbenen Bleistiftrock und bonbonrosa Sandalen. Dazu eine lange Halskette mit dicken weißen Bommeln und eine blassrosa Hibiskusblüte im Haar, die genau zu meinen rosa Strähnchen passte.

An diesem Outfit hatte ich heute Morgen besonders lange gefeilt. Ich wollte, sagen wir mal, Eindruck hinterlassen.

»Wir passen gut zusammen«, sagte ich, als ich in seinem Büro auftauchte.

Nichts an uns passte zusammen.

»Dunkelblau«, erklärte ich und deutete auf das Blau meiner Bluse, »und dunkelblau.« Ich deutete auf seine Krawatte.

Er wusste, dass ich ihn aufziehen wollte, aber er lächelte nicht. Stattdessen musterte er mich nur von Kopf bis Fuß und schien besonderes Augenmerk auf die Blüte hinter meinem Ohr zu legen.

Also musterte ich ihn ebenfalls und legte besonderes

Augenmerk auf die Tatsache, dass wirklich absolut niemand aus unserer Generation jemals einen Dreiteiler trug.

Aber ich kann nicht abstreiten, dass ihm dieser Dreiteiler hervorragend stand.

Er sah damit nur einfach nicht aus wie Duncan.

Ich hatte gehofft, dass Chuck Norris uns begleiten und somit zumindest für ein bisschen gute Stimmung sorgen würde. Aber wie es aussah, hatte er sich bereits völlig verausgabt, denn als ich ins Zimmer kam, lag er komatös auf Duncans neuem grauem Bürosofa, Bauch nach oben.

Duncan seufzte. »Bringen wir es hinter uns.«

Ich seufzte auch. »Gut.«

Als wir unseren Rundgang starteten, hatte ich einen einzigen Vorsatz: Ich würde ihm auf keinen Fall die Schulbibliothek zeigen. Denn ich wusste bereits, wie die Sache ausgehen würde. Ich würde ihn zu jedem wunderlichen und unerwarteten Winkel unseres geliebten Schulgeländes führen, würde ihn mit Hingabe auf die bunten, flatternden Wimpelgirlanden aufmerksam machen, die wir über den Hof gespannt hatten, auf die Feenhäuschen, die die Erstklässler für den Garten gebastelt hatten, die Sammlung von Treibholz-Skulpturen, die Babette im Kunstsaal zusammengetragen hatte, das riesige Gemälde, das die Schülerinnen der fünften Klassen letztes Jahr auf die Wand gegenüber der Mädchentoilette gemalt hatten, auf dem es in großen Lettern hieß: SEI GANZ DU SELBST, und so weiter und so weiter ... und er wäre gelangweilt, unaufmerksam und unbeeindruckt. Oder noch Schlimmeres.

Ich meine, ich hoffte wirklich, dass er mich eines Besseren

belehren würde. Aber gleichzeitig wusste ich, wie aussichtslos diese Hoffnung war.

Die Schulbibliothek war etwas Besonderes. Sie war mein Refugium. Und ich hatte keine Lust, mit anzusehen, wie er sie schlecht machte und beleidigte oder etwas sagte wie: »Diese Bücher sind ein Brandherd! Schaffen Sie sie fort.«

Also beschloss ich, die Schulbibliothek zunächst einmal auszulassen, den Rundgang ansonsten freundlich und korrekt zu absolvieren und darauf zu hoffen, dass uns am Ende die Zeit ausgehen würde.

Wir starteten auf dem Schulhof.

»Es handelt sich um ein historisches Gebäude«, erklärte ich, als ich ihn eingeholt hatte. »In den 1870er-Jahren wurde es als Kloster erbaut. Hundert Jahre lang lebten hier Nonnen, ehe ihre Anzahl so zurückging, dass die Kirche das Anwesen an die Stadt verkaufte. Zwanzig Jahre lang stand es leer, bis Max und Babette« – ich achtete stets darauf, Babettes Beitrag zu all dem aus Gründen der Gleichberechtigung zu erwähnen – »die Kempner School gründeten und das Gebäude renovierten. Kleines Detail am Rande: Wussten Sie, dass unsere Schule nach Babette benannt ist?«

Duncan sah mich verständnislos an.

»Babette Kempner«, sagte ich.

»Aber hieß Max nicht auch Kempner mit Nachnamen?«

»Doch, sicher«, sagte ich. »Aber bei der Namensgebung hat er an sie gedacht.«

Wir gingen weiter.

»Die Kantine war ursprünglich die Kapelle«, fuhr ich fort.

»Das habe ich im Handbuch gelesen.«

»Einmal in der Woche findet hier eine Versammlung mit allen Schülern statt, für die wir Vorträge von Vertretern unterschiedlicher Glaubensrichtungen und Workshops zu unterschiedlichsten Themen organisieren. Außerdem verschiedene Vorführungen. Sänger, Schlagzeuger, Bauchtänzer oder Feuerschlucker.«

»Feuerschlucker?«

»Da gibt es quasi keine Einschränkungen.«

Ich konnte beinahe hören, wie er sich eine geistige Notiz machte: *Mitteilung über Feuerschlucker.*

Ich deutete zu einem der Räume im zweiten Stock hinauf. »Dort oben wohnt das Gespenst.«

Duncan warf mir einen schrägen Blick zu, sah mir aber nicht in die Augen. »Das Gespenst?«

Das war wirklich eine gute Geschichte. »Eine der Nonnen verliebte sich in einen Kapitän, dessen Schiff bei einem Sturm im Golf unterging. Sie konnte einfach nicht glauben, dass er tot war, sperrte sich dort oben ein und sah aufs Meer hinaus. Sie weigerte sich herauszukommen, ehe er zu ihr zurückgekehrt war. Aber er kam nie, und sie starb an gebrochenem Herzen. Man sagt, dass sie noch immer dort oben auf ihn wartet. Manchmal will jemand sie gesehen haben, wie sie da oben am Fenster steht und aufs Meer hinausschaut und noch immer hofft, dass er zurückkommt.«

Duncan runzelte die Stirn. »Kennen die Kinder diese Geschichte?«

»Natürlich.«

»Jagt sie ihnen Angst ein?«

»Nun, ja. Einen wohligen Schauder.«

Duncan sah hinauf zu den Fenstern im zweiten Stock. Einen Moment lang dachte ich schon, er würde über das Gespenst nachsinnen, aber dann sagte er: »Das Dach muss erneuert werden. Und von den Fenstern blättert die Farbe ab.«

Ich hatte gewusst, dass er alles mit diesen Augen betrachten würde. Aber trotzdem ärgerte es mich. Ich wollte, dass er beeindruckt war. Ich wollte, dass er sich verliebte.

»Dieses Gebäude hat den Großen Sturm im Jahr 1900 überstanden«, fuhr ich fort. »Wissen Sie über den Sturm Bescheid?«

»Ein wenig.«

»Es war die schlimmste Naturkatastrophe der US-Geschichte«, sagte ich. »Also bis dato. In einer einzigen Nacht starben zehntausend Menschen. Windgeschwindigkeiten von zweihundertfünfzig km/h. Der Sturm riss den Menschen die Kleidung vom Leib, mitsamt Korsett, so sehr stürmte es. Aber dieses Gebäude hielt stand. Alle Nonnen überlebten – genau wie ungefähr hundert Menschen, die sich hierher gerettet hatten und Obdach für die Nacht fanden. Es gibt ein ganzes Museum zu diesem Sturm. Und einen Dokumentarfilm.«

Duncan nickte. »Das Pflaster muss ausgebessert werden«, merkte er an und deutete auf eine Bodenwelle. »Das ist eine Stolperfalle.«

Der alte Duncan hätte mich bei der Hand genommen und wäre mit mir nach oben gelaufen, um nach dem Gespenst zu suchen. Der alte Duncan hätte umgehend das

Schulgelände verlassen, um Karten für den Dokumentarfilm zu kaufen. Der alte Duncan hätte sich in dieses atemberaubende, stattliche, bemerkenswerte Steingebäude verliebt und wäre von seiner abenteuerlichen Geschichte fasziniert gewesen.

Aber der neue Duncan sagte nur: »Es muss ein Albtraum sein, dieses Gebäude zu versichern.«

Offensichtlich waren Albträume bei ihm auch ein großes Thema.

Während wir unseren Rundgang fortsetzten, wurde ich immer verzagter. Ich führte ihn zu unserem Insektengarten, aber er sagte nur, es gäbe zu viele Bienen dort – eine Gefahr. Ich zeigte ihm Babettes Kunstraum, aber er meinte nur, er wäre mit Materialien vollgestopft – ein Brandherd. Die bunt bemalten Schulgänge waren ein »optisches Chaos«, das Hüpfmuster, das wir auf den Flurboden gezeichnet hatten, ein »Stolperproblem«. Die Glühbirnen im Lehrerzimmer waren ein »Durcheinander«.

Jedes wunderbare Detail unserer Schule – alles, was sie besonders und einmalig und fröhlich machte – war für Duncan ein Problem. Es war, als würde er sich weigern, irgendetwas positiv zu sehen. Er schien wild entschlossen, nur die Löcher im Käse zu suchen. Und sie auszumerzen.

Grundgütiger, er benahm sich wie ein Gefängniswärter. Das wäre bereits bei jedem anderen angehenden Schuldirektor ein Grund zur Besorgnis gewesen, aber angesichts der Tatsache, dass es sich ausgerechnet um Duncan Carpenter handelte, war es umso beunruhigender. Er machte keine Scherze. Er lachte nicht. Nicht einmal ein Lächeln zeigte er.

171

Wenn es das kleinste Anzeichen gegeben hätte, dass er sich auch nur flüchtig an mich erinnerte, dann hätte ich ihn vielleicht darauf angesprochen. Insgeheim fragte ich mich, ob er mich schließlich doch noch erkennen würde, wenn man seiner Erinnerung irgendwie auf die Sprünge half. Und ein Teil von mir fand, dass ich es einfach versuchen und ihn danach fragen sollte.

Aber ich brachte es schlicht nicht über mich.

Ganz ehrlich, es kränkte mich. Wenn er mich so schnell vergessen hatte, war es geradezu jämmerlich, dass ich mich noch an ihn erinnerte. Jetzt also so zu tun, als würde ich ihn nicht kennen, war meine Art, das Gesicht zu wahren, wenn auch nur vor mir selbst. Er erinnerte sich nicht an mich? In Ordnung. Ich erinnerte mich auch nicht an ihn.

Es war schlimmer, als wenn ich ihn überhaupt nicht gekannt hätte.

Ich sage Ihnen mal was: Ich wusste von Anfang an, dass es mir das Herz brechen würde, wenn Duncan an meine Schule käme. Aber das hier war schlimmer als alles, womit ich gerechnet hatte. Es war nicht allein die verzweifelte Sehnsucht nach jemandem, den ich nicht haben konnte. Es war, als würde es den Mann, den ich so lange so sehr geliebt hatte, gar nicht mehr geben – obwohl er doch unmittelbar neben mir stand.

Es war eher ein Gefühl der Trauer als Liebeskummer.

Aber die Sache hatte auch ihr Gutes. Der alte Duncan war auf beeindruckende Weise wundervoll gewesen. Das zumindest war jetzt nicht mehr mein Problem.

Unser Rundgang dauerte zwei Stunden. Eigentlich hätte ich in dieser Zeit das Abendessen für Babette vorbereitet oder die Regale in der Schulbibliothek eingeräumt oder dieses blöde Mobile zusammengesetzt, das ich bestellt hatte.

Immer und immer wieder versuchte ich Duncan für die Geschichte des Hauses zu begeistern – dass ein berühmter Bankräuber im Jahr 1890 hier untergetaucht war, ehe man ihn fasste, dass man es im Zweiten Weltkrieg als Militärkrankenhaus genutzt oder dass es in den Fünfzigerjahren als Kulisse für einen Film mit Elizabeth Taylor gedient hatte. Und jedes Mal konterte er diese wunderbaren Geschichten mit einer Bemerkung wie: »Warum haben die Klassenräume keine Türschlösser?«

Ich muss mir selbst zugutehalten, dass ich meine Sache hervorragend machte. Ich schindete Zeit, wo es nur ging, wies ihn auf jedes kleinste Detail hin – von unserem bunten Steingarten bis hin zu den Regenfässern. Ich zeigte ihm das Treppenhaus im Rückgebäude, wo wir auf jede Stufe eine Zahl gemalt und daneben das englische Wort für die Zahl, die spanische Übersetzung und die Zahl in Blindenschrift geschrieben hatten. Ich erklärte ihm, dass der Gummiboden auf dem Spielplatz mit einem Fibonacci-Spiralmuster verziert war. Ich ging mit ihm in das Chemielabor der fünften Klassen, wo ein Periodensystem an die Decke gemalt war. Ich führte ihn am Klassenzimmer von Alice vorbei, vor dem sie im selben Radius, in dem die Tür aufschwang, einen Halbkreis mit verschiedenen Winkeln auf den Boden gezeichnet hatte.

Je länger unser Rundgang dauerte, desto fester rechnete

ich damit, dass er irgendwann sagen würde, er müsse in sein Büro zurück. Aber falsch gedacht. Als wir schließlich alles gesehen hatten und nur noch die Schulbibliothek übrig war, versuchte ich, einfach daran vorbeizugehen.

»Warten Sie«, sagte er und deutete auf die Tür.

»Ach«, sagte ich, als hätte ich ausgerechnet meinen Verantwortungsbereich vollkommen vergessen. »Natürlich.«

Mit ungeduldiger Miene hielt mir Duncan die Tür auf.

Als Max und Babette das Gebäude vor dreißig Jahren renoviert hatten, hatten sie sich nicht einigen können, ob die Schulbibliothek im Erdgeschoss in der Nähe des Haupteingangs eingerichtet werden sollte, damit die Kinder beim Hineingehen und Verlassen des Gebäudes direkt daran vorbeiliefen – oder im ersten Stock, wo man einen Blick aufs Meer hatte und sich wie in einem Baumhaus fühlen konnte. Am Ende lief es auf einen Kompromiss hinaus, und beide Ideen wurden berücksichtigt. Der Haupteingang der Bibliothek lag unten im Erdgeschoss, an der vom Hof abgewandten Seite. Aber man hatte ein Loch in die Decke gesprengt und eine Treppe hinauf in den Raum darüber gebaut, sodass die Schulbibliothek sich nun über zwei Stockwerke verteilte.

Als ich hier angefangen hatte, hatte Babette mir geholfen, die Blenden der Treppenstufen zu bemalen, sodass es wirkte, als würden sie aus einem riesigen Stapel Bücher bestehen. Das war der Blickfang, wenn man hereinkam.

In meinen Augen war dies die perfekte Bibliothek. Geheimnisvoll. Einladend. Voller Möglichkeiten. Und natürlich sonnig, gemütlich und heimelig. Ich wollte, dass die

174

Kinder hier kamen und gingen, wie es ihnen passte. Ich wollte, dass die Türen der Bibliothek offen standen, sobald morgens das erste Kind das Schulgelände betrat, und geöffnet blieben, bis das letzte Kind nach Hause gegangen war.

In einer Tasse auf meinem Schreibtisch bewahrte ich eine Sammlung lustiger Stifte auf, um die Kinder damit zu ködern und mit ihnen ins Gespräch zu kommen. Kulis mit Trollhaaren, Glupschaugen und Bommeln. Ein Stift hatte eine Sanduhr eingebaut, einer sah aus wie eine Spritze mit blauer Flüssigkeit, und einer hatte verblüffende Ähnlichkeit mit einem Knochen. Ich hatte Stifte in Form einer Füllfeder und solche mit einem biegsamen Meerjungfrauenschwanz, sogar welche mit einem Magic-8-Ball oben dran, einer schwarzen Billardkugel, die wahrsagen konnte. Ich hatte Stifte in Faultier-, Einhorn- und Pudelmützenform.

Ich hatte auch noch andere Spielsachen auf meinem Schreibtisch liegen – ein raffiniertes Kaleidoskop, ein Newton'sches Kugelpendel, ein Set Kugelmagneten und eine Sammlung von Kreiseln. Außerdem einen Zauberwürfel, allerdings funktionierte der nicht mehr einwandfrei, seit einer der Erstklässler beschlossen hatte, dass es die einfachste Lösung wäre, die bunten Aufkleber abzuziehen und neu aufzukleben.

All das sollte dazu dienen, die Ausleihe fröhlich zu gestalten und den Kindern das Gefühl zu geben, dass sie hier willkommen waren.

Wann immer die Kinder die Idee hatten, die Schulbibliothek zu besuchen, sollte dem nichts entgegenstehen. Das war meines Wissens der beste Weg, um sie zum Lesen zu ermutigen: die kleinen Funken abzupassen, wenn sie zufällig vorbeisprühten, und in Flammen zu verwandeln.

Ich will damit sagen, dass ich meine Arbeit über alles liebte.

Im zweiten Stock sah es aus wie in einem Zauberreich. Nachschlagewerke, Ratgeber und Sachbücher aller Art waren im Erdgeschoss untergebracht – oben gab es nur Geschichten. Von Bilderbüchern bis zu Sammelbänden – hier ging es nur darum, sich in Fantasiewelten zu verlieren. In jeder Ecke hatten wir ein gemütliches Leseplätzchen geschaffen, überall Sitzsäcke drapiert, es gab sogar ein großes Lesenest aus Holz und Pappmaché, in das die Kinder klettern konnten wie Vogelküken. Es gab einen Büchertunnel. Vor dem Fenster hatten wir eine hohe, zweite Ebene eingezogen, wo die Kinder hinaufklettern und mit Blick über den Golf schmökern konnten.

Es war herrlich. Es war geheimnisvoll. Es war etwas ganz Besonderes. Und es war mein Reich. Ich wollte nicht, dass Duncan mir sagte, es wäre ein Brandherd. Aber trotzdem ging ich mit ihm hinein. Was hatte ich schon für eine Wahl?

Beim Eintreten fiel sein Blick als Erstes auf die bemalten Stufen.

»Coole Treppe«, bemerkte er, als hätte er seinen Grundsatz vergessen, nur ja nichts Positives zu sagen.

Es war die erste freundliche Bemerkung, die er an diesem Nachmittag von sich gab.

»Danke«, sagte ich. »Babette und ich haben sie bemalt.«

Das ließ ihn aufhorchen. Zum ersten Mal an diesem Tag sah er mir in die Augen.

»Sie haben das gemalt?«

»Die Konturen hat Babette gemacht. Ich habe nur ausgemalt.«

»Es sieht wirklich verblüffend echt aus«, sagte er dann und betrachtete die Stufen genauer. Die Verwunderung machte seine Stimme einen Hauch weicher und ließ ihn ein ganz kleines bisschen wie den alten Duncan klingen.

»Sie hat sie so gezeichnet, dass sie dreidimensional hervortreten.«

Duncan las die Titel vor. »*Wilbur und Charlotte. James und der Riesenpfirsich. Drachenzähmen leicht gemacht. Harriet, die kleine Detektivin. Harry Potter und der Stein der Weisen.*«

Wollte er sie alle vorlesen? »Wir haben die Kinder abstimmen lassen.«

»Natürlich.«

Das war der erste und einzige Moment an diesem Tag, in dem so etwas wie ein normales, freundliches Gespräch zustande zu kommen schien, und es bestätigte mich darin, dass man Leute mit ein bisschen Verrücktheit aus der Reserve locken konnte.

Oben auf dem Treppenabsatz fanden wir Clay Buckley. Er hatte es sich auf dem Teppich inmitten von Stapeln mit Archie-Comics gemütlich gemacht.

»Hallo, Clay«, sagte ich.

Er drehte sich zu uns um, das Kinn weiterhin auf die Hand gestützt. »Hallo.«

»Liest du was Schönes?«

»Die hier darf ich zuhause nicht lesen.«

177

»Erwischt!«, sagte ich mit einem Augenzwinkern.

Doch Duncan bemerkte nur streng: »Solltest du nicht in der Nachmittagsbetreuung sein?«

»Ich warte auf meinen Vater«, erklärte Clay.

Aber Duncan schien nicht zu verstehen, um wen es sich handelte. »Trotzdem. Du solltest dich nicht einfach so auf dem Schulgelände herumtreiben wie ein …«

»Labradoodle?«, schlug ich vor.

»Meine Oma hat mir erlaubt, jederzeit die Schulbibliothek zu besuchen«, sagte Clay, als wäre die Sache damit erledigt.

Duncan sah mich fragend an.

»Das ist Babettes Enkel«, erklärte ich. Dann ergänzte ich: »Babette Kempner.«

»Ach«, meinte Duncan, während ihm die Zusammenhänge klar wurden. »Wenn Babette seine Großmutter ist, dann ist das …«

»Kent Buckleys Sohn«, sagte ich nickend.

Und damit war die Sache tatsächlich erledigt. Dieses Kind durfte so viele Archie-Comics lesen, wie es wollte.

Der Rundgang war beinahe beendet. Zumindest von meiner Seite. Es war schrecklich anstrengend, die ganze Zeit jemanden neben sich zu haben, der aussah wie Duncan Carpenter, sich aber genau gegensätzlich verhielt.

Während ich ihn zum Ausgang begleitete, kamen wir an der Ausleihe vorbei, und er entdeckte das Mobile, das in allen Einzelteilen über den Schreibtisch verstreut lag. »Was ist das?«, fragte er.

»Das ist ein Mobile in Schmetterlingsform, zusammengesetzt aus alten Fahrradteilen. Ich habe es im Sommer bekommen. Ich dachte, es würde sich hier gut machen.« Ich deutete auf einen Punkt an der Decke. »Aber als ich es ausgepackt und all die Einzelteile gesehen habe, habe ich Panik bekommen.«

Da musste Duncan tatsächlich lächeln, nicht über mich, sondern beim Anblick der vielen Teile. Ich sah, wie seine Wange sich bewegte und kleine Lachfältchen im Augenwinkel auftauchten ... aber dann wurde er sofort wieder ernst, beinahe als hätte ihn das versehentliche Lächeln erschreckt. Als er den Blick hob, war sein Gesicht ausdruckslos.

»Wollen Sie es nicht zusammenbauen?«, fragte er.

Ich schüttelte leicht den Kopf. »Heute nicht mehr.«

»Wann dann?«

Ich hatte das Ding im Sommer bestellt, das war eine gefühlte Ewigkeit her. »Ich weiß es nicht«, sagte ich. Dann zuckte ich mit den Schultern. »Vielleicht gar nicht?«

9

In jenem ersten Monat des Schuljahres stürmte alles so auf mich ein, dass ich beinahe nicht mehr an Duncan Carpenter dachte. Meine unersättlichen Leseratten waren über die Schulbibliothek hergefallen – jeder wollte wissen, was für neue Bücher es gab, alle hätten am liebsten zehn Bücher auf einmal ausgeliehen oder das größte Buch, das sich finden ließ. Oder jemand suchte nach Band drei von genau jener Serie, in der er sich gerade festgelesen hatte.

Es war ein Bücherzirkus.

Ich freute mich darüber und war dankbar für die Ablenkung von diesen merkwürdigen, herzzerreißenden letzten Sommerwochen. Für den festen Rhythmus des Schuljahres, der mich einfach mitzog. Für die Schulbibliothek, in der sich die Leser drängten.

Ich liebte die Energie, die ihre kleinen Körper ausstrahlten, den Klang ihrer Stimmen, selbst wenn sie manchmal ein bisschen zu laut wurden. Ich war keine typische Bibliothekarin, die herumlief und die Kinder aufforderte, still zu sein – aber ich versuchte ihnen zu vermitteln, dass eine Bibliothek ein feierlicher Ort sein sollte, ein besonderer Ort, an dem man seiner Fantasie freien Lauf lassen konnte.

Duncan führte Neuerungen ein, ja – aber in so kleinen Schritten, dass sie keinen großen Widerstand hervorriefen.

Zum Beispiel ordnete er an, dass die Kinder in der Mittagspause feste Plätze zugewiesen bekamen. Was in der Tat ein paar Vorteile hatte.

Die Kinder hassten diese Regelung, aber das war schon in Ordnung. Kinder hassen schließlich eine Menge Dinge.

Duncan führte außerdem ein, dass die Lehrer in jeder Stunde die Anwesenheitslisten prüfen mussten – nicht nur am Morgen. Er begründete das damit, dass wir überwachen müssten, wo sich die Kinder während des Schultages aufhielten. Was, wenn eines verloren ging? Wie würden wir das sonst bemerken? Diese Regelung hassten nun wiederum die Lehrer.

Ähm. Wie wir das bemerken würden? Wir würden – Sie wissen schon – eben bemerken, dass jemand fehlte. Die Unterstellung, dass das Führen einer Anwesenheitsliste die einzige Möglichkeit wäre, die Kinder davon abzuhalten, sich unerlaubterweise vom Unterricht zu entfernen, war, ehrlich gesagt, eine Beleidigung. Aber Duncan bestand auf genaue Angaben – eine Aufrechnung, wo sich jedes einzelne Kind während des Schultages aufhielt. Und es war ja auch nicht die größte Zumutung der Welt. Im Ernst, seit wir gesehen hatten, wie er eine Waffe zückte, konnte uns so etwas wie das verpflichtende Führen einer Anwesenheitsliste nicht mehr schockieren.

Zumindest theoretisch.

Und praktisch? Eine Anwesenheitskontrolle ist ungefähr die langweiligste Art und Weise, eine Schulstunde zu beginnen. Duncan ließ nach und nach noch weitere kleine Neuerungen in die Stundenpläne einfließen, ohne dass sich großer Widerstand regte: Die Mittagspause wurde um zehn Minuten verkürzt. Die kleinen Pausen ebenfalls. Er ordnete an, dass es nicht mehr erlaubt war, sich gegenseitig in den Klassen zu vertreten. Und dass das Kollegium das Schulgelände während des Schultages nicht verlassen durfte.

Gar nicht zu reden von den eingebauten Sperren und Codeschlössern an jedem Tor, das man beim Betreten oder Verlassen des Geländes passierte, mit Ausnahme des Haupteingangs, der immer vom Wachpersonal im Auge behalten wurde. Die Codeschlösser an sich wären gar nicht so schlimm gewesen, aber was wirklich zur Belastung wurde, war die Tatsache, dass sich der Sicherheitscode alle zwei Wochen änderte.

Das wäre vielleicht kein Problem gewesen, wenn man ansonsten nichts im Kopf behalten musste. Aber Lehrer müssen ständig alles im Kopf behalten.

Am schlimmsten traf es diejenigen, die mit dem Auto kamen – also alle außer mir –, denn der Parkplatz lag am anderen Ende des Schulgeländes. Wenn man den Code vergessen hatte, musste man den ganzen Weg bis vor zum Haupteingang laufen. Irgendwie war ich froh darüber, dass ich das Autofahren aufgegeben hatte, seit die Anfälle zurückgekommen waren. Zum einen wollte ich nicht dauerhaft Medikamente nehmen, was aber eine Bedingung für einen Führerschein gewesen wäre. Zum anderen hatte ich gar keine gesteigerte Lust darauf, mich wieder hinters Steuer zu setzen, nicht, seit meine Krankheit mit einem solchen Paukenschlag zurückgekommen war.

Es war gut so. Es hatte Vorteile. Das Leben verlief in ruhigerem Tempo. Meistens nahm ich morgens einfach mein gelbes Fahrrad, stopfte meine Habseligkeiten in den Korb am Lenker, den Babette und ich mit Hilfe einer Heißklebepistole über und über mit Plastikblumen verschönert hatten, und radelte zur Schule. Dort kam mir Chuck Norris schon am Tor entgegengeprescht und schleckte mir die Knöchel ab, während ich mein Fahrrad vor der Schule absperrte.

Sie erinnern sich doch noch daran, dass Duncan uns verboten hatte, den Hund zu streicheln?

Tja ... ich knuddelte diesen Hund bis zum Umfallen. Es tat uns beiden gut.

Tatsächlich bemühte ich mich, die meisten von Duncans Anweisungen zu missachten. Aber vor der Aufsichtspflicht bei der Abholung der Kinder konnte ich mich nicht drücken. In der dritten Schulwoche krempelte Duncan nämlich die Abholsituation komplett um – indem er entschied, dass es für die Kinder nicht sicher genug sei, draußen vor dem Schulgebäude zu warten, bis sie abgeholt wurden.

»Sie sitzen da zum Abschuss bereit wie Tontauben«, sagte er zu Alice.

»Na ja, nicht im wörtlichen Sinne«, hatte sie pariert.

Auf königliche Weisung hin mussten die Kinder jetzt auf dem Schulhof warten, bis sie abgeholt wurden. Das dauerte zweimal so lange, und die Aufsichtspflicht musste im Schichtbetrieb organisiert werden.

Dazu waren auch doppelt so viele Lehrer notwendig.

Ich wurde ebenfalls zum Schichtdienst eingeteilt – gegen meinen Willen. Jeder wurde eingeteilt. Und so musste ich mich einmal die Woche nach einem langen, anstrengenden Arbeitstag über eine Stunde lang draußen in die Hitze stellen, Autoabgase einatmen und verärgerte Eltern in Empfang nehmen, die ihre Autofenster herunterkurbelten und schimpften: »Ich stehe jetzt schon über eine Stunde in dieser Autoschlange!«

»Sie haben zumindest eine Klimaanlage«, entgegnete ich normalerweise und nahm einen Schluck aus meiner Wasserflasche.

Die Situation wurde so unerträglich, dass Alice den Vorschlag machte, wir sollten uns Eiswürfel in den BH stecken – eine Strategie, die ich nicht verfolgte, obwohl sie verlockend war. Stattdessen besorgte ich mir in einem der kleinen Läden am Strand einen riesigen rosafarbenen Sonnenschirm und sorgte so für mein eigenes kleines Schattenplätzchen.

Das brachte ein wenig Erleichterung. Aber nicht genug.

Thanksgiving stand kurz bevor, als Duncan zum großen Schlag ausholte. Ich weiß nicht, ob er uns in trügerischer Sicherheit hatte wiegen wollen oder ob er einfach so lange gebraucht hatte, um alles vorzubereiten. Als es passierte, hatten wir uns zumindest in einem bequemen Zustand der Unzufriedenheit eingerichtet.

Ich für meinen Teil hatte zu meiner eigenen großen Verwunderung meinen Frieden mit Duncan gefunden. Seine veränderte Persönlichkeit hatte mich tief enttäuscht, sie hatte mich aber gleichzeitig weitgehend von meiner verzweifelten Schwärmerei für ihn kuriert. Für mich gab es beinahe zwei verschiedene Personen: den alten Duncan, nach dem ich mich noch immer verzehrte, und den neuen Duncan, auf den das ganz sicher nicht zutraf.

Der alte Duncan war für mich noch immer das Maß aller liebenswerten Dinge. Und der neue? Der war nur ein ziemlich unverschämter Chef. Typen wie ihn gab es wie Sand am Meer. In ihn konnte ich gar nicht verliebt sein. Er hatte überhaupt nichts Liebenswertes an sich.

Der neue Duncan war äußerst verschlossen – er verlor niemals ein Wort über sich selbst, sein Privatleben oder seine Vergangenheit. Seine Frau hatten wir noch kein einziges Mal zu Gesicht bekommen – auch nicht seine Kinder. Er trennte strikt zwischen Privatsphäre und Arbeitsleben. Ich vermutete, dass er einfach nicht wollte, dass wir uns in seine Angelegenheiten einmischten. Das war mir nur recht. Mehr als recht. Er hatte nicht einmal Fotos in seinem Büro – keinerlei persönliche Gegenstände. Nur pädagogische Fachliteratur. Knochentrocken und wahnsinnig langweilig.

Es war eine Erleichterung. Mein Herz war in Sicherheit. Ich dachte schon: *Wenn er jetzt auch noch aufhören würde, an meiner Schule herumzudoktern, könnte alles wieder werden wie früher. Haha.* Mir war natürlich vollkommen klar, dass es nie wieder so werden konnte wie früher.

Und dann, an einem ganz normalen Freitagnachmittag, gab er eine Hammer-Mitteilung heraus – so etwas hatte es an dieser Schule noch nie gegeben.

Von: Duncan Carpenter
Betreff: Mitteilung über Schutz- und Sicherheitsvorschriften, gültig ab sofort

Sie war neun Seiten lang, einfacher Zeilenabstand, und ich
las sie Wort für Wort.

Wir alle lasen sie Wort für Wort.

Vielleicht war es die einzige neun Seiten lange, schulinterne Mitteilung in der Geschichte der Menschheit, die
von allen Empfängern von vorne bis hinten gelesen wurde.
Allerdings nicht, weil sie so begeistert von ihr waren. Schockiert erfasste ich jeden Satz und spürte, wie Panik in mir
aufstieg.

Hatte ich gesagt, dass ich erleichtert war, dass Duncan all
diese angedrohten Maßnahmen bisher nicht in Angriff genommen hatte?

Jetzt tat er es.

Die Mitteilung war in zwei Abschnitte aufgeteilt: *Sicherheitsmaßnahmen auf dem Schulgelände* und *Sicherheitsmaßnahmen außerhalb des Schulgeländes.*

Auf dem Schulgelände traten mit sofortiger Wirkung
folgende Sicherheitsmaßnahmen in Kraft: Vor unserem
wunderschönen Torbogen am Schuleingang wurde ein
Eisengitter installiert, und jeder Besucher musste von einem
Sicherheitsbeamten eingelassen werden – insgesamt wurden drei neue Wachbeamte eingestellt. Im Schulgebäude
musste dann jeder einen Metalldetektor passieren und seine
Taschen durch ein Röntgengerät wie am Flughafen schicken: Das galt für Schüler, Lehrer, Verwaltungsangestellte

und Besucher gleichermaßen. Taschen und Rucksäcke wurden zudem manuell durchsucht.

Ach, noch eine Ergänzung: Duncan hatte soeben unseren Wachmann, Raymond, gefeuert, wegen »fehlender Wachsamkeit«.

Zu den weiteren Maßnahmen in den Klassenzimmern: Für alle Räume im Erdgeschoss galt die Vorschrift, Jalousien herunter und Fenster dauerhaft geschlossen und abgesperrt zu lassen. Irgendwann würde man das Fensterglas durch kugelsichere Scheiben ersetzen und/oder Metallgitter installieren. Jede der historischen Vollholztüren würde so bald wie möglich durch eine Metalltür ersetzt werden – geliefert von einer Firma, die auch Kriegsschiffe herstellte. Oberlichter über den Türen, die wir an schönen Tagen nutzten, um eine frische Brise hereinzulassen, wurden zugenagelt.

Um im Schulhaus das »visuelle Chaos zu verringern« und um »die Übersichtlichkeit zu fördern«, würden im Laufe des Schuljahres Gänge und Klassenzimmer in einer Farbe gestrichen werden, die Duncan als »beruhigendes Grau« bezeichnete. Außerdem verordnete er das Tragen einer Schuluniform für die Kinder – ebenfalls grau –, gültig ab Januar, und er forderte die Lehrer höflich auf, ebenfalls gediegene Farben zu tragen, bevorzugterweise gedeckte Grau- und Brauntöne. All das sollte zu einer erhöhten Übersichtlichkeit beitragen.

Ehe ich auf irgendetwas davon reagieren konnte, waren meine Augen schon weitergewandert zu dem Abschnitt, der die Sicherheitsmaßnahmen außerhalb des Schulgeländes betraf. Darin wurde im Prinzip ausgeführt, dass es so etwas gar nicht geben könnte. Und da es unmöglich war, außerhalb des Schulgeländes die Sicherheit unserer Schüler zu garantieren, würden wir keine Ausflüge mehr unternehmen, weder an den Strand noch zum Aquarium oder zum Vergnügungspark am Meer.

Grundsätzlich galt: Keinerlei Ausflüge mehr. Niemals. Mit sofortiger Wirkung.

Ich scrollte nach oben zum Anfang der Mail und las sie noch einmal.

Dann las ich sie noch einmal.

Insbesondere den Teil über die verbotenen Ausflüge. Denn wir hatten bereits für die kommende Woche einen geplant: Unsere jährliche Strandsäuberungsaktion mit den Drittklässlern, bei der die Kinder einen Strandabschnitt durchkämmten, um so viel Plastikmüll wie möglich einzusammeln. Sie trugen dabei Handschuhe, benutzten Rechen und Schaufeln, füllten Mülltüten und hatten im Großen und Ganzen das Gefühl, einen wichtigen Beitrag zu leisten. Man konnte hinterher den Unterschied am Strand sehen – und im Laufe der Jahre hatten wir einen ganzen Schulhausgang mit Vorher-Nachher-Fotos bestückt.

Max war der Ansicht gewesen, dass man Kinder nicht an ein zutiefst deprimierendes Thema heranführen könne – wie zum Beispiel den Zustand der Weltmeere –, ohne ihnen gleichzeitig Hoffnung und die Möglichkeit zu geben, selbst etwas zu tun. In dieser Woche hatten die Kinder lehrplangemäß Dokumentationen über ein Phänomen namens »Nordpazifischer Müllstrudel« gesehen – eine auf dem Meer treibende Ansammlung von Plastikmüll und anderen

Abfällen, die von den Strömungen aus aller Welt zu einer riesigen, hässlichen, schmierigen Suppe zusammengetrieben wurde, mit einer Oberfläche zweimal so groß wie der Bundesstaat Texas.

Und Texas ist wirklich groß. Ungefähr eintausendeinhundert Kilometer breit und eintausenddreihundert Kilometer lang. Man braucht vierzehn bis sechzehn Stunden, um es mit dem Auto zu durchqueren. Es handelt sich also wirklich um einen riesigen, schwimmenden Müllteppich.

Wir alle auf Galveston waren schließlich Inselbewohner. Auf der einen Seite lag der Golf, auf der anderen die Küste. Für uns war das Ganze kein theoretisches Problem. Alle hier waren in ihrem Auskommen mehr oder weniger vom Meer abhängig. Deswegen hatten wir das Thema in den jährlichen Lehrplan im Herbst aufgenommen. Denn egal ob man auf der Insel geboren oder hierhergezogen war, wir lebten hier alle zusammen. Das Meer und alles, wofür es stand und was damit direkt oder indirekt zusammenhing, betraf uns alle jede Minute am Tag. Für uns war das alles andere als ein theoretisches Problem. Es war ein sehr persönliches Problem.

Max war der Überzeugung gewesen, dass Lerninhalte als sinnvoll empfunden werden mussten. Dass wir unseren Unterricht um die Dinge herum aufbauen sollten, die den Kindern wichtig waren, und dass wir dafür Sorge zu tragen hatten, dass sie sich aufgrund der Informationen eine eigene Meinung bilden konnten. Deshalb beschäftigten sich die Drittklässler ein ganzes Schuljahr lang mit dem Themenkomplex »Meer«.

Ich hielt für alle Kinder eine große Auswahl Bücher zum Thema in der Schulbibliothek bereit, und ich las *Die kleine Meerjungfrau* vor, in einer Textversion, die ein kleines bisschen emanzipatorischer war als der Zeichentrickfilm, den jeder kannte. Im Anschluss verglichen wir die unterschiedlichen Versionen der Geschichte miteinander, und üblicherweise kam es dann zu einer lebhaften Diskussion über Geschlechterpolitik im Königreich der Meerjungfrau und darüber, inwiefern es grundsätzlich keine gute Idee sein kann, die eigene Identität in einer Liebesbeziehung aufzugeben.

»Verzichtet niemals wegen jemand anderem auf eine eigene Meinung!«, erklärte ich den Kindern jedes Jahr.

Die Vorschulkinder schrien daraufhin üblicherweise: »Oder auf die Meerjungfrauflosse!«

»Auf die schon gar nicht«, stimmte ich zu, und dann schickte ich sie für den Rest der Stunde in die Bastelecke, wo sie Meerjungfrau- und Wassermannbilder malten, die ich dann in der Schulbibliothek ausstellte.

In meiner Lieblingsversion der Geschichte findet die Meerjungfrau eine Zaubermuschel, mit deren Hilfe sie beides haben kann – menschliche Beine und eine Meerjungfrauflosse, je nach Lust und Laune. Keine besonders realistische Lösung, aber das war mir egal.

Wenn schon Meerjungfrauen nicht alles haben konnten, verdammt – wer denn dann?

Aber ich schweife ab.

An jenem Abend, nachdem wir alle Duncans denkwürdige Verlautbarung gelesen hatten, versammelten wir uns in Babettes Garten. Die Stimmung war aufgeheizt, die Anwesenden aus dem Kollegium ähnelten einer Horde aufgebrachter Bauern mit Mistgabeln.

Um es auf den Punkt zu bringen: Die Leute waren nicht glücklich. Man könnte es auch so ausdrücken, dass sie Duncan für den Teufel höchstpersönlich hielten.

Als ich ankam, stapelten sich auf dem Gartentisch schon die Pizzakartons, und wenigstens dreißig Lehrerinnen und Lehrer aßen gegen ihren Frust an. Und natürlich tranken sie auch gegen ihn an. Irgendjemand war noch beim Supermarkt vorbeigefahren und hatte die Bäckertheke geplündert. Es gab Zimtschnecken, Donuts, Eclairs. Sogar eine Geburtstagstorte stand da, mit der Aufschrift: HAPPY BIRTHDAY, STANLEY! Sie war ein Supersonderangebot gewesen, weil jemand sie bestellt und nicht abgeholt hatte.

Die Leute verwendeten noch nicht einmal Kuchenteller, um die Torte zu essen. Wie ausgehungert stachen sie einfach mit ihren Gabeln darauf ein.

Mrs Kline versuchte die Übersicht zu behalten und die Leute zur Ordnung zu rufen, aber diese Rolle lag ihr nicht besonders. Sie hatte einen gelben Notizblock auf dem Schoß und schrieb die einzelnen Beiträge mit, während die Menge immer lauter, angetrunkener und aufgeputschter wurde.

Sagen wir mal so: Die ersatzlose Streichung von allen Ausflügen sowie das Auslöschen von Farbe, Individualität, Kreativität und Spaß wurde nicht besonders gut aufgenommen. Mit dieser Aktion hatte Duncan es sich wahrscheinlich endgültig mit allen verscherzt. Auch mit mir.

»Er will die ganze Schule grau streichen!« Alice konnte sich gar nicht beruhigen.

»Er will überall Gitter anbringen!«, fügte Sadie Lee aus dem Erstklässlerteam hinzu.

»Er zwingt die Kinder dazu, eine Uniform zu tragen«, sagte Carlos.

»Er will sogar, dass wir Uniformen tragen!«, rief Anton, der Naturwissenschaftler.

»Woher bekommt er denn das Geld für all das?«, fügte Mrs Kline hinzu.

»Wie kann das alles sein?«, fragte Donna fassungslos.

»Wie hat er denn das durch den Aufsichtsrat geboxt?«, wollte die Schulkrankenschwester wissen.

Während ich zusah, wie sich die Lehrer in Panik redeten, fasste ich einen Entschluss. Wer Duncan einmal gewesen war, spielte nun keine Rolle mehr. Was zählte, war das, was aus ihm geworden war.

Ich konnte nicht zulassen, dass er unsere Schule in ein Gefängnis verwandelte. Und ich würde ihm das unter keinen Umständen durchgehen lassen.

Er musste verschwinden.

Wir mussten ihn irgendwie loswerden.

Ich nahm Mrs Kline den Notizblock und ihren Stift aus der Hand. Dann stellte ich mich auf die Hintertreppe und rief alle Anwesenden zur Ordnung: »Achtung, Durchsage!« Ein alter Trick, der bei Lehrern immer funktionierte.

In die nun folgende Stille hinein sagte ich: »Diese Mitteilung heute lässt keinen Zweifel: Niemand wird uns retten.

Wir werden uns selbst retten müssen. Uns und unsere Schule.«

Wein- und kuchenselige Begeisterungsrufe wurden laut.

Natürlich wusste keiner, wie wir das anstellen sollten. Aber genau darauf lief diese spontane Versammlung hier hinaus. Ein panisches »Keine Idee ist zu dumm«-Brainstorming.

Als Erstes kam der Vorschlag, eine Petition zu starten.

Dann hatte jemand die Idee, einen gemeinsamen Brief an den Aufsichtsrat zu schreiben, unterzeichnet von der gesamten Schulbelegschaft. Ein weiterer Vorschlag war, jede einzelne von Duncans dummen Ideen anzufechten, indem wir sie einem Freiwilligen aus dem Kollegium zuwiesen, der dann eine Art Gutachten dazu verfasste und darlegte, warum sie nicht umsetzbar war. Ich erklärte mich bereit, die grauen Wände zu übernehmen, Gordo wollte sich um die Gitterstäbe kümmern, Carlos um die Wachbeamten, und Alice übernahm die Absage der Exkursionen. Als schließlich alle großen Punkte zur Bearbeitung verteilt waren, gingen wir die kleineren Neuerungen durch, von den wechselnden Türcodes bis hin zum kürzlich vorgenommenen Austausch aller Glühbirnen auf dem Schulgelände gegen bläuliche Neonröhren, was zwar billiger war, gleichzeitig aber eine Stimmung wie in einer Leichenhalle verbreitete und damit jedem die Laune verdarb. Darin waren wir uns alle einig.

Ich hatte keine Ahnung, ob wir mit dieser Strategie Erfolg haben würden.

Aber es war immerhin ein Anfang.

Wir würden eine Lösung finden. Wir würden zusammenhalten. Ich wusste nicht genau, wie und wann, aber ich wusste, dass wir es schaffen würden. Wir würden nicht aufgeben. Wir würden keine Panik bekommen. Und auf gar keinen Fall würden wir unseren Ausflug zum Strand ausfallen lassen.

10

Das war noch so ein Motto von Max: *Überbringe niemals jemandem eine schlechte Nachricht, ohne ihm gleichzeitig die Möglichkeit zu geben, etwas daran zu ändern.*

Wir waren bisher jedes Jahr an den Strand gegangen, um Abfall aufzusammeln. Als Duncan diese E-Mail verschickte, waren die Busse längst gebucht, die begleitenden Lehrerteams organisiert, Mülltüten, Rechen und andere Säuberungswerkzeuge lagen bereit, und die Poster, auf denen wir feierlich eintragen wollten, wie viel Pfund Müll wir beseitigt hatten, waren bereits gedruckt. Alles war fertig und bereit zum Loslegen.

Ich würde mich grundsätzlich als gefügigen Menschen bezeichnen. Ich warf kein recyclebares Material in den Restmüll. An jedem Wahltag ging ich zur Wahl – selbst zu den unbedeutenderen, die die meisten Leute ausließen. Wenn man für ein Kochrezept eine Zutat teelöffelweise zufügen sollte, dann verwendete ich für das Abmessen einen Teelöffel. Aber als nun unsere Strandsäuberungsexkursion abgesagt wurde, reagierte ich sehr ungehorsam. Irgendein unbekannter, hitziger Teil von mir erhob sich an einem

195

unbekannten, hitzigen Ort in meiner Seele und ließ diesen einen Gedanken in meinem Kopf entstehen: *Trau dich ruhig.*

Trau dich ruhig und versuche uns aufzuhalten.

Duncan Carpenter hatte kein Recht, diesen Ausflug zu untersagen. Das war eine Tradition, die viel bedeutender war als er. Jedes Jahr unternahmen wir eine Strandsäuberungsexkursion. Das hatte sogar schon stattgefunden, als Duncan Carpenter noch nicht einmal auf der Welt war. Oder zumindest fast. Max hatte diese Idee gehabt, lange bevor ich hierhergekommen war, und wir würden mit dieser Tradition nicht brechen, jetzt, da er nicht mehr da war.

Sollte das mein Waterloo werden? Eine Müllsammelexkursion zum Strand?

Ja. Es sah ganz danach aus.

Sie werden es nicht glauben. Am Ende schlich sich der ganze Jahrgang der dritten Klassen heimlich aus dem Schulgebäude.

Wir schleusten sie einfach zum Südtor hinaus und gingen dann zu Fuß die drei Blöcke bis zum Hafendamm. Wir hielten uns an der Hand und sangen Seemannslieder. Es war einfach. Die Lehrer hatten sich diesen Termin ja bereits vorgemerkt. Carlos brachte uns die Schaufeln und Siebe mit seinem Pick-up. Alles lief gut. Zum Mittagessen würden wir zurück sein.

Ich kam an jenem Tag mit einem breitkrempigen Sonnenhut zur Schule, dazu einen Sarong mit Muschelmuster, außerdem hatte ich meine Strandtasche mit Sonnencreme dabei, falls jemand nachcremen musste.

196

Der erste Teil des Ausflugs verlief wunderbar. Ich hatte den reizenden Clay Buckley in meiner Gruppe, und er wusste so einiges über das Meer. Er war ein überaus süßer, ernsthafter kleiner Junge, der irgendwie eher wie ein fünfunddreißigjähriger Therapeut wirkte als wie ein Kind. Vielleicht lag es an der etwas zu großen Brille mit blauem Tarnmuster an den Bügeln. Vielleicht lag es auch an seiner freundlichen Art oder an seinem beeindruckenden Wortschatz oder daran, dass er praktisch ein wandelndes Lexikon war … man hätte meinen können, er wäre Sprecher eines Naturdokumentarfilms. Ungewöhnlich klug für sein Alter.

Für die Kinder galt die Regel, dass sie den Müll nicht mit den Fingern anfassen durften. Wir ließen sie Handschuhe tragen und gaben ihnen kleine Plastiksandschaufeln und Sandspielsiebe, um damit jeden Müll, den sie entdeckten, aufzusammeln, den Sand abzusieben und ihn dann in einen Müllsack zu versenken. Wenn ein Kind etwas Scharfkantiges entdeckte – eine zerbrochene Flasche oder Schlimmeres –, musste ein Lehrer herbeigerufen werden. Die Kinder machten ihre Sache ordentlich – ich denke, das lag zum Teil auch daran, dass sie durch unseren Themenschwerpunkt inzwischen schon so viel zum Thema Plastikmüll in den Meeren wussten, dass sie sich gerne engagieren wollten.

Clay Buckley und ich arbeiteten an jenem Morgen über eine Stunde nebeneinander auf Händen und Knien, schaufelten Flaschenverschlüsse aus dem Sand, siebten Luftballons, Verpackungsreste, Plastiktüten, Angelschnüre und unendlich viele kleine bunte, nicht näher definierbare Plastikteile heraus – und am Ende war ich offizielles Mitglied des Clay-Buckley-Fanclubs. Trotz seiner Mutter. Oder seines Vaters.

Schon ganz zu Anfang erklärte mir Clay: »Es ist schon ironisch, dass wir Plastikmüll mit Plastikschaufeln aufsammeln.«

»Das ist irgendwie wie Kannibalismus«, scherzte ich.

Aber Clay dachte ernsthaft darüber nach. »Es fühlt sich für mich eher so an, als würden Soldaten ihre Toten auf dem Schlachtfeld einsammeln.«

»Das kann ich nachvollziehen«, sagte ich und schaufelte weiter.

In dieser einen Stunde lernte ich von Clay mehr über den Golf von Mexiko als Lebensraum, als ich jemals für möglich gehalten hätte. Nur ein Beispiel: »Jeder hat schon mal was von der Atlantik-Bastardschildkröte gehört, aber wussten Sie, dass es auch die Lederschildkröte, die Unechte Karettschildkröte und die Echte Karettschildkröte gibt?« (Nein, das wusste ich nicht.) »Wussten Sie, dass die Lederschildkröte sich in ihrem Aussehen seit der Zeit der Dinosaurier so gut wie nicht verändert hat?« (Wieder nein.) »Können Sie sich vorstellen, wie es wäre, wenn Ihre Lieblingsspeise Quallen wären?« (Nochmals nein.)

»Würzig!«, war der einzige Kommentar, der mir dazu einfiel.

Dann sagte Clay etwas, das mich wirklich schockierte. »Max und ich sind während der Nistzeit immer auf Schildkrötenjagd gegangen.«

»Moment mal – Max war mit dir auf Schildkrötenjagd?«

Clay sah zu mir hoch. »Nicht mit Bumbum«, sagte Clay.

»Eher mit Klickklick!« Und er machte eine Bewegung, als hätte er einen Fotoapparat vor den Augen.

»Puh, da bin ich aber froh.« Ich zwinkerte ihm zu.

Tatsächlich hatte ich schon das eine oder andere Foto von diesen Ausflügen gesehen. Wenn man nicht aufpasste, hatte Max einen abgefangen und jedes einzelne Bild auf seinem Smartphone hergezeigt.

»Da draußen gibt es auch Wale«, sagte Clay jetzt und sah auf den Golf hinaus.

Das schien mir unwahrscheinlich. Meiner Vorstellung nach lebten Wale im tiefen Ozean, nicht im seichten Golf. Diesmal war meine Frage ernst gemeint. »Wirklich?«

»Tatsächlich sind es fünfundzwanzig verschiedene Arten. Buckelwale, Blauwale, Killerwale und noch ein ganzer Haufen anderer. Einer namens Brydewal ist letztens erst als gefährdet eingestuft worden. Oh, und dann natürlich Pottwale.«

Ich runzelte ungläubig die Stirn. »Pottwale? Im Ernst?«

»Im Ernst.«

»Ich habe noch nie einen Pottwal in der Gegend von Galveston gesehen.«

»Tja, natürlich nicht«, sagte Clay freundlich. »Sie sind ja unter Wasser.«

»Das stimmt.«

»Außerdem«, fuhr er fort, »sind sie weit draußen, wo es tiefer ist. Aber früher kamen die Schiffe von überall her in diese Walgründe.« Er wandte sich mir zu und nickte. »Das lässt sich anhand der Schiffswracks nachweisen. Es sind um die viertausend.«

»Da draußen liegen viertausend Schiffswracks?«, sagte ich und blickte in die Ferne, als hoffte ich, eines zu entdecken.

»Jep.«

»Woher weißt du das alles?«, fragte ich.

Clay sah zu Boden. »Von Max.«

Oh. Max.

»Außerdem«, fuhr er wieder fort, »will ich mal Unterwasserarchäologe werden, wenn ich groß bin. Und da gibt es eine Menge zu lernen. Deswegen muss ich mich ranhalten.«

»Ich kann mir dich sehr gut als Unterwasserarchäologen vorstellen«, sagte ich. Ich war mir nicht zu hundert Prozent sicher, was man unter dieser Berufsbezeichnung verstand, aber Clay konnte in meinen Augen jeden Beruf ergreifen, der ihn interessierte.

»Danke«, sagte Clay mit einer angedeuteten Verbeugung. Dann wandte er sich wieder seinem Sieb zu. »Haben Sie schon mal von dem Schiffswrack La Belle gehört?«

Ich schüttelte den Kopf.

»Sie ist im 17. Jahrhundert in der Matagorda Bay gesunken – und Archäologen haben das Wrack erst vor kurzem entdeckt und freigelegt. Dafür haben sie sogar eine Mauer gebaut, um das Wasser abzuhalten. Gefunden haben sie das Abzeichen eines französischen Admirals. Außerdem ein Schwertheft und sogar menschliche Knochen.«

»Wow«, sagte ich.

»Max wollte mit mir einen Ausflug mit Übernachtung machen und das Museum in Port Lavaca besichtigen ...«

200

Clay hielt einen Moment mit dem Sieben inne. »Aber jetzt fährt mein Dad stattdessen mit mir hin.«

Ich versuchte mir Kent Buckley in einem Museum vorzustellen, zusammen mit seinem introvertierten, buchaffinen, nachdenklichen Kind. Clay würde jede Objektbeschreibung zweimal lesen, während Kent Buckley irgendein bescheuertes Meeting auf seinem Smartphone leitete. Er würde dabei viel zu laut sprechen und Clay vorwärtsscheuchen.

Mir kam der Gedanke, dass Clay von uns allen derjenige war, der Max vielleicht am allermeisten gebraucht hatte.

»Das mit dem Museum klingt toll«, sagte ich in dem Versuch, bei der Wahrheit zu bleiben.

Clay sah mir in die Augen. »Sie können mitkommen, wenn Sie möchten.« Er zuckte mit den Schultern. »Ich schlafe einfach auf dem Boden.«

Aus irgendeinem Grund trieb mir die Art, wie er das sagte, die Tränen in die Augen. Ich blinzelte sie fort.

»Du schaust dir einfach alles sehr gründlich an«, sagte ich. »Und hinterher erzählst du mir davon.«

»Abgemacht«, erwiderte Clay.

»He, Sherman«, rief wenig später eines der anderen Kinder Clay hinterher. »Ich hab einen Haifischzahn gefunden!« Der Junge hielt ein dreieckiges Stück Plastik in die Höhe.

»Toll!«, antwortete Clay, ohne auf die Stichelei einzugehen.

Der Junge hieß Matthew, aber seit er die Disney-Serie *Käpt'n Balu und seine tollkühne Crew* gesehen hatte, bestand er darauf, »Brutus« genannt zu werden. Einen Moment später lehnte ich mich zu Clay hinüber und fragte leise: »Wie hat Brutus dich genannt?«

Clay ließ sich nicht beim Sieben stören. »Sherman«, sagte er. »Das ist ein Spitzname.«

Ich versuchte behutsam vorzugehen. »Wie bist du denn dazu gekommen?«

Nun hielt Clay doch inne. »Es soll eigentlich beleidigend sein. Sherman heißt ein ziemlich dummer Hai aus einer Comicserie, *Sherman's Lagoon*. Aber Theodore Sherman Palmer ist zufällig auch einer meiner Lieblingszoologen, er hat sich schon früh für Umweltschutz eingesetzt. Also ist eigentlich Matthew der Dumme.«

»Meinst du damit Brutus?«

Clay zog die Nase kraus. »Ich bleibe lieber bei Matthew.«

Es war nicht zu sagen, ob Clay der Spitzname zu schaffen machte. »Möchtest du, dass ich Matthew sage, dass er dich nicht mehr Sherman nennen soll?«

Er sah mir in die Augen und schüttelte den Kopf. »Nö«, meinte er dann. »Ich nehme es einfach als Kompliment.«

Ich nickte verschwörerisch.

Dies war nicht der richtige Moment, um zu klären, ob ihm der Spitzname wirklich nichts ausmachte. Er schien guter Dinge zu sein – redete fröhlich weiter über das Leben im Meer und gab Anekdoten über den Golf von Mexiko zum Besten: wie vor ein paar Jahren Delfine hier gestrandet waren, Einzelheiten zum Großen Sturm im Jahr 1900, über die er gelesen hatte, oder die Abenteuer diverser Piraten.

»Man kann überall einen vergrabenen Piratenschatz finden«, versprach er. »Max und ich haben oft mit einem Metalldetektor gesucht.«

Max hatte diesen Metalldetektor geliebt.

»Er hat ihn mir vermacht«, sagte Clay dann. »In seinem Testament.«

Wieder traten mir Tränen in die Augen. Ich schluckte. »Nimmst du mich irgendwann mal mit auf Schatzsuche?«

»Abgemacht«, sagte Clay und versenkte einen ausgesiebten Haufen Flaschenverschlüsse im Müllsack.

Eine Minute später rief Brutus: »Sherman, was ist das?«

Er zog ein Fischernetz aus Nylon aus dem Sand. Ein paar Lehrer eilten ihm zu Hilfe. Als sie das Ding schließlich mit vereinten Kräften herausgezerrt hatten, war es so groß wie ein Spannbetttuch.

»Das ist ein Geisternetz«, stellte Clay fest.

Bei dem Wort »Geister« wurden die Kinder hellhörig.

»So nennt man Fischernetze, die zurückgelassen wurden und die jetzt im Wasser herumtreiben«, erklärte er. »Sie sind aus Nylon, sie lösen sich also nicht auf, und sie töten immer wieder Tiere. Fische, Meeresschildkröten, Pelikane und Delfine – sie verfangen sich alle in den Netzen und ersticken. Oder verhungern.«

»Na ja, in diesem Netz jedenfalls nicht mehr«, sagte ein kleines Mädchen namens Angel und marschierte mit der Mülltüte in der Hand zu Brutus hinüber. Brutus verstand, was sie damit sagen wollte, und stopfte das Netz hinein. Damit war es entsorgt.

»Danke, Sherman«, sagte Brutus, und ein paar andere

203

Kinder stimmten ein, klatschten sich gegenseitig ab und freuten sich über die Beseitigung des Geisternetzes.

Ich wusste nicht recht, was ich davon halten sollte: Der Spitzname schien verletzend gemeint zu sein, aber der Dank war ehrlich. Ich beschloss, mich der Deutung von Clay anzuschließen: Er schien zufrieden zu sein, also verbuchte ich das Ganze als Erfolg.

Und genau in diesem Moment, als ich glücklich war, dass wir dort am Strand waren und den Kindern heimlich zu ihrer rechtmäßigen Strandexkursion verholfen hatten, als ich mich darüber freute, so viele interessante Dinge von meinem schlauen, kleinen Freund erfahren zu haben, und vielleicht sogar selbst ein wenig stolz über die Beseitigung des Geisternetzes war, blickte ich auf und entdeckte eine Gestalt, die auf dem Hafendamm stand und zu uns herunter sah. Ein Mann, im Gegenlicht vor dem wolkenlosen Himmel.

Duncan.

Er kam ein Stück die Betonstufen herunter und musterte uns alle – die Kinder genauso wie uns Lehrer –, als wären wir ein Haufen gewissenloser Kleinkrimineller.

»Was ist hier los?«, fragte er schließlich mit leiser, ziemlich genervter Stimme.

Die Lehrer sahen sich gegenseitig an. Alice schien ein wenig kleiner zu werden.

Schließlich trat ich vor. »Wir räumen nur den Müll vom Strand weg.« Ich deutete auf den Müllbeutel mit dem Netz und sagte, als würde das irgendwie Sinn machen: »Wir sind Helden und retten den Ozean.«

Die Kinder jubelten, und Duncan warf ihnen einen vernichtenden Blick zu. Dann sah er wieder mich an, so als wäre ich sehr ungehorsam. »Haben Sie denn meine Mitteilung bekommen?«

Ich nickte.

»Haben Sie sie gelesen?«

»Das habe ich. Jede einzelne der neun einzeilig beschriebenen Seiten.«

»Dann ist Ihnen bekannt, dass alle Exkursionen abgesagt wurden.«

»Das ist mir bekannt.«

»Es liegt also kein Missverständnis vor.« Er schien mir eine Chance lassen zu wollen.

Vielleicht hätte ich die Chance ergreifen können. Aber ich tat es nicht. »Nein, es liegt kein Missverständnis vor.«

»Sie wussten also, dass die Exkursion gestrichen wurde, und sind trotzdem hierhergekommen?«

»Das ist richtig.«

Duncan musterte mich von Kopf bis Fuß. »Dachten Sie wirklich, ich würde nicht bemerken, dass der gesamte Jahrgang der dritten Klassen fehlt?«

»Das hatte ich zumindest gehofft«, antwortete ich mit einem Schulterzucken. »Ich dachte, Sie machen vielleicht keine Anwesenheitskontrolle.«

Duncan wandte sich an die Lehrer. »Packen Sie zusammen. Wir gehen zurück.«

Aber ich bedeutete Duncan, auch die restlichen Stufen noch herunterzusteigen. »Können wir uns bitte kurz unterhalten?«

205

Duncan trat in den Sand. In seinem grauen Anzug und den frisch polierten Oxfords wirkte er irgendwie fehl am Platz. »Unter vier Augen?«, fügte ich hinzu.

Ich marschierte von den Kindern weg und stellte erleichtert fest, dass Duncan mir folgte.

Als wir außer Hörweite waren, sagte ich: »Tun Sie das nicht. Lassen Sie uns die Aktion hier zu Ende bringen.«

Er zuckte mit den Schultern. »Sie haben gegen die Regeln verstoßen.«

»Tja, es sind eben dumme Regeln.«

»Das sehe ich anders.«

»Uns geht es gut«, sagte ich und zeigte auf die Kinder. »Es ist ein wunderschöner Tag. Die Kinder haben etwas gelernt und sich gegenseitig zu ihrem Erfolg beglückwünscht. Wir arbeiten seit Wochen auf diesen Tag hin – auf den Moment, wenn die Kinder selbst etwas zur Rettung der Meere beitragen können. Sie sind begeistert bei der Sache.«

»Irrelevant«, sagte Duncan. »Sie dürften hier nicht sein.«

»Warum nicht?«

»Weil alle Exkursionen gestrichen wurden.«

»Dann machen Sie diese Anordnung rückgängig.«

»So funktioniert das nicht.«

»Sie können die Exkursion streichen, aber die Streichung können Sie nicht streichen?«

»Nicht, wenn die Leute gegen die Regeln verstoßen.«

Ich deutete wieder auf die Kinder. »Sehen Sie, wie glücklich sie sind? Warum dürfen sie nicht einfach hierbleiben?«

»Ich kann sie hier draußen nicht schützen.«

»Sie sind nicht beim Geheimdienst. Das sind einfach nur Kinder auf einem Ausflug.«

»Dieser Ausflug ist jetzt zu Ende.«

Er machte Anstalten, zu den Kindern zurückzugehen, um sie zusammenzurufen.

»Warten Sie!«, sagte ich und legte ihm meine Hand auf den Arm, um ihn aufzuhalten.

Er sah auf meine Hand hinunter.

»Ich erkläre Ihnen mal, was Sie hier gerade vorhaben.« Ich zählte an meinen Fingern ab: »Sie bauen überall Sicherheitsschleusen ein und verbarrikadieren die Fenster. Sie malen alles grau an. Sie stecken die Kinder – und übrigens auch die Lehrer – in graue Uniformen. Sie heuern eine ganze Schar von neuem Wachpersonal an. Und Sie haben den armen Raymond gefeuert ...«

»Er hat die ganze Zeit geschlafen!«

»Er hat die Schlafkrankheit!«

Einen Moment lang starrten wir uns wütend an. Dann sagte ich: »Verstehen Sie, was Sie hier anrichten?«

Er blinzelte.

»Gitter? Graue Wände? Schleusen? Wachmänner? Sie verwandeln unsere Schule in ein Gefängnis. Und das meine ich ganz ernst: ein Gefängnis.«

Das war meine Pointe. Ich hatte erwartet, dass er darauf irgendwie reagierte – dass meine Worte bei ihm gar die Spur einer neuen Sicht auf die Dinge hervorriefen. Vielleicht sogar irgendeinen Funken göttlicher Erleuchtung, sodass er merkte, wie unfassbar falsch er die ganze Zeit gelegen hatte. Wäre das nicht schön gewesen?

Aber was ist das Gegenteil einer göttlichen Erleuchtung? Ein Schulterzucken vielleicht? Duncan sagte: »Das ist notwendig.«

»Sagt wer?«

»Ich habe mich ausführlich mit Sicherheitsexperten beraten.«

»Wie können Sie sicher sein, dass die wissen, wovon sie reden?«

»Na ja, weil es Experten sind.«

»Na und? Experten irren sich andauernd.«

»Das kann schon sein. Aber es ist meine Aufgabe, dafür zu sorgen, dass diese Kinder – und übrigens auch die Lehrer – in Sicherheit sind.«

»Aber Sie haben auch noch eine andere Aufgabe.«

»Aber das ist die wichtigste.«

»Sie können nicht lernen, wenn sie traurig sind!«

»Sie können auch nicht lernen, wenn sie tot sind!«

Daraufhin schwiegen wir beide.

Der Wind zerzauste seine Haare, und die Oxfords waren nun mit einer feinen Sandschicht überzogen, aber wie lächerlich fehlplatziert er mit seinem grauen Anzug hier am Strand auch wirken mochte, er strahlte immer noch eine gewisse Autorität aus. Eigentlich hätte er einen Drachen steigen lassen sollen! Oder in Badeshorts mit Hawaiimuster einen Handstand machen! Er hätte seinen Mitmenschen helfen sollen.

Die ganze Absurdität der Situation ließ in mir noch einmal zornigen Mut auflodern. So, wie ich hier vor ihm stand, mit einem Strohhut, einer herzförmigen Sonnenbrille

208

und einem T-Shirt, das das Motiv eines Tintenfisches mit weit ausgestreckten Tentakeln und der Aufschrift KOSTENLOS KUSCHELN zierte. Ich weigerte mich, einen Rückzieher zu machen.

Und genau das war der Moment – die Sekunde –, in dem ich meinen Selbstschutz endlich aufgab. Ich musste einfach wissen, was zum Teufel passiert war. Ehe er sich umdrehen und davongehen konnte, um alle zusammenzutreiben und den Ausflug vorzeitig zu beenden, hörte ich mich auf einmal die Frage stellen, die mich wie ein Geisternetz verfolgt hatte, seit Duncan bei uns angekommen war.

»Wie kann es sein, dass Sie sich nicht an mich erinnern?«, fragte ich also und trat einen Schritt näher an ihn heran.

Duncan starrte mich nur an.

»Ich habe früher an der Andrews School in Kalifornien gearbeitet. Wir ...«, ich deutete zwischen uns hin und her und fühlte einen leichten Anflug von Ärger, dass ich das erklären musste, »... haben zwei Jahre lang zusammengearbeitet. Ich war damals noch etwas zurückhaltender gekleidet und sehr viel weniger ... bunt. Vielleicht haben Sie mich nicht wahrgenommen. Aber ich habe Sie wahrgenommen. Jeder hat das. Sie waren ...« Ich schüttelte den Kopf. »Sie waren all das, was ich sein wollte. Sie waren der beste Lehrer, den man sich nur vorstellen kann. Und als ich hörte, dass Sie hierherkommen würden, um die Kempner School zu leiten, da dachte ich, Sie wären das Beste, was uns passieren konnte, nachdem wir Max verloren hatten – und das heißt eine ganze Menge. Aber ... was ist mit Ihnen passiert? Wo sind Ihre Flamingohosen? Wo ist die Popcorn-

209

krawatte? Der Duncan Carpenter, den ich kannte, hätte niemals Exkursionen gestrichen! Er hätte weitere geplant!« Plötzlich schmolz mein Ärger dahin, und meine Stimme fing ein wenig an zu zittern. »Ich weiß, wer Sie einmal waren. Ich habe mich so sehr darauf gefreut, diesen Menschen wiederzusehen. Aber es ist, als gäbe es ihn nicht mehr. Ich weiß nicht, wo er ist. Und ich habe nicht die leiseste Ahnung, wer Sie sind. Aber ich würde wirklich alles darum geben, diesen Menschen wiederzusehen!«

Duncan rührte sich nicht, während ich sprach – er verzog keine Miene, sein Gesicht blieb vollkommen ausdruckslos.

Ich weiß nicht, auf was ich gehofft hatte. Vielleicht irgendeine Art von Erklärung, so etwas wie »Meine langweilige Ehefrau hat mir zu verstehen gegeben, dass ich erwachsen werden und mit dem Unsinn aufhören muss«. Oder auch: »Ich dachte, als Direktor muss ich ein Arschloch sein. Sie sagen also, diese Schule würde es tatsächlich vorziehen, von einem liebenswerten Spinner geleitet zu werden?«

Ich nehme an, in irgendeiner Fantasieversion dieser Situation wäre ich fähig gewesen, ihm seinen Irrtum klarzumachen. Ich hätte ihm vermitteln können, dass es okay war, wenn er zu seiner wahren Persönlichkeit stand. Diese Vorstellung hegen wir doch alle: Wenn jemand vollkommen im Unrecht ist, hoffen wir, ihm das so erklären zu können, dass derjenige plötzlich sagt: »O Gott. Du hast recht. Ich bin furchtbar. Danke, dass du mir dabei geholfen hast, ein besserer Mensch zu werden.« Als ob das schon jemals funktioniert hätte.

Auf jeden Fall funktionierte es auch diesmal nicht.

Als Reaktion auf all das – mein Geständnis, dass ich ihn kannte, meine Beichte, dass ich ihn bewunderte, und zu guter Letzt mein unbeabsichtigtes, schonungslos offenes Geständnis, wie sehr ich mich danach sehnte, den alten Duncan wiederzufinden – sagte er lediglich: »Wir schweifen vom Thema ab.«

O nein. Wir kamen gerade – endlich – zum eigentlichen Thema.

Ich gab nicht auf. »Ich erinnere mich an Sie«, sagte ich, trat noch einen Schritt näher an ihn heran und sah ihm prüfend ins Gesicht.

Duncan blickte aufs Meer hinaus.

»Was ist passiert?«, fragte ich. »Was hat Sie so werden lassen? Warum haben Sie sich so verändert?« Und dann, einer plötzlichen Eingebung folgend, dass dies die entscheidende Frage war, die ihn dazu bringen würde, endlich mit der Wahrheit rauszurücken, sagte ich leise, beinahe flüsternd: »War es Ihre Frau?«

Duncan runzelte die Stirn und sah mich an. »Meine Frau?«

»Sie ist kein Fan von Albernheiten, nicht wahr? Sie will, dass Sie immerzu ernst sind. Sie will, dass Sie sich wie alle anderen Erwachsenen benehmen.« Ich schüttelte den Kopf. »Sie hatte noch nie Sinn für Humor. Warum fliegt ihr Männer immer – immer – auf die hübschen Mädchen, gang egal, wie langweilig sie sind?«

Aber Duncan starrte mich nur an.

O Gott. Ich hatte ihn beleidigt. Man darf die Ehefrauen

211

von anderen Leuten nicht einfach als langweilig bezeichnen! Ich versuchte zurückzurudern. »Also, das trifft jetzt natürlich nicht auf Ihre Frau zu – sie ist natürlich hübsch und dabei … gar nicht … langweilig.« Das war eine dreiste Lüge.

Aber da fragte Duncan: »Wer?«

»Ihre Frau. Es tut mir leid. Ich bin sicher, sie hat eine Menge toller Eigenschaften.«

Aber er runzelte noch immer die Stirn. »Ich habe keine Frau.«

Ich erstarrte. »Doch, natürlich haben Sie das.« Und dann, als würde ich versuchen, ihn an etwas zu erinnern, was er doch eigentlich wissen müsste, fuhr ich fort: »Die Kollegin von der Zulassungsstelle? In Andrews?«

»Chelsey?«

»Ja, genau«, sagte ich. »Die, die Sie auf dem Parkplatz gefragt hat, ob Sie mit ihr ausgehen wollen.«

»Wow«, sagte Duncan. »Okay. Wir sind ausgegangen, aber …«

Das ergab keinen Sinn. »Haben Sie sie denn nicht … geheiratet?«

»Sie geheiratet!«, rief er aus und kam damit einem Lachen so nahe, wie ich es bei ihm seit seiner Ankunft hier nicht erlebt hatte.

»Sie sind doch mit ihr zusammengezogen? War es denn nicht was wirklich … Ernstes?«

Er schüttelte langsam den Kopf, als könne er sich nicht vorstellen, wie ich darauf kommen konnte. »Nein.«

»Es gab da ein Gerücht …«, sagte ich, jetzt in ziemlich

anklagendem Ton, »dass Sie daran gedacht hätten, sich zu verloben.«

Sein Blick zeigte deutlich, dass er dieses Argument für nebensächlich hielt. »Trotzdem nein.«

»Ein hartnäckiges Gerücht«, sagte ich. »Ein überzeugendes Gerücht.«

Aber Duncan schüttelte nur den Kopf.

Und trotz der Tatsache, dass wir uns gerade wegen der Strandexkursion stritten, obwohl er sich offenbar dazu entschlossen hatte, uns jeden Spaß zu verderben, und auch wenn ich ihn überhaupt nicht mehr leiden konnte, so streckte mein Herz doch ganz langsam seine Flügel aus.

»Dann ... sind Sie also nicht ... verheiratet?« Ich musste es wirklich ganz genau wissen.

»Nein!«, sagte er, als hätte er noch nie etwas so Abwegiges gehört.

»Und Sie haben auch keine ... also, Kinderschar zuhause?«

So peinlich das alles auch war: Plötzlich war da ein Glücksgefühl, das ich nicht so einfach ignorieren konnte – wie eine Million winziger Blubberblasen, die in mir aufstiegen. Ich sprudelte quasi vor Glück.

Duncan sah mich verstohlen an und versuchte, meine Mimik zu deuten.

Ich lächelte. Ich konnte einfach nicht anders. Dann hob ich die Hand vor den Mund.

Er schüttelte den Kopf über mich, als könnte er sich auf all das keinen Reim machen. »Es war nie was Ernstes. Manchmal denke ich, wir sind eigentlich nur deswegen ausgegangen, weil sie es so furchtbar gerne wollte. Es war einfacher, ja zu sagen, als abzulehnen. Allerdings habe ich Andrews schon im Jahr darauf verlassen – ich habe ein Jobangebot in Baltimore bekommen –, sie wollte nicht aus Kalifornien weg, und das war es dann.«

Ich musste lachen. »Nur noch ein letztes Mal fürs Protokoll: nicht verheiratet?«

»Nicht einmal annähernd.«

Ich schüttelte den Kopf. »Und ich dachte, Sie gehen jeden Abend nach Hause zu Frau und Kindern.«

»Himmel, nein. Ich gehe jeden Abend mit Chuck Norris nach Hause – der inzwischen übrigens bei uns das Sagen hat, aber das nur am Rande –, dort zwingt er mich dazu, ihm die Hälfte meines Abendessens abzugeben, und schläft dann auf meinem Kopfkissen.«

»Okay«, sagte ich. »Bei mir ist es ... ähnlich.«

»Aber ich habe keine Abneigung gegen das Heiraten«, sagte Duncan. Dann fügte er hinzu: »Es ist ungefähr dasselbe wie Ihr Verhältnis zu Katzen.«

O mein Gott.

Moment mal – was?

Mein Kiefer klappte nach unten. »Sie ... wissen das noch?«

»Dass Sie nichts gegen Katzen haben? Sich aber eher mit Hunden auskennen?«

Ich hatte das Gefühl, dass kein Sauerstoff mehr in der Luft war. »Moment. Sie ... erinnern sich an mich?«

»Natürlich. Wir waren ja Kollegen in Andrews.«

»Aber ... haben Sie sich schon die ganze Zeit an mich

erinnert oder erst, als ich angefangen habe, Sie anzuschreien?«

Seine Stimme klang ein wenig rau. »Ich habe mich immer an Sie erinnert.«

»Aber warum haben Sie denn nichts gesagt?«

»Was hätte ich denn sagen sollen?«

»Ich weiß nicht. Wie wäre es mit: Hallo, schön, Sie wiederzusehen, wie ist es Ihnen inzwischen ergangen?«

Duncans Blick wurde irgendwie weicher. »Hallo«, sagte er. »Schön, Sie wiederzusehen. Wie ist es Ihnen inzwischen ergangen?«

Glücklicherweise war ich mir der Anwesenheit der Drittklässler neben uns noch bewusst. Ich verdichtete meine Stimme zu einem flüsternden Rufen: »Danke der Nachfrage, es war besch…!«

»Na ja, ganz so schlimm kann es nicht gewesen sein«, erwiderte Duncan, und ich war zu aufgewühlt, um zu registrieren, dass er beinahe menschlich klang. »Sie lieben das alles hier.« Und dann fügte er hinzu: »Und alle hier scheinen Sie zu lieben.«

Kamen wir jetzt tatsächlich zur Sache? Es war vollkommen entwaffnend. Mir war schwindlig. »Ich habe das hier geliebt. Ich habe diesen Job geliebt, diese Stadt, diese Schule. Ich bin erwachsen geworden und …« Ich wollte eigentlich »aufgeblüht« sagen, aber das war wohl doch zu seltsam, wenn man es über sich selbst sagte.

»Aufgeblüht«, ergänzte Duncan, als ich stockte.

Ich blinzelte ihn an.

»Aber dann«, fuhr ich fort, »haben wir Max verloren. Er

215

war mein Held – unser aller Held – und er kam für mich dem, was ein Vater und Mentor und der verdammte Weihnachtsmann sein kann, am nächsten. Vor meinen Augen ist er gestorben. Direkt neben mir, so wie Sie jetzt vor mir stehen. Und dann – boom! – sind Sie aufgetaucht, und ich habe mich so gefreut, Sie wiederzusehen und dachte, dass Sie ...«, ich wollte schon »mich« sagen, besann mich aber noch rechtzeitig, »uns vielleicht retten könnten. Aber Sie haben sich so verändert. Sie sind überhaupt nicht mehr der, den ich kannte. Auch kein bisschen wie Max. Sie passen überhaupt nicht mehr zu dieser Schule oder den Werten, die uns hier wichtig sind. Und jetzt weiß ich nicht mehr weiter, denn alles, was mir wichtig war, bricht nun auseinander – und das liegt nicht nur an Ihnen, auch wenn Sie sicher nicht gerade hilfreich sind – und jetzt ist alles noch so viel schlimmer, weil ich immer so ...« Ich hielt gerade noch inne, bevor ich »in Sie verliebt gewesen bin« sagte.

Ich setzte neu an. »Sie waren so ...«

Wieder brach ich ab, denn ich hatte »liebenswürdig« sagen wollen.

Schließlich sagte ich: »Wenn Sie nur ein gewöhnlicher, oberflächlicher Korinthenkacker wären oder irgendein dahergelaufener Idiot, dann wäre es gar nicht so schlimm. Aber ich weiß, wer Sie einmal waren. Und dieser Mensch war so viel besser als der, der aus Ihnen geworden ist.«

Während ich ihm, Sie wissen schon, die Wahrheit sagte, war ich immer näher an ihn herangetreten, und als ich schließlich fertig war, stand ich nur noch ein paar Zentimeter von ihm entfernt, und er sah auf mich herunter.

Der Wind zerrte an meinem Strohhut, also legte ich eine Hand auf meinen Kopf, um den Hut festzuhalten.

Eine Sekunde lang hatte ich das Gefühl, ziemlich überzeugend gewesen zu sein.

Und dann wurde mir klar, dass ich meinen Chef gerade einen Idioten genannt hatte.

Auch er hatte es bemerkt.

In der nun folgenden Stille schien er sich wieder in sein Schneckenhaus zurückzuziehen. Er machte einen Schritt von mir weg. Nickte kurz. Dann sagte er: »Angekommen.«

Wir waren für einen kurzen Moment aus der Rolle gefallen. Meine Annahme, dass er die längst vergessene Chelsey geheiratet und mit ihr eine Schar von Kindern in die Welt gesetzt hätte, hatte ihn so verblüfft, dass er kurz die Maske fallen ließ. Für ein paar Minuten hatte er sich entspannt und zu seinem alten Selbst zurückgefunden. Es war zu keinem Schlagabtausch gekommen, wir hatten nicht gestritten oder uns ein Rededuell geliefert. Wir hatten uns einfach unterhalten. Wie Leute das eben machen. Nicht in unseren Rollen als hochnäsige Bibliothekarin und harter Hund in Chefposition – sondern einfach wie zwei Leute, die über alte Zeiten plaudern.

Aber ich hatte so verzweifelt darauf geachtet, nur ja nichts Dummes zu sagen, dass ich stattdessen etwas Dummes gemacht hatte. Ich hatte versucht, ihn zu überreden, so zu werden wie früher.

Überraschung! Es funktionierte nicht.

Er trat noch einen Schritt zurück in den Sand, schien sich zu fassen und drehte sich zu den anderen um – die uns

217

im Übrigen alle anstarrten. Er ging zu ihnen zurück, und mir blieb nichts anderes übrig, als ihm zu folgen.

Die Augen der Lehrer huschten zwischen uns hin und her, als würden sie auf ein Urteil warten.

Als er bei der Gruppe angekommen war, stieß er einen langen Seufzer aus.

Und schließlich, als ob er derjenige wäre, der eine Niederlage erlitten hätte, sagte er mutlos: »Alle zurück in die Schule. Jetzt. Sonst müssen alle Kinder nachsitzen, und die Lehrer müssen die Aufsicht führen.«

Einen Moment lang zögerten die Lehrer noch. Aber dann fügte Duncan hinzu: »Zwingen Sie mich nicht dazu, die Kaffeemaschine aus dem Lehrerzimmer zu entfernen.«

Das wirkte.

11

Dieser Augenblick am Strand ließ mich in einem Gefühlschaos zurück.

Duncan führte sich immer noch wie ein Gefängniswärter auf und nahm systematisch alles auseinander, was ich an meiner Schule liebte. In der Folge betraf das auch meine Arbeit. Und das wiederum betraf mein Leben.

Aber dieser kurze Moment der Menschlichkeit, den wir am Strand geteilt hatten, sorgte dafür, dass ich die Hoffnung auf eine Rückkehr des alten Duncan doch nicht völlig aufgab. Im Gegenteil, es war viel schlimmer: Er hatte ein kleines, sehnsüchtiges Loch in den Schutzpanzer meines Herzens gerissen. Und ich spürte, wie dieses Loch jeden Tag ein bisschen größer wurde.

Als Reaktion darauf mied ich ihn, wann immer es möglich war. Es war einfacher gewesen, als ich in ihm noch allein den Idioten hatte sehen können. Das hatte zwar keinen Spaß gemacht, war aber einfacher.

Jetzt musste ich das Kunststück vollbringen, ihn anzuschauen und dabei nicht richtig hinzuschauen. Denn ich wollte ihn sehen und auch wieder nicht, und dieser innere

Widerspruch war äußerst schmerzhaft. Also betrachtete ich die Dinge in seiner unmittelbaren Umgebung. Ich fand immer eine Ausrede, um in seine Richtung zu schauen, ohne ihn wirklich in den Blick zu nehmen. Ich versuchte, meinem Drang gerade genug nachzugeben, um ihn zu befriedigen, ohne ihm ganz nachzugeben. So als würde ich nur die Ecke einer Tafel Schokolade abbeißen.

Wie Sie wahrscheinlich schon richtig vermuten, machte das die Sache nur noch schlimmer.

Das war die Crux: Ja, er war der Feind, und ja, er zerstörte mein Leben, und ja, ich versuchte gerade mit allen Mitteln, ihn aus dem Amt zu hebeln ... aber gleichzeitig machte es wirklich Spaß, mit ihm zu reden.

Unwiderstehlich viel Spaß.

Kennen Sie solche Leute? Diese vereinzelten, sehr besonderen Menschen, mit denen Sie sich einfach perfekt ergänzen? Es war, als hätten wir einen gemeinsamen Rhythmus, wenn wir uns unterhielten. Er spielte seinen Part und ich meinen, und zusammen ergab das den perfekten Sound. Je öfter wir uns unterhielten, desto schneller fanden wir zu diesem Rhythmus und umso weniger wollte ich damit aufhören.

Aber das durfte ich natürlich nicht. Es war nicht angebracht, dass ich mit ihm scherzte oder flirtete, ich hätte eigentlich gar nicht ohne triftigen Grund mit ihm reden sollen. Ganz sicher hätte ich nicht mit ihm durch die Schulflure spazieren sollen.

Das kam bei den anderen Lehrern sicher nicht gut an. Verdammt, nicht einmal bei mir selbst kam das gut an.

Ein paar Wochen lang suchte ich also immer wieder legitime Ausreden, um bei ihm im Büro vorbeizuschauen oder ihn um Hilfe zu bitten oder um abends länger in der Schule zu bleiben, falls er vielleicht zufällig zur selben Zeit wie ich das Schulgebäude verließ und wir es dann zusammen verlassen und uns gegenseitig zum Lachen bringen konnten. Sie verstehen schon, ich brauchte eben eine Ausrede vor mir selbst.

Chuck Norris erwies sich in dieser Hinsicht als perfekter Mittelsmann, denn er kam weiterhin in meine Schulbibliothek und zerkaute Bücher, anstatt seine Wachrunden auf dem Schulgelände zu drehen. Er fraß wirklich leidenschaftlich gern Bücher. Jedes Mal brachte ich ihn zurück ins Direktorat, gab Duncan das zerbissene Buch, und er legte es auf den wachsenden Stapel mit den anderen zerbissenen Büchern. Wenn ich mich zum Gehen wandte, sagte Duncan Sachen wie: »Übrigens, tolles Outfit heute.«

Ich sah dann an meinem beispielsweise leuchtend gelbgrünen Rock und meinen bunten Ringelkniestrümpfen herunter und antwortete: »Danke. Das sind eigentlich Clownstrümpfe. Ich habe sie tatsächlich im Laden für Partybedarf unter den Sonderangeboten gefunden. Ein Dollar.«

»Wow. Clownstrümpfe.«

»Ja, aber coole Clownstrümpfe.«

»Jetzt, da ich weiß, dass es Clownstrümpfe sind, sind sie nicht mehr ganz so cool. Sonderangebot-Clownstrümpfe.«

»Falsch. Jetzt sind sie sogar noch cooler. Weil sie jetzt nämlich von mir als cool befunden wurden.«

»Schon, aber Sie sind jemand, der Clownstrümpfe trägt. Sie sind nicht qualifiziert, ein Urteil abzugeben.«

Und ehe ich mich's versah, hatte ich zwanzig Minuten mit dem Versuch verbracht, mich loszureißen.

Ich kann es nicht erklären, aber es tat einfach gut, mit ihm zu reden – egal über was. So wie Singen guttut. Oder Lachen. Oder eine Massage.

Ich war noch nie nach etwas süchtig, aber ich stelle mir vor, dass es sich ein bisschen so anfühlen musste. Du weißt, dass du es lassen solltest, aber du willst es trotzdem unbedingt. So war das mit den Gesprächen mit Duncan: verboten, unverzeihlich und falsch, falsch, falsch – aber gleichzeitig herrlich und ganz und gar unwiderstehlich.

Ich dachte also, wir würden wieder eine solche Begegnung haben, als ich am letzten Schultag vor den Winterferien in der großen Pause in die Schulkantine kam, um dort die Aufsicht zu übernehmen. Ich lief den Kreuzgang hinunter und sah, wie Duncan den Leuten die Tür aufhielt, und mein Herz führte ein verbotenes Tänzchen in meiner Brust auf. Ich war richtiggehend nervös, als ich näher kam – ein Gefühl, das ich selbst nicht gutheißen konnte –, und als es dann an mir war, durch die Tür zu gehen, hob ich verführerisch den Blick, um mich zu bedanken, und genau in diesem Moment kam Chuck Norris von hinten angerannt und sprang mich an, sodass ich in Duncans Armen landete.

Ganz ohne Absicht.

Ich prallte ächzend gegen seine Brust, und im nächsten Augenblick hatte er mich schon aufgefangen.

Es war das erste Mal, dass wir uns irgendwie berührten,

seit ich ihn am Strand am Arm gefasst hatte – und jetzt fand ich mich hier in seinen Armen wieder. Die Zeit schien stillzustehen, und ich nahm alles überdeutlich wahr: das Rascheln von Stoff, das Timbre von Duncans Stimme, die Spannung seiner Muskeln, als er mich auffing. Er stellte mich wieder auf die Füße, und erst als ich wieder aufrecht stand, kam ich zur Besinnung. Ich sah mich um und bemerkte, dass alle uns anstarrten.

»Chuck Norris!«, schimpfte ich, wie um allen zu beweisen, dass ich niemals freiwillig an Duncans Brust gelandet wäre. Aber Chuck Norris war schon weitergelaufen, um aus einem der Wassersprinkler im Hof zu trinken.

Also tat ich so, als ob nichts wäre, und betrat die Schulkantine, während mein Körper von der Berührung mit Duncan kleine unsichtbare Funken sprühte.

Ich fühlte mich schwindlig und kam mir albern und dumm vor, und unter anderen Umständen wäre ich wahrscheinlich später in der Damentoilette verschwunden und hätte einen hysterischen Kicheranfall bekommen. Aber jetzt betrat ich die Schulkantine, und mein Blick fiel auf etwas, das jede Erinnerung an Duncans Brust aus meinem Kopf radierte.

Das Schmetterlingswandbild – das deckenhohe, übergroße, wunderschöne, gewaltige, legendäre Wandbild, an dem Babette und ich einen ganzen Sommer lang gemalt hatten – war fort. Stattdessen befand sich dort jetzt nur noch eine graue Wand.

Mir fiel die Kinnlade herunter. Dann sah ich mich im Raum um, als bestünde die Möglichkeit, dass es sich vielleicht irgendwo anders hinbewegt haben könnte. Aber die anderen Wände waren ebenfalls grau. Alles war grau. Sogar der Boden, der nach wie vor aus weißgelben, in Schachbrettmuster verlegten Fliesen bestand, wirkte grau. Als wäre das ganze Grau außen herum in ihn hineingesickert. Der Raum – sonst sonnig und hell – wirkte auf einmal schäbig und schmutzig und traurig. Genau wie ein Gefängnis. So wie ich es Duncan prophezeit hatte.

Ich sah mich nach ihm um. Er war hinter mir.

Während der großen Pause trieb er sich immer in der Nähe der Schulkantine herum, immer in Alarmbereitschaft, und behielt alle Aus- und Eingänge im Blick. Er selbst aß nie etwas während der Pause. Ich war nicht sicher, ob ich schon jemals beobachtet hatte, dass er etwas aß. Nahm er überhaupt Nahrung zu sich? Vielleicht schloss er sich einfach nachts an eine Steckdose an wie ein Tesla.

Stocksteif wie ein Soldat stand er nun da an der Tür. Ich kann mich nicht mehr daran erinnern, wie ich die räumliche Distanz zwischen uns zurücklegte. Ich weiß nur noch, wie ich mich vor ihm aufbaute.

»Wo ist das …«, setzte ich an, brachte aber das Wort nicht heraus. Ich fing noch einmal an und zwang mich dazu, es auszusprechen. »Duncan Carpenter … was ist mit dem Wandbild passiert?«

Vielleicht habe ich Ihnen noch nicht eingehend genug beschrieben, wie wunderbar dieses Wandbild war. Babette hatte es so entworfen, dass die Schmetterlinge dieselbe Größe hatten wie die Kinder. Wenn man also hereinkam und es sah, hatte man den Eindruck, mitten unter den

Schmetterlingen zu sein. Auch die Pflanzen waren übergroß, die Schmetterlinge detailgetreu abgebildet. Es handelte sich um einheimische Pflanzen und einheimische Schmetterlinge, deren Bezeichnungen wir in einer hübschen, geschwungenen Schrift daneben notiert hatten, damit die Kinder sie kennenlernen konnten. Wenn sie ihnen dann draußen in der freien Natur, in der Stadt oder irgendwo in den Dünen begegneten, konnten sie sagen: »Schau! Ein Vanillefalter!«

Babette hatte das Bild ganz allein entworfen. Ich hatte lediglich beim Ausmalen geholfen, wie bei *Malen nach Zahlen*. Einen ganzen Sommer lang hatten wir Tag für Tag daran gearbeitet. Aber wir hatten dabei Musik aufgelegt, und Max hatte uns mittags Tacos vorbeigebracht. Und ich übertreibe keineswegs, wenn ich behaupte, dass es sich um ein Meisterwerk handelte. Atemberaubend, bunt und irgendwie lebendig – voller Sonnenschein.

Und zu keinem anderen Zeitpunkt hätte ich das so sehr zu schätzen gewusst wie jetzt, da es plötzlich … grau war.

Ich hatte gewusst, dass Duncan vorhatte, die bunten Streifen, die Hüpfspielschablonen und die farblich abgesetzten Wände zu übermalen. Aber mir wäre es im Traum nicht eingefallen, dass das Wandbild in Gefahr sein könnte.

Ich hatte angenommen, dass es zu schön war, um es zu zerstören.

Allem Anschein nach hatte ich falsch gedacht.

Ich bekam kaum Luft – und hatte das panische Gefühl, schnell etwas unternehmen zu müssen, als handelte es sich hier um einen Notfall. Aber es gab keinen Notfall mehr. Es war bereits alles erledigt. Das hier war nur noch das Nachspiel.

Duncan hatte noch nicht geantwortet.

»Haben Sie das Wandbild überstrichen?«, fragte ich und starrte wütend auf die graue Wand.

»Ich nicht«, sagte Duncan, als ob das irgendetwas zur Sache getan hätte. »Die Maler.«

»Wie konnten Sie nur?«

»Zu meiner Rechtfertigung muss ich sagen, dass ich dachte, sie würden im Flur anfangen.«

»Sie haben keine Rechtfertigung. Dafür gibt es keine Rechtfertigung.«

»Sie haben die Mitteilung bekommen. Es dient der ...«

»Übersichtlichkeit«, beendete ich den Satz mit ausdrucksloser Stimme.

»Sehen Sie mal, wie viel übersichtlicher es hier jetzt ist.«

Jetzt wandte ich mich zu ihm um und starrte ihn wütend an. »Soll das ein Witz sein? Sind Sie allen Ernstes der Meinung, so wäre es besser als vorher?« Von allen Neuerungen, die er uns seit seiner Ankunft hier aufgezwungen hatte, war es diese – genau diese –, die mir das Herz brach.

»Ich verstehe Ihren Ärger«, sagte Duncan. Er hörte sich an wie ein Roboter.

»Nein, das tun Sie nicht.«

»Das Wandbild war schön, aber ...«

»Das Wandbild«, unterbrach ich ihn mit vor Wut bebender Stimme, »war nicht einfach nur schön. Es war zauberhaft. Es war unersetzlich. Es ließ einen ehrfürchtig zurück. Es gab einem das Gefühl, Teil von etwas Größerem zu sein.

226

Und es gehörte Babette. Und Max. Und mir. Und allen Kindern in diesem Raum. Sie hatten kein Recht, es zu zerstören.«

Ich sah, wie er die Schultern bei diesen Worten eine Spur hängen ließ. Wie konnte er es wagen, enttäuscht auszusehen? Wie konnte er es wagen, überhaupt irgendwelche Gefühle zu haben?

»Hören Sie«, setzte er an, aber ich funkelte ihn an, und was auch immer er in meinem Gesicht entdeckte, ließ ihn verstummen.

Tränen brannten in meinen Augen, als ich näher an ihn herantrat. »Sie. Töten. Diese. Schule.«

»Nein«, erwiderte er. »Ich schütze sie.«

»Ich habe Sie in Schutz genommen«, sagte ich. »Ich habe gehofft, dass Sie zur Vernunft kommen. Aber das hat jetzt ein Ende. Ich gebe hiermit jede Hoffnung auf. Von nun an befinden wir uns im Krieg.« Ich wandte mich zum Gehen.

»Hey«, rief Duncan mir hinterher.

Ich drehte mich um. Was gab es jetzt noch zu sagen?

»Sie haben immer noch Aufsicht.«

Ich ging direkt auf ihn zu, Tränen liefen mir übers Gesicht, und meine Augen loderten vor Zorn – dann legte ich ihm die Hand auf die Schulter und zog ihn zu mir herunter, damit ich mit meinem Mund dicht an sein Ohr herankam. Ich schloss meine Hand um sein Ohr, sodass die Kinder im Raum nichts hören konnten, und flüsterte ihm zu: »Scheiß auf die Aufsicht.«

12

Dann kamen die Winterferien – und Mannomann, wie ich sie brauchte. Für Babette würde dieses Jahr vieles zum ersten Mal ganz anders sein – das erste Thanksgiving ohne Max, das erste Weihnachten. Wir hatten beschlossen, all diese Feiertage an einem anderen Ort zu verbringen. An Thanksgiving waren wir nach San Antonio gefahren, und über Weihnachten hatten wir ein paar Tage in einem Ferienort in der Nähe von Austin gebucht.

Babette und Max hatten an Weihnachten immer ein riesiges Fest gegeben für alle, die »niemanden hatten, mit dem sie feiern konnten«, und nun hatte Babette die Befürchtung, dass all diese Leute sich ohne sie verlassen fühlen würden. Aber sie musste einfach mal raus. Und ich genauso.

»Geht es dabei um Duncan Carpenter?«, fragte Babette.

»Sprich diesen Namen in diesem Haus nicht aus«, erwiderte ich.

Babette lächelte. Es war ihr Haus.

Aber eigentlich gab es da nichts zu lächeln.

Ich hatte ihr von den Schmetterlingen erzählt, und sie

hatte nur mit den Schultern gezuckt und gesagt: »Nichts währt ewig.« Aber seither hatte sie die Schulkantine nicht mehr betreten. Sie verbrachte die Mittagspause lieber allein im Kunstraum.

»Na gut«, sagte sie jetzt.

Und dann lauschte sie freundlich und ohne jede Ironie meiner endlosen Litanei darüber, warum Duncan Carpenter das Allerletzte war, worüber ich reden oder gar nachdenken wollte.

Verstehen Sie, was ich da trieb?

Und dann, als ich dachte, dass ich endgültig mit ihm abgeschlossen hätte, als ich dachte, dass ich das alles aus meinem Herzen verbannt hätte … gleich am nächsten Tag begegnete ich ihm zufällig am Strand.

Es war ein strahlend schöner, heißer Tag, und ich hatte beschlossen, einen ausgedehnten, beruhigenden Spaziergang am Strand zu machen und absolut nicht an Duncan Carpenter zu denken. Im Winter war der Strand meist menschenleer, und ich hatte vor, mich ganz vom Rauschen der Wellen und Tosen des Windes vereinnahmen zu lassen. Ein Jogger kam vorbei, dann eine Frau, die ihre Bulldogge spazieren führte, und dann erschien ein Pärchen am Horizont: ein Mann und eine Frau, die am Wasser entlangspazierten. Als sie nah genug herangekommen waren, erkannte ich Duncan mit … einer Frau.

Und auf einmal hatte ich überhaupt nicht mehr mit ihm abgeschlossen.

Ich sollte wohl erwähnen, dass es sich um eine sehr hübsche Frau handelte. Nicht, dass mich das irgendwie wunderte. Aber es war einfach eine Tatsache, die einem ins Auge fiel. Jeder hätte das bemerkt.

Okay, in Ordnung. Es machte mir etwas aus. Als die beiden näher kamen, kroch ein giftiger Nebel von Eifersucht in meine Lunge.

Die Frau trug einen coolen schwarzen Wintermantel und einen weinroten Schal. Und Duncan ... also, Duncans Haare waren vom Wind zu einem wilden, verstrubbelten Durcheinander zerzaust wie früher. Er trug Jeans und einen fröhlichen roten Norwegerpulli ... und jetzt halten Sie sich fest: Er lächelte.

Auch wenn er damit sofort aufhörte, als er mich sah.

Aus Prinzip tat ich dasselbe.

In diesem Moment kam Chuck Norris aus den Dünen geschossen und preschte an uns vorbei – schnell wie ein Windhund jagte er über den nassen Sand am Wasser.

»Hallo«, sagte ich.

»Hallo«, erwiderte die Frau – und dann sagte auch Duncan, der ein paar Schritte hinter ihr geblieben war: »Hallo.«

Schließlich meinte die Frau an Duncan gewandt: »Ihr zwei ... kennt euch?«

»Aus der Arbeit«, bestätigte Duncan.

»Ich bin Sam«, sagte ich und streckte die Hand aus. »Die Bibliothekarin aus der Kempner School.«

Die Frau machte große Augen und sah erfreut aus – und war das ein Anflug von Spott in ihren Augen? »Sam!«, echote sie. »Die Bibliothekarin! Von der Kempner School!« Dann drehte sie sich mit theatralischer Geste zu Duncan um, der aussah, als würde er sich geschlagen geben.

230

»Sam«, wandte er sich an mich, »das ist Helen. Meine Schwester. Sie hasst mich.«

Seine Schwester. Ich stieß erleichtert die Luft aus.

Was hat es nur mit dem Zauber von Männern in Norwegerpullis auf sich?

Helen wandte sich mir zu und musterte mich von oben bis unten – von meinem Bommelschal bis zu der selbstgestrickten Wollmütze mit Ohrenklappen und geflochtenen Zöpfen an den Seiten. Dann umarmte sie mich kurz und sagte: »Sie sind wunderbar!«, drehte sich um und zog Duncan und mich in die Richtung, aus der sie gerade gekommen waren. »Wir müssen sie den anderen vorstellen«, rief sie, während Chuck Norris uns vorauslief.

Ich hatte keine Idee, wie ich ihr halbwegs höflich hätte erklären können, dass ihr Bruder ein Wandbildschänder war und ich kürzlich beschlossen hatte, ihn von nun an für immer als meinen Todfeind anzusehen. Sie war so ... entwaffnend fröhlich. Wie hätte ich das machen können?

»Und was machen Sie an Weihnachten?«, fragte sie mich.

»Ich fahre nach Austin. Mit einer Freundin. Deren Mann letzten Sommer verstorben ist.« Ich warf Duncan einen Blick zu, als wäre das irgendwie seine Schuld.

Aber diese Helen ließ sich einfach nicht runterziehen. »Das klingt doch nach einem guten Plan.« Sie rannte auf Chuck Norris zu, der sich einen Tennisball geschnappt hatte, hob den Ball auf und warf ihn weiter in Laufrichtung, zu einer Gruppe von Leuten unten am Strand.

»Das ist also Ihre Schwester«, sagte ich, während wir zusahen, wie sie davonrannte.

»Ja, genau.«

»Ich dachte, sie wäre Ihre Freundin.«

Duncan musste lachen. »Nein. Keine Freundin. Nicht seit ... langem.«

Ich zuckte mit den Schultern. »Das ist eine Schande.«

Duncan schwieg einen Moment. Dann sagte er: »Hey, ich bin froh, dass wir Sie getroffen haben.«

»Ach ja?«

»Ich möchte Ihnen etwas sagen. Es geht um das Wandbild.«

»Nein«, wehrte ich ab. »Ich will nicht darüber reden.«

»Doch«, beharrte Duncan. »Es ist wichtig.«

»Ich versuche momentan noch, mich zusammenzureißen, aber ich schwöre, dass ich Sie im Meer ertränke, wenn Sie jetzt damit anfangen.«

»Lassen Sie mich nur kurz was erklären ...«

Aber ich schüttelte den Kopf und drehte mich weg.

»Hören Sie zu!«, brüllte er.

Das ließ mich aufhorchen. Ich drehte mich zu ihm um.

Er atmete tief durch. »Das Wandbild ist nicht weg.«

»Was soll das heißen?«

»Das soll heißen ... dass sie es übermalt haben. Aber mit abwaschbarer Farbe. Sie ist wasserbasiert. Man kann sie mit einem Schwamm abwischen.«

Mir blieb der Mund offen stehen – und ich stand da wie vom Donner gerührt.

»Es ist noch da. Es ist nicht weg. Ich wollte nur, dass Sie das wissen.«

Ich schüttelte ungläubig den Kopf, dann gewann ich

meine Fassung wieder. »Warum haben Sie mir das nicht gleich gesagt?«

»Ähm, weil Sie einem wirklich Angst machen können, wenn Sie so wütend sind. Das meine ich ernst.«

Und dann ... musste ich auf einmal lachen. Die Erleichterung über diese Neuigkeit machte sich körperlich bemerkbar. Als wäre ein eiserner Ring von meinem Herzen abgefallen.

»Ich bin der Meinung, dass neutrale Farben für ein höheres Maß an Sicherheit sorgen können. Aber alles, was Sie über das Wandbild gesagt haben, ist richtig. Es war wie ein Sonnenstrahl. Es war zauberhaft. Deshalb habe ich recherchiert, bis ich eine abwaschbare Farbe gefunden hatte. Eigentlich hätten sie es erst in den Ferien übermalen sollen – und ich hatte vor, Sie vorzuwarnen und Ihnen alles zu erklären, ehe Sie es sehen. Aber die Maler haben sich nicht an den Plan gehalten. Es tut mir leid.«

Ich starrte ihn nur an.

»Wenn diese Welt ein sichererer Ort ist, waschen wir die Farbe ab.«

Daraufhin konnte ich nicht anders und umarmte ihn.

»Danke«, sagte ich. Dann holte ich so tief Luft wie noch nie in meinem ganzen Leben. »Ich war so wütend auf Sie, dass es direkt wehgetan hat.«

Duncan nickte. »Sind Sie jetzt weniger wütend?«

Ich dachte kurz nach. Vor Erleichterung fühlte ich mich ganz kribbelig. »Ich bin weniger wütend.«

In diesem Moment fing Helen weiter unten am Strand an, auf und ab zu hüpfen und zu winken. Sie rief nach

233

Duncan, und wir machten uns auf den Weg zum Wasser hinunter.

»Tja«, meinte Duncan, als wir nebeneinander hergingen, »wenn Sie jetzt gerade mal nicht so wütend sind, möchte ich Sie um einen ungewöhnlichen Gefallen bitten. Ich wollte Sie deswegen schon anrufen.«

»Okay, ich höre.«

Er holte Luft. »Ich weiß, dass wir in Sachen Kempner School nicht immer einer Meinung sind.«

Ich stieß ein bitteres »Ha!« aus.

»Aber ... wie sich herausgestellt hat, sind Sie im Moment die Person in dieser Stadt, die mir am nächsten steht.«

»Das ist sehr traurig«, sagte ich, »in Anbetracht dessen, dass wir Todfeinde sind.«

»Und«, fuhr er unbeirrt fort, »wie sich herausgestellt hat, muss ich mich in der Woche vor Silvester einer kleinen Operation unterziehen.«

»Einer kleinen Operation?«

»Ambulant. Keine große Sache. Aber sie werden mich betäuben – hoffentlich gründlich –, und deswegen brauche ich jemanden, der mich danach abholt. Ich hatte den Termin so gelegt, dass Helen hier sein kann, aber jetzt muss sie schon früher nach Hause fahren.«

Ich nickte. »Sie ... brauchen also jemanden, der Sie nach Hause bringt?«

»Ich habe denen gesagt, dass ich mir ein Taxi nehmen kann, aber sie wollen mich nur entlassen, wenn mich ein persönlicher Kontakt abholt.«

»Ähm, ich fahre nicht Auto.«

»Sie fahren nicht Auto?«

»Nein.«

»Warum nicht?«

Auf keinen Fall würde ich ihm den wahren Grund sagen. »So ein Spleen, nehme ich an.«

»Sie können mein Auto nehmen.«

»Nein, ich fahre überhaupt nicht. Gar nicht.«

»Oh.« Er sah enttäuscht aus.

»Aber ich könnte einen Fahrservice beauftragen und Sie abholen, wenn das was hilft.«

Er nickte. »Das wäre ... sehr hilfreich.«

»Was ist das für eine Operation?«

Er schüttelte den Kopf. »Sie müssen ... nur eine alte Narbe noch mal aufmachen. Man nennt es Kryochirurgie. Sie schockfrieren einen mit Stickstoff.«

»Cool«, sagte ich.

Er seufzte, als wäre das ein unpassender Kommentar gewesen. Dann sagte er: »Na ja, nicht wirklich.«

Schließlich erreichten wir Helen. Sie hatte den Arm um die Hüften eines großen, lässig wirkenden Typen gelegt, der eine Cabanjacke und eine Pilotensonnenbrille trug. Zwei kleine Mädchen wuselten um sie herum und warfen den Tennisball für Chuck Norris.

»Sam«, sagte Duncan, »das ist mein bester Freund und Schwager Jake. Jake, das ist meine ... Angestellte. Sam Casey.«

Jake streckte seine Hand in meine Richtung. »Schön, Sie kennenzulernen, Sam.«

Ich ergriff seine Hand und schüttelte sie. »Sehr erfreut.«

In diesem Moment klopfte Duncan Jake auf die Schulter und sagte: »Er steht ganz schön unter Helens Fuchtel.«

»Sei nicht so frech«, konterte Jake, packte Duncan am Nacken und nahm ihn in den Schwitzkasten. »Duncan ist eigentlich ganz zahm.«

»Ich verstehe«, sagte ich, aber meine Worte gingen unter, als Duncan Jake angriff und sie beide wild balgend im Sand landeten.

»Jake!«, rief Helen. »Die Brille!«

Beide Männer hielten kurz inne, während Jake seine Sonnenbrille absetzte und sie Helen reichte.

»Vorsicht mit meiner linken Seite«, meinte Duncan schnell.

»Pass auf meine Augen auf«, gab Jake zurück. Dann fingen sie wieder an zu raufen.

Helen stellte sich neben mich, und wir sahen ihnen eine Weile zu. »Im Prinzip sind sie wie menschliche Welpen«, sagte sie.

»Hm«, meinte ich.

Helen und ich wandten uns den Mädchen zu, die jetzt ein bisschen weiter unten am Strand herumtobten, während Chuck Norris die Möwen anbellte. »Das ist Virginia.« Helen deutete auf eines der Mädchen. »Sie ist sechs. Und das ist Addie. Sie ist vier.«

Wir gingen ein paar Schritte zu ihnen hinunter.

»Nun«, fragte Helen dann, »wie geht es Duncan?«

»Ich kann euch hören!«, rief Duncan hinter uns, wo Jake ihn auf dem Boden festhielt. »Frag sie nicht, wie es mir geht.«

»Die Erwachsenen unterhalten sich gerade«, rief Helen zurück und winkte ungeduldig ab. Dann wandte sie sich wieder an mich. »Also, wie geht es ihm?«

»Ähm ...« Ich wusste nicht, was ich sagen sollte. »Gut? Nehme ich an. So gut kenne ich ihn nicht.«

Helen sah wieder zu den beiden Männern hinüber. »Ach nein?«

»Ich meine ... wir sind ...«

»Helen!«, schrie Duncan – Jake saß jetzt auf seinem Rücken. »Wir sind nur Kollegen!«

»Oh«, sagte Helen. »Wirklich?«

Ich zuckte mit den Schultern. *Und Todfeinde* hätte ich wohl ergänzen können. Aber das wäre in der Situation irgendwie nicht ganz angebracht gewesen.

»Tja«, meinte Helen, »ich habe da was anderes mitbekommen.«

»Helen!«, schrie Duncan und rang Jake nieder, »halt den Mund!«

Helen wandte sich zu ihm um. »Wie viel weiß sie von dir?«

»Nichts!«, schrie Duncan. »Und das soll auch so bleiben!«

»Also ich würde es nicht nichts nennen«, meinte ich. »Aber er ist tatsächlich ziemlich verschlossen.« Und außerdem hatte ich immer noch vor, ihn irgendwie loszuwerden, abwaschbare Farbe hin oder her. Aber das sagte ich nicht laut.

»Ja«, sagte Helen. »Wir machen uns deswegen auch schon Sorgen. Vielleicht sollten wir beide mal einen Kaffee trinken gehen.«

237

»Nein! Nicht Kaffee trinken!«, rief Duncan, befreite sich endlich aus Jakes Griff, sprang auf und wollte sich auf Helen stürzen. Sie blieb stehen, bis er ganz nahe war, und warf sich dann im letzten Moment zur Seite wie ein Stierkämpfer. Sodass Duncan stattdessen mich zu Boden warf.

Er war bereits über und über sandpaniert, und als wir aufschlugen, spritzte eine weitere Ladung Sand auf. Ich kniff die Augen zusammen und hörte, wie Jake im Hintergrund fragte: »Hat Duncan gerade jemanden in den Sand geworfen?«

»Ja«, antwortete Helen. »Seine Kollegin.«

Darauf sagte Jake: »Das wird ein gerichtliches Nachspiel haben.«

Ich öffnete die Augen, und da war Duncan und sah im Gegenlicht auf mich herunter. »Alles in Ordnung?«, fragte er.

»Ja«, antwortete ich.

Eine Sekunde blieben wir so, während der Wind ihm die Haare in die Stirn blies, und mit einem Mal fühlte ich mich so beschwingt, dass ich gar nicht mehr böse auf ihn war. Oder zumindest nicht mehr ganz so wütend.

»Augen zu«, sagte Duncan.

»Warum?«, fragte ich, schloss aber die Augen. Einen wahnsinnigen Augenblick lang glaubte ich, er würde mich vielleicht gleich küssen – hier, wo alle es sehen könnten, seine Familie, Gott und der Golf von Mexiko.

Aber ich spürte nicht seinen Mund auf meinen Lippen, sondern seine Fingerspitzen auf meinen Wangen, als er mir den Sand aus dem Gesicht strich. »Augen fest zu!«, sagte er.

Ich kniff sie noch fester zu.

»Nicht so fest.«

Ich versuchte, zu entspannen.

»Meine Güte, du hast überall Sand.«

»Ähm«, erwiderte ich mit noch immer geschlossenen Augen, »das warst du.«

»Das stimmt.« Dann sagte er nichts mehr und strich mir mit dem Finger über Haaransatz, Stirn, Kinn und Ohren. Die Zartheit dieser Geste stand in krassem Kontrast zu dem Angriff zuvor. Auf einmal hielt er inne. Als ich seine Berührung nicht mehr spürte, öffnete ich die Augen.

Chuck Norris wollte zu uns kommen und uns ablecken, aber Helen schnappte sich blitzschnell seine Leine und ging mit ihm zu Jake hinüber, damit der ihn festhielt.

Duncan sah mich an, als wollte er etwas sagen.

Schließlich bildeten sich um seine Augen kleine Lachfältchen, und er meinte in spielerisch vorwurfsvollem Ton: »Sei nächstes Mal bitte etwas vorsichtiger.«

»Sei doch selbst etwas vorsichtiger.«

Da blickte Duncan auf und sah, dass seine Schwester und sein Schwager uns genau beobachteten. »Tut mir leid«, sagte er. »Der Angriff galt eigentlich meiner Schwester.« Und bei dem Wort »Schwester« sprang er auf und jagte hinter Helen her den Strand hinunter.

Ich setzte mich auf. War mit mir wirklich alles in Ordnung? Ich machte eine Bestandsaufnahme.

Alles noch dran.

Ich stand auf, um mich abzubürsten, und bemerkte, dass Jake seine Sonnenbrille wieder aufgesetzt hatte. Ich ging zu ihm.

»Es ist eine Art Hassliebe zwischen ihnen«, erklärte er und klopfte sich ebenfalls den Sand von der Hose. »Gutmütig. Zumindest meistens.«

Die Mädchen rannten hinter ihrer Mutter und ihrem Onkel her, und dann riss Chuck Norris Jake die Leine aus der Hand und preschte wie der Blitz davon.

»Rennt er ihnen nach?«, fragte Jake.

»Soll ich ihn zurückholen?«, fragte ich.

»Nein.«

Ich sah zu, wie Chuck Norris dahinjagte, bei jedem Sprung bewegte sich sein weiches Fell wellenförmig mit. »Chuck Norris ist der schlechteste Wachhund der ganzen Welt.«

»Das macht Sinn«, meinte Jake. »Er ist wegen seinem Temperament aus der Hundeschule geflogen.«

»Das kann ich mir vorstellen.«

»Duncan war sicher, dass er ihn erziehen kann.«

»Bisher war er noch nicht erfolgreich damit.«

Jake beugte sich vornüber, um Sand aus seinen Haaren zu schütteln. »Der Hund tut ihm trotzdem gut«, fuhr er fort. »Nach allem, was passiert ist, haben wir versucht ihn zu überreden, nach Hause nach Evanston zu ziehen. Aber er wollte hierher.«

Doch ich hörte schon nicht mehr genau zu, was er sagte, denn die Art, wie er redete, lenkte mich ab. Ich starrte ihn an. »Können Sie bitte noch mal was sagen?«

»Was denn zum Beispiel?«

»Irgendwas. Den Fahneneid? Ein Gedicht?«

»Ähm. Sicher.«

»Es ist nur«, fing ich an, »Ihre Stimme kommt mir so bekannt vor. Je mehr Sie reden, desto mehr kommt mir der Verdacht, dass ich Ihre Stimme irgendwoher kenne.«

»Oh«, sagte Jake und stampfte mit den Füßen auf, um den Sand abzuschütteln. »Dann wollen Sie wahrscheinlich, dass ich etwas sage wie: Hallo, Freunde und Nachbarn – und willkommen zu einer weiteren Stunde ›Alles liegt im Dunkeln‹-Podcast.«

O mein Gott.

Die Erkenntnis durchfuhr mich wie ein Schauder. Jetzt wusste ich, woher ich diese Stimme kannte.

Ungläubig starrte ich Jake an. »Ruhe dahinten!«, rief ich, und als Duncan und Helen mit den Mädchen zurückgelaufen kamen, übrigens viel langsamer jetzt, fragte ich: »Sie sind Jake Archer?«

Jake lächelte nur, also wandte ich mich zu Duncan um, der neben uns im Sand zusammengebrochen war, und deutete auf Jake. »Ist das Jake Archer vom ›Alles liegt im Dunkeln‹-Podcast?«

Duncan runzelte die Stirn, als wäre das eine alberne Frage. »Ja.«

»Moment mal – du bist mit Jake Archer befreundet?«

Duncan schenkte Helen ein kleines Lächeln. »Ich kann es selbst kaum glauben.«

»Na ja, befreundet kann man das wohl nicht nennen«, sagte Jake. »Er ist eher ein zwanghaft gestörter Fan.«

Duncan sah mich weiterhin an, rief aber Jake zu: »Zwing mich nicht, dir wehzutun.« Und zu mir gewandt fügte er hinzu: »Der Name für den Podcast stammt von mir.«

»Wirklich?«

Duncan nickte. »Jake da drüben wollte ihn ›Das Wichtige ist für das Auge unsichtbar‹ nennen. Du weißt schon, das Zitat vom *Kleinen Prinzen*. Dass man nur mit dem Herzen gut sieht und all das. Aber das wäre viel zu lang gewesen. Ich habe es auf einen prägnanten Nenner gebracht.«

Ich wandte mich an Jake und war kurz davor, durchzudrehen.

»Ich wusste doch, dass ich diese Stimme kenne! Ich habe jede Folge gehört – mehrmals. Ständig sitze ich in der Schulbibliothek, stempele Bücher, katalogisiere, fülle Bestände auf, mache Bestandsaufnahmen, und dabei höre ich mir stundenlang Podcasts und Hörbücher an – und Ihrer gehört zu meinen drei Favoriten. Eigentlich ist es mein Lieblingspodcast. Manchmal, wenn eine Sendung zu Ende ist, lasse ich sie noch mal von vorne laufen. Aber das würde ich natürlich niemals laut aussprechen, aus Angst, man hält mich für einen ...«

»... zwanghaft gestörten Fan?«, schlug Duncan vor.

Ich zuckte mit den Schultern. »Zu spät?«

»Tun wir so, als wäre das eine rhetorische Frage«, sagte Jake nicht ganz ernst.

Ich drehte mich zu Duncan um und sagte, als wäre das eine tolle Neuigkeit für ihn: »Dein Schwager ist Jake Archer!«

»Bringt mir das bei dir ein paar Sympathiepunkte?«

»Es gereicht dir zumindest sicher nicht zum Nachteil.«

»Jetzt siehst du, wofür ich so gut bezahlt werde«, sagte Jake zu Duncan.

Ich sah wieder Jake an, und mir fiel ein Artikel in der *Vanity Fair* ein – oder war es die *Vogue* gewesen? Irgendetwas mit *V* auf jeden Fall –, in dem es um Amerikas neuen Podcaststar ging, der behauptete, er könne deswegen so gute Interviews führen, die Stimmung der Leute ausloten und die richtigen Fragen stellen, weil er blind war.

Duncan bemerkte meinen Blick zu Jake und schien meine Gedanken zu erraten. Er pirschte sich an Jake heran und umarmte ihn stürmisch. »Hab dich lieb, Kumpel«, hörte ich ihn sagen. Aber da schaltete sich Helen ein, die noch immer damit beschäftigt war, Sand von Jakes Kleidung abzubürsten: »Es reicht für heute.« Dann wandte sie sich an die Mädchen. »Ich finde, wir haben uns jetzt eine heiße Schokolade verdient.«

Die beiden jubelten und hüpften herum, aber Duncan fuhr dazwischen: »Bäh, heiße Schokolade ist das Allerschlimmste!« Er ging in die Hocke, nahm sie in die Arme und wirbelte mit ihnen herum, eine Nichte in jedem Arm, bis die Zentrifugalkraft ihre Beine nach außen zog.

Noch nie – nicht ein einziges Mal, seit er an die Kempner School gekommen war – hatte ich ihn so mit Kindern herumalbern sehen. Meistens beachtete er sie gar nicht. Aber jetzt spielte er tatsächlich mit den Mädchen. In diesem Moment war er dem alten Duncan so ähnlich, dass es mich traurig machte. Ich spürte, wie mein Lächeln erstarb, obwohl die Mädchen vor Freude kreischten und kicherten.

Nachdem sie gegangen waren, ärgerte ich mich, dass ich Jake nicht um ein Autogramm gebeten hatte. Vielleicht hätte ich mir zur Sicherheit gleich von der ganzen Familie eins geben lassen sollen.

Während ich den Strand entlanglief, konnte ich nicht aufhören, an sie zu denken. Wie grundlegend anders sich Duncan in ihrer Gesellschaft verhielt. Machte er ihnen nur etwas vor? Oder hatten sie Zugriff auf einen Teil seiner Seele, den er normalerweise fest verschlossen hielt?

Es war so mitreißend – und traurig –, Duncan glücklich zu sehen, denn das geschah so selten. Es war wie ein kurzer Blick in ein Paralleluniversum, in dem es ihm gut ging. Er war vielleicht nicht mehr ganz so ausgelassen wie damals vor Jahren in Andrews … aber immerhin beinahe.

Wo war dieser Duncan im Schulalltag?

Als die kleine Gesellschaft zu ihrer heißen Schokolade aufgebrochen war, hatte ich mir nichts mehr gewünscht, als sie zu begleiten – und tatsächlich hatten sie versucht, mich dazu zu überreden. Ich weiß nicht, warum ich ablehnte. Vielleicht wollte ich ihre gemeinsame Zeit nicht stören. Vielleicht wirkte die Leichtigkeit, mit der sie miteinander umgingen, auch irgendwie einschüchternd auf mich.

Aber während ich nach Hause ging, musste ich mir eines eingestehen: Je mehr ich vom alten Duncan mitbekam, desto mehr wollte ich haben. Ich war unter anderem deswegen nicht mit ihnen mitgegangen, weil ich es so wahnsinnig gerne gemacht hätte. Den Duncan, den ich heute am Strand erlebt hatte – verschmitzt und verspielt –, hatte ich schon immer unwiderstehlich gefunden. Wenn ich ihn so erlebte, weckte das in mir eine Sehnsucht, die mir physische Schmerzen bereitete.

Ich wollte kein Verlangen nach ihm haben. Oder Sehnsucht. Ich wollte mich nicht nach ihm verzehren.

Seit meine Epilepsie zurückgekommen war, hatte ich mich stets bemüht, nichts zu wollen, was ich nicht haben konnte.

Und ich hatte die Befürchtung, dass Duncan genau in diese Kategorie passte. Zum Teil, weil er sich so verändert hatte, und zum Teil, weil ich mich so verändert hatte.

Tief drin wusste ich, dass ich es mir nicht erlauben durfte, mich nach ihm zu sehnen, selbst wenn der alte Duncan morgen wieder auferstehen sollte. Denn ich war nicht mehr die Sam von früher. Ich hatte mich in vielem zum Positiven verändert – aber in mancher Hinsicht eben auch zum Negativen.

Ein ganzes Schuljahr hatte ich nun schon keinen Anfall gehabt – ein ganzes Schuljahr, in dem ich nicht in der Schulbibliothek vor den Kindern zusammengebrochen war oder in der Schlange in der Schulkantine oder in der Pause auf dem Spielplatz. Man hätte mich für einen völlig gesunden Menschen halten können.

Aber ich war nicht gesund. Ich hatte diese ... Veranlagung. Das würde ich nicht bis in alle Ewigkeit geheim halten können. Epilepsie ist kein Weltuntergang, aber im Laufe der Jahre hatte ich immer wieder erlebt, dass Leute, die mir nahestanden, genau dieser Auffassung waren. Je mehr Zeit ich mit Duncan verbrachte, desto verzweifelter sehnte ich mich nach ihm – und danach, dass er sich auch nach mir sehnte.

Und ich befürchtete gleichzeitig, dass es niemals so kommen würde – kommen konnte –, wenn er erst die Wahrheit über mich erfuhr. Oder besser gesagt, wenn er es mit eigenen Augen gesehen hätte.

Das war mein Dilemma, und ich wusste es schon die ganze Zeit. Er weckte in mir die Sehnsucht nach etwas, das ich nicht haben konnte. Die Sehnsucht nach ihm.

Es war besser, wenn ich mich fernhielt. Wenn ich nicht einen ganzen Nachmittag mit ihnen in einem gemütlichen Café verbrachte, wo wir lachten und scherzten und ich in einer halbrunden Nische neben Duncan saß, wo sich unsere Schenkel berührten. Ich durfte meine Abhängigkeit nicht noch befeuern.

Es war besser, wenn ich dem allem einen Riegel vorschob – und zwar schnell, ehe alles nur noch schlimmer wurde.

13

Letztendlich fuhr ich über Weihnachten doch nicht mit Babette nach Austin. Ich verbrachte Weihnachten alleine. Denn gerade als wir Babettes SUV packen wollten, tauchte plötzlich Tina auf. Sie hatte Clay dabei. Und zwei Koffer.

Tina parkte direkt hinter mir ein, als ich gerade dabei war, meine Tasche in den Kofferraum zu stellen. Einen Moment lang dachte ich, dass Tina vielleicht Kent Buckley verlassen hätte.

Als sie mich sah, bekam ihr Gesicht einen verdrossenen Ausdruck, aber Clay ließ seinen Koffer fallen und umarmte meine Taille.

Ich bemühte mich sehr, unbefangen zu klingen. »Hallo, mein Freund. Bist du auf Weihnachtsbesuch hier?«

»Ja«, antwortete Tina an seiner Stelle. Dann wandte sie sich an Clay. »Schau, ob du deine Oma irgendwo findest, und sag ihr, dass wir heute Abend hierbleiben.«

Als er verschwunden war, fragte ich Tina mit einem Blick auf die Koffer: »Haben Sie ihn verlassen?«

Tina runzelte die Stirn. »Wen verlassen?«

»Kent Buckley«, sagte ich. Es klang wie *Wen denn sonst?*

247

Sie sah beleidigt aus. »Natürlich nicht. Er musste kurzfristig geschäftlich nach Japan.«

Oh. Ups. »Japan.« Ich nickte. »Wow.«

In diesem Moment kamen Babette und Clay die Verandastufen herunter zum Auto gestürmt. Sie hatten Babettes Koffer dabei.

»Ihr kommt auf Weihnachtsbesuch!«, jubelte Babette, als sie bei Tina war. Sie breitete die Arme aus und zog ihre Tochter an sich. So glücklich hatte ich Babette seit dem Sommer nicht mehr erlebt.

»Ja, wir kommen auf Weihnachtsbesuch!«, echote Clay, und sie umarmten ihn beide.

So musste es sein, wenn man einen Platz hatte, wo man hingehörte. Dann konnte man Leute vollkommen ignorieren und sie links liegenlassen und sie im Stich lassen und sie vergessen – aber wenn man dann schließlich doch mal auftauchte, waren diese Leute überglücklich.

In meinem Leben gab es so jemanden nicht.

Und wenn es ihn gäbe, dann würde ich mein Glück nicht so mit Füßen treten. Wenn ich irgendwo auf der Welt jemanden hätte, der mich so liebte, wäre ich jeden Tag dankbar dafür. Ich würde diese Liebe in gleichem Maße zurückgeben.

Die Szene weckte in mir den Wunsch, nicht immer so verdammt darum kämpfen zu müssen, dass mich die Leute mochten. Sie weckte in mir die Sehnsucht nach meiner Mom – mal wieder, wie immer. Ich wünschte mir jemanden, irgendjemanden in meinem Leben, der mich bedingungslos liebte.

248

Bedeutete Tinas Auftauchen, dass aus dem gemeinsamen Wochenende von Babette und mir nichts wurde?

Verlegen stand ich daneben und sah zu, wie unbegreiflich glücklich es Babette machte, Tina zu sehen. Und dann traf mich die Erkenntnis: Das Wochenende in Austin war tatsächlich gestrichen. Allerdings nur für mich.

Ich drehte mich um und holte meine Tasche aus dem Auto. Babette sah es.

»Was machst du da?«

Ich warf stattdessen Clays Koffer in den Kofferraum. »Die beiden sollten mit dir fahren«, sagte ich.

»Nein!«, sagte Babette. »Wir bleiben alle hier!«

Aber ich schüttelte den Kopf. »Du brauchst einen Tapetenwechsel.« Dann deutete ich auf alle drei. »Und ihr alle braucht ein bisschen Zeit zusammen.«

»Wir können uns selbst ein Zimmer nehmen«, sagte Tina, ohne es ernst zu meinen.

Aber ich schüttelte wieder den Kopf. »Alles ausgebucht«, sagte ich. Ich hatte keine Ahnung, ob das stimmte. Aber eines wusste ich sicher: Das Beste, was Babette jetzt passieren könnte, wäre ein bisschen Zeit mit ihrer Familie. Mit ihrer richtigen Familie. Es war eine einmalige Chance für die drei, dass Kent Buckley auf der anderen Seite der Erde war. Sie mussten sie nützen. Und für mich gab es wahrscheinlich nichts Schlimmeres als ein ganzes Wochenende mit Tina. Lieber verbrachte ich Weihnachten allein vor dem Fernseher und sah mir romantische Komödien an. Und genau so kam es dann auch.

Ein paar Tage später bestellte ich einen Fahrdienst, um Duncan von der Ambulanzklinik abzuholen. Wie ich es versprochen hatte.

Es war eigentlich gar kein Krankenhaus, sondern ein Bürogebäude – die Kryochirurgie nahm den gesamten dritten Stock ein. Und dabei wusste ich nicht einmal, was Kryochirurgie überhaupt war.

Als ich ankam, wurde Duncan gerade im Rollstuhl aus dem Aufwachraum geschoben.

Fragen Sie sich gerade, ob er in Anzug und Krawatte zur OP erschienen war? Denn genau so war es. Allerdings hatte er Jackett und Weste ausgezogen und über seine Knie gelegt, das Hemd stand am Kragen offen, und die Krawatte lag ihm lose um den Hals – als hätte er sie sich gerade wie einen Blumenkranz umgelegt. Und es war wieder dasselbe wie immer. Ordentlich zurechtgemacht sah er gut aus. Aber derangiert sah er eben auch gut aus.

Als er mich sah, kniff er die Augen zusammen. »Bist du das?«

»Wer soll ich denn sein?«

»Die Bibliothekarin mit den Clownstrümpfen.«

»Ganz genau. Du hast mich gebeten, dich abzuholen.«

»Wirklich?« Er drehte sich fragend zu der Krankenschwester hinter ihm um. Die nickte. »Das war schlau von mir«, sagte er.

Wow. Was für Drogen hatten sie ihm gegeben?

Die Krankenschwester gab mir einen Stapel Entlassungspapiere und eine kleine Ladung »heftiger« Schmerzmittel mit. Sie meinte noch, dass er ab morgen auf Paracetamol umstellen könnte, aber heute Nacht auf jeden Fall noch die starken Tabletten nehmen sollte.

»Ich heiße Lisa«, sagte sie dann und kreiste ihren Namen auf dem Entlassungsbogen ein. »Sie können sich an mich wenden, wenn Sie Fragen haben.«

»Okay«, erwiderte ich und nickte. »Ich bin Sam.«

»Oh!« Sie wandte sich mir zu und musterte mich. »Sie sind also Sam!« Dann lächelte sie nur.

»Was ist?«, fragte ich.

»Er hat uns von Ihnen erzählt.«

Ich runzelte die Stirn.

Wieder lächelte sie und nickte. »Keine Sorge«, meinte sie. »Nur Gutes.«

»Was denn zum Beispiel?«, fragte ich.

»Oh … ich denke, das wissen Sie schon.«

»Das weiß ich definitiv nicht.«

»Und wenn dem so ist, dann sollte er derjenige sein, der es Ihnen sagt, nicht ich.«

Tja, das war wenig zufriedenstellend.

Lisa half mir, Duncan auf den Parkplatz hinaus zu bugsieren, wo der Fahrer auf uns wartete. »Er hat sogar ein Lied über Sie gesungen«, sagte sie, während wir nach draußen gingen. »Im Aufwachraum.«

»Gesungen?«

»Sie wissen schon«, sagte sie. »›Oh! Susanna‹, nur eben auf Samantha.«

»Passiert es oft, dass Leute im Aufwachraum singen?«, fragte ich.

Sie schüttelte den Kopf. »Nie. Noch keiner. Er ist wunderbar. Wie lange sind Sie beide denn schon ...« Sie deutete zwischen Duncan und mir hin und her. »Sie wissen schon.«

»Was?«, erwiderte ich. »Nein. Wir sind nicht ... wir sind nur Arbeitskollegen.«

Sie lachte, als hätte ich einen Witz gemacht. Als sie merkte, dass ich es ernst gemeint hatte, blieb sie stehen. »Moment mal – Sie gehen nicht mal zusammen aus?«

Ich schüttelte den Kopf. »Nicht annähernd.«

Sie starrte mich ungläubig an. »Er hat was für Sie übrig, junge Dame.«

Ich schüttelte den Kopf. »Er mag mich nicht mal. Überhaupt nicht.«

»Ich sage Ihnen, das tut er doch«, erwiderte sie. Dann fügte sie hinzu: »Drogen lügen nie.«

An der Autotür klappte Lisa die Fußstützen des Rollstuhls nach oben, damit Duncan seine Füße auf das Straßenpflaster stellen konnte. Bevor wir ihn hochzogen, warnte sie mich, mit seiner linken Seite vorsichtig zu sein, von der Hüfte bis zu den Rippen. Er war schwerer, als ich erwartet hatte. Ich schob mich unter seine Achsel und hielt seinen Arm über meiner Schulter fest, während ich ihn Richtung Autotür drehte.

Ich hätte wirklich nicht damit gerechnet, dass er so schwer war.

Mit einem Ächzen bugsierte ich ihn auf den Rücksitz. Er stand so neben sich, dass ich seine Beine hochheben und ins Auto schieben musste. Dann beugte ich mich über ihn, um ihn anzuschnallen. Die ganze Zeit über hatte er die

Augen offen und sah mir zu, ohne mir zu helfen – als würde sein Gehirn in Zeitlupe laufen und nicht hinterherkommen.

»Du duftest nach Kirsche«, sagte er, während ich den Gurt einklicken ließ.

»Das ist mein Shampoo«, sagte ich und wollte mich gerade wieder zurückziehen. Doch im selben Moment hatte er seine Nase in meinen Haaren vergraben, um tief einzuatmen, und ich traf ihn mit dem Hinterkopf im Gesicht.

»O Gott«, rief ich aus und beugte mich über ihn, um zu sehen, ob er verletzt war. »Tut mir leid! Alles in Ordnung?«

Er lächelte mich nur an. »Mir geht's gut.«

Wissen Sie, wie Verliebtheit aussieht? Es ist so schwer zu beschreiben – ein Ausdruck in den Augen, offen und voller Bewunderung und vielleicht sogar ein bisschen verzaubert, als würden sie den Anblick des Gegenübers aufsaugen. Verliebtheit ist das einzige Wort, das mir zu seinem Gesichtsausdruck einfällt.

Ich muss wohl kaum dazusagen, dass ich nicht besonders oft in den Genuss eines solchen Blickes gekommen bin – schon gar nicht von ihm.

Er betrachtete meine Bluse. »Ich wusste, dass du eine getupfte Bluse tragen würdest.«

Lisa beobachtete mich, während ich die Autotür zudrückte. »Heute wird er viel schlafen, aber morgen ist er bestimmt schon wieder ganz der Alte«, sagte sie. »Und die Schmerzmittel verursachen bei den meisten Leuten ein Gefühl von Übelkeit, deswegen wird er nichts essen wollen. Aber er sollte trotzdem etwas essen. Auf jeden Fall vor der nächsten Dosis Schmerzmittel.«

»Verstanden.«

»Heute sollte er in einem weiten T-Shirt schlafen – oder ganz ohne Shirt, falls die Haut irritiert ist. Das steht alles in den Unterlagen. Und vielleicht ziehen Sie ihm zu Hause eine Jogginghose an. Er hätte eigentlich in bequemen Sachen kommen sollen, aber er ist im Anzug erschienen.«

»Er liebt Anzüge«, sagte ich.

»Sie stehen ihm auch ausnehmend gut«, meinte Lisa und zwinkerte mir zu.

»Vermerkt«, sagte ich mit einem Nicken.

Sie warf einen letzten Blick auf Duncan durch das Autofenster und schüttelte den Kopf. »Umwerfend.«

Auf der Heimfahrt saß ich auf der Rückbank neben ihm. Duncan – ich schwöre, dass ich die Wahrheit sage – hob die Hand, als würde er ein Handy halten, warf einen Blick darauf und sagte: »Es tut mir leid. Ich glaube, wir haben uns verfahren. Mein Handy funktioniert nicht.«

Ich wusste nicht, was ich dazu sagen sollte, also beließ ich es bei: »Keine Sorge. Ich kenne den Weg.«

Er schüttelte den Kopf. »Aber du warst doch noch nie bei mir zuhause.«

»Aber unser Fahrer hat die Adresse.«

Duncan runzelte die Stirn und blinzelte. »Wir haben einen Fahrer?«

Ich deutete auf den Mann vor uns auf dem Fahrersitz. Dann sagte ich: »Sie haben dich ganz schön abgeschossen, was?«

»Ja«, meinte Duncan. »Das war nett von ihnen. Sie wissen, dass ich kein Freund von … Operationen bin.«

»Da bist du sicher nicht der Einzige.«

»Wahrscheinlich nicht«, sagte Duncan. »Aber ich bin derjenige, der sie am allerwenigsten mag.«

Er versuchte wieder, auf sein imaginäres Handy zu schauen.

Er wirkte nicht wie betrunken. Seine Aussprache war deutlich. Er schien nur sehr, sehr entspannt zu sein. Und außerdem schienen die Welt, wie er sie mit seinen Augen sah, und die tatsächliche Welt nicht ganz übereinzustimmen.

Um ihn abzulenken und auch, weil Lisa meine Neugier geweckt hatte, sagte ich: »Die Krankenschwester meinte, du hättest von mir gesprochen.«

Er nickte überdeutlich mit dem Kopf. »Ja. Ja, das habe ich. Ich habe ihnen von dem Tag erzählt, als wir beide uns getroffen haben.«

Oje. »Das war nicht gerade einer meiner besten Tage«, sagte ich.

»Machst du Witze?«, fragte Duncan und schielte zu mir hinüber, um zu sehen, ob ich es ernst meinte. »Für mich warst du das schönste Mädchen, das mir je begegnet ist. Also jemals.«

»Oh«, sagte ich zögerlich. »Wirklich? Denn …«

»O ja. Wenn ich es dir doch sage. Und das will wirklich was heißen, denn ich weiß nicht, ob du es schon bemerkt hast, aber dieser ganze Planet wimmelt nur so vor Mädchen.«

Ich zuckte mit den Schultern. »Na ja, wir machen einundfünfzig Prozent der Weltbevölkerung …«

255

»Sie sind überall! Man kann sich nicht einmal einen Donut kaufen, ohne einer von ihnen zu begegnen. Manchmal sind es auch fünf oder zehn! Und davon rede ich ja. In meinem ganzen Leben, in dem ich ununterbrochen mit Mädchen bombardiert werde ... bist du«, er deutete auf mich, »die Hübscheste, die mir je begegnet ist.«

Er musste wirklich unter Drogen stehen. Ich war absolut nichts Besonderes. Niemand drehte sich nach mir um oder blieb stehen, um mir nachzusehen. Ich war ein ganz normaler Mensch.

Aber was sollte ich tun? Ich musste mitspielen.

»Okay«, sagte ich also. »Da hast du dir aber nichts anmerken lassen.«

Duncan nickte. »Ja, stimmt. Na ja, man darf es nicht einfach so hinausposaunen, nicht wahr? Man kann ja nicht einfach über jemanden herfallen. Ich kann mich noch genau erinnern. Es war dein erster Tag.«

»Es war dein erster Tag«, korrigierte ich.

»Nein, Unsinn. Deine Kleidung ... ich weiß nicht. Alles in Grautönen. Und die Haare waren anders.« Er betrachtete meine pinken Strähnchen. Dann streckte er die Hand aus und tätschelte sie. »Kein Pink.«

Moment – was?

»Und kannst du dich noch an diese Spinde im Lehrerzimmer erinnern? Deiner klemmte – und als ich hereinkam, hast du gerade wie verrückt darauf eingedroschen.« In seiner Stimme lag eine gewissen Bewunderung. »Und dann kam ich und habe dir gezeigt, wo du draufhauen musst, und da sprang die Tür auf.«

256

Er sprach von Andrews. Er sprach von der Zeit damals vor vier Jahren. Er sprach von meinem alten Ich. Dem grauen Mäuschen. Dem Mauerblümchen.

Und da wurde ich mit einem Mal ... nervös. Oder besser gesagt ... wachsam. Als wäre jeder einzelne Nerv in meinem Körper in Anspannung.

Duncan für seinen Teil war weder nervös noch angespannt. Er legte den Kopf zurück und gab sich seinen Erinnerungen hin. »Das war damals ein großer Moment für mich. Das war krass cool von mir, oder?«

»Ja, das war es«, bestätigte ich. Ich konnte es noch immer nicht fassen.

»Vielleicht war das damals der Höhepunkt meines Lebens«, sagte er dann und blinzelte. »Seitdem ist es nur noch bergab gegangen.«

»Ich dachte, du redest davon, wie wir uns hier das erste Mal wiedergesehen haben. An der Kempner School.«

»Oh. Nein. Aber auch da habe ich mir nichts anmerken lassen.«

»Ja, stimmt. Du hast die Nummer eiskalt durchgezogen.«

Er nickte. »Ich war noch nie gut in solchen Sachen. Und jetzt muss ich immer den harten Kerl raushängen lassen, da ist es noch schwieriger.«

Er schwieg einen Moment, dann fügte er hinzu: »Doch, ja. Man kann wohl sagen, dass ich auf dich stand. Auf dich stehe.«

Ein Körnchen Wahrheit musste doch darin liegen, oder nicht? Die Medikamente konnten ihm doch keine Erinnerungen vorgaukeln, die er gar nicht hatte.

257

»In Andrews?« Ich musste das einfach fragen. »Damals mochtest du mich schon?«

»Oh ja. Und wie! Aber du konntest mich einfach nicht ausstehen, deswegen … habe ich aufgegeben. Letztlich.«

»Ich konnte dich nicht ausstehen?«, fragte ich, als wäre er verrückt. Und dann, in meinem Bestreben, das deutlich zu machen, aber nervös, wie ich war, sagte ich: »Ich konnte dich sehr gut ausstehen.«

Duncan runzelte die Stirn.

»Also, ich wollte damit sagen, ich habe dich nicht gehasst.«

»Oh«, sagte Duncan. »Das ist eine Überraschung. Aber jetzt hasst du mich auf alle Fälle.«

Ich hasste ihn auch jetzt nicht, aber das würde ich ihm nicht auf die Nase binden. »Du hast dich sehr verändert«, sagte ich.

Duncan lachte. »Und wie.«

Er legte den Kopf zurück an die Kopfstütze und sah hinaus auf die bunten Häuser am Strand, pink, gelb und blau.

»Mann, ich war vielleicht verschossen in dich«, sagte er, als würden wir in gemeinsamen Erinnerungen schwelgen. »Aber selbstverständlich werde ich dir das niemals erzählen«, sagte er und deutete auf mich.

»Du erzählst es mir gerade.«

»Ja, schon, aber morgen früh wirst du alles vergessen haben.«

»Nein, du bist derjenige, der morgen früh alles vergessen haben wird.«

258

»Ach«, sagte er und schien wenig erfreut über diese Neuigkeit. »Ich glaube, ich stehe unter Drogen.«

»Schon in Ordnung«, sagte ich. »Wahrscheinlich sollten wir das Thema wechseln.«

»Gute Idee«, stimmte Duncan zu. »Denn ich möchte nicht, dass du weißt, wie verliebt ich in dich bin.«

»Guter Plan.«

Eine Minute später fing er wieder an.

»Es ist nur schwierig, es für mich zu behalten, denn wenn einem so etwas passiert – also, wenn du jemanden triffst und auf einmal fällt ein Teil von deinem Herzen wie ein Puzzleteil genau an die richtige Stelle, und du hast vorher gar nicht gewusst, dass dieses Teil gefehlt hat – und du denkst das alles gar nicht bewusst, sondern ein Teil von dir weiß einfach, *das ist mein Lieblingsmensch*, irgendwie. Oder zumindest, *das könnte mein Lieblingsmensch sein*. Du weißt schon – wenn diejenige die Idee auch so gut findet. Wenn diejenige dich anschaut und aus irgendeinem verrückten Grund dasselbe denkt.« Es sah zu mir herüber. »Besteht irgendeine Möglichkeit, dass du dasselbe von mir gedacht hast?«

»Selbst wenn es so wäre, würde ich es dir nicht sagen.«

»Gute Idee, gute Idee. Behalt ruhig dein Pokerface. Nichts verraten.«

Wieder versuchte er, auf sein Handy zu schauen. Dann sagte er: »Übrigens würde ich gar nicht wollen, dass du mit einem Kerl wie mir zusammen bist.«

»Warum nicht?«

»Sag davon nur nichts meiner Schwester«, flüsterte er. »Aber ich bin ein Wrack.«

Die Schule hatte für Duncan ein Strandhaus in einem schicken West-Beach-Viertel angemietet. Da konnte man nicht meckern. Ich bezahlte den Fahrer, öffnete Duncans Tür, löste seinen Gurt und legte mir wieder seinen rechten Arm über die Schulter. Ich passte gut auf, dass ich ihn nicht an der Stelle auf seiner linken Körperseite berührte, wo er operiert worden war. Diesmal kam er mir noch schwerer vor, und sogar auf den wenigen Metern vom Auto bis zum Haus verlor er ein paarmal das Gleichgewicht.

Die Häuser in West Beach waren alle auf Pfählen gebaut, sodass wir eine ganze Reihe von Stufen hinaufsteigen mussten. Als wir das untere Ende der Treppe erreichten, blieb Duncan vor der ersten Stufe stehen, starrte mit gesenktem Kopf darauf und musste mehrmals mit dem Fuß scharren, bis er sie traf. Ich muss wohl nicht dazusagen, dass wir sehr langsam vorankamen.

Auf halber Strecke nach oben wandte er sich zu mir um, so als wäre ihm gerade etwas Tolles eingefallen, und sagte: »He, ich hab's! Lass uns heiraten!«

»Super Idee«, sagte ich. »Ich bin dabei.«

Er hätte ja morgen früh ohnehin alles vergessen.

Als ich endlich die Haustür aufbekam, fiel Chuck Norris über uns her. Er rannte mindestens zehn Minuten lang wie im Freudentaumel im Wohnzimmer im Kreis, ehe er schließlich sein Glück fassen konnte, dass Duncan nach Hause gekommen war.

»Dieser Hund freut sich wirklich, dich zu sehen«, stellte ich fest, während wir uns durch das Wohnzimmer kämpften und Chuck Norris um uns herumsprang.

Duncan nickte. »Sag ihm nicht, dass ich das gesagt habe, aber er ist ein grauenhafter Wachhund.«

»Stimmt.«

Das Haus war spärlich eingerichtet. Beinahe asketisch. Duncan hatte es möbliert gemietet – einfache Holzböden, nur die nötigsten Möbel, nichts Auffälliges oder Exzentrisches. Eine persönliche Note war kaum erkennbar. Im Küchenbereich lagen ein paar Äpfel in einer Schale. Auf dem Couchtisch stand ein Laptop, neben der Haustür ein Paar Laufschuhe, und auf dem Sofa entdeckte ich ein zerlesenes Exemplar von *Weg in die Wildnis*, dem Roman von Larry McMurtry. Abgesehen davon deutete nichts darauf hin, dass hier jemand wohnte.

»Wo sind denn all deine Sachen?«, fragte ich.

»Hinten im Schlafzimmer«, antwortete er. »In Kisten.«

Chuck Norris wollte an Duncan hochspringen, aber ich hielt ihn davon ab.

»Ich darf ihm nicht so viel Aufmerksamkeit schenken«, meinte Duncan, während wir weiterschlurften. »Keine persönliche Zuwendung«, fügte er hinzu, als müsste er sich das selbst in Erinnerung rufen.

Ich wusste, dass Duncan diesem Hund mitnichten seine Zuneigung entzog. Immer wieder hatte ich gesehen, wie er für ihn auf dem Schulhof Stöckchen warf. Natürlich hatte ich das nur rein zufällig beobachtet.

»Aber er ist so flauschig und so niedlich!«, wandte ich ein.

»Genau«, sagte Duncan. »Er macht mit dir, was er will, weil er so niedlich ist. Er schaut dich mit diesen großen Dackelaugen an, bis du tust, was er will.«

Inzwischen hatten wir es bis ins Schlafzimmer geschafft. Ich setzte Duncan auf dem Bettrand ab, und dort verharrte er einen Moment unbeweglich. Daraufhin ließ sich auch Chuck Norris in einer Ecke nieder, kreuzte die Vorderpfoten und beobachtete uns mit strahlenden Augen.

»Siehst du?«, flüsterte Duncan. »Er macht es schon wieder.«

»Heute Abend kümmere ich mich um ihn«, sagte ich. »Du musst dich ausruhen.«

Später würde ich Chuck Norris mit zum Strand nehmen, ich würde ihm auch frisches Wasser geben und seinen Fressnapf auffüllen. Aber erst einmal musste ich mich um Duncan kümmern.

»Okay«, sagte ich und sah mich um. »Die Krankenschwester hat gesagt, dass du was anderes anziehen sollst. Was hast du dir eigentlich dabei gedacht, im Anzug zu einer OP zu erscheinen?«

Duncan zuckte mit den Schultern. »Aus Respekt vor dem ernsten Anlass.«

»Warte hier.«

Ich ging zu seinem Kleiderschrank, um eine weiche Jogginghose zu suchen. In einer Schublade fand ich T-Shirts. Ich hatte eigentlich erwartet, dass alle Kleidungsstücke ordentlich zusammengelegt, identisch und einheitlich grau wären, damit sie zu seinen Anzügen passten, aber stattdessen sprangen mir bunte Farben und Sprüche entgegen. Ein grünes Shirt mit einem Igel darauf, daneben stand: BAD HAIR DAY. Ein blaues Shirt mit der Aufschrift: TAUTOLOGIE-FANCLUB: ES IST, WAS ES IST. Auf

262

einem anderen war Bill Murray abgebildet, daneben stand: DON'T MESS WITH ME, PORK CHOP!

Diese Sachen gehörten eindeutig dem alten Duncan.

Ich zog ein besonders weiches, rotes Shirt heraus, auf dem ein Hammer abgebildet war, daneben stand: DAS IST KEIN BOHRER. Dann kramte ich weiter nach einer Jogginghose.

Duncan wartete ergeben, die Beine angewinkelt, die Augen geschlossen.

Ich legte ihm den Stapel Klamotten auf den Schoß.

»Schaffst du das alleine, Kumpel?«, fragte ich.

»Ja, klar«, sagte er und streckte die Daumen nach oben. »Das schaffe ich.«

Aber als er aufstand und sich vornüberbeugte, um einen Schuh auszuziehen, verlor er das Gleichgewicht, kippte nach rechts – zum Glück auf seine gesunde Seite – und stürzte zu Boden.

»Hoppla!«, rief ich und ging in die Hocke, um nach ihm zu sehen. In diesem Moment beschloss auch Chuck Norris nachzusehen, was der ganze Krawall sollte, und trottete zu uns.

»Ja, hoppla«, sagte Duncan, als ich mich über ihn beugte, um ihm hoch zu helfen. Er war wirklich kein Leichtgewicht.

»Rücken gerade beim Heben!«, rief er.

»Du könntest ein bisschen mithelfen«, sagte ich.

Daraufhin hockte sich Duncan hin und stieß sich so kräftig ab, dass wir beide ins Taumeln gerieten und aufs Bett fielen.

263

Er landete auf mir.

Wieder einmal. Genau wie am Strand.

Nur mit weniger Sand diesmal.

Einen Moment verharrten wir regungslos in dieser Stellung – ich sah nach oben, er nach unten, sein Brustkorb drückte auf meinen, und seine Hände ruhten auf beiden Seiten neben meinem Kopf, während er sich von der Matratze abstützte.

»Ich habe Bedenken, dass wir dir wehtun«, sagte ich.

»Ich nicht.«

Die Zeit blieb stehen. Kein Geräusch war zu hören, außer unserem Atem. Ich sah nur noch seine Augen, die zugleich zu strahlen und dunkler zu werden schienen.

Seine Brust an meiner. Sein Atem an meinem Hals.

Ich sah nicht weg und er auch nicht … bis er seinen Blick auf meinen Mund senkte. Und da wusste ich auf einmal, dass er mich küssen wollte. Ich konnte es in seinem Gesicht lesen, so deutlich, als hätte er es ausgesprochen.

War das eine gute Idee? War es richtig, das zu tun? War es angemessen? Oder klug? War es überhaupt medizinisch ratsam?

Ich hatte keine Ahnung.

Aber ich wusste, dass es passieren würde, noch ehe es passierte. Ich spürte, was er vorhatte. Und ich hätte etwas tun können, um ihn zu entmutigen oder abzulenken. Ich hätte mich wegdrehen oder aufrappeln können, oder ich hätte mich gegen seine Brust stemmen und ihn wegschieben können.

Aber ich tat nichts von alledem.

264

Stattdessen sah ich zu, wie er den Blick wieder hob, und als er mir in die Augen sah, hielt ich seinem Blick stand, offen, bereit und verletzlich.

Dann senkte er den Kopf – genau wie wir uns das beide gewünscht hatten – und legte seine Lippen auf meine. Und ich erwiderte den Kuss.

All die schmerzliche Sehnsucht, die ich in seiner Gegenwart immer gespürt hatte, schmolz im selben Moment dahin, in dem sein Mund den meinen berührte. In Duncans Kuss lag Wärme – er war fest und weich und drängend zugleich, und ich wette, dass ich all das erwiderte, aber was mir am deutlichsten in Erinnerung blieb, war diese unmögliche Kombination von Gegensätzen: Es fühlte sich gefährlich und zugleich sicher an, schockierend und beruhigend, elektrisierend und entspannend. Unmöglich und unvermeidlich.

Als hätten wir die normale Welt verlassen und wären an einem Ort gelandet, wo alles passieren konnte.

Und ich gab jeden Widerstand auf und ließ die widersprüchlichen Gefühle zu: Ich war wachsam und entspannt, wach und traumtänzerisch, verloren und gefunden zugleich.

Er sank auf einen Ellenbogen, um mir mit einer Hand über das Haar zu streichen, dann über meinen Hals, meine Schulter. Ich ließ zu, dass er mich liebkoste, an sich zog, berührte und – wie soll ich sagen – erkundete, freilegte, entzündete.

Doch dann …

Duncan verlagerte sein Gewicht – schnappte plötzlich nach Luft und zog sich zurück.

Ich öffnete die Augen.

Er stöhnte.

»O mein Gott!« Mit einem Schlag war ich wieder zurück in der Wirklichkeit. »Ist es schlimm?«

»Ich – habe mich nur falsch bewegt.«

Vorsichtig schob er sich wieder zurück in eine angenehmere Position, und sein Gesicht entspannte sich ein wenig.

Ich wand mich unter ihm heraus. »Lieber Gott«, sagte ich. »Was tun wir da? Das dürfen wir nicht!«.

»Es ist nur ein Krampf. Es ist schon so gut wie vorbei«, beschwichtigte Duncan, aber seine Miene war noch immer verkniffen. »Es geht mir gut.«

»Es geht dir gar nicht gut«, sagte ich. »Du hattest gerade erst einen chirurgischen Eingriff…«

Er knurrte: »Kryochirurgisch.«

»Das macht es auch nicht besser!«

»Mir geht es gut.«

Er setzte sich am Bettrand auf wie zuvor schon – der Schmerz, der ihn gerade durchzuckt hatte, hatte ihm sichtlich zugesetzt – und presste seine Hand auf die Seite.

Ich stand auf und ging um das Bett herum zu ihm. »Haben wir grade was kaputt gemacht?«, fragte ich. »Soll ich die Krankenschwester rufen?«

»Es ist nur ein Krampf«, sagte er. »Es geht schon.«

Wie zum Beweis sah er zu mir auf und lächelte mich an. Seine Haare fielen ihm unordentlich in die Stirn. Ganz der alte Duncan. Da war er.

Ich sah ihn wohl einen Moment verzückt an, ehe ich zu mir kam.

»Himmel! Ich habe die Situation ausgenutzt! Du stehst unter Drogen!« Ich hätte mich nur um ihn kümmern sollen und nicht – was auch immer das gerade gewesen war.

Er brach spontan in Gelächter aus. »Selbst wenn du wolltest, könntest du mich nicht ausnutzen.«

»Es tut mir furchtbar leid«, sagte ich.

»He«, erwiderte er, »nichts davon ist deine Schuld. Ich bin eben unwiderstehlich.«

Ich stieß verächtlich die Luft aus.

Nun schien es ihm tatsächlich besser zu gehen, und er schenkte mir ein überglückliches Lächeln.

»Du hast mich gerade geküsst!«

»Ähm, du hast mich geküsst, mein Lieber.«

Aus dem Lächeln wurde ein Grinsen. »Schon, aber du hast den Kuss erwidert.«

»Nur weil du auf mir gelandet bist.«

»Das sollte ich öfter machen.«

Aber dabei schüttelte er den Kopf, als könnte er es selbst nicht glauben.

»Bilde dir nur nicht zu viel darauf ein«, meinte ich. »Du wirst es sowieso vergessen.«

»Ich werde das nicht vergessen«, sagte er. »Selbst wenn ich nichts mehr davon weiß, werde ich mich daran erinnern.«

Ich versuchte meine Gedanken zu ordnen. »Wir müssen uns auf das Wesentliche konzentrieren«, stellte ich fest. Dann sagte ich etwas, das er unter diesen Umständen nur falsch verstehen konnte: »Wir müssen dich aus diesen Klamotten raus und ins Bett kriegen.«

Er lächelte mich schief an. »Bin dabei.«

Ich stieß einen knurrenden Seufzer aus. »Du weißt, wie ich das meine.«

Sonnenklar, dass ich noch nie in einer auch nur ansatzweise vergleichbaren Situation gewesen war. Es blieb immer noch das Problem, dass er irgendwie diesen Anzug ausziehen musste. »Kannst du dich … allein umziehen?«, fragte ich hoffnungsvoll.

Duncan nickte zuversichtlich. »Ja, klar«, sagte er.

Aber er blieb reglos sitzen und starrte nur auf die Jogginghose, als wüsste er nicht recht, was er damit anfangen sollte.

»Oder vielleicht könnte ich doch ein kleines bisschen Hilfe gebrauchen.«

Ich seufzte. Aber es war schließlich nichts dabei. Das hier war eine rein medizinische Angelegenheit. Ich hatte schon früher mal einen Mann ausgezogen. Das war kein Hexenwerk. Ich setzte eine ernste Miene auf, um dem Ganzen einen möglichst neutralen Anstrich zu geben, dann sagte ich: »Halt still. Ich helfe dir.«

Er saß noch immer auf der Bettkante. Leicht schwankend.

Ich fingerte an dem Krawattenknoten herum, um die Seidenkrawatte zu lösen – und selbst ein so banales Vorhaben hatte nach diesem Kuss etwas Aufregendes. Mit einem Zip zog ich ihm die Krawatte vom Hals und warf sie auf einen Stuhl, der neben dem Bett stand.

Sexy.

»Du duftest wunderbar«, sagte er. »Aber das wusste ich schon vorher.«

»Bitte … konzentrier dich.«

Als Nächstes zog ich ihm seine steifen Oxfords von den Füßen und beförderte sie mit Schwung in die Ecke des Zimmers. Dann streifte ich ihm die schwarzen Socken ab, und er winkte mit den Zehen, als würden sie mich begrüßen. Dann stand ich auf. Ich machte ein noch ernsteres Gesicht und schickte ein Stoßgebet zum Himmel, dass er zumindest Unterwäsche trug. Ich trat näher an ihn heran, machte seinen Gürtel auf und öffnete Hosenbund und Reißverschluss, alles mit schnellen Bewegungen. Nun musste er aufstehen, damit ich ihm die Hose herunterziehen – dem Himmel sei Dank, er trug Boxershorts – und in die Trainingshose hineinhelfen konnte.

All das war unausweichlich sexy. Nachdem wir so weit gekommen waren, dachte ich, dass wir das Schlimmste geschafft hätten.

»Okay, mein Freund, kannst du dir das Hemd selbst ausziehen?«

Dabei hätte das Hemd nach der Hose eigentlich ein Kinderspiel sein müssen.

Duncan nickte, aber dann kam er mit den Knöpfen nicht zurecht. Ich sah ihm bei seinem Vorhaben zu, bis mir klar war, dass der Versuch zum Scheitern verurteilt war. Also half ich ihm. Auf einmal legte er seine Hände auf meine, sah mir in die Augen und sagte: »Danke.«

»Nicht der Rede wert«, entgegnete ich.

»Sonst kümmert sich nie jemand um mich«, sagte er, als wäre das eine faszinierende Tatsache, die ihm gerade aufgefallen war. »Das ist angenehm.«

»Um mich kümmert sich auch nie jemand.«

Er wand sich aus dem Hemd, und ich nahm einen Hauch seines Deodorants wahr. Es erinnerte mich an eine Duftkerze, die ich mal gehabt hatte. *Winter Beach*. Jetzt war das Unterhemd dran. Ich fasste es am Saum, und er hob bereitwillig die Arme. Ich zog das Hemd nach oben und über seinen Kopf – und dabei sah ich seinen bloßen Oberkörper.

In diesem Moment wusste ich, was er mit »Wrack« gemeint hatte. Seine gesamte linke Körperhälfte war von der Achsel bis zur Hüfte mit Narben übersät.

14

Ich schnappte nach Luft und wich eine Spur zurück. Ich wollte das nicht, konnte aber nicht anders. Es sah aus, als hätte ihn jemand mit einem Fleischermesser in Scheiben geschnitten und anschließend wieder zusammengetackert.

Als er meine Reaktion bemerkte, schien es ihm auch wieder einzufallen. »Schau nicht hin!«, sagte er – noch immer so neben der Spur, dass er sich tatsächlich selbst die Hand vor die Augen hielt. »Tu so, als hättest du das alles nicht gesehen.«

Natürlich hatte ich irgendeine Art von Wunde erwartet. Ich wusste schließlich, dass er gerade an dieser Seite operiert worden war, um irgendwelche Narben zu behandeln. Auf der Fahrt hierher hatte ich die Anweisungen überflogen, was nach der Operation alles zu beachten sei. Was hatte ich erwartet? Vielleicht einen sterilen Verband?

Ich weiß es nicht. Irgendetwas ... Kleineres. Nicht ... das hier.

Eine dicke, dreißig Zentimeter lange Operationsnarbe zog sich über seinen Brustkorb, von der Achsel bis hinunter zur untersten Rippe. Es war keine klare Linie – sie war dunkelrot und zerfranst, geschwollen und fleckig, böse und chaotisch. Rote Striemen auf beiden Seiten zeigten die Stellen an, wo sie ihn wieder zusammengeflickt hatten. Weiter unten, an seiner Hüfte, entdeckte ich einen weiteren, kleineren Operationsschnitt mit kreisförmigen Narben darunter. Und zur Bauchmitte hin, auf seiner Brust direkt unter der Brustwarze, waren zwei runde Flecken mit Narbengewebe, die auf den ersten Blick aussahen wie ... das mussten ...

»Duncan, was ist passiert?«

»Weißt du das nicht?« Er sah mich ungläubig an.

Jetzt hielt ich ihn an den Schultern fest. »Ich weiß gar nichts! Erzähl es mir.«

»Na ja, man hat auf mich geschossen.«

»Wann? Wie? Wer hat auf dich geschossen?«

»An der Schule, wo ich vorher war. Aber es hat nicht nur mich getroffen. Auch ... ein paar andere.«

»Duncan«, ich schüttelte den Kopf, »was sagst du da?«

»Na ja, so war's. Ich wollte nicht, dass dir jemand davon erzählt. Ich wollte es für mich behalten. Ich habe wohl auf einen Neuanfang gehofft.«

Jetzt machte auf einmal alles Sinn. »Ein Amoklauf an der Schule?«

Duncan nickte. »An der Webster School. Ein Todesopfer, zwei Schwerverletzte.«

»Ich glaube, ich habe davon gehört.«

Auf einmal wirkte Duncan angespannt. »Na ja, es passiert so viel heutzutage, da kommt man manchmal nicht mehr mit.«

»Ich wusste noch nicht einmal, dass du an dieser Schule unterrichtet hast.«

»Wir haben uns wirklich aus den Augen verloren, nicht wahr?«, sagte Duncan, mehr zu sich selbst als zu mir.

»Tut es weh?«

»Ja und nein«, antwortete er. »Inzwischen ist mein größtes Problem, dass das Narbengewebe unter der Haut verhärtet, und das ist unangenehm – das war der Anlass für die Operation. Sie mussten minimi…«, er hielt inne, als könnte er seine Lippen nicht dazu bringen, das Wort auszusprechen, »minima…«

»Minimalinvasiv?«

Er nickte zustimmend. »Du kennst dich aus.«

»Also mussten sie nicht nähen.«

»Die Krankenschwester meinte, es würde sich wie ein blauer Fleck anfühlen. Ein sehr großer blauer Fleck.«

»Darf ich es mir noch einmal anschauen?«, fragte ich.

»Wenn du das aushältst.«

Duncan hob den Arm über den Kopf. Ich beugte mich vor und betrachtete die Narbe entlang seines Brustkorbs bis zum Rücken. Es war ein schlimmer Anblick – der Beweis, wie schwer verletzt er gewesen war. Ich konnte an nichts anderes denken, aber gleichzeitig war ich mir auch anderer Dinge sehr bewusst: seiner Körperwärme, wie nah ich seiner bloßen Schulter war, wie er atmete, während er wartete, dass ich mich von der Narbe abwandte. Ich nahm seine Muskeln und seine weiche Haut wahr, seine lebendige Anwesenheit, hier, direkt neben mir, all die Energie und Bewegung, ganz verhalten, nur Zentimeter von mir entfernt.

Ich hätte es ahnen müssen. Natürlich hatte er eine Vergangenheit, über die ich nichts wusste. Natürlich war er voller Widersprüche. Natürlich erzählte sein Leben eine vielschichtige, ganz eigene Geschichte. Traf das nicht auf jeden Menschen zu?

»Eigentlich hätte ich tot sein müssen«, sagte Duncan jetzt, als ich mich wieder aufrichtete. »Das haben alle gesagt. Alle dachten, dass ich sterben würde. Ich dachte sogar selbst, dass ich tot wäre, als ich da lag.«

Ich trat einen Schritt zurück, um ihm in die Augen sehen zu können. »Ich bin froh, dass du nicht gestorben bist«, sagte ich.

»Ich auch«, meinte er. »Meistens jedenfalls.«

»Was ist passiert?«

Aber Duncan schüttelte den Kopf. »Darüber rede ich nicht.«

»Niemals? Mit niemandem?«

»Nein. Ich kann nicht. Nicht mal, wenn ich mit diesen Drogen zugedröhnt bin, die Aphrodisie auslösen.«

»Amnesie?«

»Genau. Das klingt besser.«

Er saß nach wie vor auf der Bettkante, die Füße leicht geöffnet, ich dazwischen. Er hatte noch immer nichts übergezogen, und jetzt wurde mir das erst richtig klar.

Da saß er. Oben ohne.

Ich nahm alles genau wahr, ließ meinen Blick von der Kuhle über seinem Schlüsselbein zu seinen breiten Schultern wandern, dann weiter nach unten und seitlich, wo es besonders schlimm aussah.

Wieder sah ich ihm in die Augen. Was sollte ich sagen? Was gab es zu sagen? Als ich schließlich weiterredete, zitterte meine Stimme. »Ich wünschte, ich könnte es irgendwie besser machen.«

Duncan sah mich ruhig an. Und ohne den Blick zu senken, legte er bedächtig beide Hände an meine Hüften und zog mich an sich.

Ich trat zwischen seine Knie, um ihm näher zu kommen. Er schlang seine Arme um meine Taille und schmiegte den Kopf an mich, hielt mich fest. Mit der einen Hand streichelte ich seine Schulter, mit der anderen strich ich ihm über den Kopf. Ich spürte seine im Nacken kurzgeschnittenen Haare weich an meiner Handfläche.

Warum nicht? Morgen früh würden wir sowieso alles vergessen haben.

Eine Weile blieben wir so, dann sagte er: »Ich dachte, das würde es besser machen, aber vielleicht macht es alles nur noch schlimmer.«

»Ist schon in Ordnung«, sagte ich.

»Wirklich?« Es klang verträumt, als hätte er die Augen geschlossen. »Ich bin mir da nicht so sicher.«

»Du musst dich jetzt hinlegen und ausruhen.«

»Alles klar«, sagte er, ohne loszulassen.

Ich ließ ebenfalls nicht los.

Seine Arme fühlten sich so beruhigend und sicher an, und ich blieb einfach so stehen und genoss es.

Dieser Moment würde alles verändern. Ich wusste nicht, wie. Aber ich wusste, dass danach nichts mehr so sein würde wie zuvor.

Als sein Atem regelmäßiger wurde, als ob er an meinem Bauch eingeschlafen wäre, legte ich ihn behutsam aufs Bett und deckte ihn zu. Mit geschlossenen Augen schmiegte er sich in das Kissen. Ich konnte einfach nicht anders: Ich blieb noch einen Augenblick stehen und streichelte ihm übers Haar.

Aber auch das war in Ordnung. Er war bereits eingeschlafen.

Ich lehnte die Schlafzimmertür hinter mir an und ging in die Küche, um nach etwas Essbarem zu suchen. Vor der nächsten Runde Schmerzmittel musste er etwas zu sich nehmen. Ich sah auf die Uhr und las noch einmal die Anweisungen der Ärzte. Nachher musste ich ihn wecken, damit er eine Tablette nahm, ehe die Schmerzen zurückkamen. Und davor würde er etwas essen müssen.

In der Speisekammer fand ich eine Dosensuppe. Ich stellte sie neben den Herd und sah mich dann weiter im Haus um. Ich ärgerte mich über meine Neugier, rechtfertigte mein Verhalten aber gleichzeitig vor mir selbst.

Die Narben hatten mich schockiert, so viel stand fest.

Allein ihr Ausmaß. Ihre aggressive, satte Farbe: Sie sahen böse aus.

Gedankenversunken streifte ich durch die Wohnung. Deshalb also war er so versessen auf Sicherheit. Deshalb nannte er unsere süße, sonnige Schule einen Albtraum. Er hatte den Katastrophenfall miterlebt. Er war direkt davon betroffen gewesen.

Auf dem Fensterbrett in der Küche standen ein paar

276

kleine Kakteen, die aussahen, als würden sie gleich eingehen. Unwillkürlich fragte ich mich, wie man es schaffen
konnte, einen Kaktus eingehen zu lassen.

In diesem Moment klingelte Duncans Handy.

Erst wollte ich nicht drangehen – aber dann hörte es einfach nicht auf zu klingeln, und ich fand es schließlich auf
seinem Nachttisch. Während ich versuchte, es irgendwie
zum Schweigen zu bringen, sah ich, dass es Helen war.

Also nahm ich den Anruf entgegen.

»Hallo!«, sagte sie. »Wie geht es ihm?«

»Gut, glaube ich. Er schläft.«

»Bleiben Sie heute Abend bei ihm?«

»Ich habe gerade noch einmal die ärztlichen Anweisungen
gelesen. Ich sollte besser hierbleiben. Nur für den Fall.«

»Sie sind die Beste.«

»Es macht mir nichts aus. Ich schlafe auf dem Sofa.«

»Er hat wirklich Glück, dass Sie da sind. Eigentlich sollte
ich mich um ihn kümmern, aber dann ist unsere neunzig-
jährige Großmutter krank geworden.«

»Das tut mir leid.«

»Nur eine leichte Lungenentzündung. Sie ist zäh wie
Leder.«

»Ich wollte mit Ihnen reden …«, fing ich an. »Ich habe
die Narben gesehen.«

»Oh«, sagte Helen. »Na ja, ich bin froh darüber. Ich war
von Anfang an dagegen, dass er es unbedingt vor Ihnen
geheim halten wollte.«

»Im Moment hält er gar nichts mehr geheim. Sie haben
ihn heftig zugedröhnt.«

277

»Das kann ich mir vorstellen.«

»Also …« Ich wollte die ganze Geschichte wissen, wusste aber nicht, wie ich danach fragen sollte. »Scheint wirklich schlimm gewesen zu sein.«

»Es war wirklich schlimm«, bestätigte Helen. »Er wurde dreimal angeschossen. Erst ein Streifschuss, aber eine zweite Kugel traf ihn mitten in den Bauch, eine dritte in die Brust. Es wäre schon mit normalen Patronen schlimm gewesen, aber der Täter hatte Militärmunition, die darauf ausgelegt ist, möglichst viel Schaden anzurichten.«

»Die Narben sind …« Ich hielt inne, um nach dem richtigen Wort zu suchen, aber mir fiel nichts ein. »Die Narben sind furchtbar.«

»Der Bauchschuss hat einen Teil des Darmes zerstört«, erklärte Helen weiter. »Das führte zu einer Blutvergiftung, an der er beinahe gestorben wäre. Der Schuss, der ihn in die Brust getroffen hat, durchlöcherte die Lunge. Beim Austreten hat sie sie förmlich pulverisiert. Sie mussten einen Teil seines Brustkorbs aufsägen, um alle Knochensplitter und Gewebefetzen auszuräumen und das wiederherzustellen, was noch übrig war.«

»Kaum zu glauben, dass er nicht gestorben ist.«

Helens Stimme zitterte. »Er hat überlebt, ja.«

»Aber er ist ein anderer geworden«, brachte ich den Satz für sie zu Ende.

»Er bringt es nicht fertig, darüber zu reden. Er will nicht nach Hause kommen. Er will sich nicht helfen lassen.«

»Das will er allerdings nicht.«

»Ich möchte daran glauben, dass er sich erholt. Aber ich

mache mir Sorgen, dass es ihm in Wahrheit immer schlechter geht.«

»Ich werde ein Auge auf ihn haben«, sagte ich. »Ich tue, was ich kann.«

»Danke, dass Sie bei ihm sind«, sagte Helen. Dann fragte sie: »He, wie geht es den Kakteen?«

Ich runzelte die Stirn. »Sie meinen – die auf dem Fensterbrett in der Küche?«

»Ja, genau.«

Ich ging hinüber zum Küchenfenster und warf einen prüfenden Blick auf die Pflanzen. Sogar ich erkannte, dass sie so gut wie tot waren. »Ihre Zeit auf Erden neigt sich dem Ende entgegen«, sagte ich.

»Mausetot oder nur so gut wie tot?«

»Ich würde sagen, zu neunundneunzig Prozent tot. Wie tötet man denn Kakteen? Sie brauchen doch nicht einmal Wasser!«

»Das ist es ja gerade«, sagte Helen. »Er kann es einfach nicht lassen, sie zu gießen.«

»Weiß er denn nicht, dass man Kakteen nicht gießen soll? Allerhöchstens einmal im Monat.«

»Das ist gerade das Problem.«

»Er gießt sie viel zu viel!« Jetzt hatte ich es verstanden. »Er kann nicht damit aufhören. Er vernachlässigt sie nicht, er ertränkt sie!«

»Armer Duncan«, sagte Helen. »Er kann einfach nicht anders. Er ist ein Kümmerer.«

Darüber dachte ich einen Moment nach. »Ich vermisse wirklich den Kerl, der er einmal war.«

279

»Himmel, ja, ich auch«, sagte Helen. »Und soll ich Ihnen mal was sagen? Ich glaube, Duncan vermisst ihn auch.«

Zum vorgesehenen Zeitpunkt brachte ich Duncan eine Tasse Suppe und eine starke Schmerztablette.

Er lag auf der Seite, die Beine angezogen, und hatte sich in die Decke gekuschelt.

»Hi«, sagte ich sanft und berührte ihn an der Schulter. »Es ist Zeit für eine Suppe und deine Medizin.«

Langsam setzte er sich auf. Ich versuchte, ihm die Tasse zu reichen, aber stattdessen schlurfte er zur Toilette und verbrachte dann einige Zeit damit, sich die Zähne zu putzen. Die Tür zum Badezimmer war nur angelehnt. Ich konnte seinen Ellbogen durch den Spalt sehen.

»Warum stehen auf deinem Fensterbrett tote Kakteen?«, fragte ich.

Ich sah, wie er sich über das Waschbecken beugte und ausspuckte. »Sie sind nicht tot. Noch nicht. Jedenfalls nicht ganz.«

»Ich meine, wie schaffst du es, Kakteen umzubringen? Du musst doch nichts weiter tun, als sie nicht zu gießen.«

»Bei dir klingt das so einfach.«

»Es ist einfach.«

»Für mich nicht«, sagte Duncan und legte den Kopf in den Nacken, um zu gurgeln.

»Hör zu«, sagte ich. »Jedes Mal, wenn du versucht bist, sie zu gießen … lass es einfach.«

Er spuckte in das Waschbecken, spülte sich den Mund aus, wusch sich das Gesicht und kam zurückgeschlurft. Er hatte immer noch kein Shirt an, und sein Anblick, als er sich auf der Bettkante niederließ, seitlich angeleuchtet von der Flurlampe, war irgendwie nicht stimmig: Seine Schultern und Arme waren muskulös, aber eine Körperhälfte war von Narben überzogen. Ein Bild von Gesundheit – und Zerstörung.

»Danke, dass du da bist«, sagte er.

Ich gab ihm die Suppentasse. »Trink so viel, wie du kannst.«

Duncan nahm die Suppe. Dann sagte er: »Meine Schwester schickt mir einfach immer wieder diese Kakteen. Ich weiß, dass ich sie nicht gießen sollte. Aber ich mache es trotzdem.«

»Du ertränkst sie.«

»Das kommt hin.«

»Wie wäre es, wenn du sie woanders hinstellen würdest?«

Er nahm einen Schluck Suppe. »Hab ich schon versucht. Hat nicht geklappt.«

»Vielleicht solltest du dir andere Pflanzen besorgen. Welche, die es mögen, wenn man sie gießt.«

»Zu spät.«

Er nahm einen kräftigen Schluck von der Suppe, dann gab ich ihm die Tablette, und er spülte sie mit dem letzten Rest Brühe herunter.

Danach half ich ihm wieder ins Bett und deckte ihn zu, als wäre er ein kleines Kind.

Er klopfte neben sich auf die Matratze und sagte: »Setz dich kurz zu mir.«

In wenigen Augenblicken wäre er sowieso eingeschlafen.

281

»Aber nur kurz«, sagte ich und setzte mich so, dass ich ihn anschauen konnte.

Er sah mir einen Moment in die Augen, dann sagte er: »Ich hasse die Nacht. Ich kann überhaupt nicht mehr schlafen. Beim kleinsten Geräusch stehe ich im Bett.«

Ich griff nach dem Handy auf dem Nachttisch. Ich hatte gedacht, er hätte seine Augen wieder geschlossen, aber als ich kurz aufsah, beobachtete er mich.

»Ich werde dir meine Lieblings-App herunterladen, mit Hintergrundgeräuschen.«

Duncan sah mich weiter an.

Ich spielte ihm verschiedene Geräuschkulissen vor. »Was möchtest du haben?«, fragte ich und bemühte mich um einen neutralen Ton. »Meeresrauschen? Wasserfall? Wasserhahn?«

»Du suchst aus.«

Aber ich fragte weiter: »Motorengeräusch? Geschirrspüler? Lagerfeuerknacksen? Man kann sie auch miteinander kombinieren.«

»Ich vertraue deinem Urteil.«

Schließlich stellte ich ihm das ein, was auch ich mir heruntergeladen hatte: Gewitter, Lastwagen und schnurrende Katze.

»Das hier wird dein Leben verändern«, sagte ich und drehte die Lautstärke ein wenig hoch.

»Perfekt«, sagte er mit geschlossenen Augen. »Ich wusste immer, dass du mein Leben verändern würdest.«

»Du solltest jetzt versuchen zu schlafen.« Ich legte sein Handy auf den Nachttisch.

»Sam?«, fragte er.

»Ja?«

»Es tut mir leid wegen der Schmetterlinge.«

Oh. »Mir auch.«

Wieder fielen ihm die Augen zu. »Ich muss doch versuchen, alle zu beschützen.«

Unwillkürlich streckte ich die Hand aus und strich ihm übers Haar. »Niemand kann alle beschützen.«

Er schlief schon halb. »Ich muss es versuchen.«

Ich blieb noch einen Moment bei ihm, bis ich annahm, dass er eingeschlafen wäre, aber als ich aufstehen wollte, nahm er meine Hand und zog mich zu sich aufs Bett. »Bleib bei mir.«

»Das geht nicht. Ich bin gleich nebenan.«

»Bleib hier«, sagte er und schloss die Augen. »Wir werden doch sowieso alles vergessen.«

»Du wirst alles vergessen«, sagte ich.

»Ach ja, richtig.«

Ich wartete, bis er wirklich eingeschlafen war. Dann hätte ich eigentlich hinaus ins Wohnzimmer gehen und mich auf dem Sofa zusammenrollen können. Er hätte es gar nicht bemerkt.

Aber ich blieb.

Ich ging um das Fußende herum, streifte meine Schuhe ab und kuschelte mich neben ihn. Und als Chuck Norris auf das Bett sprang, um zu unseren Füßen zu schlafen, beschloss ich, dass auch das zu den vielen Dingen gehörte, die Duncan vergessen würde ... und ich ließ ihm seinen Willen.

15

Am nächsten Morgen wachte ich um sechs Uhr auf, zog meine Schuhe an, packte Duncans Kakteensammlung ein, um sie im Rahmen einer Not-OP zu retten, und schlich mich dann aus dem Haus, um ein Taxi zu bestellen. Ich musste mir über vieles klar werden.

Tatsache war: Ich war mit Duncan Carpenter ins Bett gegangen. Also irgendwie. Es war nicht ganz das gewesen, wonach es klang, aber es war trotzdem ziemlich irre.

Ich schob es auf seinen nackten Oberkörper. Und auf seine Geständnisse. Und darauf, dass er mich die ganze Zeit so verliebt angesehen hatte.

O ja, und natürlich auf diesen unglaublichen, umwerfenden, legendären Kuss. Himmel! Ich bin schließlich auch nur ein Mensch.

Auf der Heimfahrt schrieb ich eine Nachricht an Babette und Alice, dass sie mich in Babettes Küche treffen sollten.

Anders, als ich erwartet hatte, tauchte Alice als Erste auf. Aber Babette war eben kein Morgenmensch.

»Was ist los?«, fragte Alice, als ich sie zur Hintertür hereinließ.

»Eine schockierende Wendung der Dinge!«, verkündete ich. »Duncan Carpenter hat mich geküsst.«

Alice war überhaupt nicht schockiert. »Hast du das denn nicht kommen sehen?«

»Nein! Du etwa?«

»Im Lehrerzimmer laufen zu diesem Thema schon seit Wochen die Wetten.«

»Alice! Du darfst niemandem davon erzählen!«

»Keine Sorge, Pünktchen. Ich werde schweigen wie ein Grab.« Dann schüttelte sie den Kopf. »Ich kann echt nicht glauben, dass es so lange gedauert hat.«

»Alice!«, schimpfte ich sie wieder aus. »Er ist mein Chef.«

»Max war auch Babettes Chef.«

»Das kann man doch gar nicht vergleichen!«

»Ich meine ja nur. Mildernde Umstände.«

»Alice! Er ist der Feind! Er hat die Schmetterlinge übermalen lassen!«

»Mit abwaschbarer Farbe.«

»Wenn es stimmt.«

Alice musterte mich. »Willst du damit sagen, dass es ein schlechter Kuss war?«

Ich schüttelte den Kopf. »Es war ein unglaublicher Kuss.«

Sie lächelte zufrieden. »Wer hat wen geküsst?«

»Er hat mich geküsst. Aber erst, nachdem er auf mir lag.«

»Klassischer Fall. Zwischen euch hat es schon am ersten Tag gefunkt.«

Ich schüttelte den Kopf. »Das ist alles eine einzige Katastrophe.«

»Falsch«, erklärte Alice. »Vom mathematischen Standpunkt aus gesehen, war es beinahe unvermeidlich.«

»Alice«, sagte ich. »Mit Mathematik hat das doch gar nichts zu tun. Glaub mir. Lass dir das gesagt sein von einer Frau, die das große Einmaleins nie auswendig gelernt hat.«

Aber Alice zählte nun verschiedene Argumente auf, um ihre Theorie zu stützen: »Ihr seid beide wunderbar. Ihr seid beide alleinstehend. Ihr seid beide einsam. Ihr zieht euch gegenseitig magnetisch an. Und du verkörperst genau das Gegenteil zu seinem Unglück. Kann man also sagen, dass ihr zu hundert Prozent füreinander bestimmt seid?«

»Füreinander bestimmt?«, echote ich zweifelnd.

»Statistisch gesehen, ja. Mathematisch gesehen funktioniert es auf jeden Fall.«

»Das hat wirklich alles rein gar nichts mit Mathematik zu tun.«

Alice sah mich mitleidig an, als wäre ich schrecklich naiv. »Alles hat mit Mathematik zu tun.«

Ich seufzte.

»Ich sage ja nur, dass sich eure Kurven in einem Graphen auf jeden Fall geschnitten hätten«, sagte Alice mit einem Lächeln.

Ich deutete mit dem Zeigefinger auf sie. »Eben nicht.«

Aber ihr schien das alles großen Spaß zu machen. »Wenn ihr geometrische Sätze wärt, dann hättet ihr euch schon vor Wochen selbst bewiesen.«

»Alice!«

Aber sie konnte einfach nicht aufhören. »Wenn ihr eine

286

Gleichung wärt, dann würdet ihr euch beide nach x auflösen, wenn du verstehst, was ich meine.«

»Hör auf damit!«

Als sie die Dringlichkeit in meiner Stimme hörte, richtete sie sich auf. »Tut mir leid.«

»Es ist eine schlimme Situation«, sagte ich.

»Was genau ist noch mal schlimm daran?«

Aber darauf wusste ich nichts zu sagen.

Weil es zu gut war. Weil ich ihn jetzt noch viel mehr begehrte und weil das auf keinen Fall gut ausgehen konnte. Weil er sich niemals an diesen Kuss erinnern und ich ihn niemals vergessen würde.

»Es ist eine schlimme Situation«, wiederholte ich, »weil es so gut war.«

»O Sam«, meinte Alice.

Verstand sie, was ich meinte? Konnte sie das überhaupt? Ich war nicht einmal sicher, ob ich es selbst verstanden hatte. Ich war mir nur dieses einen Gefühls bewusst – dass ich ein schreckliches Geheimnis über mich selbst mit mir herumtrug ... ein Geheimnis, das jederzeit alles zerstören konnte.

Ich versuchte es zu erklären, ohne es direkt auszusprechen. »Wenn man sich verbietet, sich nach etwas zu sehnen, dann wird man auch nicht enttäuscht. Aber wenn man etwas begehrt ... jemanden ...«

Alice beugte sich zu mir, in ihren Augen stand nun tiefes Mitgefühl. »Hast du Angst, dass er dich nicht begehrt? Denn so viel kann ich dir versprechen – das tut er.«

»Darum geht es nicht.«

Ich wusste nicht, wie ich es ihr klarmachen sollte. Aber

seit meine Epilepsie zurückgekommen war, hatte ich aus genau diesem Grund nicht einmal versucht, jemanden kennenzulernen. Ich behauptete, dass ich Stabilität brauchte, und das stimmte ja auch – aber das Problem lag tiefer.

Es war doch so: Mit mir stimmte etwas nicht. Und ich konnte nichts dagegen tun. Meine Krankheit war ein Ausschlusskriterium.

An dem Abend, als mein Vater meine Mutter verlassen hatte, hatte ich ihren Streit mit angehört. Ich war acht. An jenem Abend hatte ich einen schweren Anfall gehabt – damals kam das immer wieder vor –, aber dieser war besonders schlimm gewesen. Mein Vater hatte einen Empfang für ein paar Klienten gegeben, und ich hatte dort vollkommen die Kontrolle über meinen Körper verloren und in die Hose gemacht. Zuhause hatte meine Mutter mich gewaschen und in meinem Lieblings-Flanellnachthemd ins Bett gesteckt. Ich war eingeschlafen – nach einem Anfall ist man immer vollkommen fertig –, aber ein paar Stunden später weckte mich der Lärm ihres Streits auf.

Zuerst lauschte ich nur, aber als sie nicht aufhörten zu streiten, schlich ich mich zum Treppenabsatz, von wo aus ich den Flur überblicken konnte. Sie standen an der Haustür, und ich konnte sie nicht sehen, nur ihre Schatten, aber ihre Stimmen hörte ich klar und deutlich.

»Das war so nicht ausgemacht«, sagte mein Vater gerade.

»Keiner von uns hat sich das ausgesucht«, erwiderte Mom.

»Es wird nicht besser mit ihr, es wird immer schlimmer.«

»Wir tun alles, was möglich ...«

»Ich kann einfach nicht fassen, was ich da heute Abend gesehen habe. Ich habe mich noch nie so geschämt. Man kann sie nirgendwohin mitnehmen.«

Die Stimme meiner Mutter fing an zu zittern. »Steven ...«

»Das ist zu viel für mich«, sagte er mit erstickter Stimme. Und dann hörte ich, wie unsere Haustür geöffnet wurde.

»Wage es bloß nicht, jetzt dieses Haus zu verlassen«, sagte meine Mutter leise und drohend.

»Ich ertrage es nicht mehr«, sagte mein Vater. »Ich habe das niemals gewollt.«

»Doch, das wolltest du! Wir haben gemeinsam beschlossen, eine Familie zu gründen!«

»Du warst diejenige, die eine Familie gründen wollte. Du musstest unbedingt ein Baby haben. Und was ist dabei herausgekommen? Ich hätte dir nie nachgeben dürfen.«

»Wie kannst du so etwas sagen? Sie ist unsere Tochter!«

»Sie ist aber auch der Grund dafür, dass unsere Ehe am Ende ist!«

Es folgte eine lange Pause, und als mein Vater schließlich weitersprach, klang seine Stimme hölzern. »Ich kann so einfach nicht mehr weiterleben.«

Dann hörte ich, wie die Haustür leise zugezogen wurde.

Lange Zeit blieb es still unten. Ich fragte mich schon, ob meine Mutter vielleicht auch das Haus verlassen hatte. Ob sie mich beide im Stich gelassen hatten. Vorsichtig schlich ich ein paar Stufen nach unten, und dann konnte ich meine Mom sehen. Sie stand da und drückte sich gegen die Tür, vollkommen unbeweglich, als würde sie gar nicht mehr atmen.

Mama!, stieß ich aus, aber es kam kein Laut hervor.

Dann stieg ein tiefer, unwirklicher Ton zu mir herauf, während sie langsam zu Boden sank, und mir wurde klar, dass sie aufstöhnte – ein lang gezogener, gequälter Ausruf der Verzweiflung, wie ich ihn noch niemals gehört hatte. Erst kauerte sie auf dem Boden und schlug mit der flachen Hand darauf, dann fing sie richtig an zu heulen – ein dunkles, abgehacktes Schluchzen, das ihren Körper erzittern ließ. Ich hatte nicht gewusst, dass man so schluchzen kann.

Für einen Moment zögerte ich – ich wusste nicht, ob ich zu ihr laufen sollte, ob sie sich besser oder nur noch schlechter fühlen würde, wenn sie mich sah. Aber dann hielt ich es nicht mehr aus. Barfuß schlitterte ich die Stufen hinunter, rannte über den Perserteppich und warf mich neben sie auf den Boden.

Sie sah überrascht auf.

»Es tut mir leid, Mama«, sagte ich.

Und in diesem Moment wusste sie, dass ich alles mit angehört hatte. Ihr mütterlicher Instinkt sagte es ihr. Sie zog mich eng an sich und umarmte mich ganz fest. »Es ist nicht deine Schuld, Schatz«, sagte sie mit erstickter Stimme. »Es liegt nicht an dir.«

Aber natürlich ... log sie. Es lag an mir. Sie wusste es, und ich wusste es nun auch.

Ich hatte nie mehr an jenen Abend gedacht. Ich hatte ihn nicht wirklich vergessen, aber ich hatte ihn in einen verborgenen Teil meines Gedächtnisses verbannt. Was sollte es schon bringen, ihn immer wieder durchzuspielen? Ich konnte es nicht ungeschehen machen. Und ich konnte auch nicht verhindern, was danach geschah. Mein Vater verließ uns, und ich sah ihn erst bei der Beerdigung meiner Mutter zwei Jahre später wieder – und selbst dort warf er mir verbitterte Blicke zu.

Er nahm mich danach nicht zu sich. Ich wuchs bei meiner Tante auf, und mein Vater und ich würden ein Leben lang keine Notiz mehr voneinander nehmen. Und alles nur, weil etwas mit mir nicht in Ordnung war und man nichts daran ändern konnte.

Aber wie sollte nun jemand wie Alice, diese fröhliche, logisch denkende Alice, jemals verstehen, worum es hier ging? Ich verstand es ja noch nicht einmal selbst.

Sie wollte wissen, warum ich es schlimm fand, dass ich mich in Duncan verliebt hatte – und einen Moment lang war ich tatsächlich versucht, es ihr zu erklären.

Aber mir fehlten die Worte.

In den Augen von Alice war Liebe eine berechenbare Größe. Zu jedem Problem gab es eine Lösung. Aber in meiner Welt war es schon immer unendlich viel schwerer gewesen, eine Lösung zu finden.

16

Als Babette, noch im Morgenmantel, in der Küche erschien, warf sie nur einen kurzen Blick auf uns und fragte: »Was habe ich verpasst?«

»Sam hat Duncan geküsst«, sagte Alice.

»Endlich!«, rief Babette. »Vielleicht bringt ihn das zur Vernunft.«

»Ein einziger Kuss kann niemanden zur Vernunft bringen.«

»Vielleicht weckt er in ihm den Wunsch, wieder zur Vernunft zu kommen.«

Eigentlich wollte ich es ihnen schonend beibringen, aber stattdessen brach es aus mir heraus: »Nach der Operation war er so mit Schmerzmitteln zugedröhnt, es war, als hätte er ein Wahrheitsserum getrunken. Er hat mir gestanden, dass er schon damals in Kalifornien ein Auge auf mich geworfen hatte, und dann musste ich ihm beim Ausziehen helfen, und dabei ist er auf mir drauf gelandet, und dann hat er mir in die Augen geschaut, bis wir uns schließlich geküsst haben, und dann hat er mir gesagt, dass er einsam sei und ob ich bei ihm bleiben könnte, und jetzt fürchte ich, dass ich mich unweigerlich wieder in ihn verlieben werde.«

Babette sagte nichts.

Von Alice kam nur ein »Wow«.

Ich nickte. Aber ich wollte nicht mehr weiter darüber nachdenken, was das alles für mich bedeutete. Und nachdem Babette nun schon mal da war, redete ich einfach weiter.

»Und da ist noch etwas. Man hat auf ihn geschossen. Bei einem Amoklauf an seiner Schule.«

Babette und Alice stellten beide ihre Tassen ab, beugten sich vor und fragten unisono: »Was?«

Vielleicht hätte ich es für mich behalten sollen. Vielleicht war das eine zu persönliche Information, von der er mir nur erzählt hatte, weil er unter Drogen stand. Aber ich vertraute Babette und Alice.

Und außerdem brauchte ich wirklich ihren Rat.

Ich nickte bekräftigend. »Beinahe wäre er gestorben. Die Narben sind ... gewaltig. Schockierend. Ich meine – entstellend.«

Babette seufzte. »Das erklärt einiges.«

»Und deswegen weiß ich jetzt nicht, was ich machen soll«, sagte ich.

»Verstehe«, meinte Alice.

»Eigentlich hatte ich ihn ja schon aufgegeben. Und wir haben immerhin einen Plan geschmiedet, wie wir ihn loswerden. Es besteht auch gar kein Zweifel, dass es für die Schule das Beste wäre, wenn er geht. Aber ...«

»Du möchtest gerne, dass er bleibt«, sagte Babette mit einem kleinen Lächeln.

»Zumindest verstehe ich jetzt, nachdem ich seine Narben gesehen habe, warum er sich so verhält.«

»Er hat Angst.« Babette nickte.

»Ja, und ich glaube nicht, dass er das Ganze in irgendeiner Weise verarbeitet hat – was auch immer darunter zu verstehen wäre. Ich meine, wie sollte jemand so etwas überhaupt verarbeiten können? Wo soll man denn da anfangen?«

»Glaubst du, es gibt Hoffnung für ihn?«, fragte Alice.

Ich nickte. »Ich habe die ganze Zeit versucht herauszubekommen, was vorgefallen ist. Und jetzt, da ich es weiß, habe ich das Gefühl, dass wir vielleicht versuchen sollten, ihm zu helfen, anstatt ihn zu feuern.«

Babette und Alice blieben still.

Ich sah von einer zur anderen. »Was meint ihr?«

Da lächelte Babette mich an – ich hatte sie seit Monaten nicht mehr so lächeln sehen. Sie sagte: »Ich finde, das ist die beste Idee seit langem.«

Babette war nie sonderlich begeistert von dem Plan gewesen, Duncan zu feuern. Aber ihm zu helfen? Dafür war sie Feuer und Flamme.

Sofort fingen wir an, Ideen zu sammeln und sie auf Babettes gelben Notizzetteln festzuhalten. Wir nannten unsere Liste »Das Duncan-Projekt«. Während Alice Tee kochte, riefen wir durcheinander, was uns so einfiel, und ich schrieb alles auf. Keine Idee war uns zu albern. Wir beschlossen sogar, dass wir uns davon Motto-T-Shirts drucken lassen würden. Wir notierten jeden noch so verrückten, kurzen Gedanken, wie wir Duncan vielleicht dazu bringen könnten, sich daran zu erinnern, wer er einmal gewesen war. Wir mussten wieder Lebensfreude in ihm wecken und ihm helfen, die Sache zu verarbeiten, was auch immer das heißen mochte.

Wir wollten Duncan mit Orangen bewerfen und abwarten, ob er anfing, damit zu jonglieren. Wir planten eine angebliche Verlosung für die Lehrer, bei der er kostenlose Therapiesitzungen gewinnen sollte. Wir wollten Gastredner engagieren, die über das Thema Posttraumatische Belastungsstörung referierten.

»Ist er in Therapie?«, fragte Babette.

»Ich glaube nicht.«

»Das sollte er aber.«

»Viel Glück damit.«

Zu guter Letzt sortierten wir die Ideen nach verschiedenen Kategorien:

- ihn daran erinnern, wer er einmal war
- ihn dazu bringen, sich mit anderen Menschen auseinanderzusetzen
- ihn daran erinnern, wie sich Glücklichsein anfühlt
- ihn Risiken aussetzen
- seine harte Schale aufbrechen
- ihn körperlich stärken
- ihm dabei helfen, die geistigen Grundlagen dafür zu schaffen, um über das Erlebte hinwegzukommen
- Therapie

Zu jedem Stichpunkt sammelten wir so viele konstruktive

295

Ideen wie möglich. In die erste Kategorie fiel zum Beispiel, ihn irgendwie dazu zu bringen, ein Hawaiihemd zu tragen oder sich zu verkleiden, Jo-Jo-Kurse zu geben oder auf den Händen zu laufen. Zur zweiten Kategorie zählten Spieleabende bei Babette, Angelausflüge mit Kollegen, die Einrichtung einer Kussecke in der Schule und eine Massage.

Außerdem wollten wir ihn ein Tagebuch führen lassen, mit ihm den Dokumentarfilm über den Großen Sturm im Jahr 1900 anschauen, mit ihm über Buddhismus diskutieren, uns über die Therapie von Posttraumatischen Belastungsstörungen informieren und irgendwie versuchen, ihn zum Reden zu bringen.

Wir sammelten einen Haufen Ideen und hatten keine Ahnung, was wir da eigentlich trieben. Aber das machten wir mit der schieren Menge an Ideen wett. Seite um Seite.

Babette fragte mich, wie ich damit umgegangen war, dass meine epileptischen Anfälle so plötzlich zurückgekehrt waren. »Hat dich das in eine Depression gestürzt?«

»O ja«, antwortete ich. »Es fühlte sich wie eine Haftstrafe an. Als wäre ich dazu verdammt, den Rest meines Lebens allein zu verbringen und dabei nie zu wissen, wann die Katastrophe wieder über mich hereinbricht.«

»Das klingt ganz nach Duncan.«

Ich dachte darüber nach. »Du hast recht.«

»Und wie bist du damit umgegangen?«

Wieder dachte ich nach. »Max hat mir geholfen. Er hat mir erklärt, dass ich darauf achten muss, was mich glücklich macht, und mich darauf konzentrieren soll.«

»Klingt vernünftig«, sagte Alice.

»Ich fühlte mich besser, wenn ich einen Strandspazier-
gang machte. Also ging ich am Strand spazieren. Ich fühlte
mich besser, wenn ich eine Tasse heißen Tee trank, also
trank ich eine Tasse heißen Tee. Schaumbäder machten
mich glücklich. Fahrrad fahren. Drachen steigen lassen.
Hörbücher hören. Lesen. Backen. Kerzen. Einen Blumenhut tragen.«

»Ich habe dir doch auch dieses Buch über Farbtheorie
gegeben«, erinnerte sich Babette.

»Und daraufhin habe ich angefangen, mein Leben bunter zu gestalten. Max hatte mir versprochen, dass man mit
Spaß alle Wunden heilen kann. Und ich kam immer mehr
zu der Überzeugung, dass es nicht darum ging, das eine
große Glück zu finden – sondern darum, so viele kleine
Glücksmomente wie möglich zu sammeln.«

Alice deutete mit dem Finger auf mich. »Verstehst du
jetzt, was ich meine? Mathematik!«

»Und es hat für dich funktioniert?«, hakte Babette nach.

»Das Leben ist immer noch das Leben. Aber es hat sicher
dazu beigetragen, die Karten günstig für mich zu mischen.«

Vielleicht war das auch genau der Grund dafür, dass ich
mich von Duncans Angriff auf die Schule so direkt betroffen fühlte. Es war nicht nur schlimm für die Lehrerschaft
und die Kinder – es betraf vor allen Dingen mich selbst.

Meine Anfälle waren verschwunden, als ich zwölf war.
Das Problem … hatte sich von selbst gelöst. Erst wurden
die Anfälle immer seltener, es verging ein halbes Jahr dazwischen, dann ein ganzes, und schließlich hörten sie ganz
auf. Das war eine enorme Erleichterung für mich. Es war,

als wäre mein ganzes Leben etwas mit mir nicht in Ordnung gewesen, und auf einmal war alles gut.

Ich versuchte mit allen Mitteln so zu tun, als hätte es die Epilepsie nie gegeben. Ich verdrängte sie sehr nachhaltig.

Deswegen traf es mich mit aller Wucht, als die Anfälle wie aus dem Nichts zurückkamen. Damals war ich Mitte zwanzig. Ich stürzte ab. Ich verlor jede Hoffnung. Ich hasste mich selbst. Und wie.

Dieser erste Anfall nach so langer Zeit warf mich wieder zurück in mein Elend – vielleicht war es sogar noch schlimmer als in meiner Kindheit. Als hätte mein jahrelanges Leugnen diese Gefühle und Gedanken nur noch gären, mutieren und wachsen lassen.

Aber ich war damit zurechtgekommen. Ich hatte einen Weg gefunden, mich selbst aus einer sehr dunklen Ecke zurück ins Licht zu ziehen. Ich hatte hart daran gearbeitet, mein Leben mit Blumen, Sonnenschein und Farbe zu füllen. Das war für mich keine theoretische Frage. Es ging dabei um meinen konkreten Alltag. Wenn Duncan jeden Kleckser Farbe aus der Schule entfernte, löschte er damit auch die Farbe in meinem Leben.

Und wenn die Dunkelheit nun wieder die Oberhand gewinnen würde? Aber so weit durfte ich es nicht kommen lassen. Nicht nur die Schule war in Gefahr. Ich selbst war in Gefahr.

Aber das war gerade nicht unser Thema. Jetzt ging es darum, einen Weg zu finden, diesen Kerl wieder ins Leben zurückzuholen. Zu seinem eigenen Besten und um meiner selbst und aller anderen willen.

»Das wird bestimmt funktionieren«, sagte Alice.

»Ich glaube, er muss einfach mal wieder so richtig Spaß haben«, meinte Babette.

Ich runzelte die Stirn. »Spaß?«

»Du solltest mit ihm tanzen gehen. Wie wäre es mit der Tanzbar am San-Luis-Pass? Oder dieser Geheimtipp in der Post Office Street? Oder einfach nur der Vergnügungspark. Ihr könntet Karussell und Autoscooter fahren. Oder du gehst mit ihm im Meer schwimmen. Wie wäre es mit einem Spaziergang auf dem Hafendamm?«

Alice nickte zustimmend. »Wir müssen dafür sorgen, dass er Spaß hat.«

»Geht so was denn überhaupt?«, fragte ich.

»Ich meine ...«, präzisierte Alice, »wir müssen ihn damit einfach überrumpeln. Ihn hinterrücks überfallen. Ihn damit bombardieren.«

»Bombardieren?«

»Ganz genau«, bestätigte Alice noch einmal, als sei ich schwer von Begriff.

»Und wir müssen ihn dazu bringen, sich in Therapie zu begeben«, meinte Babette. Sie ließ mich das Wort »Therapie« auf meiner Liste doppelt einkringeln und Sternchen darum malen.

Sie hatte ja recht. Wir waren schließlich keine Profis. Allem Anschein nach kämpfte er mit einer heftigen Posttraumatischen Belastungsstörung, und keine von uns war qualifiziert, ihm da herauszuhelfen. Eine Therapie wäre also die Grundlage für all unsere Bemühungen.

»Da wünsche ich Glück«, sagte Alice trocken. Ich stellte

mir Duncans versteinertes Gesicht vor, und es erschien mir ebenfalls wenig wahrscheinlich, dass er sich freiwillig behandeln lassen würde.

Aber Babette machte sich in dieser Hinsicht keine Sorgen. »Vertraut mir nur«, sagte sie. »Ich kenne da jemanden.«

Es machte Spaß, zuzusehen, wie Babette sich der Sache annahm. Die Aussicht darauf, jemandem helfen zu können, schien den Nebel zu lüften, der sie umgab. Und Duncan zu retten bedeutete natürlich gleichzeitig auch, uns allen und damit auch der Schule zu helfen. Möglicherweise konnten wir damit alles – na ja, fast alles – wieder zurechtbiegen.

Als uns irgendwann nicht mehr viel Neues für unsere Liste einfiel, merkte ich auf einmal, dass ich gar keine Ahnung hatte, wie wir ihn dazu bringen sollten, all diese Dinge in Angriff zu nehmen.

»Babette«, sagte ich mit plötzlicher Sorge, »wie genau sollen wir ihn denn dazu bekommen, mit uns zusammenzuarbeiten?«

»Oh, das wird einfach«, sagte Babette mit einem Augenzwinkern.

»Nichts ist einfach mit Duncan«, erwiderte ich.

»Es ist wohl an der Zeit, dass ich euch ein kleines Geheimnis verrate«, sagte Babette.

»Okay«, sagten Alice und ich beide und beugten uns gespannt vor.

»Nachdem Max gestorben war, hat der Aufsichtsrat mich gefragt, ob ich die Leitung übernehmen will«, erklärte Babette.

300

Alice und ich sahen uns an.

Babette fuhr fort: »Aber ich habe abgelehnt.«

»Ich wusste es«, flüsterte ich.

»Wenn ich sage, sie hätten mich gefragt, dann trifft es das eigentlich nicht ganz«, redete Babette weiter. »Sie haben mich bekniet.«

»Aber du warst zu sehr mit deiner Trauer beschäftigt, um die Stelle annehmen zu können?«

Babette nickte.

»Also hast du zugestimmt, dass sie Duncan anheuern«, sagte ich.

»Ehrlich gesagt war ich zum damaligen Zeitpunkt zu benommen, um mich dafür zu interessieren, wen sie anwerben wollten.«

»Das verstehe ich«, meinte ich.

Babette schob sich bedeutungsvoll ihre Lesebrille auf die Nasenspitze hinunter. »Aber das ändert ganz und gar nichts daran, wer ich bin. Max und ich haben diese Schule aufgebaut. Und ohne meine Zustimmung geschieht hier gar nichts.«

»Willst du damit andeuten, dass unsere Lage nicht so trostlos ist, wie es scheint?«

Babette lächelte.

»Willst du damit andeuten, dass Kent Buckley nicht das letzte Wort hat?«

Ihr Lächeln wurde breiter.

Ich schlug mit der Hand auf den Tisch. »Ich wusste, dass Max nicht zulassen würde, dass wir uns diesem Irren unterordnen müssen.«

»Ihr müsst eines wissen«, sagte Babette. »Ich könnte sie beide morgen feuern.«

»Wirklich?«, fragte Alice.

»Aber das habe ich nicht vor.«

»Nicht?«, fragte ich.

Babette schüttelte den Kopf.

»Warum nicht?«, fragte Alice.

Babette verdrehte die Augen. »Weil Kent Buckley mit meiner Tochter verheiratet ist und die Sache deshalb peinlich werden könnte. Und weil du Duncan magst. Tatsächlich mag ich ihn auch. Und ich glaube, dass er eigentlich gut für den Posten geeignet ist. Ich denke, er braucht unsere Hilfe.«

»Du würdest also eine gütliche Lösung der Dinge vorziehen?«, fragte Alice.

»Ganz genau«, bestätigte Babette.

Ich nickte. Jetzt hatte ich es verstanden.

»Und ehrlich gesagt bin ich ganz froh um eine Aufgabe«, fügte Babette hinzu. »Ich möchte diesem ganzen unverzeihlichen Jahr noch irgendeinen Sinn geben.«

»Das klingt doch gut«, sagte ich.

»Also, mein Plan ist folgender«, sagte Babette. »Du wirst ihm ausrichten, dass er jeden Tag eine Anweisung von mir befolgen muss – vielleicht nur eine Kleinigkeit, vielleicht auch mal etwas Größeres – und dass ich ihn nicht sofort entlassen werde, wenn er meinen Aufforderungen nachkommt.« Wieder lächelte sie. »Aber ich behalte mir das Recht vor, ihn später trotzdem zu entlassen.«

Alice sah Babette ehrfürchtig an. »Wir werden ihn also erpressen.«

302

Babette zuckte mit den Schultern. »Zu seinem eigenen Besten.«

»Was ist, wenn er sich weigert?«, fragte ich.

Wieder zuckte sie mit den Schultern. »Dann fliegt er raus.«

»Babette, du bist ein Genie«, sagte ich, starr vor Bewunderung.

17

Tatsache ist: Als es hieß, dass die Schmerzmittel bei Duncan zu Gedächtnislücken führen könnten, war das keine Übertreibung gewesen. Er erinnerte sich an rein gar nichts.

Nachdem wir diese Nacht zusammen verbracht hatten, hörte ich nichts mehr von ihm, obwohl ich meine Nummer auf die ärztlichen Anweisungen geschrieben und darunter noch angefügt hatte: *Ruf mich an, wenn du irgendetwas brauchst*, wobei ich das Wort *irgendetwas* zweimal unterstrichen hatte.

Ehrlich gesagt hatte ich schon irgendwie damit gerechnet, von ihm zu hören. Abgesehen von der Operation war es doch eigentlich sehr schön gewesen.

Ich musste dauernd an ihn denken. Ich fragte mich, wie es ihm wohl ging. Immer wieder nahm ich das Handy in die Hand, um ihn anzurufen, und ließ es dann doch bleiben. Immer wieder musste ich an seine Worte denken: »Selbst wenn ich nichts mehr davon weiß, werde ich mich daran erinnern.«

Aber an was würde er sich tatsächlich erinnern?

Es war ein Gefühl wie nach einem gelungenen Date.

Eine Art wachsende, aufgeregte Vorfreude ... als ob die Verbindung noch nachhallt, obwohl das eigentliche Treffen schon vorbei ist.

Zu meiner Strategie, wie ich die Epilepsie in Schach zu halten versuchte, gehörte auch, dass ich meine Emotionen im Griff behielt. Große Gefühlsschwankungen vermied ich nach Kräften. Das war, neben zahlreichen anderen Dingen, ein Grund, warum ich mit Verabredungen nicht viel am Hut hatte. Verabredungen konnten anstrengend und spannungsreich sein. Bei all den schönen Momenten, die die Leute gemeinhin mit Liebe und Romantik verbinden, blieb es doch auch eine stressige Sache. Und es konnte auch durchaus eine destabilisierende Erfahrung sein. Das wollte ich nicht riskieren. Ich wollte mich nicht noch weiteren Gefühlswirren aussetzen. Tatsächlich strebte ich genau das Gegenteil an.

Als ich also an jenem ersten Morgen nach den Ferien zur Schule ging, war ich zutiefst verunsichert. Wie würde es sein, Duncan nach allem, was geschehen war, wiederzusehen? Würde er freundlich zu mir sein? Gar mit mir flirten? Und wenn er sich tatsächlich in gleicher Weise zu mir hingezogen fühlte wie ich mich zu ihm, was dann? Was in aller Welt würde als Nächstes passieren?

Ich hatte keine Ahnung. Aber ich verspürte das starke Bedürfnis, ihn zu sehen. Bei unseren letzten beiden Begegnungen war er wieder so sehr der alte Duncan gewesen, dass ich darüber beinahe vergessen hatte, wie der neue Duncan war.

Bis ich ihn in der Schule wiedersah.

Er stand im Hof, als die Kinder hereinströmten, alarmbereit im grauen Anzug, als wäre nichts gewesen. Das Haar nach hinten gegelt, die blaue Krawatte streng gebunden. Ganz der neue Duncan.

Dieser Eindruck bestätigte sich, als ich mit einem ansatzweise schelmischen Grinsen auf ihn zuging. Ich näherte mich also auf eine Weise, wie man sich Leuten nähert, denen man sich nahe fühlt, Leuten, die man geküsst hat, zum Beispiel, oder auch Leuten, denen man die Hosen ausgezogen hat, verdammt noch mal! Aber er sah mich nur an, als sei ich eine Fremde.

»Hey«, sagte ich und stellte mich ziemlich dicht neben ihn.

Ich kann mich irren, aber ich hatte den Eindruck, als würde er eine Spur zurückweichen. »Hallo.«

Nur wenige Tage zuvor hatte ich noch seinen bloßen Oberkörper berührt. Ich war mit meinen Handflächen über sein seidenweiches Haar gestrichen. Ich war in diesen kräftigen Armen dahingeschmolzen. Ich hatte neben ihm im Bett geschlafen. Vom Küssen will ich hier gar nicht reden.

An diesem Tag aber hätte er genauso gut eine eiserne Rüstung tragen können.

Er wich meinem Blick aus. »Danke fürs Nach-Hause-Bringen neulich.«

»Oh«, sagte ich. »Gern geschehen. Ich dachte schon, du würdest dich nicht daran erinnern.«

»Ich erinnere mich auch nicht daran«, sagte er in geschäftsmäßigem Ton. »Aber ich weiß, dass du dich bereit erklärt hattest, mich abzuholen. Und ich bin am nächsten Tag zuhause aufgewacht. Daraus schließe ich, dass du mich irgendwie dorthin gebracht haben musst.«

»Ach so.« Das war ernüchternd. »Du erinnerst dich also an gar nichts?«

Er schüttelte den Kopf. »Ich weiß nur, dass ich dich gebeten habe, mich nach Hause zu bringen. Und dass du zugesagt hast. Aber ich kann mich nicht erinnern, dass es dann tatsächlich passiert ist.«

Ach.

Ich hatte das Gefühl, ins Bodenlose zu stürzen. Wenn ein Mann dich unter Einfluss von Schmerzmitteln küsst und sich am nächsten Tag nicht mehr daran erinnern kann, ist es dann wirklich passiert? Eine weitere wichtige Frage war: Wenn ein Mann dir gesteht, dass er in dich verliebt ist, dann aber beim nächsten Treffen so tut, als wärst du ihm vollkommen egal, was soll man dann glauben?

Ehrlich gesagt ließ sein Gesichtsausdruck nur einen Schluss zu. Ich hätte schwören können, dass ich ihm rein gar nichts bedeutete.

Er gab sich mir gegenüber gleichgültig – mit einem Schuss Brechreiz.

Woran erinnerte er sich, wenn er nichts mehr von alledem wusste?

An nichts. An absolut rein gar nichts.

»Wie geht es dir? Tut es noch weh?«, fragte ich und legte dabei demonstrativ meine Hand an meine linke Hüfte.

»Nein. Alles in Ordnung. Nur ein paar blaue Flecken.« Als würde er mit seinem Arzt reden.

»Du bist ein paarmal umgefallen.« Ich ließ einen Testballon steigen. »Einmal zum Beispiel bei dem Versuch, dich auszuziehen.«

Er runzelte die Stirn.

»Es gab also keine weiteren Komplikationen? Alles gut?«

»Ja.« Er nickte, ohne mich dabei anzusehen.

»Schmerzen?«

»Kaum.«

»Und hast du daran gedacht, deiner Schwester eine Nachricht zu schreiben?«

Jetzt sah er mich an. »Meiner Schwester?«

Zwei Worte auf einmal. Das war ein Fortschritt. »Ja, sie hat angerufen. Du hast ausrichten lassen, dass du ihr später schreiben würdest.«

Wieder runzelte er die Stirn. »Du hast den Anruf entgegengenommen?«

»Ja, ich bin drangegangen, als dein Handy geklingelt hat.«

»Du hast mit Helen gesprochen?«

»Ja, das habe ich. Eine ganze Weile sogar.«

»Was hat sie gesagt?«

Jetzt machte mir die Sache langsam Spaß. Schließlich hatte sie eine ganze Menge erzählt. »Sie hat mir von damals erzählt, als du und Jake auf der Highschool mal vor eurem Mathelehrer blankgezogen habt und einen Verweis bekommen habt.«

Duncan schloss für einen Moment die Augen, und ich will es nicht abstreiten: Es war ein gutes Gefühl, eine Reaktion von ihm zu bekommen, zumindest irgendeine.

Aber ich war noch nicht fertig. Das Zusammensein mit

der warmherzigen, sedierten Version von Duncan hatte gutgetan – und mir war gar nicht wirklich klar gewesen, wie gut, bis jener Mensch wieder verschwunden war. Als ich jetzt diesem Roboter von Duncan gegenüberstand, wünschte ich mir die menschliche Version von ihm umso sehnlicher zurück. Ich hatte immerzu an ihn denken müssen, die ganze Woche über hatte ich gespürt, wie der Funke meiner Zuneigung vor sich hin leuchtete. Bis jetzt.

Ich vermisste diesen anderen Duncan. Die Sehnsucht ließ meine Brust vor Enttäuschung eng werden. Also beschloss ich, ihn ein bisschen herauszufordern.

»Danke übrigens für die vielen Umarmungen.«

Duncan zeigte darauf keinerlei Reaktion.

»Und danke, dass du so offen und ehrlich über deine Gefühle geredet hast«, fuhr ich fort.

Ich ließ ihm einen Moment Zeit, darüber nachzusinnen, auf welche Gefühle ich damit anspielen könnte.

»Und danke, dass du mir deine Kakteensammlung überlassen hast.«

Damit hatte ich seine Aufmerksamkeit. Er sah mich an. »Ach? Dann hast du sie mitgenommen?«

»Zur sicheren Aufbewahrung. Es wird dich freuen zu hören, dass ich sie die ganze Woche noch nicht gegossen habe.«

Duncan nickte, als sei er nicht ganz sicher, ob er sich darüber freuen sollte.

»Außerdem«, fügte ich noch hinzu, »habe ich deine Narben gesehen.«

Duncan versteinerte.

309

»Aber du wolltest nicht wirklich darüber reden, was passiert ist.«

Duncan nickte. »Ich rede nie darüber.«

»Glaubst du nicht, dass du das vielleicht tun solltest?«

»Ganz und gar nicht.« Dann wandte er sich mir zu und sagte: »Darüber werde ich niemals sprechen. Okay?«

»Mit mir nicht«, sagte ich. »Aber vielleicht mit einem professionellen Therapeuten.«

Er schüttelte brüsk den Kopf. »Nein. Das ist nicht mein Ding.«

Ich versuchte, meiner Stimme einen freundlichen und gleichzeitig neutralen Tonfall zu geben. »Verstehe. Aber ich muss dir was sagen. Babette will, dass du dich in Therapie begibst.«

»Babette?«

»Genau«, sagte ich. »Und sie ist gewissermaßen ... allmächtig. Sie macht keine große Sache draus, aber sie ist hier sozusagen Mrs Gott. Sie hat das Sagen an dieser Schule. Und sie hat das letzte Wort im Aufsichtsrat.«

Duncan wartete ab.

»Jeder denkt, dass der Aufsichtsrat sie übergangen und stattdessen gleich dich berufen hat. Doch das trifft es nicht ganz. Sie haben sie geradezu angefleht, den Laden hier zu leiten. Aber sie hat abgelehnt.«

»Verständlich«, sagte Duncan nachdenklich.

»Allerdings. Nicht wahr? Schlechtes Timing.«

Duncan nickte. »Sehr schlechtes Timing.«

»Aber sie hat mir neulich Abend etwas erzählt, was mir so nicht klar war. Die Verantwortlichen wollten damals,

310

dass sie die Schule leitet, und sie wollen es jetzt. Und sie muss nur kurz das Stichwort geben, dann bist du raus.«

Duncan drehte sich zu mir und sah mir ins Gesicht. »Was ist mit Kent Buckley?«

»Kent Buckley bildet sich nur ein, dass er etwas zu sagen hat. Der Aufsichtsrat fühlt sich Babette verpflichtet. Ihr Wort hat Priorität.«

»Was genau willst du mir damit sagen?«

Jetzt kam es darauf an. Ich musste die richtigen Worte finden. »Ich will damit sagen, dass dein Job auf dem Spiel steht. Babette hat große Lust, dich zu feuern. Aber sie wird es nicht tun ... wenn du ein paar einfachen Regeln zustimmst.«

»Was für Regeln?«

»Erstens: Sie will, dass du eine Therapie anfängst.«

Ich gab ihm die Karte von Babettes Therapeuten. Duncan nahm sie. Warf einen Blick darauf. Las sie.

Wow. Das Leben war so einfach, wenn man Babette auf seiner Seite hatte.

Ich nickte. »Zweitens will sie, dass du alle vorgesehenen Veränderungen an der Schule erst einmal ruhen lässt. Einfach alles auf Eis legen. Keine Wand wird mehr grau gestrichen.«

Duncan sah mich einen Moment forschend an, dann stieß er einen Seufzer aus und sagte: »Okay.«

Im Rückblick war es vielleicht ein bisschen zu einfach, ihn für die Sache zu gewinnen. Aber damals dachte ich einfach nur, wie schön es wäre, wenn alles im Leben so reibungslos funktionieren würde.

311

»Und drittens«, redete ich weiter, »verlangt sie, dass du versprichst, ihr jeden Tag einen Gefallen zu tun.«

»Zum Beispiel?«

»Ganz harmlos, zum Beispiel eine Portion Eis zu essen.«

»Babette will, dass ich Eis esse?«

»Oder auch andere Sachen. Vielleicht auch mal was Größeres.«

»Was wäre das dann zum Beispiel?«

Ich zuckte mit den Schultern. »Ich weiß nicht. Vielleicht im Meer baden gehen? Oder angeln? Minigolf spielen?«

Duncan runzelte die Stirn.

»Nichts Schlimmes. Sie wird nicht von dir verlangen, jemanden umzubringen oder so.«

Duncan dachte darüber nach.

»Ich will nicht drängen, aber ich glaube nicht, dass du bei der Sache eine Wahl hast.«

»Weil sie mich rausschmeißt, wenn ich nicht mitmache?«

Ich zog die Nase kraus. »Irgendwie so was. Ja.«

Duncan schloss die Augen, dann sah er mich an. »Meinst du das ernst?«

Ich nehme an, dass die von mir genannten Aufgaben ein wenig aus der Luft gegriffen wirkten, sofern man nicht bei der Ideensammlung dabei war. Ich zuckte mit den Schultern. »Es ist nicht für immer. Nur für dieses Halbjahr.«

»Und danach?«

»Gute Frage. Sie behält sich auf jeden Fall die Möglichkeit vor, dich zu entlassen. Aber vielleicht tut sie es am Ende nicht. Allerdings lässt sie dich auf jeden Fall feuern, wenn du jetzt nicht auf ihre Bedingungen eingehst. Ich würde es mir also nicht zu lange überlegen.«

»Wie nennt man das? Erpressung?« Er schien kurz nachzudenken. »Bestechung? Nötigung?«

»Sagen wir so: Jemand macht sich Sorgen um dich.«

»Es fühlt sich aber anders an.«

»Babette wollte, dass ich erwähne, dass sie eine gütige Herrscherin ist.«

»Wunderbar.« Duncan sah mich zweifelnd an.

»Also?«, fragte ich. »Bist du dabei?«

»Tja«, meinte Duncan, »nachdem mir anscheinend nichts anderes übrigbleibt ... muss ich das wohl.«

18

Und so begann das Duncan-Projekt.

Wir hatten eine Chance, ihn zu retten – und damit wahrscheinlich auch uns selbst. Und ganz nebenbei war es wirklich ein enormer Spaß.

Alles lief wie am Schnürchen. Wir verlangten von Duncan, eine Kugel Vanilleeis zu essen, und er aß eine Kugel Vanilleeis. Wir forderten ihn auf, auf dem Schulhof einen Handstand zu machen, und er machte einen Handstand auf dem Schulhof. Wir ließen ihn über Lautsprecher wahnsinnig lustige Mathewitze durchsagen (eine Idee von Alice), und er machte auch das.

Es stimmte schon, wir hatten ihn ganz schön in die Enge getrieben. Aber er zeigte auch wenig Gegenwehr. Soweit ich weiß, hatte er nie die Absicht, unsere Machenschaften Kent Buckley oder sonst jemandem zu verraten. In gewisser Weise spielte er wahrscheinlich gerne mit. Vielleicht war er sogar ein wenig erleichtert.

Babette und ich gaben uns jede Menge Mühe. Wir wollten ihn dazu bringen, sich zu öffnen, längst vergessene Sachen wieder einmal zu versuchen, sich zu entspannen,

Gefühle zuzulassen und noch tausend andere Dinge – aber wir wollten ihn auch nicht überfordern. Also starteten wir mit ein paar harmlosen Sachen.

Jeden Morgen kam ich bei ihm im Büro vorbei und überbrachte den Auftrag des Tages. In der ersten Woche waren das folgende Aufgaben: Er sollte einen Eisbecher mit Karamellsoße essen, um sich daran zu erinnern, wie gut das tat. Dann sollte er auf einem Pogo-Stick hüpfen, um ihm in Erinnerung zu rufen, wer er einmal gewesen war, außerdem sollte er zur Entspannung ein heißes Bad nehmen, einen Bill-Murray-Film seiner Wahl anschauen (damit wollten wir ihn zum Lachen bringen), und am Freitag sollte er in der Mittagspause vor den Augen der Kinder mit irgendetwas jonglieren (früher war das eine seiner Lieblingsbeschäftigungen gewesen). Bei Duncan zuhause gab es keine Badewanne, deswegen bestellte Babette ihn an jenem Abend zu sich nach Hause und bestand anschließend darauf, dass er zum Abendessen blieb. Damit sollte zwischenmenschliche Nähe hergestellt werden. Das galt natürlich auch für den Bill-Murray-Film. Duncan entschied sich übrigens für *Babyspeck und Fleischklößchen*. Babette machte es zur Bedingung, dass er den Film bei ihr anschaute, damit wir bestätigen konnten, dass er die Aufgabe erfüllt hatte. Und nachdem er dann schon mal da war, luden wir ihn wieder zum Abendessen ein und setzten uns dann zu ihm aufs Sofa (Thema Freundschaft).

Alice kam auch zum Filmabend.

Babette und ich nahmen unser Projekt sehr ernst. Ohne Witz – wir legten sogar eine bunte Tabelle an, in der wir die

Aufgaben, die wir ihm stellten, eintrugen. Lachen war gelb, Entspannung rosa, sein altes Ich blau. Uns blieben etwa vier Monate, die Frühlingsferien nicht mitgerechnet, und wir wollten die Zeit bestmöglich nutzen. Ergänzend lasen wir Selbsthilfebücher über Themen wie Traumabewältigung, Posttraumatische Belastungsstörung und Positives Denken. Wir lasen, machten uns Notizen und diskutierten darüber.

Bei all dem kam uns nie der Gedanke, dass wir damit auch uns selbst einen Gefallen taten. Aber natürlich zogen auch wir Kraft aus der Sache. Wir mussten alle nach vorn blicken. Immerhin hatten wir einen Schock zu verarbeiten. Eigentlich hatten wir alle heiße Entspannungsbäder und ausgelassenes Gelächter nötig. Natürlich konnte ich nicht jonglieren, aber die Vorstellung, die Duncan an jenem Freitag vor den Kindern gab, war beinahe noch besser, als es selbst auszuprobieren.

»Heute ist Tag des Jonglierens«, sagte ich beiläufig während meiner Pausenaufsicht zu ihm. Er sträubte sich nicht.

»Kinder!«, rief er und stand auf, um ihre Aufmerksamkeit zu bekommen. »Wer will mir beim Jonglieren zuschauen?«

Es folgte begeisterter Jubel.

Duncan spazierte durch den Raum zwischen den Tischen hindurch und nahm sich hier und da etwas von den Essenstabletts der Kinder. Als Erstes klaute er einem Fünftklässler einen roten Apfel. Den warf er beim Weitergehen immer wieder in die Luft, während er sich nach weiterer Beute umsah.

»Womit soll ich noch jonglieren?«, fragte er die Kinder immer wieder, und sie brüllten ihm Vorschläge entgegen: »Mit einem Salzstreuer!« »Mit einem Glas Milch!« »Mit einem Muffin!«

»Ich suche runde Gegenstände«, verkündete er. »Sonst wird es zu schwierig. Es ist schließlich schon sehr, sehr ...«, er hielt inne und sah sich um, dann spazierte er weiter, »sehr lange her, seit ich das letzte Mal mit etwas jongliert habe.«

Die Kinder starrten ihn wie gebannt an.

Genauso wie ich.

»Nicht einmal mit einer Spaghetti habe ich seitdem jongliert!«, rief er. »Oder mit Götterspeise!« Er warf noch immer den Apfel in die Luft und fing ihn wieder auf, ohne hinzusehen. »Nicht einmal«, seine Stimme bekam einen verschwörerischen Ton, »mit einem Bauchnabelfussel.«

Ein paar Kinder kicherten.

»Einige von euch«, fuhr Duncan fort, sah sich dabei im Raum um und deutete auf ein paar Kinder, »waren gerade mal auf der Welt, als ich das letzte Mal jongliert habe.«

Die Kinder jubelten.

»Ich werde also mit etwas Einfachem anfangen«, sagte er und hob den Apfel in die Höhe, »wie zum Beispiel mit diesem Donut!«

»Das ist kein Donut!«, riefen die Kinder.

Duncan stand nun direkt neben Clay, und jetzt beugte er sich über dessen Platz und nahm eine Orange von seinem Tablett. Er hielt sie den Kindern hin. »Ihr glaubt vielleicht, dass diese Wassermelone viel zu schwer ist, um damit zu jonglieren«, verkündete er, während die Kinder in Kichern

317

und Protestrufe ausbrachen, »aber ich sage euch was: Ich kann mit allem jonglieren, wenn es nur eine runde Form hat!«

»Das ist keine Wassermelone!«, schrien die Kinder.

»Jetzt brauche ich nur noch einen einzigen runden Gegenstand«, sagte Duncan, und im Raum wurde es still. Gespannt warteten die Kinder, für was er sich entscheiden würde. »Was soll ich nehmen? Einen Granatapfel? Eine Tomate? Einen Kaktus?«

»Ein Kaktus ist nicht rund!«

Jetzt schlängelte sich Duncan weiter in Richtung der Lehrertische. »Die Wassermelone ist schwer zu toppen, aber ich werde es versuchen.«

Da entdeckte er auf dem Tablett vor mir eine ungeschälte Kiwi. Er fing meinen Blick auf und kam in meine Richtung.

Im allgemeinen Getümmel ging unter, dass er mir leise zuraunte: »Wer packt sich denn eine ungeschälte Kiwi ins Lunchpaket?«

»Ich hatte keine Zeit mehr«, erwiderte ich und klopfte mit dem Finger auf das Obstmesser, das ich ebenfalls dabeihatte.

Duncan zwinkerte mir zu und wandte sich wieder an sein Publikum.

»Ich hab's!«, rief er. Sofort verstummten die Kinder, neugierig, was er ausgewählt hatte.

Er trat zu mir, beugte sich über meinen Tisch und nahm die Kiwi vom Tablett. Er hielt sie in die Höhe und rief: »Eine Avocado!«

Die Kinder tickten aus.

Duncan bahnte sich seinen Weg zurück zur Bühne am anderen Ende des Raumes. Die ganze Zeit über warf er den Apfel und die Orange in die Luft, selbst als er die Stufen zur Bühne hinaufstieg.

Alle Augen folgten ihm gespannt. Wir hatten Glück, er hatte die Kunst des Jonglierens noch nicht verlernt.

Und als wäre ein Bann gebrochen, lieferte Duncan eine Vorstellung, als hätte er nie damit aufgehört. Zuerst ließ er die Früchte einfach kreisen, aber dann baute er kleine Überraschungselemente ein, warf hier eine Frucht höher als die anderen, unterbrach dort den Rhythmus seiner Bewegungen. Ich stand vom Tisch auf und ging näher zur Bühne, wie verzaubert von seinem Anblick verfolgte ich seine mühelosen, regelmäßigen Bewegungen. Er warf die Orange hoch in die Luft und fing sie wieder auf. Er benutzte anstelle einer Hand seinen Fuß, um die Kiwi im Spiel zu halten. Er warf den Apfel rücklings zwischen seinen Beinen hindurch. Er schenkte uns einen entrückten, verzauberten Moment des Staunens.

Nachdem er die Vorstellung beendet hatte, kehrte er zu seinem Platz am Rand des Raumes zurück, nahm seine militärische Haltung wieder ein und setzte ein Pokerface auf, als wäre nichts geschehen.

Aber es war etwas geschehen.

Und ich sage Ihnen mal was. Er stand zwar für den Rest der Pause wieder streng in der Ecke, langweilig und farblos in seinem ewig grauen Anzug mit der ewig gleichen blauen Krawatte ... aber ich wusste, dass etwas anders war.

Denn als er ein paar Minuten zuvor die Kiwi mit dem

Fuß in die Luft befördert hatte, war sein Hosenbein ein Stück nach oben gerutscht, und ich hatte gesehen, was sich darunter verbarg. Etwas Beeindruckendes.

Er trug tatsächlich gepunktete Socken.

Für den nächsten Abend hatten wir geplant, in die Stadt ins Kino zu gehen, wo die Dokumentation zum Großen Sturm im Jahr 1900 gezeigt werden sollte. »Es ist ein sehr tragischer Film«, hatte Babette mich gewarnt. Ich hatte die ausdrückliche Anweisung, im Nachgespräch Themen wie innere Widerstandskraft hervorzuheben.

Auf dem Weg in die Stadt konnte ich einfach nicht aufhören, über seine Jonglier-Einlage zu reden.

»Du bist einfach ... richtig gut darin«, sagte ich zum wiederholten Mal.

»Ich habe früher als Straßenkünstler gearbeitet. So habe ich während meiner Collegezeit Geld verdient.«

»Mit Jonglieren?«

Er zuckte mit den Schultern. »Nicht nur.«

»Was denn noch zum Beispiel?«

Er seufzte, als wüsste er gar nicht, wo er mit der Aufzählung anfangen sollte. »Ich kann auf Stelzen laufen. Ich beherrsche ein paar Zaubertricks. Ich kann einen Zauberwürfel in weniger als fünf Minuten lösen. Ich kann eine Seifenblase in einer Seifenblase machen. Ich kann das Alphabet rülpsen. Oh, und ich bin Jo-Jo-Meister.«

»Jo-Jo-Meister?«

»Landesmeister, um genau zu sein«, präzisierte er nicht ohne Stolz.

»So was gibt es?«

Er warf mir einen missbilligenden Blick zu. »Glaub mir. Ich könnte dich verzaubern.«

Ich zog die Nase kraus. »Ich lasse mich nicht so leicht verzaubern.«

»Das denkst du nur, weil du mich noch nie mit einem Jo-Jo gesehen hast.«

Eine Weile gingen wir wortlos nebeneinanderher. Dann fragte ich: »Wo hast du all die Dinge gelernt?«

Er dachte kurz nach. »Kannst du dich noch an deine Schulzeit erinnern? Als du jeden Abend nach Hause gekommen bist und deine Hausaufgaben erledigt hast?«

»Ja, und?«

»Also, diese Hausaufgaben habe ich nie gemacht.«

Ich lächelte. Natürlich nicht.

»Stattdessen habe ich mir beigebracht, wie man ein Messer zwischen die Zähne nimmt. Ich habe viele Comics gelesen, das Morsealphabet auswendig gelernt, Messerwerfen, Peitschenknallen, solche Sachen. Ich kenne den Namen jedes einzelnen Kampfflugzeugs im Zweiten Weltkrieg. Ich habe ein funktionierendes Radio aus Schrottteilen zusammengebastelt. Eigentlich war ich ganz wild darauf, alles zu lernen, was nicht auf dem Schullehrplan stand.«

»Und jetzt bist du selbst Schuldirektor.«

»Sie haben mich nicht wegen meines Superhirns eingestellt.«

Es ging einzig und allein darum, ihn mit harmlosen Themen ein wenig einzuwickeln, zu ködern und dann darauf aufzubauen. Im Laufe der nächsten Wochen legten wir die

321

Latte immer ein Stück höher: Wir ließen Clay einen seiner Lieblings-Garfield-Comics aussuchen und gaben ihn Duncan zu lesen. Wir brachten ihn dazu, freitags in Hawaiihemd und Flipflops in die Schule zu kommen. Er musste Mrs Kline auf dem Schulhof ein Geburtstagsständchen bringen, hundert Gramm Karamellbonbons im örtlichen Süßwarenladen verspeisen, Pantomime spielen und außerdem ein Buch zum Thema »Überwindung von Posttraumatischen Belastungsstörungen« lesen.

Oh, und natürlich nicht zu vergessen die Therapie. Babettes Kontakt hatte bestätigt, dass Duncan tatsächlich seit kurzem zweimal pro Woche zu Sitzungen erschien.

Es war beinahe zu einfach gewesen. Vielleicht war ihm selbst klar geworden, dass er ein ernstes Problem hatte. Womöglich hatte er sich auch nach Hilfe gesehnt. Oder er war in gewisser Weise sogar froh darüber, dass Babette und ich ihm all diese Dinge aufzwangen.

Konnte das möglich sein?

Natürlich war ich bei allen Unternehmungen seine Sparringspartnerin und Aufpasserin. Besondere Anlässe plante Babette immer für Freitagabend und gab Duncan dann für den Rest des Wochenendes frei. Es handelte sich natürlich nicht direkt um Verabredungen, aber nachdem es immer nur wir zwei waren, die zusammen etwas unternahmen, fühlte es sich eben doch wie eine Verabredung an. Babette schickte uns ins Kino, ins Aquarium, zum Bowling und auch mal in ein Restaurant.

Es war eine verwirrende Zeit, um es milde auszudrücken. Zumindest für mich.

Je mehr Zeit ich mit Duncan verbrachte, umso mehr Zeit wollte ich mit ihm verbringen. Wenn wir nicht zusammen waren, musste ich dauernd an ihn denken. Ich hielt auf den Schulgängen nach ihm Ausschau.

Es war … keine reine Qual, sagen wir mal so. Ich hatte das untrügliche Gefühl, dass wir Duncan weiterhalfen. Und damit den Kindern. Und unserer Schule. Ich war mir allerdings nicht ganz so sicher, was das alles mit mir machte.

19

An einem Freitagabend schickte Babette uns in den Vergnügungspark, der auf einem Kai direkt am Meer lag, nur ein paar Häuserblocks von der Schule entfernt.

Duncan ließ Chuck Norris einfach in seinem Hundekorb im Büro schlafen und holte mich in der Schulbibliothek ab.

Als wir den Kai erreichten, war die Sonne bereits untergegangen, und überall fingen Lichter an zu strahlen – an den Fahrgeschäften blinkten Neonlampen, und im ganzen Hafenbereich waren Lichterketten mit Glühbirnen in kunstvollen Bögen über den Weg gespannt. Wir kauften unsere Eintrittskarten und ließen uns treiben.

Ich musste die Gelegenheit für eine Lektion einfach nutzen und sagte: »Wäre dies nicht ein schrecklich trauriger Ort, wenn jemand alles grau gestrichen hätte?«

Babette hatte sogar ein ganz bestimmtes Fahrgeschäft für uns ausgesucht, eine Achterbahn namens Eiserner Hai.

Ich muss an dieser Stelle anmerken: Achterbahnen sind für Leute, die an epileptischen Anfällen leiden, nur bedingt geeignet. Manche Betroffenen hatten damit überhaupt keine Probleme, andere schon – und ich war mir nicht ganz sicher, zu welcher Kategorie ich gehörte.

Duncan war sichtlich ein großer Achterbahnfan. »Es heißt, dass der Hai eine hundert Meter hohe, senkrechte Abfahrt hat«, verkündete er aufgekratzt, als ob das eine gute Nachricht wäre. Er hatte schon eine Menge Sachen auf Babettes Anweisung hin gemacht, mal mehr, mal weniger widerwillig. Diesmal schien er tatsächlich begeistert zu sein.

Ich dagegen war nur nervös. Was zum Teufel hatte ich da vor?

Ich gebe zu, dass ich gerne Zeit mit Duncan verbrachte. Ich wollte keine unserer gemeinsamen Unternehmungen auslassen. Ich wollte die Sache am Laufen halten und jede Gelegenheit nutzen, mit ihm zusammen sein zu können.

Kennen Sie das Gefühl, wenn man perfekt mit einem anderen Menschen harmoniert – wenn irgendetwas an dieser Person einen selbst zum Leuchten bringt? Das kommt sehr selten vor. Wenn es geschieht, fühlt es sich wie ein kleines Wunder an – und man kann von diesem Menschen gar nicht genug bekommen. Von Duncan konnte ich nicht genug bekommen. Von diesem neuen Duncan.

Und wenn ich dafür Achterbahn fahren musste, dann würde ich das eben tun. Also blendete ich aus, was wir vorhatten – und genoss nur den Moment. Ehe ich mich's versah, saßen wir nebeneinander im vordersten Wagen, und ich begann, mir grundlegende Fragen über mein Leben zu stellen. Ich drückte den Schoßbügel herunter und ließ ihn an meiner Taille einklicken.

»Moment mal«, wandte ich mich an Duncan, »gibt es

etwa keinen Schulterbügel? Wo ist denn der Schulterbügel?«
Ich hob die Hand und zog einen imaginären Sicherheits-
bügel herunter.

»Es gibt keinen Schulterbügel«, sagte Duncan.

Ich fühlte, wie mich Panik ergriff. »Nur – am Bauch? Ein
Bauchbügel? Das ist doch gar nichts!«

»Es funktioniert«, sagte er. »Alles in Ordnung.«

Aber ich schüttelte den Kopf. »Dann hängt der Oberkörper in der Luft?«

»Also ja, das ist Teil des Vergnügens.«

»O mein Gott«, stieß ich aus. »Wir werden sterben.«
Während ich diese Worte aussprach, blickte ich geradeaus
und sah – sah zum ersten Mal wirklich –, dass die Gleise
vor uns senkrecht nach oben führten.

In meinem Magen öffnete sich ein schwarzes Loch. Dies
hier geschah tatsächlich.

»Alles in Ordnung mit dir?«, fragte Duncan.

Die Gleise lagen direkt vor mir. Vom Einstiegsbereich
aus führten sie etwa zehn Meter geradeaus und wandten
sich dann in einem rechten Winkel direkt nach oben.
Immer weiter nach oben.

»Das hier war vielleicht keine gute Idee«, sagte ich.

»Nein, allerdings«, sagte Duncan, »es war eine schreckliche Idee.« Er sagte es in genüsslichem Ton, so als wäre
daran irgendetwas Tolles.

»Ich glaube, ich muss hier raus«, sagte ich und zog am
Schoßbügel – der sich natürlich keinen Millimeter bewegte.
In diesem Moment schoss ein anderer Wagen über unsere
Köpfe hinweg und dämpfte meine Worte.

326

Ich drehte mich um, um jemandem vom Personal am Einstieg ein Zeichen zu geben … aber in diesem Moment fuhr unser Wagen an.

»Jetzt gibt es kein Zurück mehr«, sagte Duncan.

Damit lag er nicht falsch. Wir waren unterwegs. Es gab kein Entkommen mehr. Wie lange dauerte die Fahrt noch mal? Drei Minuten? Vier? Ich spürte, wie meine Finger eiskalt wurden und sich im ganzen Körper eine kribbelige Angst ausbreitete. Wie hatte ich mich nur in diese Situation manövrieren können? Meine Herzschlagfrequenz verdoppelte, was sage ich, verdreifachte sich, als würde mein Herz nicht mehr nur schlagen, sondern vielmehr erbeben.

Ich presste die Augen zu, doch das machte alles nur noch schlimmer. Also öffnete ich sie wieder, und zwar genau in dem Moment, als wir anfingen, nach hinten zu kippen, immer weiter und weiter, bis wir ganz auf dem Rücken lagen und die Schwerkraft jeden nicht anderweitig fixierten Teil meines Körpers nach unten in den Sitz zog. Ich beschloss, meine Angst direkt anzugehen. *Du musst nur abwarten, bis es vorbei ist*, sagte ich mir. *Einfach stillsitzen und warten. Und keinen Herzinfarkt bekommen.*

Glauben Sie mir: Mit diesem Hundert-Meter-Anstieg wird der Nervenkitzel bis ins Unermessliche gesteigert.

»Alles in Ordnung?«, fragte Duncan wieder.

Aber ich konnte nicht antworten.

Die Vorahnung ist das Schlimmste, sagte ich mir. Doch das stimmte nicht. Das Schlimmste stand mir erst noch bevor. Denn in dem Moment, als wir die Spitze des einhundert Meter hohen Gerüstes erreichten, kurz bevor wir aus der

327

Senkrechten auf die kurze, gerade Strecke kippten, an deren Ende wir in den Abgrund stürzen würden ... blieb unser Wagen stehen.

Also, er kam zum völligen Stillstand.

Er ging einfach aus.

Nach einer Schrecksekunde stieß ich hervor: »Gehört das dazu?« Vielleicht wollten sie ja die Spannung noch erhöhen.

»Nein«, stellte Duncan fest.

Das war nicht das, was ich hören wollte.

»Was ist hier los?«, fragte ich. Meine Stimme hörte sich seltsam fremd an.

Aber da ertönte aus einem Lautsprecher zwischen unseren Sitzen eine Stimme. »Kein Grund zur Sorge, Leute«, sagte sie freundlich.

»Was zum Teufel ist hier los?«, brüllte ich den Lautsprecher an, als könnte er mich hören.

»Diese Pause gerade ist nichts Ungewöhnliches. Das System ist nicht abgestürzt, es besteht keinerlei Grund zur Sorge. Unsere computergesteuerten Sensoren sind feinkalibriert, um jegliche Art von Fremdkörpern auf den Schienen sofort zu erkennen. Wenn die Sensoren irgendein Hindernis identifizieren, halten sie sofort jede Fahrt an, bis unsere Techniker das Problem gelöst haben.«

Ich sah Duncan an. »Was denn für Fremdkörper?«

Der Lautsprecher ratterte weiter: »Unter Fremdkörper fallen unter anderem Zeitungen, Winddrachen, Bierdosen und Pelikane.«

Duncan zuckte mit den Schultern.

»Bitte bleiben Sie ruhig sitzen und genießen Sie die Aussicht, bis das Problem behoben ist.«

Der Lautsprecher verstummte, und für einen Moment war nur der Wind zu hören. Der Wind und das Nichts. Denn um uns herum war absolut nichts. Wir waren ganz oben auf dem Gerüst, leicht nach hinten gekippt wie ein kecker Hut, um uns herum überall dunkler Himmel.

In diesem Moment geriet ich in Panik.

»Duncan?«, sagte ich.

»Ja?«

»Ich ticke aus.«

Duncan drehte den Kopf, um mich direkt ansehen zu können. »Du siehst ganz gut aus. Eigentlich sogar sehr gut.«

»Ich fühle mich aber nicht gut. Und schon gar nicht sehr gut.«

Er kicherte nervös und sagte: »Warum? Weil ein Pelikan auf den Schienen sitzt?«

Aber in diesem Moment fing ich an zu hyperventilieren.

»He«, sagte er und lehnte sich zu mir herüber. »Was ist los mit dir?«

»Ich will wieder runter«, sagte ich – und als ich es aussprach, machte das alles nur noch schlimmer.

»Hör mal, das ist eine moderne Achterbahn – kein Bummelzug, bei dem irgendein alter Knacker einen kaputten Hebel umlegt.«

»Das ist nicht gerade hilfreich.«

»Ich bin bei dir«, sagte er in geschäftsmäßigem Ton. »Ich bin bei dir, und wir sind in Sicherheit. Wir sitzen gut fixiert in einer Achterbahn, mit der jeden Tag hunderte von Leu-

329

ten fahren – zum Spaß, stell dir das mal vor. Ich bin sicher, dass so was wie mit den Pelikanen jeden Tag passiert. Das ist keine große Sache. Wir warten einfach, bis sie ihn verscheucht haben, und dann bringen wir das hier zu Ende.«

»Das ist es ja gerade«, stieß ich keuchend hervor. »Ich will das nicht zu Ende bringen. Ich will aussteigen.«

»Wir können nicht aussteigen«, sagte er. »Aber die gute Nachricht ist, dass diese furchterregende Achterbahn eine ganz durchschnittlich furchterregende Achterbahn ist.«

»Das beruhigt mich nicht wirklich.«

»Ich will damit nur sagen, dass es nicht so schlimm wird, wenn wir erst wieder fahren.«

»Ich fahre aber nicht mit furchterregenden Achterbahnen, okay?«

»Was? Nie?«

»So gut wie nie.«

»Was machst du dann hier?«

»Es ist einfach so passiert, okay? Ich habe mich amüsiert. Ich habe nicht aufgepasst.«

Neben mir herrschte Schweigen. Dann: »Du bist nur wegen mir hier?«

»Ja«, sagte ich, und es klang wie ein frustriertes Seufzen, so als würde ich dabei die Augen verdrehen. Und dann fügte ich schnell die Erklärung an: »Babette hat uns aufgetragen, das hier zu machen, und es sah so aus, als wärst du begeistert, und ich habe mich mitreißen lassen und habe nicht wirklich darüber nachgedacht.«

»Das ist vielleicht das Netteste, was jemals jemand zu mir gesagt hat.«

»Gut. Aber ich fürchte, ich habe eine Panikattacke.«

»Wie kommst du darauf?«

Sarkastisch erwiderte ich: »Ähm, vielleicht liegt es an der ganzen Panik, die ich empfinde.«

»Okay, das ist schlüssig.«

»He«, sagte ich dann, »ich muss dich wegen einer Sache vorwarnen.«

»Okay.«

Ich holte tief Luft: »Es könnte vielleicht passieren, dass ich ... irgendwann demnächst einen Anfall bekomme.«

»Einen Anfall?«

»Ja.«

»Wann?«

»Eigentlich jederzeit.« Dann wiegelte ich ab: »Wahrscheinlich nicht jetzt gleich. Aber es ist möglich. Wer weiß das schon?«

»Könntest du das bitte etwas genauer erklären?«, sagte er.

Während ich redete, blickte ich in den Himmel. Ich betrachtete die Sterne, und sie schauten zurück. »Also«, sagte ich, ohne den Blick von den Sternen abzuwenden, »ich habe Epilepsie.«

»Okay.«

Ich redete jetzt ein wenig schneller, um es hinter mich zu bringen. »Am schlimmsten war es in der Grundschule. Damals war es wirklich heftig – ich hatte viele Anfälle – mindestens einmal im Monat – und manchmal ist es in der Schule passiert, und wenn du dich jetzt fragst, ob kleine Kinder Epilepsie cool finden: nein, das tun sie nicht.«

»Du wurdest gehänselt.«

331

»Gehänselt. Geächtet. Gemieden. Alles zusammen. Wirklich alles. Das Schlimmste daran war – also bei einem schlimmen Anfall wirst du erst komplett steif, als würde sich jeder Teil deines Körpers so fest wie nur irgend möglich anspannen, und dann wirst du völlig kraftlos, wie eine Stoffpuppe. Und als ich klein war, habe ich meistens jede Kontrolle über meine Körperfunktionen verloren, aber das passiert mir inzwischen nicht mehr.«

»Puh.«

»Ja, das war alles andere als angenehm. Ich hatte praktisch keine Freunde. Gar keine.«

»Das tut mir leid.«

»Aber als ich älter wurde, verschwanden die Anfälle. Wir haben ein wirksames Medikament gefunden und es dann langsam wieder abgesetzt. Es ging mir gut. In der weiterführenden Schule hatte ich nur noch selten einen Anfall, in der Highschool und am College gar nicht mehr. Alles ganz normal. Ich dachte, ich wäre geheilt. Aber kurz nach meinem Umzug hierher kam die Krankheit zurück.«

»Warum kam sie zurück?«

»Das weiß niemand. Kommt eben vor. Und es passiert auch nicht mehr so oft – ein- oder zweimal im Jahr. Ich nehme nicht mal mehr Medikamente, weil sie einen Haufen Nebenwirkungen haben.« Ich sah zu ihm hinüber. »Deswegen fahre ich nicht Auto.«

Duncan nickte.

»Ich versuche, die Krankheit unter Kontrolle zu halten, indem ich auf genug Schlaf achte, mich gesund ernähre und ... also ... die richtigen Entscheidungen treffe.«

»Reicht das aus, um die Krankheit unter Kontrolle zu halten?«

»Nein. Ja. Irgendwie.«

Duncan nickte.

»Manchen Leuten hilft es, wenn sie keine Kohlenhydrate essen. Also mache ich das. Und ich trinke keinen Alkohol. Und ich gehe rechtzeitig schlafen, trinke ausreichend Wasser und versuche, mein Leben so weit wie möglich angenehm und unaufgeregt zu gestalten. Denn was löst am ehesten einen Anfall aus?«

»Achterbahnfahren?«, schlug Duncan vor.

»Stress«, sagte ich.

Duncan schüttelte den Kopf. »Was zum Teufel machst du in dieser Achterbahn?«

»Es war wohl nicht die klügste Entscheidung, die ich je getroffen habe.«

Duncan nickte wieder, als würde er jetzt endlich alle Zusammenhänge verstehen. »Denn wenn du den Stresslevel einer Fahrt mit dem Eisernen Hai auf einer Skala von eins bis zehn bewerten müsstest ...«

»Zwanzig.«

»Verstehe.«

»Also, falls es passiert, dann gerate bitte nicht in Panik.«

»Ich werde mich bemühen.«

»Ich ersticke nicht an meiner Zunge oder so was – das passiert nur im Film. Wenn es vorbei ist, werde ich ganz schlaff. Du musst nur sicherstellen, dass ich atmen kann. Und wenn dann endgültig alles vorbei ist, dann werde ich furchtbar müde – einfach unfassbar schläfrig und erschöpft.

Wenn du mich dann nur nach Hause bringen könntest, wäre das toll.«

»Muss ich dich nicht ins Krankenhaus bringen?«

»Nein.«

»Aber du hattest doch dann einen Anfall.«

»Wenn du einen Anfall hättest, dann müssten wir dich ins Krankenhaus bringen. Aber für mich ist das nichts Besonderes. Immer dasselbe. Keine große Sache.«

Duncan sah mich zweifelnd an. »Okay. Ich werde dir helfen, nicht in Stress zu geraten. Ich werde dich ablenken.«

»Wie?«

»Wusstest du, dass ich einen Tanz erfunden habe?«

Ich legte den Kopf in den Nacken und schaute in den Himmel. Atmete tief durch. Ich würde es versuchen. »Du hast einen Tanz erfunden?«

»Ganz genau. Er heißt Scherentanz. Schau mal.« Er zog die Ellbogen zusammen, dann bewegte er die Hände auf und ab, als ob seine Unterarme eine Schere bilden würden.

Ich sah ihm einen Moment lang zu, dann schaute ich wieder in den Himmel. »Ich weiß nicht, ob das wirklich ein Tanz ist.«

»Selbstverständlich ist das ein Tanz.«

»Kennt irgendjemand diesen Tanz?«, fragte ich. »Oder nur du?«

Er sah mich entrüstet an. »Den Tanz kennen sehr wohl andere Leute. Man kann ihn auf YouTube anschauen.«

Ich sah zu ihm hinüber, dann wieder in den Himmel, und dabei versuchte ich regelmäßig zu atmen. »Wie kam es dazu, dass du diesen Tanz erfunden hast?«

334

»Ich habe Partys organisiert und den Leuten dabei auch gezeigt, wie man richtig tanzt.«

»In der Rolle kann ich mir dich gar nicht vorstellen«, sagte ich. »Als Feldwebel vielleicht. Oder auch als Museumswärter. Oder einer von den Typen vor dem Buckingham-Palast, mit diesen verrückten Mützen.«

»Du meinst die Bärenfellmützen«, gab Duncan bereitwillig Auskunft.

»Irgendetwas, wo man stoisch auftreten muss. Was Ernstes. Unter keinen Umständen, nie im Leben kann ich mir dich als Tanzlehrer vorstellen.«

»Tja, das ist dein Pech«, meinte Duncan. »Ich bin nämlich ein legendärer Tänzer.«

Daraufhin musste ich laut lachen.

»Irgendwann gehe ich mal mit dir tanzen, dann wirst du es schon sehen.«

»Oh«, erwiderte ich, »ich tanze eher nicht in der Öffentlichkeit.«

»Du tanzt nicht?«

»Vor Leuten«, spezifizierte ich. »Ich tanze schon, aber nur zuhause, wenn ich allein bin.«

»Das klingt wirklich traurig.«

Ich zuckte mit den Schultern. »Ich habe nun mal Todesangst vor einer Demütigung.«

»Der Witz am Tanzen ist die freiwillige Demütigung. Man muss sich förmlich hineinstürzen.«

»O nein, danke«, wehrte ich ab.

Aber jetzt lächelte ich tatsächlich. Beim Gedanken an Duncan als Tanzlehrer konnte ich einfach nicht anders.

»Du glaubst mir nicht«, sagte Duncan kopfschüttelnd.

»Ich glaube dir, dass du mal so einen Job hattest. Aber ich glaube nicht, dass du gut darin warst.«

»Ich war legendär. Ich war der Partygott von Chicago. Ein Tanzgott. Wenn ich es dir doch sage. Das alles ist jetzt fast zehn Jahre her, und die Kinder tanzen noch immer diesen Tanz. Er verbreitet sich überall. Kalifornien, Florida, New York. Die Jugendlichen tanzen ihn in den Clubs.«

»Wie kommt man denn auf die Idee, einen Tanz namens Scherentanz zu erfinden?«

»Ich habe mir hunderte von Tänzen ausgedacht. Es ging einfach darum, die Menge zum Tanzen zu bringen. Im Ernst, ich habe alles umgesetzt, was mir so eingefallen ist. Ich habe die Palme erfunden. Den Mixer. Die Wippe. Den Komm-schon-Tanz. Den Schau-mich-nicht-an-Tanz. Das Gummibärchen. Den Zehenstoßer. Den Schenkelmeister.«

Ich lachte. »Die gibt es doch nicht wirklich.«

»Wenn ich es dir sage.«

»Was hast du gegen die Tänze, die jeder kennt?«

»Ich beherrsche sie nicht. An den Job bin ich nur durch Zufall gekommen.«

»Und jetzt bist du mit deinem Scherentanz unsterblich geworden.«

Plötzlich ertönte erneut die Stimme aus dem Lautsprecher: »Gute Nachrichten, Leute! Die Schienen sind wieder frei, es geht weiter, sobald wir das System wieder hochgefahren haben! Bitte habt noch ein paar Minuten Geduld.«

»O Scheiße!« Meine Stimme überschlug sich vor Panik. »Ich will nicht, dass die Fahrt weitergeht!«

Es überlief mich heiß und kalt, ich hörte das Blut in meinen Ohren rauschen, und für einen Moment hatte ich das Gefühl, als würde unser Wagen schwanken. Aber dann wurde mir klar, dass ich es selbst war. Mein Atem ging stoßweise, viel zu schnell.

Duncan beäugte mich kritisch. »Du bist wirklich grün im Gesicht.«

»Es könnte sein, dass ich gleich ohnmächtig werde.«

Er nahm meine Hände in seine. Sie fühlten sich groß und warm und stark und trocken an – nicht kalt und feucht und jämmerlich wie meine. »Hey«, sagte er. »Schau mich an.«

Ich drehte den Kopf zu ihm und sah ihn an, schaute in diese Augen, die meinen Blick so intensiv festhielten, wie es noch nie zuvor jemand getan hatte.

»Ich werde dir helfen zu atmen.«

»Ich weiß, wie man atmet«, stieß ich hervor.

»Im Augenblick nicht.«

Dann legte er eine Hand an meine Wange, damit ich ihn weiter ansah. »Wir werden zusammen atmen, und du wirst dich besser fühlen.«

Er brachte mich dazu, ihm direkt ins Gesicht zu sehen – in seine Augen – und dabei fünf Sekunden lang ein- und anschließend vier Sekunden lang auszuatmen. Dann noch einmal und dann noch einmal. Wir atmeten zusammen ein und aus, synchron, während er leise zählte. Ich beobachtete, wie sich seine Lippen bewegten. Ich hörte seinen Atem. Ich ließ meine Hände in seinem festen Griff.

Was hat es damit auf sich, wenn man jemandem so tief

in die Augen schaut? Was löst diesen Zauber aus? Oder lag es an seinem Gesicht? Vielleicht die Linie seiner Nase oder seines Kiefers oder die Form seiner Unterlippe? Ich konnte es nicht sagen. Vielleicht würde ich es nie herausfinden.

»Schau mir einfach in die Augen«, sagte er.

Kein Problem.

Ich war ihm gern so nah. Es gefiel mir, wenn ich seine volle Aufmerksamkeit hatte. Mir gefiel auch die Linie seines Halses und die Art, wie diese lange, senkrecht verlaufende Sehne hervorstand und weiter nach unten verlief, als er mir den Kopf zuwandte und mich direkt ansah – mit einer Intensität, mit der sich Leute niemals einander zuwenden. Außer sie haben einen guten Grund dafür. Ich war ein ganz kleines bisschen froh, dass ich einen solchen Grund hatte. Alles hat seine Vor- und Nachteile.

Und in diesem Moment kam der Eiserne Hai wieder auf Touren, und wir fuhren an. Wir erreichten das Plateau, fuhren geradeaus, dann kippten wir über den Rand, dass sich einem der Magen umdrehen und das Herz stehen bleiben musste und man den eigenen Tod vor Augen hatte … und dann stürzten wir wie in einer unfassbaren, ohnmächtigen Zeitlupe mit dem Gesicht voran in den Abgrund.

20

Im Ausstiegsbereich musste ich mich erst einmal hinsetzen und meinen Kopf zwischen die Knie legen.

Duncan wusste offenbar nicht, was er tun sollte. Er rieb mir wie ein Boxtrainer über den Rücken, was nicht annähernd die beruhigende Wirkung hatte, die er wahrscheinlich beabsichtigte. Mantraartig fragte er: »Kann ich dir irgendwas bringen?« und »Ist alles in Ordnung? Möchtest du einen Zuckerkringel?«

Als ich mich endlich wieder aufrichten konnte, hielt mir Duncan ein Stück Schokolade hin, aber mir war übel und ich konnte nicht einmal an Schokolade denken. Also schlug er vor, wir sollten uns unten auf der Musikbühne, wo gerade eine Country-Band spielte, vom Schrecken freitanzen, aber auch das kam für mich nicht in Frage. Schließlich kam er auf die Idee einer Art Konfrontationstherapie und schlug vor, gleich noch einmal mit dem Eisernen Hai zu fahren. Daraufhin blieb mir nichts anderes übrig, als dem Ausgang zuzustreben und ihn auf der Bank sitzen zu lassen. Ich wollte das nicht, aber ich musste einfach weg.

Duncan kam mir hinterher. »He!«, rief er. »Warte doch!«

»Ich glaube, ich muss ein bisschen herumlaufen«, rief ich zurück, ohne meine Schritte zu verlangsamen.

Er holte mich ziemlich schnell ein, und wir verließen den Achterbahnbereich. Die Musik, all die Lichter und die vielen Leute, die Fahrgeschäfte, die regelmäßig an uns vorbeirauschten, all das, was vorhin noch so reizvoll und lustig gewirkt hatte, zerrte nun gefährlich an meinen Nerven.

Ohne darüber geredet zu haben, verließen wir das Gelände, gingen den großen Hafendamm entlang und ließen das Getümmel hinter uns.

Der Damm ist über fünf Meter hoch, erbaut nach dem Großen Sturm im Jahr 1900, um die Stadt vor Sturmfluten zu schützen. Oben entlang führt eine Allee, die – und das fand ich immer eine kühne Entscheidung – kein Geländer hat. Während wir also dort entlangspazierten, rauschten rechts von uns Autos vorbei – Leute in Cabrio-Jeeps, die das Autoradio laut aufgedreht hatten, Harleys und ab und zu ein hübscher roter Straßenbahnwagen –, aber links von uns ging es fünf Meter steil nach unten zum Strand.

Ich merkte, wie sich Duncan zwischen mich und die Straßenkante schob, als ob ich plötzlich vom Weg abkommen und über die Kante stürzen könnte. Wirklich sehr aufmerksam von ihm. Daraufhin hakte ich mich bei ihm unter. Und als ich sein Gewicht neben mir spürte, war das ein so beruhigendes und tröstliches Gefühl, dass ich ihn nicht mehr losließ.

»Danke«, sagte ich und hielt weiter seinen Arm fest.

Duncan nickte. »Mein Arm ist auch dein Arm.«

»Ich bin nicht sicher, ob das funktioniert«, sagte ich,

»nicht einmal im übertragenen Sinne.« Aber dennoch hielt ich mich weiterhin an ihm fest.

Nachdem wir auch den Damm hinter uns gelassen hatten, wurde es viel ruhiger. Bald tauchten rechts von uns nur noch vereinzelt Geschäfte für Lenkdrachen, Imbissbuden und Tattoostudios auf, und links lag still, beruhigend und ewig der Ozean. Da spürte ich, dass ich mich langsam erholte. Inzwischen war der Mond aufgegangen.

Duncan ließ mich noch immer nicht aus den Augen. »Tut es dir leid, dass du mir davon erzählt hast?«

»Natürlich. Es ist peinlich.«

Duncan nickte. »Wie wäre es, wenn ich dir auch etwas Peinliches über mich erzähle? Dann wären wir quitt.«

»Einverstanden.«

Nach einer kurzen Pause sagte er: »Es fällt mir schwer, mich zu entscheiden.«

»Ich bin nicht besonders anspruchsvoll.«

»Okay, ich hab's«, sagte er schließlich. »Also, pass auf: Ich plane bereits meine eigene Beerdigung.«

»Wie bitte?«

»Wirklich. Ich habe dafür einen eigenen Ordner auf meinem Computer angelegt.«

Ich runzelte die Stirn. »Das ist tatsächlich einigermaßen irritierend.«

Er drehte sich zu mir, so als hätte ich etwas missverstanden. »Ich bin nicht selbstmordgefährdet oder so. Ich möchte nicht sterben. Mir ist nur bewusst, dass ich jederzeit sterben könnte. Und wenn es so weit ist, dann will ich ein supercooles Begräbnis.«

Nachdem ich ja jetzt wusste, dass er beinahe gestorben wäre, machte das alles erheblich mehr Sinn. Ich konnte auf jeden Fall nachvollziehen, warum er auf einen solchen Gedanken gekommen war. Aber dass er weiterhin darüber nachdachte, war ein ganz anderes Thema.

»Was genau verstehst du unter einem supercoolen Begräbnis?«, fragte ich. »Reden wir hier von einem New Orleans-artigen Trauermarsch mit Jazzband? Oder was mit Fallschirmspringern? Feuerwerk?«

»Alles hervorragende Ideen.« Er lächelte mich verschmitzt an.

»Also was?«

»Ein ganz normales Begräbnis … aber eben cool. Ich mag zum Beispiel keine Orgelmusik. Deswegen habe ich eine Playlist erstellt. Du weißt schon, mit Lieblingsliedern.«

»Zum Beispiel?«

»Ach, das Übliche. Vielleicht was von den Talking Heads. Ein bisschen Curtis Mayfield. Was von Johnny Cash. Und eine Prise James Brown. Und natürlich Queen.«

»Klar«, sagte ich. »Queen darf auf keinen Fall fehlen. Bei einer Beerdigung.«

Duncan sah mich misstrauisch an.

»Ich nehme an ›Another One Bites the Dust‹ ist zu bildlich.«

Duncan deutete mit dem Finger auf mich. »Aber das Gitarrensolo ist legendär.«

»Sollen die Gäste auf deiner Beerdigung mitsingen?«, fragte ich. »Warte mal – planst du Karaoke?«

»Nein, bisher nicht, aber das ist gar keine schlechte Idee.

Ich habe auch schon ein paar Gedichte herausgesucht. Eines über reife Pfirsiche, du verstehst, der Kreislauf des Lebens und so weiter, und eines über den Tod der Spinne aus *Wilbur und Charlotte*.«

»Du hast dir all diese Gedanken wirklich gemacht.«

»Niemand will ein bekacktes Begräbnis.«

Ich dachte über Max' Beerdigung nach. »Ist nicht jedes Begräbnis letztlich bekackt?«

Er schüttelte den Kopf. »Die Messlatte hängt zu tief. Man müsste sich da mehr anstrengen.«

Ich gab mich geschlagen. »In Ordnung.«

Er nickte. »Und außerdem habe ich … also … eine kleine Rede verfasst.«

»Du hast deinen eigenen Nachruf geschrieben?«

»Eine Laudatio.«

»Was steht drin?«

»Es wird hervorgehoben, wie gutaussehend und mutig ich war …«

»Natürlich«, sagte ich.

»Und dass ich den Nobelpreis und den Pulitzer-Preis gewonnen habe.«

»Okay.«

»Und zum Schluss wird getanzt.«

»In der Kirche?«

Er sah mich vorwurfsvoll an, so als hätte ich nicht richtig aufgepasst. »Nichts davon findet in einer Kirche statt. Das Ganze wird ein Strandbegräbnis.«

»Oh«, sagte ich und fühlte einen Stich im Herzen, als dieses theoretische Szenario plötzlich einen sehr realen Bei-

343

geschmack bekam. Leise fügte ich hinzu: »Max hatte ein Strandbegräbnis.«

»Wirklich?«

»Es war voll. Man würde nicht meinen, dass man einen Strand vollkriegen kann, aber so war es.«

Duncan bemerkte meinen Stimmungswechsel. »Da war ich noch nicht hier. Das wusste ich nicht.«

Ich stieß langsam die Luft aus. »Du hättest Max sicher geliebt.« Ich sah zu Duncan und fügte hinzu: »Und er dich auch.«

Plötzlich ging mir auf, wie traurig diese Unterhaltung war. Es war nicht nur die Erinnerung an Max und jenen unsäglichen Tag, an dem wir uns alle von ihm verabschiedet hatten, es war auch die Tatsache, dass Duncan sein eigenes Begräbnis plante. Auch wenn er damit kokettierte, so sagte es doch viel darüber aus, was er noch vom Leben erwartete.

Für einen Augenblick schwiegen wir beide. Der Wind, der vom Meer her wehte, der beständige Luftstrom über unsere Köpfe hinweg, hatte eine entspannende Wirkung auf mich. Beinahe wie eine Kopfmassage. Ich fühlte, wie der Stress von mir abfiel, und an seine Stelle trat eine gewisse Besorgnis. Doch da war noch etwas anderes. Verbundenheit. Ich ließ Duncans Arm los und verfiel in den beruhigenden Rhythmus, den man finden kann, wenn man einfach nebeneinander hergeht.

Wir hatten die Achterbahn überlebt. Und noch vieles andere auch. Das allein war schon eine Menge. Aber natürlich wollte ich weit mehr von ihm. Unwillkürlich achtete ich darauf, wie sich unsere Hände immer wieder wie zufäl-

344

lig streiften. Jedes Mal durchfuhr mich ein kleiner Blitz. Es wäre so einfach gewesen, ein bisschen dichter neben ihm zu gehen und meine Hand wie zufällig in seine zu schieben. Aber wenn er das nicht wollte? Oder – noch schlimmer – wenn er es auch wollte?

Es war eine unerträgliche Situation. Und ich hatte keine Ahnung, wie wir aus ihr herausfinden sollten. Wohl vor allem deshalb, weil ich sie so sehr genoss.

Nach einer Weile sagte Duncan: »Danke, dass du mir von deiner Epilepsie erzählt hast.«

Ich blieb kurz stehen und deutete mit dem Finger auf ihn. »Diese Information hat rein praktischen Wert. Du darfst sie niemals gegen mich verwenden.«

»Das werde ich nicht«, sagte er. »So etwas würde ich nie tun.«

Es sah aus, als würde er es ernst meinen. »Tja, also«, ich lief weiter, »das muss ich dir dann wohl glauben.«

»Du hast ein paar schlimme Erfahrungen gemacht.«

»Sicher. Wer hat das nicht?«

»Es ist nur – du wirkst wie jemand, der überhaupt keine Probleme im Leben hat.«

»Gibt es überhaupt jemanden, der keine Probleme im Leben hat?«

»Ich meine, dass du wie jemand wirkst, der im Leben viel Gutes erfahren hat.«

Ich runzelte die Stirn. »Wie meinst du das?«

»Ich weiß auch nicht. Du trägst diese ganzen verrückten Tupfen und Streifen und Bommel. Neulich hattest du regenbogenfarbene BH-Träger an.« Er sah nach unten.

345

»Gerade heute trägst du wieder Clownstrümpfe. Du wirkst einfach so … unheimlich glücklich.«

»Du glaubst also, dass ich glücklich bin, weil ich es nicht besser weiß?«

»Keine Ahnung.«

»Blödmann – es fällt mir nicht leicht, so fröhlich zu sein. Ich schlage mich jeden Tag mit Zähnen und Klauen zum Glück durch.«

Duncan sah mich mit schmalen Augen an, als könne er das nicht ganz nachvollziehen.

»Das ist eine bewusste Entscheidung«, redete ich weiter, weil ich das Gefühl hatte, dass ich ihm das begreiflich machen musste. »Es ist die Entscheidung dafür, die guten Seiten des Lebens als wichtig wertzuschätzen. Die Entscheidung, sich über alles zu erheben, was einen nach unten ziehen könnte. Die Entscheidung, dem Trübsinn direkt in die Augen zu schauen und … ihm dann den Finger zu zeigen.«

»Es ist also eine feindsinnige Art von Glück.«

Er machte sich über mich lustig. »Manchmal«, sagte ich trotzig.

»Du machst das also wirklich so?«

»Es ist ein vorsätzlich empfundenes Glück. Eine bewusste Entscheidung, absichtlich glücklich zu sein.«

Duncan schien noch immer nicht ganz überzeugt. »Mit Clownstrümpfen und Tutu.«

»Ich sag dir mal was. Ich weiß alles über die Dunkelheit. Deswegen suche ich jeden verdammten Tag von Neuem so verbissen nach dem Licht.«

21

Dieser Abend veränderte alles.

Es geht doch nichts über eine Nahtoderfahrung, einen Spaziergang über den Hafendamm und eine unter Adrenalineinfluss zustande gekommene Beichte, um das Teambuilding am Arbeitsplatz zu verbessern.

Als ich am Montag zur Schule kam, war Duncan freundlich zu mir.

Freundlich.

Er grüßte mich freundlich, so wie sich nette Menschen gegenseitig begrüßen, und dann ging er mit mir auf den Schulhof hinaus. Und spätestens ab diesem Zeitpunkt wurde die Sache wirklich irre.

Im Hof ... waren viele Kinder ... die Seifenblasen steigen ließen.

Ich blieb wie angewurzelt stehen. Dann sah ich Duncan ungläubig an. »Was ist hier los?«

Duncan lächelte nur.

Ich hob die Hand und bohrte mit einem Finger in seine Schulter, als wollte ich prüfen, ob er nur ein Hologramm war. Aber nein: Da stand ein Mensch aus Fleisch und Blut.

Ich war heute Morgen mit dem furchtbaren Gefühl aufgewacht, viel zu viel von mir preisgegeben zu haben. Ich war fassungslos gewesen, was wir uns gegenseitig anvertraut hatten, was ich ihm alles gebeichtet hatte. Eigentlich posaunte ich meine Krankheit nicht heraus. Ich erzählte niemandem davon, schon gar nicht ... schwierigen Zeitgenossen.

Ich hatte mich gefragt, wie es wäre, ihn wiederzusehen.

Tatsächlich hatte Duncan eine beeindruckende Begabung, Lebensbereiche klar zu trennen. Egal wie viel Spaß wir bei unseren von Babette eingeforderten Unternehmungen außerhalb des Schulalltags hatten, in der Schule verhielt er sich mir gegenüber vollkommen steif und distanziert. Manchmal, wenn es besonders lustig gewesen war, zeigte er mir am nächsten Tag extra die kalte Schulter, als müsste er die Vertraulichkeit ausmerzen. Von mir aus. Solange er nicht alles grau übermalte, würde ich mich nicht beschweren.

An diesem Morgen hatte ich mich besonders auffällig gekleidet, wie um ein sichtbares Zeugnis abzulegen, dass ich mir von ihm nicht die Laune verderben lassen würde: pink-rotes Oberteil und blauer Jeansrock – dazu rote Kniestrümpfe mit kleinen Bommeln daran.

Den ganze Morgen über hatte ich mich extra aufrecht gehalten und würde mich nicht von Duncans eisiger, stoischer oder geschäftsmäßiger Miene verunsichern lassen. Er würde mich nicht enttäuschen, verdammt noch mal. Ich würde mich nicht enttäuschen lassen.

Aber jetzt stand er hier und lächelte. Und erwartete, dass ich zurücklächelte.

Auf einem Schulhof voller Seifenblasen.

Jedes Kind hatte eine eigene bunte Flasche – rot, blau oder orange – und einen kleinen Stab. Manche pusteten, manche rannten herum und nutzten den Wind, um Seifenblasen zu machen. Auch die Lehrer waren da.

Und natürlich jagte Chuck Norris wie ein Wahnsinniger über den Hof und versuchte, nach den Seifenblasen zu schnappen.

»Was ist hier los?«, fragte ich.

Duncan zuckte mit den Schultern und unterdrückte ein Lächeln. »Wir machen Seifenblasen«, sagte er, als hätte ich Schwierigkeiten, das Offensichtliche zu begreifen.

»Träume ich?«, fragte ich ihn.

Er lächelte. »Wenn du träumst, tue ich das wohl auch.«

»Wie ist das hier möglich?«

»Die Lehrer haben vorgeschlagen, in der ersten Stunde eine Seifenblasenparty zu veranstalten.«

»Und du hast es erlaubt?«

»Ich habe es erlaubt.«

»Du erlaubst nie etwas.«

»Diesmal schon.«

»Aber ... warum?«

Duncan sah weg und musterte die Kinder. Dann zuckte er kurz mit den Schultern. »Ich weiß auch nicht. Du hast mich wohl überzeugt.«

»Was – letztens in der Achterbahn?«, fragte ich. »Wie genau? Wir sind lediglich beinahe gestorben.«

Wieder ein Schulterzucken. »Wahrscheinlich hast du eine Erinnerung in mir geweckt. An etwas Wichtiges. Und das reichte aus.«

»Was für eine Erinnerung war das?«

Duncan hob einen Stab an die Lippen und blies mir einen Schwall Seifenblasen ins Gesicht. Als der Stab leer gepustet war, ließ er ihn sinken, hob den Blick, sah mir in die Augen und sagte: »Du hast mich daran erinnert, wie es sich anfühlt, glücklich zu sein.«

Und das, genau dieser Moment, war der Wendepunkt.

Der Rest des Schuljahres verflog wie auf einer angenehmen Wolke. Babette und ich wähnten uns schon am Ziel. Vielleicht hatten wir ihn geheilt? Oder genauer gesagt, vielleicht hatten wir und die Therapie, zu der er sechs Wochen lang an jeweils zwei Abenden gegangen war, ihn geheilt. Sollte es so einfach gewesen sein? So lustig? Es schien ihm wirklich sehr viel besser zu gehen.

Er verwandelte sich nicht wieder in den alten Duncan zurück, jedenfalls nicht ganz. Er trug immer noch seine Anzüge und gelte sich das Haar zurück, war auch die meiste Zeit ernst. Aber er strahlte jetzt Wärme aus. Er erlaubte sich verspielte Momente. Er trug verrückte Socken. Er akzeptierte, dass aus Chuck Norris niemals ein Wachhund werden würde, und ließ zu, dass die Kinder ihn knuddelten.

Er entspannte sich. Ein bisschen.

Es war hoffnungslos, ihm jetzt noch widerstehen zu wollen, und ich ließ zu, dass er mein Herz im Sturm eroberte. Ich richtete mich in einem behaglich unbehaglichen Leben mit meiner Sehnsucht ein. Ich konnte mich nie dazu durchringen, ihn zu fragen, ob die Dinge, die er unter Drogeneinfluss gesagt hatte, der Wahrheit entsprachen, und er selbst schnitt das Thema natürlich auch nicht an. Er absolvierte weiterhin die täglichen Aufgaben, die sich Babette für ihn ausdachte, und ich begleitete ihn, wenn er dazu eine Partnerin brauchte. Er schien meine Gesellschaft wirklich zu schätzen ... aber er versuchte kein einziges Mal mehr, mich zu küssen oder unsere Beziehung auf eine vertraulichere Ebene zu heben. Ich redete mir ein, dass das so in Ordnung wäre, und versuchte, mich auf die positiven Aspekte der Situation zu konzentrieren.

Babette ging es inzwischen besser – sie versuchte sogar kochen zu lernen, wenn auch bislang mit eher mäßigem Erfolg. Alice leistete uns beim Abendessen oft Gesellschaft, da ihr Verlobter noch bis zum Sommer beruflich unterwegs war. Wir saßen an Babettes Küchentisch und spielten Brettspiele, lästerten über Kollegen und analysierten Duncans Fortschritte.

Ich beschloss, dass mir eine gewisse Routine in sicherem Umfeld guttat. Das gab mir Gelegenheit, auf mich selbst zu achten. Der Anfall, der sich angedeutet hatte, war ausgeblieben, und ich wollte, dass das auch weiterhin so blieb. Ich meditierte, ging am Strand spazieren und achtete auf ausreichend Schlaf. Irgendwann fühlte es sich so an, als könnten die Dinge vielleicht doch noch zu einem versöhnlichen Ende finden.

Bis zu jenem Tag, als Tina Buckley in der Schulbibliothek auftauchte. In meiner Schulbibliothek.

»Ich muss mit Ihnen sprechen«, sagte sie. »Es geht um Clay.«

Ich spitzte die Ohren.

»Er hat Probleme mit dem Lesen.«

Das ließ mich aufhorchen. Der süße Clay mit seiner großen, eulenhaften Brille war einer meiner eifrigsten und unersättlichsten Leser. Ich konnte mir einfach nicht vorstellen, dass er mit irgendeiner Lektüre Schwierigkeiten hatte. Bei Clay bestand eher die Gefahr, dass man nicht genug Bücher herbeischaffen konnte, um seinen Lesehunger zu stillen.

»Was ist los?«, fragte ich.

»Er hat schon seit einer Woche ein Buch auf seinem Nachttisch liegen und noch kaum eine Zeile gelesen.«

Das klang so gar nicht nach Clay. »Was für ein Buch ist es denn?«, fragte ich.

Tina sah mich herausfordernd an und sagte: »*Schall und Wahn* von William Faulkner.«

Ich hustete. »Entschuldigung, was?«

Sie nickte. »Nun ja. Mit *Von Mäusen und Menschen* ist er gut zurechtgekommen, aber mit diesem hier hat er Schwierigkeiten.«

»Clay hat Steinbeck gelesen?«, fragte ich.

Wichtige Randnotiz: Wir redeten hier über einen Drittklässler.

»Ganz recht«, sagte Tina. »Und er hat seinen Lesekompetenztest mit Bravour bestanden. Aber jetzt scheint er nachzulassen.«

Ich musste kurz meine Fassung zurückgewinnen. Dann fragte ich: »Warum lassen Sie einen Drittklässler John Steinbeck lesen?«

Tina sah mich abschätzig an. »Sie kennen ihn doch. Sie wissen, wozu er imstande ist. Sein Vater und ich sind der Meinung, dass man ihn fördern muss.«

»Sie wollen ihn mit Steinbeck fördern?«

»Sein Vater und ich wollen, dass er die Klassiker liest.«

»In der dritten Klasse?«

»Er kann das schaffen.«

»Ja, vielleicht. Aber muss er das denn?«

Es war für mich keine sonderlich schockierende Erfahrung, mit einer Mutter zu sprechen, die ihrem Nachwuchs schwierige Lektüre aufzwang. Die Eltern an dieser Schule machten das immer wieder. Dabei spielte es keine Rolle, aus welcher Kultur oder Gesellschaftsschicht sie kamen – da war die Spannweite groß –, was sie einte, war ein gewisser Bildungsehrgeiz. Es waren allesamt hart arbeitende, getriebene, zielorientierte Menschen, und meiner Erfahrung nach machen sich die meisten Eltern Sorgen über die Lesegewohnheiten ihrer Kinder. Die allermeisten Eltern setzen Lesefreude mit Erfolgschancen gleich – und damit schwierige Lektüre mit größeren Erfolgschancen.

Ich verbrachte viel Zeit damit, übereifrigen Eltern zu erklären, dass schwerer nicht unbedingt gleichbedeutend war mit besser. Ein Gespräch wie dieses war also nicht weiter außergewöhnlich.

Überraschend war allerdings, dass es sich hier um die Tochter von Max und Babette handelte, die es eigentlich hätte besser wissen müssen, und dass wir hier darüber verhandelten, ob ein Drittklässler Interesse an der Lektüre von Steinbeck zeigen sollte.

Steinbeck.

»Es geht aber noch um etwas anderes«, sagte Tina und senkte ihre Stimme zu einem Flüstern. »Gestern Abend habe ich verstörende Dinge in seinem Rucksack gefunden.«

Ich runzelte die Stirn. Wovon redete sie? Für den *Playboy* war er tatsächlich noch ein bisschen zu jung.

»Inwiefern verstörend?«

»Ich habe sie gefunden – aber ich habe sie in der Speisekammer hinter den Müslischachteln verstecken können, bevor sein Vater sie zu Gesicht bekommen konnte.«

»Was haben Sie versteckt?«

Tina atmete einmal tief durch. Dann lehnte sie sich näher zu mir und flüsterte: »Garfield-Comics.«

Ich schluckte. Garfield-Comics? »Ich verstehe nicht ganz«, sagte ich.

Sie nickte, als wären wir uns da ganz einig. »Vier Sammelbände. Die dicken, schweren.«

Ich wusste von diesen Garfield-Bänden. Schließlich hatte Clay sie gestern bei mir ausgeliehen. Ich hatte ihm sogar erlaubt, ein Buch mehr als eigentlich zulässig auszuleihen. »Was ist das Problem an Garfield?«

Sie sah mich an, als hätte ich den Verstand verloren. »Das sind Comics.«

»Immerhin keine Zeichentrickserie.«

»Aber fast. Sein Vater und ich möchten, dass er richtige Bücher liest.«

Meiner Meinung nach war jedes Buch ein richtiges Buch. »Also … keine Comics? Keine Graphic Novels? Nichts von Archie?«

Sie verzog angewidert das Gesicht. »Um Himmels willen, nein. Sein Vater möchte nicht, dass er diesen Kinderkram liest.«

»Aber ist Ihnen klar, das Clay ein Kind ist?«

Tina starrte mich böse an. »Schauen Sie, mein Mann war in Princeton – genau wie sein Vater und sein Großvater. Kent ist es sehr wichtig, dass Clay es auch nach Princeton schafft. Und alle Studien, die er kennt, sprechen eindeutig dafür, dass Kinder durch Lesen einen gewissen Ehrgeiz entwickeln können.« Sie fügte hinzu: »Ich meine, echtes Lesen. Garfield kann da wahrscheinlich keinen Beitrag leisten.«

Okay. Verstanden. Im Geiste schrieb ich einen weiteren Punkt auf meine To-do-Liste: Für Clay ein Geheimfach im Regal einrichten, wo er seine Garfields aufbewahren kann.

Ich sah auf die Uhr an der Wand.

Da sagte Tina folgenden Satz: »Ihnen ist vielleicht aufgefallen, dass Clay … kein sehr sportliches Kind ist.«

Ich wartete ab, worauf sie hinauswollte.

»Mein Mann war schon immer ein ausgezeichneter Athlet, Sie können sich also vielleicht vorstellen, wie enttäuscht er deswegen ist.«

Nein, das konnte ich nicht. Ich konnte mir überhaupt nicht vorstellen, wie irgendjemand auf der Welt von Clay enttäuscht sein konnte.

»Wenn Clay schon kein Sportler ist«, redete Tina weiter, »dann muss er im akademischen Bereich umso besser sein.«

»Ist er das nicht schon?«, fragte ich.

»Kent möchte da keinerlei Risiko eingehen.«

Ich wollte dem Irrsinn Einhalt gebieten und Tina bitten,

nicht die Lernfreude ihres Kindes zu zerstören – aber ich merkte, dass sie noch auf etwas anderes hinauswollte, also wartete ich ab.

»Deswegen habe ich mich gefragt«, fuhr Tina mit verkniffenem Gesichtsausdruck fort, man sah ihr deutlich an, wie viel Überwindung sie diese Frage kostete, »ob ich vielleicht in der Bücherei aushelfen könnte. Damit ich in seiner Nähe sein und ein Auge auf ihn haben kann. Um ihn bei der Auswahl der richtigen Bücher zu unterstützen.«

Die logische Antwort auf diese Anfrage wäre gewesen: »Nein, auf gar keinen Fall!«

Ein Kind mit solchen Eltern durfte man unter keinen Umständen auch noch der Situation aussetzen, dass seine Mutter ihm hier über die Schulter schaute und ihm wegen vollkommen normaler kindlicher Interessen Vorwürfe und ein schlechtes Gewissen machte. Die Schulbibliothek sollte ein Rückzugsort für die Kinder sein, wo sie ihren eigenen Lektürevorlieben folgen konnten – ohne dass Erwachsene aufpassten, ihnen auf die Finger schauten und sie verurteilten.

Im Ernst. Wenn ein Kind keine Lust hat zu lesen, dann liegt es meistens daran, dass sich jemand in irgendeiner Weise abfällig dazu geäußert hat. Meine Aufgabe war es eigentlich, die Kinder vor solchen Irren zu schützen. Aber ich brachte es in diesem Moment einfach nicht über mich, Tina abzuweisen. Es musste ihr wirklich ein großes Anliegen sein, wenn sie so weit gegangen war, mich darum zu bitten. Ich war sicher der letzte Mensch auf der Welt, den sie um einen Gefallen bitten wollte.

Natürlich war sie auch der letzte Mensch, den ich in meiner Schulbibliothek haben wollte.

Sie konnte mich nicht ausstehen, da gab es keinen Zweifel. Ich hatte die Hoffnung lange aufgegeben, dass wir nach dem Tod von Max näher zusammenrücken und uns gemeinsam um Babette kümmern könnten, um das Loch, das er in unser aller Leben hinterlassen hatte, zu flicken. Aber ich spürte, dass Tina unbedingt wollte, dass ich ja sagte. Der Grund dafür war mir allerdings bis jetzt nicht ganz klar.

Ich sagte also ja. Natürlich.

Um Max' und Babettes willen – und für Clay, wenn schon nicht für Tina.

»Selbstverständlich können Sie hier aushelfen«, sagte ich mit einem gezwungenen Lächeln. »Sie können Ihre Zeiten auf der Website der Schulbibliothek eintragen.«

Es bestand die reelle Chance, dass ich ihr die Tür zur Schulbibliothek öffnete und sie sie im Gegenzug niederbrannte. Also im übertragenen Sinne. Oder vielleicht sogar im wörtlichen Sinne. Ich hätte ihr das durchaus zugetraut.

Aber es bestand genauso die Chance, dass unsere kleine, sonnige Schulbibliothek auf Tina denselben Zauber ausüben würde wie auf mich: nämlich dass sie sich besser fühlen würde. Vielleicht konnte die Schulbibliothek ihr genau den Schub an positiver Energie verschaffen, den Tina so dringend brauchte. Und das wiederum könnte sich dann vielleicht auch auf die Menschen in ihrer unmittelbaren Umgebung auswirken. Allein schon für diese Menschen – immerhin gehörte ich ja auch dazu – musste ich das Ganze einfach auf mich nehmen.

Aber wir erinnern uns: Diese Frau hatte mich von Max'
Beerdigung verwiesen.

Sie sah zu Boden, als wäre ihr das auch gerade eingefallen.

»Danke«, sagte sie.

Ich hatte keine Ahnung, wie diese Sache ausgehen würde. Aber eines wusste ich genau: Ich würde Clay nun doch
kein Geheimfach in der Schulbibliothek einrichten, wo er
seine Garfields verstecken konnte. Ich würde ihm vielmehr
ein supergeheimes Geheimfach einrichten.

An einem Freitag Ende April schließlich, als abends die
Schuljahresabschlussfeier stattfinden sollte, schloss Duncan
die Schulkantine ab und lud alle Kinder zu einem Picknick
auf dem Schulhof ein.

Mrs Kline hatte breite Schilder an die Türen zur Schulkantine geklebt, auf denen in großen Lettern WEGEN
DEKORATION GESCHLOSSEN stand. Anscheinend gab
es eine Menge zu dekorieren.

Doch was wirklich dahintersteckte, erfuhr ich erst, als
ich abends den Saal betrat. Duncan hatte das Schmetterlingswandbild wiederhergestellt.

Ehe ich den mit Glühbirnchen und Laternen geschmück-
ten Raum und die mit Tischdecken und Kerzen festlich
gedeckten, runden Tische wahrnahm, blieb mein Blick an
den Schmetterlingen hängen. Alles andere verschwand aus
meinem Sichtfeld. Die Schmetterlinge waren sogar noch
schöner, als ich sie in Erinnerung hatte.

Eine ganze Weile starrte ich das Bild an, ehe ich mich

358

nach Duncan umsah. Er stand auf der anderen Seite des Raumes und unterhielt sich mit Mrs Kline, aber sobald ich ihn entdeckt hatte, schien er meinen Blick zu spüren. Er sah zu mir herüber und ließ mich nicht aus den Augen, bis ich bei ihm war.

»Die Schmetterlinge sind wieder da«, sagte ich und konnte eine gewisse Zärtlichkeit in meiner Stimme nicht verbergen.

»Ja.«

»Die Farbe war tatsächlich abwaschbar«, sagte ich kopfschüttelnd. »Du hast sie abgeputzt.«

»Du hast nicht geglaubt, dass die Farbe abgehen würde?«

»Ich habe geglaubt, dass du es glaubst.«

Wir wandten uns beide dem Wandbild zu.

In meinen Augen brannten Tränen. »Aber ehrlich gesagt habe ich nicht damit gerechnet, sie jemals wiederzusehen.«

Duncan lächelte mich an. »Überraschung.«

»Danke.« Meine Stimme war nur ein Flüstern.

Duncan nickte.

»Heißt das, dass du die Welt jetzt für einen besseren Ort hältst?«

Duncan sah mich schelmisch aus dem Augenwinkel an. »Auf jeden Fall ist sie ein besserer Ort, wenn du nicht wütend auf mich bist.«

»Das stimmt«, sagte ich. Obwohl ich schon eine ganze Weile lang nicht mehr wütend auf ihn gewesen war.

An der Decke waren Lichterketten quer durch den Raum gespannt worden, aus den Lautsprechern kam leise Musik, und überall auf den Tischen standen Speisen und Getränke.

Mrs Kline hatte einen Zitronenkuchen gebacken, und Gordo hatte selbst gebrautes Bier mitgebracht. Nach und nach trafen die Lehrerinnen und Lehrer ein, und der Raum begann sich zu füllen. Alle freuten sich darauf, ein langes Schuljahr zu Ende zu bringen.

Kurz ertappte ich mich bei dem Gedanken, dass ich seit Max' Tod auf keiner Party mehr gewesen war, und ich fragte mich, ob es für Babette schwer war, hier zu sein. Da fiel mir ein, dass ich Duncan ja etwas ausrichten sollte.

»Ach, übrigens«, sagte ich, »Babette sagt, dass sie bis auf weiteres keine Aufgaben mehr für dich hat. Du bist also wieder ein freier Mann. Jetzt. Erstmal. Solange du nicht ... rückfällig wirst.«

Duncan verharrte unbeweglich, und ich konnte nicht sagen, ob er enttäuscht oder einfach nur gleichmütig war. »Keine Aufgaben mehr?«

Ich zuckte mit den Schultern. »Scheint so. Tatsächlich hat sie mich gebeten, dir auszurichten, dass sie mit deiner Leistung sehr zufrieden ist.«

»Puh«, sagte er und nickte, als müsse er diese Information erstmal sacken lassen.

»Sie hat noch eine letzte Aufgabe für dich, sozusagen als glorreichen Abschluss.«

»Ich wusste, dass da noch was kommt.«

»Babette ist eben immer für eine Überraschung gut.«

»Worum geht es?«

Daraufhin musste ich wieder mit den Schultern zucken, denn ich wusste es tatsächlich auch nicht. Ich griff in meine Handtasche und holte einen Briefumschlag heraus, den mir

Babette für Duncan gegeben hatte. Ein versiegelter Umschlag. Sie hatte sogar einen goldenen Aufkleber hintendrauf geklebt wie bei einer Oscarverleihung.

Ich überreichte ihm den Umschlag.

»Was da wohl drinsteht?«, meinte Duncan kopfschüttelnd.

»Lass es uns herausfinden.«

Duncan öffnete den Umschlag und betrachtete eine Weile die Karte, die darin lag. Dann blinzelte er und sah auf. »Sie will, dass du mit mir tanzt.«

Ich spürte eine wohlbekannte Enge in der Brust. »Wann? Jetzt?«

»Jetzt«, sagte er. »Und hier.«

»Das kann ich nicht.«

»Ich auch nicht.«

»Also denk gar nicht erst daran ...«, fing ich schon an, hielt dann aber inne. »Warte mal. Du auch nicht?«

Er schüttelte den Kopf.

Das konnte nicht stimmen. In Andrews hatte er dauernd getanzt. In der Schlange zum Mittagessen, nach Feierabend, während des Unterrichts. Er war kaum zu bremsen gewesen. »Aber du bist doch sogar Tanzlehrer«, warf ich ein. Er hatte schließlich Tänze auf YouTube gestellt.

Duncan schüttelte den Kopf. »Das ist vorbei.«

Bilder von Duncan, wie er wie in einer Endlosschleife alberne Tänze vollführte, zogen vor meinem inneren Auge vorbei. Ich weigerte mich zu tanzen, das war in Ordnung. Das war vernünftig. Aber dass Duncan sich weigerte zu tanzen? Das war unerhört.

361

»Duncan«, sagte ich. »Du kannst nicht nicht tanzen.«

»Klar kann ich das.«

»Nein.« Ich schüttelte entschieden den Kopf. »Du musst das machen.« Und während ich die Worte aussprach, bewegte sich etwas in mir. Ich hatte auf einmal größeres Interesse daran, Duncan zum Tanzen zu bringen, als selbst einen Tanz zu vermeiden.

Eine Welt, in der Duncan Carpenter sich weigerte zu tanzen, machte für mich einfach keinen Sinn. Babette wollte, dass Duncan tanzte? Ich würde einen Weg finden, dass es so kam.

»Wir ziehen das durch«, sagte ich und hielt ihm die Hand hin.

Aber Duncan schüttelte den Kopf. »Ich kann nicht«, sagte er.

»Doch, du kannst«, sagte ich. Dann fügte ich hinzu: »Es ist ein Befehl von Babette.«

Ich hatte meine Hand noch immer ausgestreckt, aber er nahm sie nicht. Wieder schüttelte er den Kopf. »Ich kann das wirklich nicht.«

Inzwischen starrten mich alle Lehrer an – also uns.

Ich ließ meine Hand sinken. Das Ganze wurde langsam peinlich.

»Was ist denn das Problem?«, fragte ich und trat näher an ihn heran.

»Ich habe lange nicht mehr getanzt«, sagte Duncan.

»Ich habe noch nie getanzt«, konterte ich, »außer in meinem Wohnzimmer. Aber das wird mich nicht daran hindern, es jetzt zu tun.« Ganz so sicher war ich mir meiner

362

Sache allerdings gar nicht. Ich wusste nicht, was ich tun würde, wenn er jetzt nicht die Regie übernahm.

Duncan schüttelte den Kopf, als wollte er sagen: *Tu das nicht.*

Wäre es eine kluge Entscheidung, es trotzdem zu tun?

Ich nahm ihm Babettes Karte aus der Hand.

Die letzte Aufgabe. Tanz mit Sam. Jetzt. Mrs Kline hat einen Song für euch vorbereitet.

Ich sah mich um. Mrs Kline beobachtete uns, sie schien bereit zu sein. Auch alle anderen im Raum beobachteten uns und versuchten zu verstehen, was da gerade vor sich ging. Und Duncan beobachtete mich und fragte sich sicher, was ich als Nächstes tun würde.

Tja, was sollte ich als Nächstes tun?

Ich zögerte.

Dann erinnerte ich mich an die Worte von Max. *Achte auf die Dinge, die dir Spaß machen.*

Und da wusste ich es. Wir würden das hier durchziehen. Er wollte nicht, und ich wollte es auf gar keinen Fall, aber wir würden es trotzdem machen.

Ich sah zu Mrs Kline hinüber und nickte ihr kaum merklich zu. Dann sagte ich: »Also, wenn es wirklich schon so lange her ist, dann wirst du es sicher vermisst haben.«

Duncan blinzelte.

»Ich kann dich nicht dazu zwingen, mit mir zu tanzen«, sagte ich. »Aber ich habe zumindest die Hoffnung, dass ich dich dazu verführen kann.«

Duncan schüttelte den Kopf.

»Ich bin sicher, dass du nicht widerstehen kannst, wenn du hörst, was Babette ausgesucht hat.«

Wieder Kopfschütteln. »Ich kann allem widerstehen. Jeden Tag mache ich das mit irgendwas. Ich bin Weltmeister im Widerstehen.«

Ich nickte, als würde ich mich geschlagen geben. »Dann gehst du ja hier ein sehr niedriges Risiko ein.«

Ich spürte, wie sein Kampfgeist erwachte. »Keinerlei Risiko.«

»Du weißt ja noch nicht, welchen Song sie ausgesucht hat. Vielleicht ist er unwiderstehlich.« Ich kannte Babettes Wahl auch nicht, aber das wusste Duncan nicht.

»Mach dir da um mich keine Sorgen.«

»Mach ich nicht.«

»Mach dir lieber um dich selbst Sorgen.«

Das wäre tatsächlich angebracht gewesen. Denn ich hatte einen Weg eingeschlagen, den ich nur noch tanzend verlassen konnte. Das war nicht gut. Überhaupt nicht. Aber nun gab es kein Zurück mehr.

»Alle mal herhören!«, rief ich dann durch den Raum, ehe Duncan mich daran hindern konnte. Die wenigen Kollegen, die bisher noch nicht auf uns geachtet hatten, wandten sich uns zu. »Direktor Carpenter meint wirklich, er könne einem unwiderstehlichen Song widerstehen!« Ich deutete mit beiden Zeigefingern auf ihn. »Und damit fordere ich ihn heraus, nicht zu tanzen!«

Frenetischer Jubel im Publikum.

Ich sah zu Duncan. War ihm die Situation unangenehm? Oder genoss er sie insgeheim?

Vielleicht von beidem ein bisschen. Wie bei mir.

Seine Miene war ernst, aber in seinen Augen lag ein herausfordernder Blick. »Mach dich auf eine Enttäuschung gefasst.«

»Mach dich aufs Tanzen gefasst«, gab ich zurück und rief: »Mrs Kline, wären Sie so freundlich?«

Mrs Kline nickte energisch und drückte den Knopf.

Am Anfang nur Schlagzeug, ein geschmeidiger, synkopischer, beinahe tropischer Rhythmus. Ein Rhythmus, der von deinen Hüften Besitz ergreift und sie zum Schwingen bringt.

Duncan legte den Kopf schief. »Ist das George Michael?«

»Gutes Gehör«, sagte ich.

Dann kamen tiefe, fette Klavierakkorde dazu. Breit. Laut. Sie füllten den Raum aus. Mit der Musikanlage war also schon mal alles in Ordnung.

Duncan sah sich nach Babette um und entdeckte sie neben dem Wandbild, von wo aus sie uns beobachtete. »Sie hätten jeden Song der Welt nehmen können und haben ausgerechnet ›Freedom! '90‹ ausgesucht?«, fragte er sie.

»Eigentlich hat Alice das Lied ausgesucht«, antwortete Babette und deutete auf Alice, die daraufhin winkte. »Sie hat einen Artikel gelesen, in dem stand, dass das der tanzbarste Song der Welt ist. Mathematisch gesehen.«

Duncan schnaubte.

»Laut Alice ist er neurologisch unwiderstehlich.«

Duncan sah wieder zu mir. *Du Hexe!* stand in seinen Augen. Dann stellte er sich breitbeinig hin und schloss die Augen.

Dachte er tatsächlich, er könnte Musik widerstehen, indem er die Augen schloss?

Ich hatte quasi schon gewonnen.

Das gesamte Kollegium wartete gespannt, was nun geschehen würde. Jetzt oder nie.

Die beste Möglichkeit, um Duncan zum Tanzen zu bringen, lag wahrscheinlich darin, selbst zu tanzen. Tanzen war ansteckend. Aber es war wie immer, allein der Gedanke daran lähmte mich, ich stand da wie ein Reh im Scheinwerferlicht. Ich musste mir selbst Mut zusprechen. Und es musste überzeugend sein.

Tatsächlich war ich ja gar keine schlechte Tänzerin. Ich liebte es zu tanzen. Ich mochte es nur nicht, wenn mir jemand dabei zusah.

Aber das war ja das Besondere an Dingen, die Spaß machen. Man muss nicht darauf warten. Man kann sich dafür entscheiden. Und schließlich tat ich das alles nur für Duncan. Ich wollte, dass er Spaß hatte. Ich wollte ihn an diesen grundlegenden, verdrängten Teil seiner Persönlichkeit erinnern. Das wäre die Sache wert.

Während also Duncan mit fest zugekniffenen Augen und geballten Fäusten dastand, zwang ich mich dazu, mich von der Musik davontragen zu lassen. Ich musste mich selbst überlisten. Ich begann mit mir zu verhandeln: *Beweg nur die Arme. Solange du nicht mit dem Hintern wackelst, ist es kein Tanzen.*

Also hob ich die Arme und begann, sie im Rhythmus der Musik zu bewegen.

Mir war klar, dass ich einen albernen Anblick bot. Aber

als ich sah, dass Duncan die Augen fester zupresste, meldete sich der Kampfgeist in mir – und allmählich merkte ich, wie er sich gegen mein Schamgefühl durchsetzte.

Als die Arme sich bewegten, wollten die Füße auch nicht mehr stillhalten. Ich musste sie nur lassen.

Also das war schon schwer genug, aber ich musste auch noch den Teil meines Bewusstseins ausblenden, der um jeden Preis vermeiden wollte, lächerlich auszusehen. Tatsächlich musste ich mich in die Lächerlichkeit regelrecht hineinstürzen. Duncan hatte es ja selbst gesagt: Das war Teil des Spaßes. Also schloss ich ebenfalls die Augen und tat so, als wäre ich allein zuhause in meinem Wohnzimmer.

Das war sehr hilfreich. Als ich erst einmal angefangen hatte, war der schwierigste Teil schon überstanden. Jetzt musste ich nur noch weitermachen. Die Musik half mir dabei. Sie war tatsächlich unwiderstehlich.

Es funktionierte. Ich zog das durch. Ein Erfolgserlebnis löst das nächste aus. Ich wackelte ein klein wenig mit dem Hintern. Dann drehte ich mich um mich selbst. Dann breitete ich die Arme aus. Mutig. Trotzig. Auch wenn ich Duncan nicht sah – ich wusste, dass er mich spüren konnte. Also machte ich einfach weiter. Ich führte jede Bewegung aus, die mir gerade so einfiel. Mit der Zeit wurde es immer leichter und müheloser – und auf einmal hatte ich die Augen geöffnet.

Zuerst war es ein Versehen. Ich hatte nur vergessen, sie zuzulassen. Aber als ich die Gesichter der vielen Zuschauer im Raum sah, merkte ich, dass ich die Augen gar nicht schließen musste. Die Menge wich nicht angewidert zurück oder starrte erschrocken auf die Szene – wie ich es bisher immer angenommen hatte. Dieses Publikum hier lächelte. Die Leute feuerten mich an. Sie bewegten sich selbst zur Musik.

Als der Gesang einsetzte, stimmte ich ein – obwohl ich den Text nicht ganz auswendig konnte. Ich fing an, eine Art Charleston zu tanzen, trat vor und zurück und wieder vor – nah genug an Duncan, dass er meine Gegenwart spüren konnte.

Einmal kam ich ihm dabei so nahe, dass er nicht widerstehen konnte und kurz die Augen öffnete. Im selben Moment machte ich mit dem Finger eine lockende Bewegung und forderte ihn auf, mir auf die Tanzfläche zu folgen.

»Was machst du da?«, fragte er.

»Ich tanze.«

»Du hast gesagt, dass du niemals tanzt!«

»Ich wachse eben über mich hinaus.«

Er verengte die Augen zu Schlitzen und schüttelte den Kopf, beobachtete mich aber weiterhin.

Unter seinem Blick benahm ich mich noch alberner. Ich setzte ein breites, theatralisches Grinsen auf, als wollte ich sagen: *Schau mal, Kumpel, sieht das nicht nach Spaß aus?* Ich spreizte die Finger ab und winkte. Dann wechselte ich zu roboterhaften Bewegungen. Schließlich machte ich eine Pharaonengeste. Ich ließ mich sogar zu einem Ententanz hinreißen.

Da fing Duncans Fassade an zu bröckeln. »Himmel! Sag mir, dass das kein Ententanz ist!«

»Tja«, entgegnete ich und wackelte mit den Ellbogen, »wonach sieht es denn aus? Ich fürchte, wir kennen beide die Antwort.«

»Hör auf, mit den Flügeln zu schlagen.«

»Tu doch was dagegen, wenn du kannst.«

Er runzelte die Stirn, dann riss er sich zusammen und nahm wieder seine stocksteife Haltung ein.

»Widerstand ist zwecklos«, sagte ich. »Dazu gibt es sogar eine Studie. Die Wissenschaft irrt sich nicht. Gib auf.«

Ich machte ein paar Salsa-Schritte und fing an, ein imaginäres Lasso über meinem Kopf zu schwingen.

»Warum so ernst?«, versuchte ich ihn zu überreden. »Das kannst du doch den ganzen Abend noch sein. Jetzt gönn dir fünf Minuten Spaß.«

»Dieser Song dauert sechs Minuten und vierunddreißig Sekunden.«

Ich verzog das Gesicht und tanzte weiter. »Das ist mir zu theoretisch.«

»Ich habe als DJ gearbeitet. Ich weiß das eine oder andere.«

Ich machte den Hampelmann. »Das hier ist für dich – Kategorie superpeinlich. Denn angeblich weißt du ja, wie man tanzt.«

»Ich weiß durchaus, wie man tanzt«, bestätigte Duncan.

»Dann stellt sich natürlich die Frage, warum ein Mann, der durchaus weiß, wie man tanzt, durchaus nicht tanzen will.«

Duncan schnaubte.

»Lockt es dich nicht auf die Tanzfläche, wenn ich so was

hier mache?«, fragte ich und tat, als würde ich mir einen Klaps auf den Hintern geben.

»Ähm, das hier ist eine öffentliche Veranstaltung.«

»Und wie findest du meinen Moonwalk?« Ich schlurfte rückwärts in der dilettantischsten Moonwalk-Version, die man sich vorstellen kann.

»Die Richtung stimmt, ansonsten habe ich wohl noch nie einen schlechteren Moonwalk gesehen.«

Ich wandte mich ans Publikum und deutete rhythmisch auf Duncan. »Er war mal Tanzlehrer!« Ich gab einen grauenhaften Running Man zum Besten. »Mir hierbei zuzuschauen bereitet ihm also höchstwahrscheinlich körperliche Schmerzen.«

Duncan war kurz davor aufzugeben. Das spürte ich.

Bevor die Musik angefangen hatte, hatte er nicht einmal hören wollen, um welchen Song es sich handelte. Aber der unwiderstehliche Rhythmus hatte ihn umgestimmt. Der schwierigste Teil war also schon geschafft. Jetzt hielt ihn nur noch die Angst vor einer verlorenen Wette zurück.

Oder genauer gesagt der Gedanke, dass ich die Wette gewinnen könnte.

Ich machte also weiter. Ich empfand eine Mischung aus Triumph und Schadenfreude, die sich sicher auch auf meinem Gesicht spiegelte. Ich amüsierte mich köstlich.

Ich ging ein wenig in die Hocke, wie die Tänzer in *West Side Story*, und tänzelte fingerschnippend auf Duncan zu. Es war so albern, dass Duncan einfach lächeln musste. Er hob seine Hand ans Kinn, um es zu vertuschen.

»Gib auf, Duncan«, sagte ich. »Du hast schon verloren. Dann kannst du auch einfach gleich deinen Spaß daran haben.«

Duncan schüttelte den Kopf. »Der Song ist ein Fake. Sie haben den Beat von James Brown untergemischt. Und den Chorus haben sie bei Aretha Franklin gestohlen.«

»Dann hast du es also nicht bloß mit einem Pop-Titan zu tun, sondern gleich mit dreien!« Ich drehte mich einmal um mich selbst. »Du bist verloren.«

Duncan schürzte die Lippen und stieß die Luft aus. »Das ist alles so daneben.«

»Wie kann es denn daneben sein, wenn es sich so gut anfühlt?« Und damit drehte ich mich von ihm weg und fing an, den Hustle zu tanzen. Schritt, Schritt, Schritt, Klatschen. Erst in die eine Richtung, dann zurück. Dann warf ich eine kleine Breakdance-Einlage ein. Dann ein paar Tanzschritte frei nach John Travolta.

»Das sollte doch wohl hoffentlich nicht der Hustle sein«, sagte Duncan.

»O doch.«

»Du machst es nicht richtig.«

Drehung, Drehung, Drehung, Klatschen. »Wenn das nicht richtig ist, dann komm her und mach es besser.«

Er schüttelte den Kopf.

»Wie ich sehe, schüttelst du schon im Rhythmus den Kopf.« Ich deutete auf seinen Kopf und wandte mich wieder an das Publikum. »Was meint ihr, tanzt er schon?«

Jubel im Publikum.

Duncan versteinerte.

371

Ich tanzte in sein Sichtfeld. »Es gibt Leute, die würden behaupten, dass du die Wette verloren hast.«

»Ganz und gar nicht.« Er kniff wieder die Augen zu.

»He«, rief ich, weil ich wollte, dass er blinzelte, »ich tanze jetzt den Scherentanz.«

Er blinzelte.

Ich hob die Arme und ließ sie wieder fallen, vollkommen falsch natürlich. »Das ist vollkommen falsch«, sagte Duncan.

»Das behauptest du«, meinte ich leichthin und änderte meine Bewegungen. »Aber wer weiß schon, wie es sein muss? Was hast du denn noch alles erfunden? Den Mixer? Der sieht dann wahrscheinlich so aus.« Ich drehte mich im Kreis.

»Falsch!«

»Was noch?« Ich tanzte weiter. »Das hier ist der Komm schon!« Dabei tanzte ich auf ihn zu und breitete meine Arme aus, als wollte ich ihn umarmen. »Tänze erfinden macht Spaß!«

Duncan schüttelte den Kopf. »Bitte denk dir keine Tänze mehr aus.«

Aber ich erwiderte nur: »Das hier ist der Matrix.« Ich tat, als würde mich ein Kugelhagel treffen.

»Gibst du gerade den Keanu Reeves?«

»Oder wie wäre es mit Zeit der Zärtlichkeit?« Ich drehte meine Hände vor meinen Augen, als würde ich laut schluchzen.

»Das ist alles Mist.«

»Und der hier?« Ich deutete auf ihn und fing dann an,

mit meinen Armen zu schlagen, als wären es Flügel. »Die Möwe Jonathan.«

»Du bist echt schlecht«, sagte Duncan und kniff die Augen zusammen. Schon wieder. Aber ich sah, dass er sich das Lachen nur mühsam verkneifen konnte.

»Er klopft mit dem Fuß den Rhythmus mit!«, schrie Alice begeistert.

»Und er nickt im Takt!«, rief Carlos.

Und dann trat Babette vor und verkündete triumphierend: »Er wackelt mit dem Hintern!«

Und damit war es offiziell: Wir hatten gewonnen. Mit einer schockierten Geste stemmte ich die Hände in die Hüften. »Direktor Carpenter, wackeln Sie etwa mit dem Hintern?«

Und da, endlich, nachdem vier Minuten von einem über sechsminütigen Song vorbei waren, seufzte Duncan, schüttelte den Kopf, als sei ich eine Plage der Menschheit, und winkte mich zu sich heran.

Ich riss die Arme in Siegerpose nach oben und trat näher zu ihm, und gerade in dem Moment, als ich eine hämische Bemerkung machen wollte, ergriff er meine Hand und zog mich in Paartanzhaltung, eine Art Swing-Hustle-Mischung. Im nächsten Moment stieß er mich weg und zog mich dann wieder zu sich wie ein Jo-Jo.

»So tanzt man den Hustle«, sagte er.

Ich gebe es gerne zu. In diesem Moment war er ziemlich sexy.

Der ganze Raum jubelte, und als ich mich umsah, merkte ich, dass jetzt alle tanzten – mit recht unterschiedlichem

373

Erfolg. Aber das interessierte niemanden. Sogar Mrs Kline klatschte im Takt. Es war, als würde das Lehrerkollegium eine Vorstellung von *Soul Train* aufführen.

Duncan gab jetzt den Tanzlehrer für mich und legte mir eine Hand auf den Rücken. »Einfach nach vorne, dann zurück, dann nach hinten beugen.« Ich beobachtete seine Füße und machte die Bewegungen nach. Wir wiederholten die Schritte ein paarmal, dann stieß er mich wieder in einer Drehung von sich weg. Er tanzte tatsächlich mit mir, übernahm die Führung, und als er merkte, dass alle uns zusahen – genau in dem Moment, als George Michael verklang –, wandte er sich Mrs Kline zu und sagte: »Mrs Kline, Sie wunderbare Verräterin, wären Sie wohl so freundlich, den Hustle aufzulegen?«

Mrs Kline nickte, und während sie zur Anlage ging, rief Alice ihr hinterher: »Auf derselben Playlist!«

Duncan und ich wandten uns zu Alice um. »Du hast den Hustle auf der Playlist?«

Sie nickte, als wäre das selbstverständlich. »Die Liste heißt *Die 100 mathematisch bewiesenermaßen tanzbarsten Songs aller Zeiten*.«

Wir sahen sie beide verständnislos an, und sie zuckte mit den Schultern. »Meine Rede«, sagte sie. »Alles ist Mathematik.«

Und so kam es, dass Duncan uns den Hustle beibrachte. Er konnte es tatsächlich besser als ich. Wir tanzten es in einer Reihe, aber ab und zu zog er mich in seine Arme und ließ mich nach hinten fallen, woraufhin alle, einschließlich mir, jubelten.

Als Duncan später Babette dabei ertappte, wie sie uns vom Rand der Tanzfläche aus beobachtete, tänzelte er in ihre Richtung und nahm ihre Hand, um sie in den Kreis der Tanzenden zu ziehen. Sie ließ es zu. Und als Duncan sie dann in seine Arme nahm und in eine Drehung führte, verharrte ich kurz in der Bewegung und beobachtete die beiden. Es war das erste Mal seit jenem Abend, an dem Max gestorben war, dass Babette mit jemandem tanzte, und einen Moment lang wusste ich nicht, wie die Sache ausgehen würde.

Aber ich hatte Duncan unterschätzt. Babette setzte ein strahlendes Lächeln auf.

Vielleicht würde sie später nach Hause gehen und Max noch mehr vermissen, weil ihr wieder bewusst geworden war, was sie verloren hatte. Aber ich nahm an, dass Babette sich von ein bisschen Kummer nicht abhalten lassen würde. Sie wusste, dass Freud und Leid zusammengehörten. Sie wusste, dass man nur lebendig sein konnte, wenn man das eine für das andere riskierte. Und sie wusste auch, was ich erst ganz allmählich verstand: dass es immer besser war zu tanzen, als einen Tanz abzulehnen.

22

Dieser Abend, an dem wir in der Schulkantine tanzten, war für mich ohne Frage der beste, herrlichste und lustigste Abend des ganzen Schuljahres. Und nur ein paar Tage später folgte an genau demselben Ort ein Nachmittag, der sich für mich schnell als der schlimmste Nachmittag des Schuljahres herausstellen sollte. Denn in der Personalversammlung zum Jahresabschluss hatte Kent Buckley eine Neuigkeit für uns.

Er kam zwanzig Minuten zu spät. Und selbst da redete er noch in sein bescheuertes Headset.

Auch Duncan kam zu spät – kurz nach Kent Buckley.

»Okay, Leute, hört mal her!«, rief Kent Buckley, was alle Anwesenden einigermaßen befremdlich fanden.

Wir sahen zu, wie er auf die Bühne trat und das Mikrofon am Rednerpult anschaltete.

»Tolle Neuigkeiten zum Schuljahresende«, sagte er, woraufhin das Mikrofon entsetzlich quietschte. Kent Buckley versuchte es noch einmal, diesmal etwas vorsichtiger. »Duncan Carpenter – wo treibst du dich rum, Kumpel?«

Duncan zögerte, aber als er merkte, dass Kent Buckley

offenbar gewillt war, den ganzen Tag auf ihn zu warten, gab er sich schließlich einen Ruck und stieg ebenfalls auf die Bühne.

Endlich redete Kent Buckley weiter. »Mein guter Freund, Direktor Carpenter, und ich haben das ganze Schuljahr über sehr hart an einem supergeheimen Projekt gearbeitet, das ich Ihnen heute präsentieren darf. Alles steht bereit, damit wir im Sommer loslegen können. Dieses Jahr war für unsere Schule nicht einfach, aber wie Sie alle wissen, lasse ich Schwierigkeiten nicht gelten.«

Als er das sagte, sahen wir uns im Publikum alle verständnislos an. Wie bitte? Duncan hatte mit Kent Buckley an einem streng geheimen Projekt gearbeitet?

Kent Buckley drückte auf einen Knopf, woraufhin hinter ihm die Projektorleinwand herunterrollte. »Meine Damen und Herren, die Kempner School 2.0!«

Es erschien ein Bild von einem glatten schwarzen Glas-Chrome-Gebäude. Alle starrten auf das Bild.

Also alle außer Duncan, der starrte zu Boden.

Als die gewünschte Begeisterung ausblieb, schaltete Kent Buckley in den Verkaufsgespräch-Modus. »Darf ich vorstellen: Ihre neue Schule! Kein altes Gemäuer mehr mit abbröckelnder Wandfarbe und rostigen Fenstern! Keine ausgetretenen Treppen mehr, keine kaputten Rollläden und fehlenden Dachschindeln, keine Sprünge im Mauerwerk! Wir rüsten auf! Willkommen im neuesten, raffiniertesten, modernsten Schulgebäude in ganz Amerika! Leute, wir werden mit diesem Gebäude Geschichte schreiben. Ferngesteuerte Videoüberwachung, automatisch schließende

Türen und Panikknöpfe, kugelsichere Türen und Fenster. Alles auf dem neuesten technischen Stand.«

Im Publikum wurde es unruhig. Wovon zum Teufel redete Kent Buckley da?

»Was ... ist das?«, fragte Alice.

»Das neue Schulgebäude«, sagte Kent Buckley begeistert, als hätte er ein unschlagbares Angebot unterbreitet.

»Das neue Schulgebäude von wem?«, fragte Carlos.

»Kempner«, sagte Kent Buckley leicht ungeduldig.

Das konnte nicht wahr sein – aber es konnte auch kein Witz sein. Kent Buckley wusste gar nicht, wie man Witze machte.

Außerdem genügte ein Blick auf Duncans gequälte Miene, um klarzustellen: Sie meinten das alles hier vollkommen ernst.

»Wir bauen die Schule um?«, fragte Mrs Kline.

»Nein«, entgegnete Kent Buckley. »Wir bauen eine neue.«

Allgemeines Gemurmel erhob sich – begeistert zeigte sich niemand –, als die Zuhörer versuchten, sich einen Reim auf das Ganze zu machen. Kent Buckley, der noch nie sonderlich sensibel gewesen war, redete einfach weiter, als würden wir ihm gleich alle zujubeln.

»Genial, oder? Einen großen Anteil an all dem hatte dieser Kerl hier«, er deutete mit einem Daumen auf Duncan, »denn als ich ihn letzten Herbst wegen des Aufbaus unseres Sicherheitssystems in die Zange genommen habe, hat er eine sehr gründliche Bestandsaufnahme gemacht. Am Ende kam er dann zu mir und meinte: *Da bauen wir lieber gleich eine komplett neue Schule.* Und daraufhin habe ich gesagt:

Halt mal kurz mein Bier, und ehe wir's uns versahen, hatten wir auch schon einen potenziellen Käufer für dieses heruntergekommene alte Gemäuer und ein sehr vielversprechendes Grundstück in einem Büropark unten an der Westküste gefunden.«

Als Kent Buckley aufhörte zu reden, war es im Saal totenstill.

Schließlich meldete sich Carlos. »Sie wollen also das Grundstück hier verkaufen und … den Todesstern bauen?«

Kent Buckley lachte und erwiderte: »Wissen Sie, das ist komisch, genauso haben wir ihn auch genannt.«

»Es gibt keine Fenster«, rief Emily. »Nur kleine Schießscharten.«

»Und nirgends Pflanzen«, sagte Anton.

»Das ist ein Industriegelände«, sagte Carlos.

»Sehr gut beobachtet.« Kent Buckley hielt beide Daumen nach oben. »Das dient alles der Übersichtlichkeit.«

»Es gibt kein Außengelände«, sagte Gordo.

»Stimmt«, antwortete Kent Buckley. »Das spielt keine Rolle, wenn man ein schwächliches Kind hat, so wie ich. Aber ich arbeite an einem Konzept von externen Sportplätzen, zu denen die Sportskanonen nach der Schule mit Bussen gebracht werden können.«

In meinem Kopf drehte sich alles. Was geschah hier?

»Sind die Baupläne schon fertig?«, fragte Lena.

»Noch nicht«, sagte Kent Buckley. »Dieses Bild hier stammt von der Website der Baufirma, die wir beauftragen werden. Sie haben früher im Sicherheitsbereich gearbeitet, aber jetzt bauen sie Schulen. Und noch eine tolle Neuigkeit: Ich bin Investor bei dieser Firma und bekomme einen Freundschaftspreis.«

»Hat der Aufsichtsrat dem Ganzen schon zugestimmt?«, fragte Carlos.

Aber Kent Buckley schüttelte den Kopf. »Der Aufsichtsrat ist begeistert. Ich habe die Zustimmung, die ich brauche. Wir können loslegen.«

Da hielt es mich nicht länger auf dem Sitz. Ich stand auf. Nichts weiter.

Kent Buckley sah in meine Richtung. »Die Bibliothekarin«, sagte er und deutete auf mich. »Ihre Frage.«

Aber ich hatte keine Frage an Kent Buckley. Ich drehte mich um und suchte die Reihen nach Babette ab. Sie saß ganz hinten.

»Babette«, sagte ich. »Kannst du mir einen Gefallen tun und diesen Kerl zum Schweigen bringen?«

Einige Zuschauer schnappten nach Luft.

Babette sah mich an, blieb aber reglos sitzen.

Ich ging ein paar Schritte auf sie zu. »Findest du nicht auch, dass wir dieses Jahr schon genug Mist an den Hacken hatten?« Ich sah mich im Publikum um. »Gibt es hier irgendjemanden, der will, dass dieser Spinner noch länger mit seinem Geschwätz unsere Zeit verschwendet? Ich meine, wir werden da auf keinen Fall mitmachen. Wir werden unser schönes, altes Schulgebäude nicht verkaufen, um danach in eine vollzeitüberwachte Erziehungsanstalt zu ziehen.« Ich sah mich um. »Nichts von alldem wird geschehen. Warum sollen wir ihn weiterreden lassen?«

Mrs Kline starrte mich an, als hätte ich den Verstand

verloren – und als wäre ich auf dem besten Weg, auch meinen Job zu verlieren.

Ich blieb neben Babette stehen. »Es ist langsam an der Zeit, dem Ganzen ein Ende zu bereiten, findest du nicht?«

Aber Babette sah mich nur durch ihre Brille hindurch an – und schüttelte unmerklich den Kopf.

Aber ich begriff nichts. Ich beugte mich näher zu ihr. »Worauf wartest du denn?«, flüsterte ich. »Schmeiß ihn raus.«

Aber Babette schüttelte nur noch einmal beinahe unmerklich den Kopf, und als ich ihr ins Gesicht sah, wusste ich Bescheid.

Ich nahm ihre Hand, ging neben ihr in die Knie und sagte sehr behutsam: »Du kannst ihn gar nicht entlassen, oder?«

Jetzt hatte sie Tränen in den Augen.

»Aber du hast mich in dem Glauben gelassen, weil …«

»Weil ich wusste, dass Duncan es nur glauben würde, wenn du es glaubst. Du bist eine sehr schlechte Lügnerin.«

Ich nickte, küsste sie auf die Wange und nahm sie in den Arm. Dann drehte ich mich um und marschierte geradewegs aus dem Raum.

Ich hatte keine Ahnung, wohin ich wollte. Ich stürmte einfach über den Schulhof und warf das Schultor auf. Nicht einmal meine Handtasche hatte ich mitgenommen. Ich war kurz davor zu explodieren, so wütend war ich. Wenn ich mich nicht bewegte, würde in mir eine Kernschmelze stattfinden.

Kent Buckleys Plan hatte ich mir gar nicht bis zum Ende angehört. Ich wusste nicht einmal, ob es eine Möglichkeit gab, ihn anzufechten. War das alles überhaupt schon beschlossene Sache?

Aber darum ging es letztlich auch gar nicht.

Es ging um Duncan.

Die ganze Zeit hatte er mit Kent Buckley unter einer Decke gesteckt. Er hatte sich mit mir getroffen – und sich dabei wie ein Freund verhalten –, während er mit dem Feind gemeinsame Sache machte. Hatte er wirklich Kent Buckley dabei geholfen, die Schule zu verkaufen? An diese Möglichkeit hatte ich nicht einmal in meinen kühnsten Albträumen gedacht. Ich hatte geglaubt, wir hätten ihn geheilt. Ich hatte geglaubt, wir hätten das Problem gelöst. Ich dachte, die Bedrohung wäre vorbei.

Offensichtlich hatte ich mich geirrt.

Ich war zwei Häuserblocks vom Hafendamm entfernt, als ich hörte, wie mir jemand nachgerannt kam.

»Sam! Warte!« Es war Duncan.

Ich wartete nicht. Die Sonne war schon untergegangen. Es war dunkel. Ich lief weiter.

»Sam!«

Ich wusste, dass Duncan längere Beine hatte als ich, und mir war klar, dass er mich am Ende einholen würde, aber ich würde ihm die Sache weiß Gott nicht einfach machen. Ein Ziel hatte ich immer noch nicht. Ich lief einfach nur ... weg.

Als Duncan mich schließlich eingeholt hatte, wurde ich nicht langsamer und sah ihn auch nicht an. Ich wischte mir auch nicht die Tränen aus dem Gesicht. Dafür schrie ich ihn an: »Soll das ein Witz sein? Du hast die ganze Zeit mit Kent Buckley unter einer Decke gesteckt? Du hast dich von Babette bekochen lassen und bist mit mir weggegangen und hast dir das Vertrauen der Lehrer erschlichen – du hast es darauf angelegt, dass wir dich alle ins Herz schließen und dir beistehen und dir helfen – und die ganze Zeit hast du für die Gegenseite spioniert – für Kent Buckley? Von allen Idioten in der langen Geschichte der Geistesgestörten – ausgerechnet für diesen Typen? Wirklich?«

Auf keine dieser Fragen erwartete ich eine Antwort. Ich redete einfach nur. Fügte meinem Geschrei ein paar Worte hinzu.

Aber Duncan versuchte etwas zu erwidern. »Nein! Nein. Ich habe von alldem bis heute nichts gewusst!«

Ich hastete weiter vorwärts, ohne ihn anzusehen.

»Okay, rein theoretisch wusste ich schon im Herbst Bescheid. Ich wusste schon, seit ich hier angefangen habe, dass Kent Buckley die Schule in eine Festung verwandeln wollte. Und damals war ich auch vollkommen damit einverstanden, um ehrlich zu sein. Als ich hierherkam, teilte ich seine Ansichten zum Todesstern. Ich konnte einfach nicht glauben, dass ihr allen Ernstes hier in diesem bröseligen Gebäude Kinder unterrichtet, ohne jede Sicherheitsvorkehrung, mal abgesehen von Raymond. Ich empfand das ehrlich gesagt als persönliche Beleidigung. Es machte mich wütend zu sehen, wie ihr absichtlich die Augen vor der Welt, in der wir heute leben, verschließt.«

Wir waren am Hafendamm angekommen, doch ich

hastete weiter daran entlang und verschränkte die Arme vor der Brust, um mich vor dem Wind zu schützen. Aber meine Schritte wurden eine Spur langsamer. Anfangs hatte ich einfach nur schreien wollen, aber jetzt wollte ich tatsächlich auch zuhören.

»Also ja, ich habe ihm geholfen«, sagte Duncan. »Er meinte, das wäre meine Aufgabe. Er sagte, eine totale Aufrüstung in Sachen Sicherheit läge im Interesse der Schulfamilie. Deswegen bin ich letzten Herbst mit der Wasserpistole hier reinspaziert. Kent Buckley hatte mir gesagt, dass mein Publikum hier absolut waffenfreundlich eingestellt wäre.«

»Ein einziger Blick auf uns hätte diesen Irrtum aufklären müssen.«

»Ja, schon. Aber immerhin sind wir hier in Texas.«

»Es gibt wirklich absolut niemanden an dieser Schule, der eine Waffe will, außer Kent Buckley.«

»Aber das wusste ich nicht. Und erst als ich mehr Zeit mit ihm verbrachte, habe ich allmählich gemerkt, dass er ... irgendwie daneben ist.«

»Ach was«, zischte ich und marschierte weiter.

»Dann hatte er die Idee mit dem Neubau und steigerte sich furchtbar in die Sache hinein. Ich hatte das Gefühl, dass da was Persönliches dahinterstecken musste.«

»Max mochte Kent Buckley nicht.«

»Den Eindruck hatte ich auch. Und als er dann diese Idee mit der neuen Schule hatte, wurde ihm klar, dass er damit eine Menge Geld verdienen konnte.«

»Wie das?«

»Weil er Anteilseigner in der Gesellschaft ist, die diese Art von Todessternen baut. Außerdem gehört ihm das Grundstück im Büropark in West Beach. Wenn die Schule das Grundstück erwirbt, geht das Geld an ihn.«

»Hat er dir das erzählt?«

»Allerdings. In den Winterferien. Er hat mich angerufen und gesagt, dass ich erstmal keine weiteren Maßnahmen umsetzen soll – dass wir das Gebäude wahrscheinlich verkaufen würden. Er wollte das Geld für die neue Schule sparen.«

Ich ging jetzt langsamer, während ich über das nachdachte, was er gerade gesagt hatte. »Dann ... hast du also nicht wegen Babette aufgehört, alles grau zu überstreichen?«

Duncan schüttelte den Kopf.

»Dann hast du also nur ... so getan, also ob du mitspielen würdest?«

»Zuerst ja.«

»Und als Babette dir aufgetragen hat, dich in Therapie zu begeben?«

»Ich hatte das sowieso vor, Babette hat es mir nur einfacher gemacht. Meine Schwester war überglücklich.«

»Und ... ich? All die Dinge, die wir zusammen unternommen haben? Worum ging es dabei?«

Pause. »Ich wusste, dass Babette blufft.«

»Woher wusstest du das?«

»Ich habe alles durchgelesen. Ich habe meinen Vertrag gelesen. Die Satzung, die Richtlinien. Die Regelungen im Aufsichtsrat. Babette kam nirgends vor – zumindest nicht in den Verträgen.«

»Das kann nicht stimmen. Max hätte Babette niemals außen vor gelassen.«

»Vielleicht hat er nicht darüber nachgedacht. Vielleicht ist er davon ausgegangen, dass er ewig lebt. Vielleicht war er kein Bürohengst.«

»Er war definitiv kein Bürohengst.«

»Vielleicht war er zu sehr damit beschäftigt, sich neue Spielplätze auszudenken, als dass er sich in die wesentlichen Zusammenhänge der Machtverhältnisse im Aufsichtsrat eingearbeitet hätte.«

Das klang nachvollziehbar. So war Max.

»Ganz anders Kent Buckley«, fuhr Duncan fort. »Er weiß alles über diese Machtverhältnisse. Und nach dem Tod von Max, als alle unter Schock standen und überall Chaos herrschte, hat er klammheimlich die wichtigen Posten mit seinen Leuten besetzt. Er hat die Satzung neu geschrieben und sie durchgeboxt, als keiner Sinn für so was hatte – und wenig später kam es zu einer klassischen Machtübernahme.«

»Hast du davon gewusst?«

»Teilweise. Ganz am Anfang sind wir ein paarmal zusammen abends weggegangen, und er hat zu viel getrunken und mir zu viel erzählt.«

»Du hast also gewusst, was er vorhat.«

»Ja, aber in seiner Wahrnehmung ist er der Held und alle lieben ihn. Deswegen habe ich eine Weile gebraucht, um das alles richtig einzuordnen.«

Ich lief weiter.

»Am Anfang habe ich nur mitgemacht, um Babette nicht

bloßzustellen. Ich wollte nicht, dass sie merkt, dass ich sie entlarvt hatte. Aber dann passierte etwas sehr Merkwürdiges.«

Ich wartete, aber er redete nicht weiter. Schließlich fragte ich: »Was? Was ist passiert?«

Duncan holte tief Luft. »Die Sache fing an, mir Spaß zu machen.«

Endlich sah ich ihn an.

»Ich meine, es hat mir wirklich Spaß gemacht. Ich habe mich darauf gefreut, war gespannt, was als Nächstes passieren würde. Ich konnte den Moment kaum erwarten, wenn du morgens mit irgendeiner verrückten Aufgabe in mein Büro hereingeschneit kamst, dass ich zum Beispiel einen Teller Udon-Nudeln essen soll, und ich hatte dann auch wirklich Lust, das zu machen. Vor allem habe ich mich aber darauf gefreut, dich zu sehen.«

Ich seufzte. »Ich habe mich auch auf dich gefreut.«

»Und je mehr Zeit ich mit dir verbracht habe, desto mehr habe ich angefangen, die Welt mit anderen Augen zu sehen.«

»Wir wollten dich aufwecken. Wir nannten es *Das Duncan-Projekt.*«

»Tja, das hat funktioniert.«

»Nicht wirklich.« Ich dachte an unser Schulgebäude. An den Schmetterlingsgarten, den Schulhof, die Kreuzgänge und daran, wie das alles irgendwie aus der Zeit gefallen wirkte. Ich dachte an meine Bibliothek und die Büchertreppe, an unsere sonnendurchflutete Schulkantine und unser Schmetterlingswandbild. Dann sagte ich: »Kannst du ihn irgendwie aufhalten?«

Duncan antwortete nicht sofort. Ich sah zu ihm hinüber und entdeckte einen seltsamen Ausdruck in seinem Gesicht.

»O mein Gott«, sagte ich. »Du willst ihn gar nicht aufhalten.«

»Das habe ich nicht gesagt ...«

Ich ging wieder schneller. »O mein Gott, und ich dachte, wir wären Freunde.«

»Sind wir auch.«

»Man kann nicht mit jemandem befreundet sein, der einen ins Gefängnis stecken will.«

»Komm schon, es ist kein Gefängnis.«

Wir hatten gerade einen Anlegesteg erreicht, der auf den Golf hinausführte. Ich bog darauf ab und ging ihn entlang, auf das Wasser hinaus. »Aber es kommt dem verdammt nahe«, zeterte ich. »Man kann nicht sein ganzes Leben in Angst verbringen. Man kann sich nicht von allem abschotten. Jeden Tag haben Kinder Unfälle – und wir lassen sie trotzdem nicht dauernd einen Helm tragen. Man muss vernünftige Vorsichtsmaßnahmen treffen und dann auf das Beste hoffen. Mehr kann man nicht tun.«

»Es geht um mehr als eine Gehirnerschütterung«, konterte Duncan.

Aber ich ließ mich nicht beirren. »Und selbst wenn du uns zwingst, in dieses traurige Todesstern-Gebäude zu ziehen – wenn du die Kinder wirklich dazu zwingen willst, sich vom Sonnenlicht zu verabschieden, von Natur, Spiel, Farbe und Spaß, selbst wenn du hoffst, sie den ganzen Tag in einer hermetisch verschlossenen, kargen Umgebung wegzusperren, ihr Leben lang – selbst dann ... könnten sie immer noch in dem Moment, in dem sie das Gebäude verlassen, erschossen werden. Sie könnten ins Kino gehen und erschossen werden. Sie könnten zum Strand gehen und erschossen werden. Sie könnten auf ein Konzert gehen und erschossen werden.«

»Aber es wäre ...« Er hielt inne.

»Es wäre was?« Ich blieb stehen, um ihm in die Augen zu sehen. Wir waren jetzt weit draußen über dem Wasser, neben uns wogten die Wellen. »Es wäre nicht deine Verantwortung?«

Duncan sah weg.

»Hier geht es allein um dich, mein Freund. Es geht überhaupt nicht um sie.«

»Es geht nicht nur um mich!«, rief Duncan eine Spur zu laut. »Es geht um dich. Um euch alle. Als ich an diese Schule kam, war es schon schwer zuzusehen, wie ihr euch alle in Gefahr begebt. Aber jetzt ist es noch viel schwerer! Denn jetzt kenne ich dich – und all die Kinder, und die Lehrer – und jetzt habe ich Zeit mit euch verbracht, und jetzt liegt ihr mir am Herzen. Vorher war es nur ein abstraktes Problem. Jetzt ist es echt.«

Er hatte mir gerade gesagt, dass wir ihm am Herzen lagen – dass ich ihm am Herzen lag –, aber die Worte kamen nicht wirklich bei mir an.

»Wir sind nicht in Gefahr!«, schrie ich. »Nicht mehr als jeder andere Mensch jede Minute am Tag. Das Leben ist voller Gefahren. Dauernd passieren schreckliche Dinge. Das bedeutet aber noch lange nicht, dass ich mein Leben in Angst verbringen muss.«

389

Wenn ich zurückdenke, dann möchte ich diese Sam, die da auf dem Steg stand, beim Kragen packen und sie anschreien, endlich den Mund zu halten. Wer war sie denn schon? Woher nahm sie das Recht, Duncan zu belehren? Warum sollte ausgerechnet sie über Angst referieren? Warum sollte gerade sie gute Ratschläge erteilen?

Ein anderer Ausdruck trat in Duncans Augen. Er richtete sich auch ein wenig auf. Dann sagte er: »Frag mich, warum ich nicht mit dir tanzen wollte.«

»Was?«

»Neulich Abend. Auf der Party. Ich wollte nicht tanzen. Ich habe gesagt, dass ich damit für immer aufgehört habe. Frag mich, warum.«

Ich zögerte und merkte, wie meine Verärgerung langsam nachließ. Plötzlich wusste ich, dass er eine absolut krasse Antwort auf diese Frage haben würde. Als ich ihm die Frage stellte, war meine Stimme um einiges leiser. »Okay, Duncan«, sagte ich. »Warum tanzt du nicht mehr?«

Er nickte, als wären wir jetzt an einem entscheidenden Punkt.

»Weil wir gerade eine Tanzparty in unserem Klassenzimmer veranstaltet hatten, als auf mich geschossen wurde.«

Ich schlug mir die Hand vor den Mund.

Er holte tief Luft, ehe er weiterredete. Dann brach es aus ihm heraus. »Wir hatten die ganze Woche den Stoff für die Abschlussprüfungen wiederholt. Es war ein Freitag – freitags war Hut-Tag –, deswegen hatten alle Kinder Hüte auf, Zylinder, Cowboyhüte, Hüte, die aussahen wie ein Haifischkopf oder wie ein Verkehrshütchen oder wie Grillhähnchen. Wir waren überanstrengt und mussten einfach wie verrückt lachen und herumspringen, um uns abzureagieren.

In unserem Klassenzimmer lief Musik, aber wir hörten trotzdem die Schüsse im Gang – sie übertönten die Musik deutlich –, und unsere Albernheit verkehrte sich augenblicklich in abgrundtiefen Horror. Ich meine, dieses Geräusch ist unmissverständlich. Selbst wenn du es niemals im tatsächlichen Leben gehört hast – selbst wenn du es nur aus Filmen kennst –, wir wussten alle sofort, was da passierte.

Mein Klassenzimmer war quadratisch, es gab keine Möglichkeit, sich zu verstecken. In der Tür war ein Fenster, aber trotzdem sperrte ich die Tür ab und ließ die Kinder hinter meinem Pult in Deckung gehen, dann schob ich das Bücherregal davor. Ein paar Jungs sprangen auf, um mir dabei zu helfen, und im Ernst, es war wie im Krieg – wir konnten die Schüsse und die Schreie hören – und man denkt, man hat schon vorher mal mitbekommen, wie jemand schreit, aber so etwas hat man noch nie gehört. Es riss mir die Seele entzwei. Ich werde diese Schreie mein Leben lang nicht vergessen.

Ich türmte also weiter Sachen vor den Kindern auf – einen Computertisch, ein paar Schülerpulte –, als ein Junge, sein Name war Jackson, vor unserer Klassenzimmertür auftauchte und versuchte, hereinzukommen. Er rüttelte an der Klinke und schlug gegen die Tür und schrie: ›Er kommt! Er kommt!‹ In dem Moment sprang ein Mädchen hinter der Barrikade hervor – sie hieß mit Nachnamen Stevenson, deswegen nannten wir sie alle Stevie –, rannte zur Tür, sperrte sie auf, ließ den Jungen herein und warf die Tür wieder zu. Sie konnte sie gerade noch rechtzeitig abschließen, und der Junge warf sich hinter die Barrikade, aber noch bevor Stevie die Chance hatte, von der Tür wegzukommen, hatte der Schütze sie ... erwischt. Er schoss einfach durch die Tür, als wäre die gar nicht vorhanden. Er hat sie mit Kugeln durchsiebt, die Wucht des Kugelhagels warf Stevie nach hinten, und als sie auf dem Boden aufschlug wurde sie ... ganz rot – als würde sie aus hundert Wunden bluten.«

Duncan zitterte jetzt am ganzen Leib, seine Stimme bebte, seine Hände zitterten, er rang nach Atem.

Er schüttelte den Kopf. »Stevie, verstehst du? Stevie! Sie hat immer Origamischmetterlinge gefaltet und sie den Leuten geschenkt – aus Kaugummipapierchen oder aus neonfarbenen Notizzetteln. Sie hatte zur Feier des Hut-Tages eine Krone aufgesetzt, und sie hatte vergessen, sie abzunehmen – aber sie flog ihr vom Kopf und zog eine Blutspur über den Boden. Ich wollte zu ihr, aber da schoss er durch das Türfenster und erwischte mich. Ich war auf halbem Weg zu Stevie, als ich einen brennenden Schmerz spürte, als hätte man mir Säure über die Rippen geschüttet. Und dann brach ich zusammen, mit dem Gesicht auf die Bodenfliesen. Ich sah, wie mein eigenes Blut hervorsickerte und eine Lache unter mir bildete, das Geräusch meines eigenen Atems verschluckte mich. Das ist das Letzte, woran ich mich erinnere, bevor alles schwarz wurde.«

O mein Gott.

»Hat Stevie überlebt?«, flüsterte ich irgendwann.

Er schüttelte den Kopf.

»Und der Junge«, setzte ich an, aber meine Stimme brach, »was war mit dem Jungen, den sie gerettet hat?«

»Er wurde auch getroffen, als er sich hinter die Barrikade warf, aber er hat überlebt.«

»Das ist gut«, sagte ich – obwohl das Wort »gut« in diesem Zusammenhang absolut unpassend schien.

»Er hat überlebt … aber ich weiß nicht, ob er es letztlich überleben wird.«

Ich schüttelte den Kopf. »Wie meinst du das?«

»Er hat seitdem zweimal versucht sich umzubringen.«

Ich schlug mir wieder die Hand vor den Mund.

»Sie waren in der achten Klasse«, sagte Duncan dann. »Sie waren noch Kinder. Aber Stevie … sie waren zusammen.« Er schloss die Augen und rieb sich mit den Fingern darüber. »Die erste Freundin. Die erste Liebe. Sie schrieben sich immer Briefchen. Die Hälfte der Lehrerschaft war überzeugt, dass die beiden irgendwann heiraten würden.«

Ich wusste nicht, was ich darauf sagen sollte. Also streckte ich die Arme aus und nahm Duncans Hände.

»Du hast mal gesagt, dass du den Menschen vermisst, der ich einmal gewesen bin. Aber ich bin ein anderer geworden. Ich kann nicht mehr dieser Mensch sein. Ich kann nicht wissen, was ich inzwischen weiß, und trotzdem der bleiben, der ich gewesen bin. Ich kann nicht mehr zurück. Manchmal hasse ich diesen Typen von damals, er war so naiv. Er war so glücklich. Er hat Planschbecken mit Götterspeise gefüllt und überhaupt nicht auf die Welt da draußen geachtet. Er hätte besser aufpassen müssen.« Duncan holte

393

tief Luft. »Ich werde nie wieder dieser Typ von früher sein, und wenn du darauf wartest, dann wirst du enttäuscht werden.«

Ich konnte lediglich nicken.

Dann war Duncan einen Moment still. Schließlich sagte er: »Du sagst mir immer wieder, ich darf mein Leben nicht von Angst bestimmen lassen. Aber ich muss dir begreiflich machen, dass du gar nicht weißt, was Angst wirklich ist.«

Und wissen Sie, was? Er hatte recht.

Ich bin gar nicht sicher, ob ich alle Gefühle, die mich in diesem Moment überschwemmten, richtig wiedergeben kann. Es tat mir leid, dass ich ihn so kategorisch verurteilt hatte, ich fühlte mich im Unrecht, war peinlich berührt und kam mir albern vor. Ich war wütend auf mich selbst, wütend auf die Welt – und auch wütend auf Duncan.

Alle diese Gefühle strömten so heftig auf mich ein, dass ich nicht damit zurechtkam. Und ich habe keinerlei Erklärung oder Rechtfertigung oder auch nur Verständnis dafür, was ich als Nächstes tat – ich kann lediglich gestehen: In dem Moment, als mir klar wurde, wie dumm ich gewesen war und wie wenig ich die ganze Zeit verstanden hatte, wie es ihm wirklich ging und was er durchgemacht hatte, hatte ich dieses überwältigende, im wahrsten Sinne des Wortes erstickende Gefühl, irgendetwas tun zu müssen.

Aber ich hatte keine Ahnung, was das sein sollte. Es gab nichts zu tun. Also traf ich im Bruchteil einer Sekunde eine Entscheidung, die ich niemals erklären oder verstehen oder rückgängig machen kann. Ich drehte mich um und rannte den Steg entlang.

Allerdings nicht zurück Richtung Hafendamm. Sondern in die entgegengesetzte Richtung.

Ich kannte diesen Anlegesteg. Ich wusste, dass er irgendwann zu Ende war und dass an diesem Ende eine Leiter ins Wasser hinunterführte. Ich wusste, dass es Eisschwimmvereine gab, deren Mitglieder jedes Jahr an Silvester dort hinuntersprangen, oder Meerjungfrauenclubs, die dort mit glänzenden Fischflossen in die Wellen tauchten. Wie jede dumme Entscheidung kam mir auch diese in jenem Moment gar nicht so dumm vor. Stand es mir etwa zu, Duncan aufzufordern, dem Leben mit Mut zu begegnen? Wer war ich denn, dass ich mir ein Urteil über andere Menschen anmaßen konnte? Ich ging niemals Risiken ein! Ich war eine Bibliothekarin. Das Aufregendste, was ich in den letzten Jahren gemacht hatte, war, den Hustle zu tanzen. Aber ich konnte etwas daran ändern. Jetzt und hier.

Vielleicht war das die dümmste Entscheidung, die ich jemals getroffen habe, aber ich fasste einen Entschluss. Ich lief schneller.

Hinter mir hörte ich Duncan rufen. »Sam! Sam! He! Was hast du vor?«

Möglicherweise wäre ich am Ende des Stegs stehen geblieben, wenn er mir nicht hinterhergelaufen wäre. Mit ziemlich hoher Wahrscheinlichkeit wäre ich zur Vernunft gekommen und hätte es mit der Angst zu tun bekommen.

Aber er rannte mir nach. Ich hörte seine Schritte hinter mir auf den Planken. Ich merkte, dass er aufholte. Und das löste in mir einen Reflex aus, den ich noch von Spielen aus der Kindheit kannte – es muss ein uralter, menschlicher

Instinkt sein. Wenn man das Gefühl hat, verfolgt zu werden, dann rennt man schneller. Das Gefühl kennen Sie sicher. Es ist wie ein Kribbeln im Nacken. Man darf nicht zulassen, dass sie einen erwischen. Irgendein tief verborgener Teil deines Gehirns löscht alle Gedanken außer diesem einen: *Bloß nicht fangen lassen.*

Ich dachte diese Worte nicht wirklich. Ich fühlte sie nur.

Ich bin niemand, der Risiken eingeht oder Spannung sucht. Ich bin das genaue Gegenteil davon. Dieser eine Moment der Panik in der Achterbahn hätte mir eigentlich bis ans Lebensende gereicht. Ich schiebe es auf das Adrenalin. Auf meinen Frust über Duncan. Auf die Tatsache, dass einfach alles, was ich in letzter Zeit unternommen hatte, fehlgeschlagen war.

Ich rannte weiter.

Und als Duncan mich verfolgte, rannte ich schneller.

Und als ich das Ende des Stegs erreicht hatte, rannte ich weiter durch die Öffnung im Geländer, warf mich über den Rand und stürzte mich hinunter ins Wasser.

23

Ich bereute es sofort.

Schon in dem Moment, als ich am Geländer vorbei war, als es kein Zurück mehr gab, hätte ich mein Leben gegeben, um umdrehen zu können. Mein Leben, das vielleicht schon sehr bald vorbei sein würde.

Der Sturz dauerte ewig und gab mir ausreichend Zeit, meine Dummheit zu überdenken. Dort unten konnten mich Pfeiler erwarten oder Molen oder ein Schiffswrack. Vielleicht lag da ein Ölteppich oder ein ganzer Schwarm Quallen oder eine Ansammlung von fleischfressenden Bakterien. Alles war möglich.

In jedem Fall war dies das Allerdümmste, was ich jemals getan hatte.

Unwillkürlich machte ich übrigens noch kreisende Bewegungen mit den Armen, als könnten sie irgendwo in der Luft Halt finden. Und ich strampelte mit den Beinen, als könnten sie so irgendwie festen Boden heraufbeschwören.

Und ich kann Ihnen eines sagen: In diesen Sekunden tödlicher Stille, ehe ich dort unten einen grausigen Tod finden würde, wusste ich eines mit absoluter Gewissheit. Ich wollte definitiv nicht sterben. Irgendwie hatte ich das auch schon vorher gewusst. Aber jetzt wusste ich es noch hundertmal mehr.

Das hatte Duncan gemeint. Man weiß nichts, bevor man es nicht selbst erfahren hat.

Auf halbem Weg in die wie auch immer geartete Schwärze, die mich da unten erwartete, kamen mir viele Gedanken und Gefühle, die mit Blick auf meine Situation nicht weiter überraschten. Aber eines hatte ich dennoch nicht erwartet: Ich hatte Mitgefühl mit Duncan. Ich war so vorschnell gewesen in meinem Urteil. Ich hatte mich über seine Anzüge aufgeregt, über seine Farbwahl und strengen Regeln. Alles davon würde ich versuchen wiedergutzumachen, wenn ich dafür nur die Chance gehabt hätte, wieder dort oben neben ihm auf dem Steg zu stehen. Himmel, ich hätte es tausendmal wiedergutmachen wollen.

Jetzt wusste ich, was es hieß, Angst zu haben. Jetzt wusste ich, wie es sich anfühlte, wirklich und wahrhaftig Todesangst zu haben. Duncan kannte dieses Gefühl. Es war ihm vertraut, und er trug es tagtäglich mit sich herum.

Ich bereute alles zutiefst – meine ganze dumme, unsensible, selbstgerechte Art.

Und dann schlug ich auf das Wasser auf.

Oder vielmehr: Es schlug mich.

Ich hatte mich im Fallen leicht gedreht – und traf jetzt seitlich ziemlich hart auf die Wasseroberfläche auf. Es war ein seltsames Gefühl, wie wenn man ins Wasser taucht und gleichzeitig einen Schlag mit einem Holzbrett abbekommt.

Ich hätte das voraussehen können, wenn ich so weit gedacht hätte, irgendetwas vorauszusehen.

Ich traf auf die Wasseroberfläche und versank im Wasser, tiefer und immer tiefer, und dabei war ich mir bewusst, dass ich unbedingt mit den Armen und Beinen schlagen musste, um mich zurück an die Oberfläche zu kämpfen.

Aber ich konnte nicht.

Ich konnte mich nicht rühren.

Es ergab keinen Sinn. Ich wusste, dass ich strampeln musste. Ich wusste, dass ich zurück an die Oberfläche schwimmen musste, wo die Luft auf mich wartete. Aber eine für mich selbst unfassbar lange Zeit ließ ich mich weiter und weiter in den schwarzen Ozean sinken.

Wie lange kann man die Luft anhalten? Eine Minute? Fünf? Ich hatte keine Ahnung. Ich war noch immer stocksteif, tauchte weiter hinunter, als meine Lunge anfing, nach Luft zu schreien. Unter Wasser.

Der verzweifelte Versuch, sie vom Luftholen abzuhalten – meinem Zwerchfell zu befehlen, stillzuhalten –, ließ mich endlich aufwachen. Ich erinnere mich noch, wie ich dachte: Deine Lunge funktioniert wie ein Luftballon. Und ein Luftballon schwimmt oben.

Das war eine wissenschaftlich unhaltbare These. Aber wie sich herausstellte, war es genau die Ermutigung, die ich brauchte. Meine wunderschöne, luftgefüllte Lunge würde mich zurück nach oben an die Oberfläche bringen. Meine Arme und Beine mussten nur dabei helfen.

Ich strampelte und ruderte und kämpfte mich nach oben, während sich mein Zwerchfell zusammenkrampfte und einen stechenden Schmerz meldete. Es schmerzte überall, als ob jede einzelne Zelle meines Körpers unter dem Sauerstoffmangel leiden würde.

Ich hatte keine Ahnung, wie weit es bis zur Oberfläche war. Ich konnte nichts erkennen. Es konnten zwei Meter sein oder auch zweihundert. Ich hatte keinen Anhaltspunkt, und gerade als ich die Hoffnung verlor, jemals wieder nach oben zu kommen, und anfing zu glauben, dass ich ertrinken würde, brach ich durch die Oberfläche.

Der plötzliche Kontakt mit der Luft traf mich genauso unvorbereitet wie zuvor der Aufschlag ins Wasser. Aber diesmal wusste mein Körper sofort, was er zu tun hatte. Im selben Moment, als ich mit Luft in Berührung kam, sog meine Lunge den Sauerstoff ein, ich keuchte und hustete verzweifelt.

Ehe ich mich fassen konnte, hörte ich Duncans Stimme neben mir an der Wasseroberfläche. »Ich hab dich«, sagte er.

Ich spürte, wie seine Arme sich um meinen Brustkorb legten.

»Leg dich zurück, halt ruhig. Weiteratmen.«

Er ließ uns beide auf den Rücken gleiten, sodass wir mit dem Gesicht nach oben im Wasser trieben. Dann fing er an, uns zum Ufer zurück zu manövrieren.

Ich konnte nichts tun, als in den Sternenhimmel zu starren und wie verrückt Luft zu holen, bis er uns an Land gebracht hatte. Ich hatte Salzwasser in den Augen und im Mund, es schmerzte in meiner Nase.

Dann kniete ich im seichten Wasser und rang nach Luft, einfach weil es möglich war. Meine Knie bohrten sich in den nassen Sand, die Wellen spülten mir über die Oberschenkel. Duncan ließ mich dort kauern, stand auf und ging ein paar Schritte fort. Als sich meine Atmung wieder normalisiert hatte, blickte ich auf und sah ihn an.

Sein Anblick ist schwer zu beschreiben, aber sagen wir mal so: Der Duncan, der mich im Wasser gerettet und uns zurück an Land gebracht hatte, war geduldig und sanft gewesen. Beinahe friedlich. Aber dieser Duncan hier, der jetzt am Strand auf und ab tigerte, während die Wellen gegen seine Waden schlugen: Dieser Typ war sauer.

»Hast du Platzwunden?«, schrie er mich aus drei Meter Entfernung an.

Es klang eher wie eine Beleidigung als wie eine Frage. Aber ich antwortete trotzdem. »Nein.«

»Bist du sonst irgendwie verletzt?«

Auf diese Frage wären mir eine Menge Antworten eingefallen, aber ich entschied mich für: »Nein.«

Dann, sozusagen als großes Finale seines Verhörs, brüllte er: »Sollte das ein verdammter Scherz sein?«

Da stand ich endlich auf. Meine Beine zitterten – mein ganzer Körper zitterte –, aber ich schaffte es trotzdem aufzustehen. Dann standen wir uns in der Brandung gegenüber. Duncan hatte sich vornübergebeugt, als hätte er in jedem einzelnen Bauchmuskel einen Krampf. Er hatte die Hände zu Fäusten geballt, Arme und Schultern wirkten angespannt. Er sah mich nicht direkt an, sondern nur in meine Richtung, als hätte sich seine Wut sogar auf sein Sehvermögen geschlagen.

»Was«, stieß er mit vor Wut bebender Stimme hervor, »zum Teufel hast du dir dabei gedacht?«

Es klang nicht, als würde er darauf eine Antwort erwarten.

»Was zum Teufel«, setzte er wieder an, diesmal lauter, »hast du dir nur dabei gedacht?«

»Es war nicht unbedingt eine meiner besten Ideen«, gab ich zu.

Aber Duncan rekapitulierte schon selbst, was gerade passiert war, und es klang, als könnte er es nicht fassen. Als wäre jedes einzelne Detail von dem, was ich gerade getan hatte, schier unglaublich. »Du bist losgerannt, den Anlegesteg entlang – und dann hast du dich am Ende hinuntergestürzt!«

»Den letzten Teil bereue ich«, sagte ich.

Er hörte mir nicht zu. »War das Dummheit? Oder ein Selbstmordversuch? Nimmst du irgendwelche Drogen, von denen ich nichts weiß?«

Das waren alles rhetorische Fragen.

»Ich kann nicht fassen, was da gerade passiert ist. Ich kann einfach nicht glauben, was du da gerade gemacht hast. Ist das hier ein Albtraum? Bin ich in einem Albtraum gefangen? Das war zweifellos – mit einer einzigen grauenvollen Ausnahme – das Dümmste, was jemals irgendjemand getan hat.«

Ich widersprach nicht.

»Du hättest sterben können. Du hättest sterben sollen! Hast du irgendeine Vorstellung davon, wie viele Pfeiler da unten im Wasser stehen? Wie viel Müll sich unter solchen

Stegen ansammelt? Balken, Bretter, Abfall von Ölbohr-inseln? Da hätte ein Stacheldraht liegen können! Oder eine Beckenbefestigung! Leute sterben, wenn sie von diesem Steg herunterspringen!«

»Dauernd springen Leute da runter!«

»Weil sie verrückt sind! Und selbst wenn du nicht beim Aufprall gestorben wärst, hast du irgendeine Ahnung da-von, wie nah wir am Hafen sind? Hier gibt es überall Bran-dungsrückströmungen!«

Ich hob leicht die Hand. »Ich habe nicht an Brandungs-rückströmungen gedacht, okay? Ich habe an gar nichts gedacht.«

»Nein, das hast du wahrhaftig nicht«, schrie er. »Du hättest innerhalb von wenigen Minuten ins offene Meer hinausgetrieben werden können – nachts – so weit hinaus, dass ich dich nie im Leben hätte finden können!«

Ich räume gerne ein, dass er in den meisten Punkten recht hatte – und vielleicht ist das bei mir einfach eine per-sönliche Marotte –, aber ich lasse mich nur eine gewisse Zeit lang anschreien, selbst wenn derjenige recht hat, ehe ich zurückbrülle.

»Ich habe nicht nachgedacht, okay?«, brüllte ich also zu-rück. »Ich wollte mutig sein. Ich wollte helfen!«

Ich schlurfte durch den Schlick auf ihn zu. Jetzt sah er mich an – zum ersten Mal, seit wir den Strand erreicht hat-ten, sah ich ihm in die Augen.

»Lass das mit dem Helfen!«, schrie er. »Ich will nicht, dass du mir hilfst!«

Aber ich ließ nicht locker. »Jemand muss es aber tun!«

Ich hatte vergessen, wie gut es tun konnte, richtig herumzubrüllen. Wie befriedigend es sein konnte, die Wut einfach herauszuschreien.

Duncan wandte sich ab, aber ich kam ihm nach und lief um ihn herum, damit ich ihm ins Gesicht sehen konnte. »Du lebst irgendwie nur ein halbes Leben, und du ziehst eine ganze Schule voller verschreckter Kinder mit dir in den Abgrund. Du hast gesagt, dass ich gar nicht weiß, was es heißt, Angst zu haben, und ich dachte, dass du damit vielleicht recht hast. Aber ich sage dir mal was. Ich habe mich gerade beinahe umgebracht – aber ich bin immer noch überzeugt, dass ich die ganze Zeit recht hatte. Du musst aufwachen und leben!«

Er atmete schwer. »Jeden Morgen stehe ich auf und gehe zur Schule«, fing er dann an. »Ich dusche, schmiere Vitamin-E-Creme auf meine Narben, rasiere mich, ziehe mich an und putze meine verdammten Schuhe. Ich gehe da hin und verbringe meinen ganzen Tag damit, auf diese Kinder aufzupassen und dafür zu sorgen, dass sie in Sicherheit sind. Ich rolle mich nicht in Embryostellung auf der Herrentoilette zusammen. Ich reiße mich zusammen! Ich nehme meine Verantwortung wahr! Warum zum Teufel reicht das nicht?« Er wandte sich ab – als hätte er gerade ein Totschlagargument vorgebracht.

Aber ich wusste eine Antwort. Ich rannte ihm hinterher. »Weil es eben nicht reicht!« Super Argument. »Ich will, dass du dich lebendig fühlst. Ich will, dass du wieder etwas empfindest!«

»Ich fühle etwas!«, brüllte er. »Ich fühle alles!«

Aber dann, im Nachhall dieser Erklärung, schien er auf einmal klar zu sehen. Es war, als würde er mich nun zum ersten Mal, seit wir im Wasser gelandet waren, wirklich wahrnehmen. Wie ich da nur wenige Meter von ihm entfernt stand, durchnässt, zitternd und trotzig, mit nassen Haaren, die mir strähnig am Hals klebten.

Ich starrte ihn noch immer wütend und selbstgerecht an.

Aber was auch immer er in diesem Moment vor sich sah – es schien seine Wut zu besänftigen. Er seufzte – beinahe ernüchtert –, und seine Körperhaltung änderte sich, und dann watete er durch Schlick und Wellen zu mir zurück.

»Ich fühle etwas«, sagte er, seine Stimme war jetzt heiser und leiser, er schien vom vielen Brüllen außer Atem zu sein. Die ganze Zeit sah er mich unverwandt an.

Er kam weiter auf mich zu. Er wurde nicht langsamer – ein Schritt nach dem anderen, in seinen klitschnassen Sachen, als könne nichts ihn aufhalten.

Ich wich keinen Zentimeter zurück.

Gespannte Erwartung lag in der Luft, sie war körperlich spürbar, wie ein Windstoß – blitzartig und gleichzeitig in Zeitlupe. Ich stand reglos da – mein Blick hielt seinen Blick fest, mein ganzer Körper war wachsam und wie unter Strom, und ich hatte das Gefühl, auch ich könnte Duncan zum ersten Mal richtig sehen.

Er fühlte etwas. Das hatte er mir gerade entgegengebrüllt, aber jetzt konnte ich es auch spüren.

Er war wütend, hatte Schmerzen, fühlte sich verloren und einsam. Genau wie wir anderen auch alle.

405

Außerdem zeichnete sich unter seinem klitschnassen weißen Hemd, das ihm am Körper klebte, sein Waschbrettbauch ab.

All das nahm ich wahr.

Ich habe noch nie eine so intensive Ungeduld verspürt – ich wollte, dass er sich beeilte und endlich zu mir kam, dabei wünschte ich mir von ganzem Herzen, dass ich die Dinge richtig deutete. Ich wollte ihm so schrecklich gern nahe sein. Ich hatte das Gefühl, als hätte ich ihn endlich verstanden.

Duncan kam auf mich zu und blieb dann dicht vor mir abrupt stehen. Wir starrten uns an, nass und atemlos, so lange, bis ich nur noch an eine einzige Sache denken konnte.

Ich trat nah an ihn heran, ging auf die Zehenspitzen, legte ihm beide Arme um den Hals, zog seinen Kopf zu mir und küsste ihn. Es war wie eine einzige, fließende Bewegung, als unsere Körper aufeinandertrafen, er mir die Arme um die Taille legte und mich an sich zog.

Ich könnte ein ganzes Buch schreiben über diesen einen Augenblick, diesen unvergesslichen Moment. Über die nasse Kleidung, die auf meiner Haut spannte. Die Atemlosigkeit vor Anstrengung und Überraschung. Das Plätschern der Wellen an meinen Unterschenkeln. Das Gefühl, seine Brust an meiner zu spüren – die Kälte des Salzwassers und zugleich die Hitze seines Körpers. Das Gefühl von Sicherheit, das ich in seinen Armen empfand. Die Ungeduld seiner Hände, die meinen Körper auf und ab wanderten, beinahe so, als könnten sie nicht genug von mir bekommen.

Die Erleichterung, endlich zueinandergefunden zu haben.

Ich hörte nur das Rauschen der Wellen, unseren Atem und die Brise vom Meer. Sonst nur Bewegung, Berührung und Nähe.

Eine ganze Weile standen wir dort im Wasser und küssten uns.

Obwohl ich nicht sicher bin, ob »küssen« das richtige Wort ist. »Verschlingen« trifft es eher. Oder »verzehren«. Oder vielleicht müsste man auch ein neues Wort dafür erfinden.

Ich schob meine Hand in seine Haare, drückte mich enger an ihn und küsste ihn heftiger. Was auch immer er so verzweifelt suchte, ich wollte es ihm geben. Weil ich genauso verzweifelt danach suchte.

Ich fuhr mit meiner Zunge über seine Zunge. Ich strich mit den Fingern durch sein weiches Haar. Ich atmete seinen Duft ein. Ich drückte mich so eng an ihn wie nur irgend möglich. Ich spürte seinen Herzschlag unter seinen Rippen und fragte mich, ob er auch mein Herz schlagen fühlte.

Ich fror, aber das war mir egal. Meine Haut klebte vom Salzwasser, aber das machte mir nichts aus. Jemand pfiff uns vom Hafendamm aus hinterher, aber ich achtete nicht darauf.

Was auch immer Duncan tat, ich erwiderte es. Ich hielt ihn genauso fest wie er mich. Wir froren und waren immer noch klitschnass, aber sein Mund war warm, und seine Brust und die Intensität, mit der er mich festhielt, schienen mein Zittern zu stillen. Es war, als wäre er die einzige feste

Größe auf der Welt. Ich wollte mit ihm verschmelzen. Ich wollte niemals je wieder damit aufhören. Und genau in dem Moment hörte er auf – und ließ von mir ab.

»Als ich dich das erste Mal gesehen habe, wusste ich schon, dass du mir Schwierigkeiten machen würdest.«

»Tatsächlich?«

»Ja. Ich hab dich gesehen, wie du auf diesen kaputten Spint eingedroschen hast, und ich hab mir gedacht: *O shit. Dieses Mädchen wird dein Leben auf den Kopf stellen.*«

Ich zog ihn näher an mich. »Dein erster Gedanke, als du mich gesehen hast, war *O shit?*«

»Ja, so ungefähr.«

»Was denkst du dir jetzt, wenn du mich siehst?«

»Genau dasselbe.«

Ich musste lächeln.

»Mach das verdammt noch mal nie wieder, okay?«, sagte er.

»Bestimmt nicht, versprochen.«

»Du hast mich zu Tode erschreckt.«

»Es tut mir leid.«

»Ich bin zu Gefühlen fähig, okay? Das musst du mir glauben.«

»Okay.«

»Ich fühle alles.«

»Ich glaube dir.«

Und bevor er mich wieder küsste, kam mir ein Gedanke. Die Welt hängt dem Irrglauben an, dass Liebe etwas für naive Menschen ist. Aber es gibt keinen größeren Irrtum. Liebe ist nur etwas für Mutige.

Wir küssten uns den ganzen Weg bis zu mir nach Hause. Ich bin nicht einmal ganz sicher, wie wir dort hingekommen sind. Aber es hatte irgendwas mit Küssen zu tun.

Wir küssten uns, während wir gingen.

Wir küssten uns, während wir an der Kreuzung standen und darauf warteten, dass die Ampel auf Grün schaltete.

Wir küssten uns, während wir uns an Hauswände drückten, bis uns wieder einfiel, dass wir ja nach Hause gehen wollten.

Wir küssten uns, während wir versuchten, mein Türschloss aufzubekommen, dann stolperten wir in die Wohnung und küssten uns weiter.

Wir küssten uns, als wir auf mein Bett fielen und versuchten, uns gegenseitig die klebrigen, salzverkrusteten Klamotten auszuziehen.

Traumhafte Küsse. Küsse, die ein Leben verändern können. Küsse, so intensiv, dass mein ganzer Körper kribbelte.

Küsse, so intensiv, dass ich Blitze vor Augen sah.

Küsse, so intensiv, dass ich Heckenkirsch- und Rosenduft wahrnahm.

Und in diesem Moment wurde mir bewusst: Das lag nicht nur am Küssen.

Ich hatte eine Aura.

24

Ganz genau. Ich stand kurz vor einem epileptischen Anfall.

Kurz überlegte ich, ob ich vorhin vielleicht einfach zu viel Salzwasser geschluckt hatte, als ich beinahe ertrunken wäre. Aber das war es nicht. Man bekommt ein ziemlich gutes Gespür dafür.

Perfektes Timing. Wobei – besonders überraschend war es eigentlich nicht. So ein Anfall kommt meistens nicht mitten in einer Stressphase, sondern schlägt erst danach zu. Gerade dann, wenn man anfängt, sich zu entspannen.

Ich löste mich abrupt von Duncan.

»Alles in Ordnung?«

Ich nickte, aber dann schüttelte ich den Kopf. »Ich glaube, ich bekomme gleich einen Anfall.«

Er runzelte die Stirn. »Oh.«

»Und da wäre es mir lieber, wenn du nicht dabei wärst. Also, wirklich, wirklich nicht.«

»Ich soll gehen?«

»Ja«, sagte ich.

»Ich würde eigentlich lieber hierbleiben.«

Ich schüttelte den Kopf. »Auf gar keinen Fall.«

»Ich möchte mich wirklich gerne um dich kümmern«, sagte Duncan.

»Unter gar keinen Umständen.«

»Warum nicht?«

Ich wusste nicht, was ich darauf antworten sollte. »Das ist … eine private Angelegenheit.«

»Einen Anfall bekommen ist eine private Angelegenheit?«

»Genau.«

»Aber wenn du nicht beeinflussen kannst, wann so ein Anfall kommt, wie kann er dann eine private Angelegenheit sein?«

»Er ist eine private Angelegenheit, wenn es irgend möglich ist.«

Duncan sah mich noch zweifelnder an.

»Sobald du weg bist, lege ich mich einfach hin«, sagte ich. »Ich bleibe im Bett. Keine große Sache.«

Es war ihm deutlich anzusehen, dass er es durchaus für eine große Sache hielt. »Ich habe irgendwie das Gefühl, du solltest dabei nicht allein sein.«

»Ich bin immer allein«, sagte ich, ehe mir auffiel, wie traurig das eigentlich klang. Ich wusste nicht, wie ich es ihm erklären sollte. »Die Sache ist die«, sagte ich und holte tief Luft. »Solche Anfälle sind nicht besonders schön. Ich bin da an meinem persönlichen Tiefpunkt. Und ich kann den Gedanken einfach nicht ertragen, dass du mir dabei zusiehst.«

Duncan nickte.

Was er dann tat, traf mich unerwartet. Er schob sein Hemd nach oben, um mir die Narben an seinem Oberkörper zu zeigen – nach wie vor rosa und lila und fleckig, und jetzt, da ich wusste, unter welchen Umständen er sie davongetragen hatte, brach mir ihr Anblick noch viel mehr das Herz.

»Du hast die schon einmal gesehen, oder?«

Ich nickte.

»Das ist mein absoluter Tiefpunkt. Und ich wünschte, du hättest sie nie gesehen. Aber du hast sie gesehen. Als du dich an jenem Abend um mich gekümmert hast. Und um Chuck Norris. Und wie es aussieht, hast du auch meine sterbenden Kakteen gerettet.«

Ich musste lächeln.

»Du warst für mich da, das will ich damit sagen. Ich will genauso für dich da sein.«

»Das ist reizend, aber trotzdem: nein.«

Ich musste ihn dazu bringen, zu gehen.

»Du glaubst, ich komme damit nicht zurecht?«

Also, ja. So was in der Art. »Du solltest dich damit nicht auseinandersetzen müssen.«

»Und wenn ich das möchte?«

»Das möchte niemand.«

»Ich hätte auch gesagt, dass niemand meine Narben sehen kann, ohne daraufhin fluchtartig das Land zu verlassen, aber du bist immer noch da.«

»Das ist nicht dasselbe.«

»Warum nicht?«

Ich versuchte nachzudenken. »Jemand hat auf dich geschossen. Das war nicht deine Schuld. Aber meine Anfälle – das bin ich. Ich habe sie nicht absichtlich, aber ich habe sie,

Das ist mein persönliches, defektes Nervensystem. Ich selbst bin das Problem. Das ist der Unterschied. Dazu kommt, dass sie nicht weggehen. Sie verblassen nicht.«

»Was schließt du daraus?«

Was war die Schlussfolgerung daraus? Auf jeden Fall konnte ich ihm nicht versprechen, dass alles nicht noch schlimmer werden würde – oder immer öfter vorkam. Ich hatte mein Leben nicht unter Kontrolle. Und das bedeutete, dass es für uns keine gemeinsame Zukunft gab. Weil er sich angewidert abwenden würde, wenn er mich je in diesem Zustand sehen würde.

Und vielleicht würde ich das alles heute zum ersten Mal laut aussprechen.

Er wartete auf eine Antwort. Also setzte ich mich auf und rutschte zur Bettkante. Dann wandte ich mich ihm zu und sagte: »Du kennst doch diese therapeutischen Zusatzangebote am Nachmittag, wo Kinder hingehen, weil sie denken, dass sie an der Trennung ihrer Eltern schuld sind – wo ihnen begreiflich gemacht wird, dass es überhaupt nichts mit ihnen zu tun hat?«

»Ja, und?« Duncan wusste offensichtlich nicht, worauf ich hinauswollte.

»Ich war der Grund, dass sich meine Eltern getrennt haben, als ich acht Jahre alt war. Mein Dad ist wegen mir fortgegangen. Ich habe an jenem Abend tatsächlich mit angehört, wie er das gesagt hat. Dann, als ich zehn war, ist meine Mutter gestorben. Und er wollte sich nicht um mich kümmern. Stattdessen bin ich zu meiner Tante gezogen. Als ich mit der Highschool fertig war, hat sie mir einen

413

Koffer mit den alten Sachen meiner Mutter gegeben. Darunter waren auch ein paar Tagebücher, und sie bestätigten alles, was ich bereits wusste – bis ins kleinste Detail. Er hasste meine Anfälle. Sie demütigten ihn. Ich habe ihn vertrieben. Ich war der Grund dafür, dass das Leben meiner Mutter zerbrochen ist. Dass sie zwei Jobs annehmen musste. Dass sie allein gestorben ist. Und das ist nicht irgendeine falsche Interpretation. Das ist die reine Wahrheit.«

Duncan nickte kaum merklich. Dann sagte er: »Du denkst, dass dein Dad gegangen ist, weil du nicht auszuhalten warst. Aber kann es nicht sein, dass er einfach zu wenig aushalten konnte?«

»Wie meinst du das?«

»Ich meine … ein besserer Mensch hätte dich niemals verlassen. Ein besserer Mensch wäre geblieben.«

Ich legte den Kopf schief. »Du hast eben noch nie einen meiner Anfälle miterlebt.«

Duncan seufzte.

Es hatte geholfen, dass ich mich hingesetzt hatte, ich fühlte mich ein wenig besser. Also fasste ich Mut. »Und es war ja auch nicht nur er«, fügte ich hinzu. »Ich wurde an der Schule nicht nur gehänselt, ich wurde geächtet. Ich war Zielscheibe für jeden noch so dummen Witz. Ich war eine Aussätzige.«

Duncan schüttelte den Kopf.

Ich sprach weiter. »Müssen wir wirklich darüber reden, wie ich einmal wach wurde und die anderen Kinder mit Erbsen nach mir geworfen haben? Ich hatte in der Mittagspause einen Anfall, und deswegen ist mir das Essenstablett runtergefallen. Oder darüber, dass die Schulkrankenschwester einen Beutel mit frischer Wäsche für mich aufbewahrte, für den unausweichlichen Fall der Fälle, wenn ich meine Unterhosen wechseln musste? Oder dass ich jahrelang in der Mittagspause allein saß und mir gegenüber Richard Leffitz seine eigenen Popel verspeist hat?«

»Ich verstehe«, sagte Duncan. »Aber das waren Kinder. Und – bei allem Respekt – Kinder sind Arschlöcher.«

»Das klingt nach jemandem, der die Sommerferien dringend nötig hat«, sagte ich trocken.

Aber er hatte recht. Nach der Grundschule hatte ich alles auf die Epilepsie geschoben und mich geweigert, zurückzuschauen. Das war in Ordnung. Bis die Anfälle wiederkamen. Und dann stellte sich heraus, dass ich schon jahrelang ein Selbstbild mit mir herumschleppte, das ich nie hinterfragt hatte. Vielleicht hatte ich das immer noch nicht. Aber das würde ich heute sicher nicht nachholen können.

Duncan hatte eine Ausstrahlung auf mich ... die ohne Frage großartig, gewaltig und hypnotisierend war. Die Kussszene am Strand hatte mir das deutlich vor Augen geführt. Er war zweifelsohne gut für mich. Zu gut.

Denn: *Was, wenn?*

Was, wenn ich einen Anfall hatte und er schockiert reagierte? Angeekelt? Entsetzt?

Er hatte Gefühle. Das hatte er gesagt. Er hatte mich geküsst, als ob er es ernst meinte – immer wieder.

Aber wenn ich nun einen Anfall hatte – und das seine Gefühle für mich zerstörte?

Nie hatte ein Freund von mir mit angesehen, wie ich so

etwas durchmachte. Außer meiner Mutter, dann meiner Tante und noch ein paar Sanitätern hatte jeder unwiederbringlich das Weite gesucht, der jemals Zeuge eines Anfalls von mir geworden war.

Ich beziehe mich hier vor allem auf Grundschüler, aber trotzdem. Warum sollte Duncan anders reagieren?

Doch Duncan ließ nicht locker. »Ich wünschte, du würdest mir eine Chance geben, deine Thesen zu widerlegen.«

»Aber was ist, wenn sie sich als richtig herausstellen? Was ist, wenn du nur meine schlimmsten Befürchtungen bestätigst – wieder einmal?«

»Das wird nicht passieren.«

»Das weißt du nicht.«

»Aber hast du mich unten am Meer nicht angeschrien und mir erklärt, dass ich mein Leben nicht in Angst verbringen soll? Hast du dich nicht gerade selbst im wahrsten Sinne des Wortes in einen schwarzen Ozean gestürzt?«

»Das ist was anderes.«

»Warum?«

Die Aura wurde stärker. Die Übelkeit kam mit größerer Macht zurück. »Weil«, fing ich an und stand auf, um ihn zur Tür zu bugsieren, »das hier beängstigender ist.«

»Das muss es nicht sein.«

Ich schüttelte den Kopf. »Ich kann in dieser Sache keinen Mut beweisen.«

»Doch, das kannst du.«

Die Übelkeit wurde schlimmer. Mir lief die Zeit davon. Ich stand auf und führte ihn zur Tür. »Alles – nur das nicht.«

»Sam ...«

416

»Du musst jetzt gehen«, sagte ich.

»Lass mich bleiben«, sagte er. »Du musst nicht allein sein.«

Wäre es mir lieber, wenn er blieb?

Wollte ich, dass er sich um mich kümmerte?

Natürlich.

Aber noch lieber würde ich für immer allein bleiben, als dass er mich in dieser Verfassung sah. Einsamkeit konnte ich ertragen. Enttäuschung konnte ich ertragen. Aber ich würde es absolut nicht ertragen können, wenn Duncan es sich mit uns beiden anders überlegte.

Ich hasste es, dass er mit mir diskutierte. Ich hasste es, dass er immer noch hier war. Ich hasste es, dass er recht hatte.

Ich merkte, dass mir nicht mehr viel Zeit blieb, und schob ihn zur Tür.

Er musste die Wohnung verlassen. Er musste gehen.

Aber dann, ehe er gehen konnte – verschwand die Welt vor meinen Augen.

25

Stunden später wachte ich auf. Ich lag in meinem Bett, im Dunkeln, allein. Ich sah auf die Uhr auf dem Nachttisch. Zwei Uhr morgens. Was war passiert?

Ich wusste, dass ich einen Anfall gehabt hatte – aber nur, weil ich es mir zusammenreimen konnte. Erinnern konnte ich mich nicht daran. Anfälle gehen immer mit Gedächtnisverlust einher. Das Gehirn kann keine Erinnerungen produzieren, wenn es sich kurzschließt.

Ich war ziemlich sicher, dass ich ihn nicht rechtzeitig aus der Tür bugsiert hatte. Ich war ziemlich sicher, dass er dabei gewesen war. Und ich war ziemlich sicher, dass ich jetzt allein war.

Ich setzte mich auf. Lauschte auf Geräusche in der Wohnung. Wenn Duncan noch hier wäre, aber nicht schlief, was könnte er dann machen? Was man eben so machte bei Schlaflosigkeit. Tee kochen? Eine Zeitschrift lesen? Oder hatte er sich vielleicht im Wohnzimmer aufs Sofa gelegt?

Aber es war nichts zu hören, kein Teekessel auf dem Herd, kein Seiten, die umgeblättert wurden. Kein regelmäßiges Schnarchen von einem Mann, der auf meinem Sofa eingenickt war.

Es war so still, dass die Stille beinahe dröhnte.

»Duncan?«, rief ich, nur für den Fall. »Hey, Duncan?«

Nichts.

Ich schaltete das Licht im Schlafzimmer ein und ging ins Wohnzimmer. Niemand. Leer.

Ich war sicher gewesen, dass er abhauen würde – aber gleichzeitig hatte ich mir so schrecklich gewünscht, dass ich mich irrte.

Jetzt hatte ich meine Antwort. Er war nicht da. Er war abgehauen. Er hatte mich auf meinem Tiefpunkt erlebt – und das Weite gesucht. Ich war die ganze Nacht bei ihm geblieben, aber er hatte dasselbe nicht für mich getan.

Ich fühlte mich leer. Die ganze Zeit über hatte ich recht gehabt.

Ich ging ins Badezimmer, um mir die Zähne zu putzen und mir das Gesicht zu waschen, und dann starrte ich mich im Spiegel an. Meine Haare waren strähnig und verfilzt, meine Augen verquollen. Ich wusch mir noch einmal das Gesicht. Putzte mir gründlich die Zähne.

Verstehen Sie? Genau deswegen hatte ich versucht, ihn wegzuschicken. Genau deswegen hatte ich mit ihm darüber gestritten, dass er nicht bleiben sollte. Weil ich genau diesen Moment hatte vermeiden wollen – diesen Moment, in dem sich die Wahrheit über die Welt und meinen Platz in ihr nicht mehr leugnen ließ. Wenn Duncan sich aus dem Staub gemacht hatte – trotz aller Schmeicheleien und Plattitüden –, wem sollte ich dann überhaupt noch vertrauen?

419

Vorher hatte ich zumindest noch die leise Hoffnung gehabt, dass ich mich irrte.

Wahrscheinlich war es das Beste, wenn ich mich wieder schlafen legte.

Aber ich war inzwischen hellwach. Also tigerte ich eine Weile durch die Wohnung – auf der Suche nach einer Nachricht. Irgendein Zettel, auf dem stand: *Bin gleich wieder da!* Vielleicht fand ich irgendwo doch noch einen Hinweis darauf, dass ich falschlag. Viel zu lange lief ich herum und suchte alles ab.

Es gab keine Nachricht. Nichts deutete darauf hin, dass Duncan überhaupt hier gewesen war. Nichts, was mich irgendwie von meiner Überzeugung abbringen konnte, dass es genau so abgelaufen war. Seit meine Anfälle zurückgekommen waren, war eine Frage in meinem Leben ganz zentral gewesen – und jetzt hatte mir Duncan die Antwort darauf gegeben, obwohl ich das unbedingt hatte vermeiden wollen.

Wenn es nach mir gegangen wäre, dann hätte ich sie mein Leben lang nicht hören wollen.

Danach war an Schlaf nicht mehr zu denken. Ich lief in der Wohnung herum. Redete mit mir selbst. Hatte krampfartige Selbsthassanfälle.

Dieses von Scham befeuerte Elend hätte sich ohne Weiteres bis zum Morgen hinziehen können – dauerte tatsächlich aber nur eine halbe Stunde. Dann hörte ich einen Schlüssel in der Tür.

Duncan. Es musste Duncan sein. Wer sonst?

Instinktiv fuhr ich mir durch die Haare wie ein Idiot.

Die Tür ging auf, aber es war nicht Duncan. Es war Alice.

»Hi«, sagte sie. »Du bist wach!« Sie trug ein T-Shirt mit der Aufschrift MATHLET.

»Ich konnte nicht schlafen«, sagte ich leichthin, als handelte es sich lediglich um ganz normale Schlaflosigkeit.

Sie kam zu mir ins Schlafzimmer und setzte sich auf meine Bettkante. »Babette hat mir geschrieben, dass ich nach dir sehen soll. Ich wollte nur kurz zu dir reinschauen und mich dann aufs Sofa legen.«

»Babette hat dir geschrieben?«

»Sie meinte, dass du einen Anfall hattest.«

Uff. Hatte Duncan ihr das erzählt? Jetzt war ich verärgert. Musste man deswegen wirklich Leute aus dem Bett holen? Was noch? Sollten wir eine Anzeige in die Zeitung setzen? Oder mit einem Megaphon bewaffnet durch die Straßen fahren?

»Es geht mir gut«, sagte ich. »Ich brauche niemanden, der nach mir schaut. Das ist keine große Sache. Das ist einfach nur mein Leben.« Mein tragisches, hoffnungsloses, abgrundtief enttäuschendes Leben.

Ich spürte, wie mich Hoffnungslosigkeit überkam. Wie die Schwerkraft zog sie mich nach unten und verleitete mich zu einfachen, sehr düsteren Schlussfolgerungen. Ich war ein wertloser Mensch. Für mich gab es keine Hoffnung. Ich würde für immer allein bleiben.

Aber düstere Gedanken waren nicht Alice' Ding. »Na gut«, sagte sie leichthin. »Ich mach uns einen Kaffee.«

»Es ist halb drei Uhr morgens. Wir brauchen keinen Kaffee.«

»Entkoffeinierten«, präzisierte sie, als wäre ich begriffsstutzig. Sie ging in die Küche.

»Es geht mir gut«, sagte ich, ohne ihr in die Küche zu folgen. »Du kannst heimfahren.«

Sie drehte sich zu mir um, sah mich an und zuckte mit den Schultern. »Jetzt bin ich schon mal wach«, sagte sie. »Und du offenbar auch.«

»Nicht, weil ich es so wollte.«

Alice bemerkte die Schärfe in meiner Stimme. Sie war ein ganz und gar ausgeglichener Mensch, und es gab beinahe nichts, was sie aus der Ruhe bringen konnte. Aber gleichzeitig war sie auch sehr einfühlsam. »Möchtest du darüber reden?«, fragte sie.

»Worüber?« Ich wollte Zeit gewinnen.

»Was auch immer dich so ... empfindlich macht.«

»Nein«, sagte ich. Dann: »Ich weiß nicht. Vielleicht. Nicht wirklich. Egal.«

»Cool«, sagte Alice. Dann machte sie sich an der Kaffeemaschine zu schaffen. Um einen entkoffeinierten Kaffee zuzubereiten.

Als die Maschine vor sich hin tuckerte, drehte sie sich zu mir um und sah mich mit einem so mitfühlenden Gesichtsausdruck an, dass ich vollkommen zusammenbrach.

Ich spürte, wie meine Knie unter dem Gewicht der Wahrheit nachgaben. Dann sagte ich: »Duncan war hier, als der Anfall kam.«

»Oh.«

»Und dann … ist er gegangen.«

Alice nickte nachdenklich.

»Also, einfach abgehauen. Verschwunden. Er hat sich in Luft aufgelöst.«

Alice musterte mich, als wäre ich ein Sudoku-Rätsel. Dann sagte sie: »Ein bisschen wie dein Dad.«

»In der Tat«, sagte ich und spürte einen schmerzhaften Groll bei diesem Gedanken. »Und ich habe noch versucht, ihn zu warnen, aber er wollte einfach nicht hören. Und jetzt ist genau der Fall eingetreten, den ich vorausgesagt habe – nur dass es sich noch viel schlimmer anfühlt als gedacht. Wenn er einfach auf mich gehört hätte, wären wir jetzt vielleicht nicht in diesem Schlamassel. Allerdings kann von ›wir‹ gar keine Rede sein. Da bin nur ich. Allein. Wie ich es allem Anschein nach für immer sein werde.«

»Ähm. Du bist doch gar nicht allein. Deine beste Freundin ist bei dir.«

»Ich meine – im romantischen Sinne allein.«

»Vielleicht gibt es noch eine andere Erklärung?«, versuchte es Alice. Ihre Stimme klang aufgesetzt fröhlich und viel zu schrill.

»Tja, mir fällt keine andere ein.«

Aber Alice sah wie immer das Positive. »Also, falls du recht haben solltest – und davon bin ich noch lange nicht überzeugt –, aber nur mal für den Fall: Besser du weißt es jetzt als später, oder?«

»Richtig«, gab ich mich geschlagen.

»Ich meine, irgendwann wäre er so oder so Zeuge einer solchen«, und hier suchte sie nach den richtigen Worten, was mir in Anbetracht der Tatsache, in was für einem fragilen Zustand ich mich befand, sehr freundlich vorkam, »nicht gerade anmutigen Angelegenheit geworden.«

Sehr richtig.

»Besser er verschwindet jetzt als später, wenn ihr, sagen wir mal, zehn Kinder habt.«

»Zehn Kinder?«

Sie nickte todernst. »Zweimal Zwillinge und zweimal Drillinge.«

»Das sind eine Menge Kinder«, sagte ich.

»Siehst du? Du hast gerade eine Katastrophe abgewendet. Wie hättest du dich denn jemals beruflich verwirklichen sollen mit so vielen Kindern? Er hat dir einen Gefallen getan, wirklich. Und den Kindern auch.«

»Klingt ganz so«, sagte ich und lächelte sie traurig an. Sie lächelte genauso traurig zurück.

Dann schüttelte sie den Kopf, als wollte sie das ganze Thema zur Seite schieben, wandte sich dem frisch aufgebrühten, entkoffeinierten Kaffee zu und sagte: »Wir sollten einen Line-Dance-Kurs machen.«

Und genau in dem Moment, als sie das sagte, wie um ihre Worte zu unterstreichen, pingten gleichzeitig unsere Handys. Meines lag im Schlafzimmer, aber sie hatte ihres in der Hosentasche.

Sie zog es heraus, las die Nachricht und sah auf. »Von der Schule. Ein Kind ist verschwunden. Wir alle müssen suchen helfen.«

26

Es war Clay Buckley.

Als wir ankamen, fanden wir Tina in Tränen aufgelöst. Babette wirkte erschöpft und besorgt, und Kent Buckley tigerte herum wie ein wütendes Raubtier und knurrte die Leute an.

Die Schule war überschwemmt mit Polizei und Kripo. In der Schulkantine hatte man eine vorläufige Zentrale für die Suchaktion eingerichtet, wo alle Informationen zusammenliefen. Mrs Kline war bereits vor Ort. Sie organisierte mit einem Klippboard die Ausgabe von Suchpaketen.

Alice und ich fragten sie, was passiert war.

»Gestern war Clays Geburtstag«, erklärte sie. »Sein Dad hätte ihn nach der Schule abholen sollen, sie wollten irgendein Piratenschiff-Museum an der Matagorda Bay besuchen. Aber sein Dad ist nicht gekommen. Auf den Überwachungsvideos sieht es so aus, als wäre Clay zunächst zu Babette gegangen – und sie hat bestätigt, dass er zu ihr gesagt hat, er würde in die Schulbibliothek gehen –, aber stattdessen hat er das Gebäude um sechzehn Uhr siebenunddreißig durch den Hinterausgang verlassen.«

»Aber dieser Ausgang ist doch zugesperrt!«, warf ich ein.

»Er kannte den Code«, sagte Mrs Kline. »Oder er hat ihn herausbekommen. Auf dem Video ist zu sehen, wie er die Zahlen eintippt und anschließend die Tür aufgeht.«

»In welche Richtung ist er gegangen?«, fragte ich.

Mrs Kline schüttelte den Kopf. »Das ist nicht drauf. Man sieht nur, wie er das Gebäude verlässt.«

»Also ... ist er schon seit dem Nachmittag verschwunden?«, fragte Alice.

»Er wird seit circa halb fünf vermisst«, sagte Mrs Kline. »Aber sie haben erst um halb zwölf gemerkt, dass er weg ist. Nachts.«

»Verdammte Scheiße.« Das war Alice.

»Bitte keine solchen Ausdrücke«, tadelte Mrs Kline. Dann fügte sie hinzu: »Seine Mutter dachte, er wäre bei seinem Vater – der hätte ihn ja nach Schulschluss abholen und mit ihm den Ausflug machen sollen. Aber offensichtlich«, Mrs Kline sah sich um und senkte die Stimme, »hat Kent Buckley das ganz vergessen und stattdessen gestern diese Personalversammlung einberufen. Danach ist er noch mit irgendwelchen Kunden was trinken gegangen, und als er nach Hause kam, war es schon nach elf. Als er dann Clay nicht dabeihatte ... da haben sie die Polizei gerufen.«

»Sie hat nicht vor elf Uhr abends mit den beiden gerechnet?«

»Sie hat überhaupt nicht mit ihnen gerechnet. Sie hätten über Nacht wegbleiben sollen.«

Alice nickte. »Das erklärt Kent Buckleys rotes Gesicht und seine gereizte Stimmung.«

426

Mrs Kline runzelte die Stirn und nickte bestätigend. »Tina ist auch wütend. Sie steht kurz vor einem Zusammenbruch.«

»Verständlich«, meinte Alice.

»Sie haben sich schon mehrmals angeschrien, seit ich hier sitze.«

»Wie lange sitzen Sie denn schon hier?«

»Ungefähr seit zwei Uhr. Die Polizei hat zuerst alle Orte abgesucht, wo man ihn vermuten würde – die Schule, Babettes Haus –, erst dann hat man beschlossen, alle einzubestellen. Sie haben alle verfügbaren Beamten hierher zitiert, und wir haben alle auf unserem internen Verteiler benachrichtigt. Die Leute kommen hier an, wir teilen sie in Teams ein und schicken sie los – jedes Team bekommt einen Sektor auf dem Stadtplan zugewiesen, wo es suchen soll.«

Das war Mrs Kline in Multitasking-Bestform. Sie wies uns einen Suchbereich zu – am Hafendamm entlang zehn Blocks nach Osten. Wenn wir nicht fündig wurden, sollten wir ihr eine Nachricht schicken, und sie würde uns einen neuen Bereich zuweisen. Ehe wir loszogen, sollten wir uns noch bei dem Polizeibeamten melden, der neben der Tür stand und jedem Team genauere Anweisungen gab.

Alice und ich machten uns auf den Weg zu ihm. Ein paar Leute standen schon wartend an der Tür. Emily und Donna hatten ihre Ausrüstungspaket bereits bekommen und schienen schon ungeduldig darauf zu warten, endlich losziehen zu können. Gordo war mit Carlos zusammen eingeteilt worden. Er trug seine neonfarbene Warnweste, die er sonst anhatte, wenn er die Autoschlange der Abholer nach der Schule beaufsichtigte. Man sah ihnen allen an, dass sie aus dem Tiefschlaf geholt und unmittelbar in eine äußerst angespannte Situation geworfen worden waren.

Als Alice und ich gerade unsere näheren Anweisungen entgegennehmen wollten, kam Duncan um die Ecke und sah mich. Er war mit einem Polizeibeamten unterwegs, und als er mich entdeckte, blieb er stehen und starrte mich einen Moment an.

Mir fehlen die Worte, um die schmerzliche Demütigung zu beschreiben, die ich empfand, als ich ihn sah – und insbesondere, als mir klar wurde, dass er mich auch gesehen hatte. Vor Scham krampfte sich mein ganzer Körper so zusammen, dass ich mich wie ein einziger Muskelkater fühlte. Die Erniedrigung war körperlich spürbar. Es war eine Qual.

Aber dann war es auf einmal vorbei. Denn es gab jetzt Wichtigeres zu tun. Ein weiterer Polizeibeamter war auf Duncan zugetreten, um ihn auf den neuesten Stand der Dinge zu bringen, und daraufhin drehte sich Duncan um und ging weg.

Auch gut. Wir hatten eine Notlage.

Ich sah ihn weggehen und musste mich innerlich dazu auffordern, weiterzuatmen und mich zu entspannen.

Er hatte noch immer den Anzug an, den er gestern Abend getragen hatte, als er mir ins Meer hinterhergesprungen war – wahrscheinlich war er immer noch klamm. Sein Hemd war trocken, aber ganz verknittert, wie Hemden aussehen, wenn sie nicht gebügelt worden sind. Von seiner dunkelblauen Krawatte war nichts zu sehen. Das Hemd stand am Kragen offen.

428

Ich konnte seine Reaktion auf unser Wiedersehen hier nicht ganz deuten – unter anderem wohl deswegen, weil meine eigene Reaktion so heftig ausfiel. Die Begegnung war im selben Moment schon wieder vorbei, aber die Nachwirkungen waren für mich noch lange danach deutlich spürbar.

Natürlich hatte ich gewusst, dass er auch da sein würde. Er war schließlich der Direktor. Er trug die Verantwortung – zumindest für alle Angelegenheiten, die die Schule betrafen. Aber ich hatte keine Zeit gehabt, mich darauf einzustellen. Auf jeden Fall hatte ich gehofft, jeglichen Blickkontakt mit ihm vermeiden zu können. Ich hatte mir vorgestellt, dass er irgendwo in einer provisorischen Einsatzzentrale sitzen würde und nicht einfach so herumlief und liebeskranken Kolleginnen unbedacht in die Augen sah.

Was sollte ich von diesem Blickkontakt eigentlich halten? Was hatte ich in seinen Augen gelesen? Vielleicht Überraschung? Oder Angst? Himmel, war ich so furchterregend?

Ich hatte mich gerade wieder so weit gefasst, dass ich meine Aufmerksamkeit der aktuellen Situation widmen konnte, als ich sah, wie Duncan kehrtmachte und auf mich zukam. Im Gehen bedeutete er der Gruppe von Beamten um ihn herum mit der Hand, dass er gleich zurück wäre.

Er kam zu Alice und mir. Sie sah erst ihn an, dann mich, offensichtlich verstand sie nicht, was gerade vor sich ging. Aber sie sagte nichts, was ich ihr hoch anrechnete.

Duncan nickte Alice zu, dann wandte er sich zu mir und sagte: »Hi. Du bist auch hier.«

Das Gefühl der Demütigung übermannte mich erneut. Ich konnte ihn kaum ansehen. Wie versteinert stand ich da und sagte: »Du ja auch.«

»Ich war nur ... nicht ganz sicher, ob du in der Verfassung dazu bist.«

»Ich hätte mich durch nichts davon abhalten lassen. Clay ist für mich wahrscheinlich das wichtigste Kind auf der ganzen Welt.«

»Wo sollt ihr suchen?«

»Am Hafendamm.«

»Okay«, sagte er, als würde er sich eine geistige Notiz machen. »Seid vorsichtig.«

Dann wurde sein Tonfall verbindlicher, und er rückte näher an mich heran, als wollte er etwas Persönliches sagen. »Bist du ...«, fing er an.

Aber genau in diesem Moment blaffte der Beamte, der den Suchteams die Anweisungen gab: »Okay, Leute, alle mal herhören!«

Duncan nickte mir kurz zu und trat einen Schritt zurück.

Der Beamte fuhr fort: »Suchen Sie Ihren Bereich ab – und nur Ihren Bereich. Wenn Sie irgendetwas entdecken, wenden Sie sich mit einer Nachricht oder einem Anruf an eine der Nummern auf Ihrem Informationsblatt. In der Regel werden Sie zu Fuß und mit Taschenlampe unterwegs sein. Achten Sie auf Unregelmäßigkeiten. Der Junge trägt eine graue Schuluniform-Hose und ein weißes Hemd. Er hatte schwarze Turnschuhe an und einen blauen Rucksack mit Schulsachen dabei, außerdem mehrere Comicbände und ein Meereslexikon. Sie suchen nicht nur nach dem Kind. Falls Sie einen Schuh finden, einen Rucksack, oder falls Sie ein Buch auf der Straße liegen sehen, fassen Sie nichts an. Machen Sie ein Foto. Schreiben Sie sich Ihren Standort auf. Rufen Sie uns an, und wir schicken Beamte vorbei, die sich um die weiteren Schritte kümmern werden.«

»Gibt es Befürchtungen, dass er entführt wurde?«, fragte Carlos.

»Im Moment gilt er nur als vermisst«, entgegnete der Beamte. »Er hat das Schulgebäude aus freien Stücken verlassen. Aber es handelt sich immerhin um einen Neunjährigen, der nachts allein auf den Straßen unterwegs ist. Inzwischen kann alles Mögliche passiert sein. Wir müssen jede Möglichkeit in Betracht ziehen, und wir müssen uns beeilen. Also suchen Sie sorgfältig und konzentrieren Sie sich auf das Wesentliche.« Der Ton seiner Stimme änderte sich, als er hinzufügte: »Kindern passieren nachts schlimme Sachen.«

Die ganze Ansprache hatte zwei Minuten gedauert, und irgendwann, während der Beamte noch redete, war Duncan gegangen. Ich hatte es kaum mitbekommen. Jetzt kämpfte ich gegen aufsteigende Panik an, und als wir endlich grünes Licht bekamen, zogen wir los. Die Schule hatte einen Vorrat an großen Taschenlampen, die wir eigentlich beim Zelten verwendeten und die nun an der Tür ausgeteilt wurden. Alice und ich griffen uns beide eine, und sobald wir das Schultor passiert hatten, rannten wir Richtung Hafendamm.

Die meisten Suchgebiete deckten einen quadratischen Abschnitt des Stadtplans ab und umfassten mehrere Häuserblocks, aber wir sollten lediglich diesen schmalen Streifen am Strand absuchen. Alice und ich beschlossen, uns aufzuteilen. Sie suchte oben auf dem Damm, und ich nahm die Stufen hinunter zum Strand und lief am Wasser entlang. Ich hielt meine Taschenlampe auf die Wellen gerichtet – um im Wasser nach Clay Ausschau zu halten.

Oder nach einem Rucksack. Oder einem Buch. Oder – das möge Gott verhüten – einem Schuh.

Alice ließ ihren Lichtstrahl von oben am Damm entlanggleiten und suchte den Strand und den Bereich direkt an der Mauer ab – Gebüsch, Pflanzen, Treibholz und Müll.

Wir riefen nach ihm. Immer wieder schrien wir: »Clay! Hier sind wir!«

Natürlich hofften wir, ihn wohlauf zu finden – vielleicht saß er gemütlich auf einer Bank, las ein Buch und aß eine Tüte Chips. Carlos und Gordo war ein Anlegesteg zugeordnet worden. Vielleicht hatte er sich dort hinausgeschlichen und war jetzt hinter einem Zaun eingesperrt, weil man ihn nach Feierabend nicht bemerkt hatte. Mantraartig redete ich mir ein, dass es für all das durchaus eine vernünftige, gar nicht tragische Erklärung geben konnte.

Alles wird gut, sagte ich mir. *Alles wird gut, bestimmt wird alles gut.*

Aber je länger wir vergeblich suchten, desto schwerer wurde es, an einen glücklichen Ausgang zu glauben. *Kindern passieren nachts schlimme Sachen.* Die Worte des Beamten klangen mir in den Ohren, und immer wieder fühlte ich, wie mir die Panik die Kehle zuschnürte. Ich war kurz davor, in Tränen auszubrechen.

Aber das würde ich nicht zulassen. Ich durfte nicht zusammenbrechen, und ich würde nicht zusammenbrechen.

Clay verließ sich auf uns, dass wir ihn fanden und ihm halfen. Er wirkte immer wie ein kleiner Erwachsener, aber natürlich ... war er noch ein Kind. Seinem Wortschatz, der ernsthaften Ausstrahlung und seinem enzyklopädischen Wissen in beinahe allen Bereichen zum Trotz hatte er doch wie jedes andere Kind auf der Welt auch das Recht, verrückte Fehler zu machen. Und genau wie jedes andere Kind konnte er von den unabsehbaren Folgen eines solchen Fehlers überwältigt werden.

Ich versuchte nicht daran zu denken, wie verängstigt er gerade sein musste, egal, wo er war.

Er war ein Kind. Ein Kind, das seinen Großvater, und damit wahrscheinlich den wichtigsten Menschen in seinem Leben, verloren hatte – nur ein paar Wochen vor dem geplanten Ausflug, auf den es seit Monaten gewartet hatte. Clay hatte sich so darauf gefreut, er hatte alles zum Thema gelesen und alles geplant. Jedes in der Schulbibliothek verfügbare Buch über Schiffswracks hatte er durchgeackert. Er hatte sich in einem Heft die wichtigsten Fragen notiert, die er dem Museumspädagogen stellen wollte. Ich weiß nicht, wer Kent Buckley das Versprechen abgerungen hatte, mit Clay diesen Ausflug zu machen, aber ich schwöre, dass selbst ein zufälliger Beobachter hätte vorhersehen können, dass das nicht gut ausgehen würde. Allerdings wäre natürlich niemand darauf gekommen, dass gleich so etwas passierte.

433

Die Polizei wollte nicht ausschließen, dass er abgehauen war – oder entführt.

Ich tippte darauf, dass er weggelaufen war. Dass er endlich genug von diesem Vater hatte. Ein Vater, der ihn völlig vergessen hatte – an seinem Geburtstag. Nach einer so bitteren Enttäuschung konnte jedes Kind dumme Entscheidungen treffen.

Inzwischen war die Flut zurückgekommen und das Meer war schwarz.

»Clay!«, rief ich immer wieder. »Clay!« Aber das Tosen der Brandung schien jedes Geräusch zu verschlucken.

Wir sollten nicht weiter als bis zu Murdochs gehen, einem Souvenirshop, den man unterhalb des Hafendamms auf Pfählen ins Wasser gebaut hatte. Dort endete unser Suchbereich, und wir hatten ausgemacht, auf dem Rückweg die Rollen zu tauschen.

Aber als ich bei den Pfählen unterhalb von Murdochs ankam und den Schein meiner Taschenlampe dort über das Wasser gleiten ließ, sah ich etwas Merkwürdiges. Erst dachte ich, es handelte sich um ein gekentertes Motorboot, das an den Strand gespült worden war. O Gott. Hatte Clay versucht, ein Boot ins Wasser zu lassen? Hatte er aufs Wasser hinausfahren wollen? Aber wo konnte er denn ein Boot gefunden haben? Die meisten lagen in der Bucht oder im Kanal. Auf der Meerseite der Insel war das Wasser zu flach.

Ich rief nach Alice und ging näher an das Ding heran – ins Wasser hinein. Ich sah genauer hin.

Dann wurde mir klar, dass es gar kein Boot war.

Es war glatt und grau.

434

Und es war … irgendeine Art von Fisch. Ein wirklich, wirklich großer Fisch. Ein Fisch, so groß wie eine Limousine.

Und dann entdeckte ich Clay Buckley. Er stand neben dem Fisch, bis zum Bauch im Wasser.

Eine halbe Sekunde lang war ich sprachlos und unfähig, mich zu bewegen. Ich konnte einfach nicht reagieren auf das, was ich sah. Ich konnte nur zusehen – bis Alice hinter mir ankam.

»Clay!«, schrie ich, während Alice mir den Arm um die Taille legte und mich vorwärtsschob.

»Heilige Scheiße«, sagte sie, als wir näher heranwateten. »Ist das …?«

Es klang zu verrückt, um es laut auszusprechen. Aber wir sahen es beide.

»Das ist ein Wal, oder?«, sagte ich.

»Sieht auf jeden Fall so aus.«

»Vielleicht ein Jungtier.«

Auch jetzt noch muss ich ungläubig den Kopf schütteln, wenn ich an diese Szene zurückdenke.

Es war einfach unfassbar. Aber es gab nichts zu deuten. Es konnte nichts anderes sein.

Nicht genug damit, dass ein Babywal unter die Pfeiler von Murdochs gespült worden war, es sah auch noch so aus, als würde Clay – unser neun Jahre alter Clay – mit dem Tier reden.

Wir gingen noch näher heran und hielten noch einmal inne – die Szene war einfach zu verblüffend –, dann richtete ich den Strahl meiner Taschenlampe auf Clay. Er sah

435

auf und kniff die Augen zusammen, ihm war offensichtlich bewusst, dass ihn jemand beobachtete. Dann, und ich schwöre, dass es so war, hob er den Zeigefinger an die Lippen und bedeutete mir, leise zu sein. Anschließend wandte er sich wieder dem riesigen Wesen neben ihm im Wasser zu.

Alice blieb zurück und rief in der Zentrale an, dass wir ihn gefunden hatten, während ich weiter zu Clay hinauswatete.

Als ich bei ihm war, verstand ich, was hier vor sich ging – auch wenn ich meinen Augen nicht trauen konnte. Das riesige Tier neben Clay, halb unter Wasser, hatte sich in einem Fischernetz verfangen. Und Clay stand direkt neben ihm, sein Taschenmesser in der Hand, und säbelte an den Seilen des Netzes herum.

»Clay, du musst da weggehen!«, sagte ich, obwohl mir klar war, dass er schon eine geraume Weile dort stehen musste – und der Gedanke, dass er auf einmal zurückweichen würde, nur weil irgendein Erwachsener ankam und ihm das sagte, war einigermaßen absurd.

Ich meine, dieses Säugetier überragte ihn bei Weitem. Und der dünne, kleine Clay stand da inmitten der Wellen und lief Gefahr, mit jedem Gezeitenwechsel von den Füßen gerissen zu werden – und es war ihm vollkommen gleichgültig. Zudem schien es so, als würde er singen.

»Summst du ein Weihnachtslied?«

Clay sah nicht vom Netz auf, aber er nickte. »Stille Nacht«. Das ist das sanfteste Lied, das ich kenne«, sagte er.

Und da begriff ich endlich. Clay hatte keine Angst und er

war auch nicht traumatisiert. Er half. Dieser Junge wusste ganz genau, was er tat, mitten in dieser verrückten Situation. Er versuchte auf Teufel komm raus zu helfen.

Was würde Max in dieser Situation tun?, fragte ich mich.

»Haben Sie ein Messer?«, rief Clay. »Oder irgendwas anderes Scharfes? Vielleicht sogar eine Schere?«

Aber ich hatte nur einen Gedanken, nämlich Clay so schnell wie möglich da herauszuholen. Ich ging auf ihn zu. Ich hatte vor, ihn zu retten, wollte ihn irgendwie auf den Sandstrand zerren, wo er in Sicherheit war. »Clay, das hier ist gefährlich für dich.«

Clay sah nicht einmal auf. »Wir haben nicht viel Zeit«, sagte er. »Die Flut hat ihn bis hierher gespült, aber das Wasser zieht sich schon zurück. Morgen früh ist hier Ebbe.«

Ich leuchtete zu Alice hinüber, und sie deutete mit den Daumen nach oben.

»Die Polizei ist unterwegs hierher«, sagte ich. »Sie bringen deine Mom mit, und Babette ...«

Aber da starrte Clay mich auf einmal erschrocken an. »Sagen Sie ihnen, dass sie die Sirenen auslassen sollen!«, rief er. Zum ersten Mal hielt er mit dem Säbeln inne.

Ich zuckte mit den Schultern. »Ich weiß nicht, ob das ...«

»Bitte!«, rief Clay. »Sie dürfen die Sirenen nicht anschalten!« Er sah zu Alice. Sie blickte verständnislos zurück.

»Sein ganzer Kopf ist ein Supersoundsystem«, erklärte Clay eindringlich. »Er ist schon gestresst. Ein solcher Lärm könnte ihn umbringen.«

Alice nickte und fing wieder an zu telefonieren.

Clay machte sich erneut ans Werk.

Jetzt nahm ich das Tier erst richtig wahr. Seine unwirklich graue Haut, die tiefgründigen schwarzen Augen. Die plumpe Form seines Kopfes.

»Moment mal«, sagte ich. »Clay, ist das ein Pottwal?«

»Ich glaube schon«, sagte er.

»Es gibt Pottwale im Golf von Mexiko?«

Clay seufzte. »Das hatten wir doch schon.«

»Ist das ein ... Baby?«

»Könnte sein. Vielleicht auch ein Zwergpottwal.«

Wow. »Keine Sorge«, sagte ich. »Die Polizei wird ihn retten.«

»Sie müssen Messer mitbringen, damit sie das Netz aufschneiden können«, erklärte Clay. »Und sie müssen sich beeilen.«

»Wahrscheinlich ist das bei Tageslicht leichter«, versuchte ich es. Ich wollte ihn sanft auf den unausweichlichen Moment vorbereiten, wenn die Beamten ihn aus dem Wasser ziehen und zurück ans sichere Ufer bringen würden.

»Wir können nicht bis zum Morgen warten. Wenn die Ebbe kommt, wird er sterben. Meerestiere von dieser Größe können außerhalb vom Wasser wegen der Schwerkraft nicht überleben. Ihre Knochen und Organe halten die Belastung nicht aus.«

»Aber gestrandete Wale werden doch immerzu gerettet.«

»Nein«, widersprach Clay, säbelte ein Seil durch und griff sich eine andere Stelle des Netzes. »Nicht diese Art von Walen. Sie überleben nie. Sie sterben alle.«

»Alle?«

Clay nickte und säbelte weiter. »Aber das hier ist vielleicht etwas anderes. Der Wal ist nicht einfach nur gestrandet. Wenn es nur am Netz lag – wenn er nicht krank ist –, dann könnte er es vielleicht schaffen. Wenn wir ihn nur schnell genug wieder ins offene Meer kriegen. Aber wenn die Ebbe kommt, gibt es keine Möglichkeit mehr, wie wir ihn ins Wasser bekommen könnten, bis die Flut zurück ist – und das dauert Stunden. Bis dahin stirbt er an Organversagen.«

»Ich bin sicher, dass wir einen Weg finden könnten, ihn ins offene Wasser zurück zu bugsieren.«

»Ach ja?«, rief Clay herausfordernd und sägte weiter wie verrückt an dem Netz. »Er wiegt wahrscheinlich eine halbe Tonne. Nennen Sie mir eine Möglichkeit, wie wir ihn zurück ins Meer ziehen sollen, ohne ihn dabei umzubringen.«

»Mit einem Bulldozer?«, schlug ich vor.

»Das ist eine äußerst geschmacklose Bemerkung.«

Guter Gott, ich hatte das Gefühl, mich mit dem berühmten Meeresforscher Jacques Cousteau zu unterhalten.

»Wenn wir ihn nicht befreien, bevor die Ebbe einsetzt, ist er verloren.«

Ich betrachtete das Netz. Clay hatte noch einiges vor sich.

»Wie lange bist du denn schon hier?«, fragte ich.

»Lange«, antwortete Clay.

Erst jetzt bemerkte ich die Blasen an seinen Händen. Er war durchnässt und zitterte – aber wohl eher vor Erschöpfung als vor Unterkühlung. Die Wassertemperatur ist um diese Jahreszeit in Texas vergleichsweise hoch. Auf jeden Fall war er schon eine ganze Weile hier draußen.

»Lass mich weitermachen«, sagte ich, trat näher an ihn heran und streckte meine Hand nach dem Messer aus.

Clay sah mich an und versuchte abzuschätzen, ob er mir trauen könnte.

Er konnte mir vertrauen. Ich hoffte, dass er das wusste.

Dann nickte er mit ernster Miene und gab mir das Messer. »Sie müssen ihm was vorsingen«, sagte er, bevor er sich abwandte. »Er fürchtet sich.«

»Woher weißt du das?«

Clay sah mich einfach nur an. »Haben Sie sich noch nie gefürchtet?«

Ich seufzte. »Geh und erklär das alles Alice«, sagte ich, »damit sie die Beamten vorwarnen kann.« Und dann begann ich mit aller Kraft an dem Netz zu säbeln.

Wie durch ein Wunder kam die Nachricht bei der Polizei an, und sie ließen ihre Sirenen ausgeschaltet. Alle Beamten hatten ohnehin Taschenmesser dabei, und als sie am Strand ankamen, stiegen sofort ungefähr zehn Männer ins Wasser und fingen an, das Netz zu bearbeiten.

Clay protestierte nicht, und ich tat es auch nicht. Clays Taschenmesser war ziemlich stumpf. Ich hatte wie eine Wahnsinnige gesäbelt und trotzdem nur zwei Seile durchtrennt.

Außerdem, ich gebe es zu, war es ziemlich unheimlich, allein im schwarzen Wasser neben so einem riesigen Vieh zu stehen. Ich konnte die grundlegende Güte des Wals spüren. Seine weise, majestätische Erhabenheit war beinahe greifbar. Seine Gegenwart ließ mich demütig werden.

Aber mir war dabei auch klar, dass ich genau eine große Welle weit davon entfernt war, zermalmt zu werden.

Und da war noch etwas. So nah neben dem Atemloch zu stehen, die langsamen, uralten Atemzüge spüren zu können, plötzlich so innigen Kontakt zu einer der unzugänglichsten Kreaturen der Welt zu haben ... das war zutiefst berührend.

Als Clays Mom auftauchte, bekam sie vor Schluchzen kaum Luft. Sie fiel im Sand auf die Knie, als sie Clay in die Arme schloss. Er umarmte sie auch, aber er ließ seinen Schützling im Wasser dabei nicht aus den Augen. Und als sich die Sanitäter – Kenny und Josh, dieselben beiden, die versucht hatten, das Leben von Max zu retten – um ihn kümmern und ihn auf Unterkühlung hin untersuchen wollten, ließ Clay es zu. Sie reinigten und verbanden seine Hände, zogen ihm das nasse Hemd aus und steckten ihn in ein viel zu großes Galveston-Feuerwehr-T-Shirt, das sie irgendwo aus dem Krankenwagen hervorgekramt hatten.

Einer der beiden legte Clay seine Jacke um die Schultern. »Die hält ihn warm«, sagte er und wuschelte Clay durch die Haare.

Clay gab mir weiterhin Anweisungen, die ich an das Rettungsteam weiterleiten sollte – und die Beamten befolgten diese Anweisungen. Ein Pulk riesiger Männer, die wie verrückt schufteten und Befehle von einem Neunjährigen annahmen: *Passt auf, dass kein Wasser in das Atemloch kommt. Kein lautes Rufen und keine ruckartigen Bewegungen. Leise und sanft sprechen. Und nicht vergessen zu singen.*

Wenn Clay etwas sagte, hörten die Männer zu. Und so kam es, dass schließlich eine ganze Gruppe von Erwachsenen bis zur Brust im Wasser um ein schwerfälliges Ungetüm herumstand und wie verrückt gegen die Gezeiten anarbeitete – sich dabei natürlich auf Clays Anweisung hin bedächtig und sanft verhielt – und einem Wal »Stille Nacht« vorsang.

Sogar mehrstimmig.

Diesen Anblick werde ich nie vergessen – so viele Menschen, die so verzweifelt versuchten zu helfen, über sich selbst hinauszuwachsen und das Richtige zu tun. *Siehst du?,* sagte ich in Gedanken zu Duncan. *Das bedeutet es, wirklich am Leben zu sein. Alles fühlen zu können – Glück und Sorge, Hoffnung und Angst. Das ist es, was das Leben uns abverlangt. Du musst standhaft bleiben und alles geben und zulassen, dass es dir möglicherweise das Herz bricht.*

Mrs Kline informierte die anderen Suchteams, dass man Clay gefunden hatte, und daraufhin kamen alle paarweise zum Strand und versammelten sich dort, um der Rettung des Wals beizuwohnen. Carlos und Gordo machten sich noch einmal auf den Weg zur Schule, um Eimer zu holen. Dann bildeten alle zusammen eine lange Reihe, reichten die Wassereimer durch und überschütteten den Wal an den Stellen, wo er schon an der Luft lag, mit Salzwasser. Währenddessen arbeitete das Rettungsteam weiter.

Nachdem er sicher war, dass die Maßnahmen auch weiterhin in seinem Sinne verliefen, ließ Clay es zu, dass Erwachsene das Kommando übernahmen. Es war ihm deutlich anzusehen, dass er am Ende seiner Kräfte war, und letztendlich war er trotz allem schließlich noch ein Kind.

Als die Meeresbiologische Pottwal-Rettungsgesellschaft

den Ort des Geschehens erreichte, stimmten sie Clays Vorgaben und seiner Strategie zu. Sie bestätigten seine Forderungen – insbesondere hinsichtlich der Dringlichkeit der Situation. Ja, es handelte sich mit großer Wahrscheinlichkeit um einen Zwergpottwal. Ja, vielleicht gab es für dieses Exemplar Hoffnung. Ja, die Zeit wurde knapp. Uns blieben nur noch ein bis zwei Stunden, ehe das Wasser zu seicht wurde.

Es gab nur noch eine Möglichkeit: Wenn es uns gelang, den Wal aus dem Netz zu befreien, würde er es vielleicht schaffen, sich aus eigener Kraft mit seinem Schwanz aus der Brandung zu manövrieren. Und auch wenn es sicher nicht ideal war, dass er nur noch halb von Wasser bedeckt war – alles war besser, als ganz zu stranden.

Die Szene war zweifelsohne horizonterweiternd: Polizei und Feuerwehr arbeiteten zusammen daran, das Netz zu zerschneiden – und dabei nahmen sie die leise geäußerten Anweisungen einer Meeresbiologin entgegen, bei der es sich tatsächlich um ein hochrangiges Mitglied der Meeresbiologischen Pottwal-Rettungsgesellschaft handelte. Die Lehrerschaft versuchte gewissenhaft, den Wal eimerweise mit Meerwasser zu überschütten. Der erschöpfte Clay lag dick eingemummt in den Armen seiner Mutter und war in Sicherheit. Und alle zusammen summten wir leise »Stille Nacht«.

Wir saßen alle im selben Boot, versuchten verzweifelt gemeinsam dasselbe bedeutungsvolle, wichtige Ziel zu erreichen. Wir hielten zusammen, wie es menschliche Wesen nur ganz selten tun.

Ich möchte Ihnen versichern, dass all das meine völlige Aufmerksamkeit beanspruchte – dass ich zu hundert Prozent im Team Pottwal spielte. So war es. Aber ich gestehe, dass ein Teil meines Verstandes mit Duncan beschäftigt war. Wo war er? Hätte er nicht längst hier sein sollen? Immer wieder suchte ich die Menge nach ihm ab. Nicht, dass ich mir Sorgen um ihn machte, ich hatte nur einfach das Gefühl, dass er hier sein sollte. Dass er das miterleben wollen würde. Dass dieser bemerkenswerte Augenblick ohne ihn irgendwie nicht vollständig war. Dabei war die Aussicht darauf, ihn wiederzusehen, nicht gerade verlockend. Allein der Gedanke an die damit verbundene Erniedrigung ließ mich innerlich vor Qual zerfließen. Aber trotzdem wollte ich nicht, dass er das hier verpasste. Ich wusste einfach, wie gut es Duncan tun würde, wenn er miterlebte, wie Menschlichkeit etwas Gutes bewirken konnte. Wie gut es auch mir tat. Ich wollte das so gerne mit ihm teilen.

Die Presse traf ein, aber die Feuerwehrmänner ließen nicht zu, dass die Journalisten ihre grellen Scheinwerfer einschalteten. Urlauber, die in ihren Zweitwohnungen in der Nähe wohnten, und Nachbarn aus der direkten Umgebung erschienen mit gekühlten Getränken und Keksdosen, um die Helfer zu stärken. Immer mehr Leute kamen und stimmten entweder in das Summen mit ein oder standen einfach nur da und betrachteten die Szene – alle schienen instinktiv zu spüren, wie wichtig es war, sich ruhig zu verhalten.

Aber natürlich nur so lange, bis Kent Buckley auftauchte. »Was zum Teufel ist hier los?«, brüllte er vom Hafendamm herunter. »Keiner hat mir Bescheid gegeben!« Er stampfte die Betonstufen zum Strand hinunter und pflügte durch die Menge, aufgeregt und mit rotem Gesicht.

Inzwischen hatten die Feuerwehrleute zwei Sonnenstühle für Babette und Tina organisiert, und Clay hatte sich auf dem Schoß seiner Mutter zusammengerollt – er weigerte sich, den Strand zu verlassen, musste sich aber enorm anstrengen, um wach zu bleiben. Als Tina Kent Buckley sah, blieb sie demonstrativ im Stuhl sitzen und schloss Clay noch ein klein wenig fester in die Arme.

»Du hättest mich benachrichtigen müssen, dass er gefunden wurde«, blaffte Kent. »Ich habe die ganze Geschichte aus den Nachrichten erfahren!«

»Psst«, erwiderte Tina.

Die Zuschauer summten ein bisschen lauter, als könnten sie Kent Buckley übertönen.

»Hättest du mir nicht einfach schreiben können?«, wollte er wissen.

»Ich hatte zu tun«, erwiderte Tina.

»Er ist mein Sohn«, sagte Kent Buckley hörbar gereizt. »Ich habe mir genauso große Sorgen gemacht wie du.«

»Nein«, sagte Tina. »Du bist schließlich der Grund, warum er überhaupt davongelaufen ist.«

»Ich habe dir doch schon gesagt, dass meine Sekretärin mich nicht an den Termin erinnert hat!«

»Sie sollte dich nicht daran erinnern müssen.«

»Das machst du mir mal vor!«, schimpfte Kent Buckley. »Versuch du mal so hart zu arbeiten wie ich, dann sehen wir, ob du an jede einzelne Kleinigkeit denkst!«

Aber Tina schüttelte nur den Kopf. »Das war keine Kleinigkeit«, sagte sie. »Es war der Geburtstag deines Sohnes. Es war ein Ausflug, den du bereits dreimal verschoben hattest. Clay hat sich kein einziges Mal darüber beschwert. Jedes Mal, wenn wieder etwas dazwischenkam, hat er dir verziehen. Aber diesmal ...« Sie schüttelte kaum merklich den Kopf, als könnte sie vor Wut kaum an sich halten. »Es reicht.«

Kent Buckley war für Kritik allerdings noch nie sonderlich zugänglich gewesen. Er war nicht der Mensch, der zur Selbstreflexion neigte und gerne an sich arbeitete. Es würde also hier am Strand nicht zu einem spontanen Erweckungserlebnis kommen, bei dem er einsehen würde, dass er bisher jede positive Kraftquelle in seinem Leben missachtet hatte, um stattdessen rücksichtslos der eigenen Profilierungssucht zu folgen. Nein. Er würde zurückschlagen.

»Und was bist du für eine Mutter?«, rief er herausfordernd. »Dieses Kind war die ganze Nacht draußen. Er ist durchnässt, halb bewusstlos. Er sollte zuhause in seinem Bett sein und schlafen. Aber stattdessen sitzt du hier in einem Sonnenstuhl und tust, als wäre das eine nächtliche Beachparty.«

Erst jetzt fiel mir auf, dass Kent sich bisher noch mit keinem Wort bei Clay dafür entschuldigt hatte, dass er ihn vergessen hatte. Stattdessen streckte er jetzt die Hand aus und sagte: »Komm, mein Sohn. Zeit, nach Hause zu gehen.«

Aber Clay sah ihn nur kurz an, schüttelte den Kopf und sagte: »Nein. Ich muss hierbleiben.«

Die freundliche Tour zeigte keine Wirkung, deshalb wechselte Kent Buckley den Ton und fuhr Clay an: »Du kommst jetzt mit. Sofort!«

Aber Clay schüttelte den Kopf. Dann kletterte er von Tinas Schoß und stand nun seinem Vater Auge in Auge gegenüber. Er sah so jung und so klein aus. »Nein«, wiederholte er.

Und dann wurden wir alle Zeuge davon, wie Kent Buckley sich zu seinem neunjährigen Sohn hinunterbeugte und zischte: »Du kommst jetzt mit. Oder ich werde dafür sorgen, dass du es bitter bereust.«

Aber Clay ließ sich nicht beirren und entgegnete gelassen: »Sie brauchen mich, und ich bleibe hier.«

Es war ein dramatischer Moment. David und Goliath standen sich gegenüber. Ich nehme an, wenn man sich erst einmal mit einem Wal angefreundet hat, dann erscheinen einem Menschen nicht mehr sonderlich bedrohlich.

Da stand Tina auf und trat vor.

»Er möchte hier sein. Er will nicht mit dir gehen. Und ich werde ihn nicht dazu zwingen.«

»O doch, das wirst du, wenn du schlau bist.«

»Und weißt du, was?«, sagte Tina, richtete sich noch ein wenig gerader auf und ging näher an Kent Buckley heran. »Ich werde auch nicht zulassen, dass du die Schule, die meine Eltern gegründet haben, verkaufst.«

»Du bist gar nicht in der Lage, mich daran zu hindern.«

»Willst du dich wirklich mit mir anlegen?«, konterte Tina. Sie stand jetzt dicht vor ihm. »Denn ich denke, du vergisst da etwas.«

Kent Buckley sah sie herausfordernd an. »Und was bitte schön soll das sein?«

Bedächtig, so als würde in diesen Worten viel mehr stecken als zunächst ersichtlich, sagte Tina: »Ich kenne alle deine Geheimnisse.«

Kent Buckleys Gesicht erstarrte.

Tina fuhr fort: »Ich habe dir viele Dinge durchgehen lassen. Ich habe darüber hinweggesehen, versucht, deine Ansprüche zu erfüllen, und den Mund gehalten. In erster Linie habe ich das für Clay getan. Ich habe es gemacht, weil ich dachte, er würde einen Vater brauchen. Aber weißt du, was? Er braucht nicht einfach irgendeinen Vater. Er braucht einen guten Vater. Und ich habe wirklich lange mit allen Mitteln versucht, mich gegen den Gedanken zu sträuben – aber du bist kein guter Vater.« Sie schüttelte den Kopf und wiederholte den Satz noch einmal, als würde es sie stärken, es laut auszusprechen. »Du bist ein grauenhafter Vater. Und du bist ein grauenhafter Ehemann. Und du bist ein grauenhafter Mensch. Mein Vater war ein Mensch, der alles zum Besseren gewendet hat ... du dagegen machst alles schlimmer. Ich wollte nie zu dieser Einsicht kommen. Ich wollte es nicht wahrhaben. Aber die Wahrheit ist, dass Clay ohne dich hundertmal besser dran wäre. Und ich auch. Jetzt, da mir das klar geworden ist ... kann ich nicht mehr darüber hinwegsehen. Jetzt ist Schluss. Ich habe tausendmal nachgegeben, aber das wird heute nicht passieren.«

Kent Buckley änderte wieder den Tonfall, als ihm klar wurde, dass er bei Tina mit seiner bisherigen Taktik nicht weiterkam. »Tina, es war ein langer Tag. Lass uns heimgehen, dann schlafen wir uns aus und reden morgen über alles.«

Plötzlich klang er so vernünftig. Für einen kurzen Moment befürchtete ich, dass Tina einknicken würde.

Aber dann sagte sie: »Nein.« Sie schüttelte wieder den Kopf. »Ich will die Scheidung.«

Sagen wir es so, Kent Buckley nahm diese Neuigkeit nicht gut auf. Er stellte sich aufrechter hin. Kam Tina gefährlich nahe. Dann brüllte er: »Du Miststück!«

Die versammelte Lehrerschaft am Strand schnappte erschrocken nach Luft.

»Dad!«, sagte Clay. »Du erschreckst den Wal!«

Kent Buckley starrte ihn wütend an, dann wandte er sich mit leiser, drohender Stimme an Tina. »Du kannst dich nicht scheiden lassen.«

Da trat Babette neben Tina. »Natürlich kann sie das.«

Ich pflichtete ihr bei: »Und wie sie das kann.«

Auch Alice, Gordo und schließlich alle anderen Lehrerinnen und Lehrer sprangen Tina bei. Eine stille Armee von Unterstützern.

Und als Letzter – war es nicht typisch, dass er genau in dem Moment auftauchte, in dem ich aufhörte, nach ihm Ausschau zu halten? – mischte sich Duncan ein und schlug sich auf Tinas Seite.

Da erkannte Kent Buckley, dass er auf verlorenem Posten stand, ergriff Tinas Hand und wollte sie von der Menschenansammlung wegziehen. Daraufhin sprang ihn Clay an, versuchte seinen Griff zu lösen und ihn zurückzustoßen – aber er war kaum stark genug dazu.

Kent Buckley schubste seinen Sohn zur Seite, und Clay stürzte in den Sand. Wie ein Blitz fuhr Duncan dazwischen. »He«, sagte er zu Kent Buckley. »Immer mit der Ruhe.«

»Misch dich da nicht ein, Kumpel«, sagte Kent Buckley. »Das geht dich nichts an.«

»Warum machst du nicht einen kleinen Spaziergang – und beruhigst dich erstmal?«

»Ich muss mich nicht beruhigen!«, brüllte Kent Buckley.

Damit versetzte er den Wal eindeutig in Unruhe. Die Menge summte lauter.

»Kent!«, sagte Tina scharf. »Geh einfach nach Hause.«

»Sag mir nicht, was ich zu tun habe!«, brüllte Kent.

»Okay, Kumpel.« Duncan ging auf ihn zu. »Das reicht jetzt.« Er wollte Kent gerade den Arm um die Schultern legen, wohl um ihn zu den Stufen zum Hafendamm hinaufzuführen und die Lage ein wenig zu entspannen, da drehte dieser sich zu ihm um und versetzte ihm einen Schlag in die Magengrube.

Ich stand nur ein paar Schritte entfernt, als es passierte, eine von vielen in der summenden Menge, die ihre Aufmerksamkeit vom Wal auf die Scheidungsszene gerichtet hatte, die sich gerade vor unseren Augen abspielte.

Als ihn der Schlag traf, krümmte sich Duncan zusammen und stürzte in den Sand.

Im selben Moment machte ich mir keine Gedanken mehr, ob Duncan bei meinem Anfall die Nerven verloren hatte oder ob er mich im Stich gelassen hatte oder ob wir überhaupt noch Freunde waren. Ohne nachzudenken, wie aus einem Impuls heraus, rannte ich zu ihm, während gleichzeitig zwei Polizisten aus der zweiten Stimme auf Kent losgingen und ihm Handschellen anlegten.

Das stieß bei Kent nicht auf Zustimmung.

»Was soll das?«, brüllte er.

»Das war ein tätlicher Angriff, mein Freund«, sagte einer der Beamten. »Wir nehmen Sie mit aufs Revier.«

Und mit bemerkenswerter Effizienz beförderten sie Kent Buckley die Stufen zum Hafendamm hinauf und zum Mannschaftswagen. Wortlos sah Tina zu, wie sie ihn auf den Rücksitz bugsierten und mit ihm davonfuhren – ohne Sirene.

Ich sage nicht, dass es keine große Sache gewesen wäre, dass sich Max' Tochter vom Aufsichtsratsvorsitzenden der Schule scheiden lassen wollte und dass dieser Aufsichtsratsvorsitzende daraufhin den Direktor tätlich angegriffen hatte und anschließend in den Knast wanderte.

An jedem anderen Tag hätten diese Vorgänge großen Neuigkeitswert gehabt.

Aber heute spielte das nur eine Nebenrolle. Noch ehe Kent Buckley den Strand verlassen hatte, wandten wir unsere Aufmerksamkeit wieder dem majestätischen Wesen vor unseren Augen zu, das sich in so großer Gefahr befand. Wir hatten zu tun. Wir mussten eine Rettung zu Ende bringen. Und außerdem mussten wir ein Weihnachtslied singen. Alle wandten sich also wieder dem Wal zu – außer mir und Chuck Norris, der ebenfalls neben Duncan stand und ihn ableckte.

Duncan rang noch immer nach Luft und hustete.

»Hat er deine Narbe erwischt?«, fragte ich.

451

Duncan schüttelte gequält den Kopf. »Es tut höllisch weh … aber es geht schon. Er ist doch stärker, als er aussieht.«

»Meinst du, du kannst aufstehen?«

»Nur wenn es unbedingt sein muss.«

Ich half ihm auf die Füße, und er suchte meinen Blick, aber ich wandte mich ab und machte ein paar Schritte aufs Wasser zu, wie um anzudeuten, dass der Wal meine ganze Aufmerksamkeit brauchte. Irgendwie fühlte es sich auch tatsächlich so an.

Die Rettungsmannschaft stand noch immer im Wasser und bearbeitete das letzte Stück des Netzes. Mit jeder Welle sank der Wasserspiegel ein wenig tiefer. Die Sonne ging auf, und uns ging die Zeit aus.

Ich sah zu, wie Duncan an uns allen vorbei zu den Helfern lief und dabei ein Taschenmesser aus der Tasche holte, um selbst Hand anzulegen. Ich rief mich zur Ordnung. Jetzt war nicht der Zeitpunkt für Liebeskummer.

Es sah nicht gut aus für den Wal. Und ich merkte nicht einmal, dass ich weinte, bis Alice neben mir auftauchte und mir einen Arm um die Schultern legte.

Ich konnte sonst nicht viel tun, also betete ich. Ich bete sonst nie, aber für den Wal tat ich es. Ich stand da, bis zu den Knöcheln im Wasser, und betete wie verrückt, dass dieser Tag doch noch ein glückliches Ende nehmen würde. Dass all die Menschlichkeit und Freundlichkeit doch noch zu etwas führten. Dass es zumindest für irgendjemanden an diesem Strand gut ausgehen würde. Selbst wenn es ein Fisch war.

Clay konnte mich später immer noch korrigieren und mir wieder einmal augenrollend erklären, dass man ein Meeressäugetier nicht als Fisch bezeichnen durfte. *Das ist eine Beleidigung.* Aber trotz falsch verwendeter Fachausdrücke wurde mein Gebet erhört.

Na ja, vielleicht hatten auch die Helfer einen kleinen Anteil daran, indem sie das Netz aufschnitten. Oder auch die Meeresbiologische Pottwal-Rettungsgesellschaft. Oder der neunjährige Junge, der das alles initiiert hatte.

Gerade als ich die Hoffnung aufgeben wollte, löste sich das letzte Stück Netz. Es war keine Zeit mehr zu verlieren. Die Helfer stießen den Wal am Schwanz an, damit er sich Richtung Meer drehte, dann versammelten sie sich hinter ihm, und auf drei schoben alle gleichzeitig. Allein hätten sie es vielleicht nicht geschafft, aber auf drei, genau in dem Moment, als sie anschoben, als hätte er das Kommando verstanden, hob der Wal die Schwanzflosse, ließ sie niedersausen und katapultierte sich ins offene Meer, wo er sofort unter der Wasseroberfläche verschwand.

Alle hörten auf zu singen.

Wir hielten alle ehrfürchtig inne – plötzlich allein, nur das Rauschen der Wellen war noch zu hören.

Ein Beamter und ein Feuerwehrmann wurden bei der Aktion umgeworfen, aber sie tauchten gleich wieder auf und lachten.

Und dann, als es sonst nichts mehr zu tun gab, brachen auf einmal alle in Jubel aus. Babette und ich fielen uns in die Arme. Clay und ich fielen uns in die Arme. Sogar Tina und ich umarmten uns. Alle Lehrer lagen sich in den Armen, genauso die Beamten – und dann holten sie Clay und hoben ihn auf ihre Schultern.

Die ganze Zeit hatten wir uns zurückgehalten und waren leise gewesen, und jetzt entlud sich die Spannung, und wir jubelten, sprangen herum und rissen die Arme in die Höhe – vollkommen erschöpft und gleichzeitig wie unter Strom.

Und als wir uns alle gerade wieder etwas beruhigten, rief Clay: »Seht mal!« Am heller werdenden Horizont sahen wir eine Schwanzflosse aus dem Wasser ragen.

Und dann noch eine zweite. Und noch zwei weitere.

»Das ist eine ganze Schule«, sagte Babette.

»Sie haben auf ihn gewartet«, fügte Tina hinzu.

»Sie winken uns«, sagte Alice und winkte zurück. Da winkten wir alle.

»Glaubt ihr, dass sie sich bei uns bedanken?«, fragte ich.

Aber Clay, jetzt auf den Schultern eines Rettungssanitäters, schüttelte den Kopf. »Nee«, sagte er. »Ich glaube, sie sagen Lebewohl.«

27

Tina fuhr mit Clay direkt nach Hause. Er würde wahrscheinlich tagelang schlafen. Auch die Polizei verließ den Schauplatz – bis auf einen Streifenwagen, der auf Duncan wartete, damit er die Formalitäten erledigte.

Aber bevor er das in Angriff nahm, kam er noch zu mir.

Ich stand unter dem Holzsteg von Murdochs und sah aufs Meer hinaus, um zur Ruhe zu kommen und zu begreifen, was da gerade geschehen war. Er trat zu mir mit den Händen in den Hosentaschen. Als er bei mir war, schluckte er.

»Du solltest heimgehen, Duncan. Geh schlafen.«

»Ja«, stimmte er mir zu. »Was für eine verrückte Nacht.«

»Allerdings.«

»Ich wollte nur … was fragen.«

»Was denn?«

»Was ist los?«

»Keine Ahnung«, entgegnete ich. »Das Übliche. Wir haben ein vermisstes Kind gefunden. Wir haben den Aufsichtsratsvorsitzenden der Schule in den Knast geschickt. Wir haben einen Wal gerettet. Also eigentlich nichts Besonderes.«

»Aber bist du ... wütend auf mich?«

»Nein!«, sagte ich schnell. »Nein.« Dann fügte ich hinzu: »Es ist schon in Ordnung. Ich hab's verstanden. Wirklich.«

»Was ist in Ordnung?«

Ich versuchte, meiner Stimme einen Anflug von Leichtigkeit zu geben, als ob das alles irgendwie lächerlich wäre. »Na, dass du, also, weggegangen bist. Vorhin. Ich verstehe das. Ich meine, ich hab dich gewarnt. Du kannst nicht behaupten, dass ich dich nicht gewarnt hätte. Aber du warst so damit beschäftigt, mit mir zu diskutieren, dass du die Chance verpasst hast, rechtzeitig das Weite zu suchen. Das ist deine eigene Schuld.«

Aber Duncan sah mich völlig verständnislos an. »Wovon redest du?«

»Na vorhin«, sagte ich und deutete mit der Hand Richtung Stadt. »Ich hatte einen Anfall, und du hast endlich miterlebt, wovor ich dich gewarnt hatte, und du hast es mit der Angst zu tun bekommen und bist abgehauen. Und das ist in Ordnung. Ich hab's ja gleich gesagt.«

Duncan schüttelte den Kopf. »Du glaubst, dass es so abgelaufen ist?«

Ich zuckte mit den Schultern. »Na ja, als ich aufwachte, lag ich allein in meinem Bett, es war stockdunkel, und die Wohnung war leer ... also – ja.«

»Und wie, denkst du, bist du ins Bett gekommen?«

Dann hatte er mich also noch ins Bett befördert, ehe er sich aus dem Staub gemacht hatte. »Danke.«

Ich war wirklich zu müde, um das auszudiskutieren. Ich zitterte am ganzen Körper, spürte einen Kloß im Hals und würde womöglich gleich anfangen zu heulen, und meine ganze mühsam aufgebaute Fassade würde zusammenbrechen.

»Sam«, fing Duncan an. »Ich bin nicht abgehauen. Ich bin geblieben.«

»Die Tatsache, dass ich allein aufgewacht bin, spricht gegen diese Darstellung.«

Er schüttelte genervt den Kopf. Dann sagte er. »Du hattest einen Anfall – und es war tatsächlich ein bisschen erschreckend, das mit anzusehen, aber nur, weil es neu für mich war. Es wirkt nicht gerade wie ein Entspannungsprogramm. Und natürlich ist es hart, mit ansehen zu müssen, wie jemand, den man liebt, eine solche Tortur durchlebt. Aber ich habe keine Angst bekommen und ich habe dich auch nicht alleingelassen. Hältst du mich wirklich für so ein Arschloch? Ich bin bei dir geblieben – natürlich bin ich bei dir geblieben. Ich habe mich um dich gekümmert und alles genau so gemacht, wie du es mir gesagt hast. Und als du danach wieder zu dir gekommen bist, habe ich dich ins Bett gebracht, dich zugedeckt und mich neben dir auf dem Bett zusammengerollt. Und genau da wäre ich jetzt immer noch, wenn ich nicht um Mitternacht einen Anruf bekommen hätte, dass Clay verschwunden war.«

»Du bist nur wegen Clay weg?«

»Nur wegen Clay.«

Das musste ich erstmal verdauen.

»Ich habe dir gesagt, dass ich gehen muss«, redete Duncan weiter. »Aber du warst völlig neben dir. Und du hattest mir ja gesagt, dass man sich nach solchen Anfällen nicht

457

mehr an viel erinnern kann. Deswegen habe ich Alice zu dir geschickt – Babette hat ihr geschrieben, weil ich in einer Besprechung mit den Polizeibeamten war.«

Ich fügte die einzelnen Puzzleteile in meinem Kopf zu einem Ganzen zusammen. »Du bist also nicht ... einfach gegangen?«

Er kam ein bisschen näher.

»Du bist bei mir geblieben?«, fragte ich. »Freiwillig?«

Er nickte und kam noch näher. »Und jetzt bin ich wieder da. Und versuche weiter, nicht wegzugehen.«

Ich konnte ihn nicht ansehen. Zu wissen, dass er nicht gegangen war, tat beinahe mehr weh als der Gedanke, dass er mich im Stich gelassen hätte. Es klingt verrückt, ich weiß. Aber ich hatte die ganze Nacht lang versucht, mein Herz zu verschließen, damit es nicht auseinanderbrach, und ich konnte es nicht ertragen, es jetzt wieder öffnen zu müssen.

»Ich bin nicht der Typ, der einfach davonrennt«, sagte Duncan. »Ich bin kein Schuft.«

Das stimmte. Absolut. Und auf einmal hatte ich Tränen in den Augen. »Du bist kein Schuft«, sagte ich.

Er beugte sich zu mir, als wollte er mich küssen, aber ich wich zurück und schüttelte den Kopf.

Duncan sah mich fragend an.

»Ich kann nicht«, sagte ich. »Ich kann das nicht von dir verlangen. Es ist dir gegenüber nicht fair. Du hast schon genug um die Ohren. Du kannst dich nicht auch noch um mich kümmern.«

»Hey.« Er wollte meine Hand nehmen. »Sam ...«

Aber ich wich ihm aus. »Nein, nicht«, sagte ich.

Es war zu viel. Meine Gefühle für ihn überwältigten mich. Ich hatte Angst davor, so viel für jemanden zu empfinden. Als ich nach dem Anfall allein in meiner Wohnung aufgewacht war, war mir klar geworden, wie verletzlich ich war. Und das hielt ich einfach nicht aus.

Mit einer brüsken Bewegung wandte ich mich ab und rannte dann über den Sand zu den Stufen, die zum Hafendamm hinaufführten.

Ich lief hinauf, ohne mich umzusehen.

Aber das musste ich auch gar nicht.

Diesmal folgte er mir nicht.

Wie sich herausstellte, erwarteten mich oben an der Treppe Babette und Alice.

Sie stürzten sich auf mich, als wäre ich ein wildes Tier, das sie einfangen müssten.

»Was tust du denn da?«, fragte Babette. Sie sah beinahe wütend aus.

Aber ich schüttelte nur den Kopf und marschierte an ihnen vorbei. »Ich kann das nicht.«

»Hast du denn nicht gehört, was er gesagt hat?«, fragte Alice, während sie mir mit Babette hinterherlief. »Er hat dich nicht alleingelassen. Er ist bei dir geblieben.«

»Was – habt ihr etwa gelauscht?« Ich blieb stehen.

»Wir haben nur auf dich gewartet!«, sagte Babette.

»Dann habt ihr also alles mit angehört?«

»Ja, und du bist ein Dummkopf«, sagte Alice.

»Okay«, sagte ich, wandte mich wieder nach vorn und

stapfte weiter den Hafendamm entlang. »Wir müssen uns wirklich nicht gegenseitig beschimpfen.«

Aber Alice ließ mich nicht so leicht davonkommen. Sie lief mir hinterher. »Du hast gekniffen!«

»Ich habe nicht gekniffen! Es war reiner Selbstschutz!«

»Das, was du willst – der Mensch, den du willst, stand direkt vor dir, du hättest nur zugreifen müssen. Und du bist einfach weggegangen!«

Ich spürte einen Kloß im Hals. Tränen strömten mir übers Gesicht, aber ich versuchte nicht mehr, sie zu verstecken. Im Gegenteil, sie machten mich nur noch wütender. »Es ist zu viel, okay? War dir in deinem Leben noch nie etwas zu viel?«

»Doch!« Alice hielt mich am Arm fest und zwang mich, stehen zu bleiben und mich zu ihr umzudrehen. »Jeder einzelne Einsatz von Marco ist mir zu viel. Jeder Abschied, bei dem ich nicht weiß, ob ich ihn wiedersehen werde, ist zu viel für mich. Aber weißt du, was? Ich mach es trotzdem!«

Darauf wusste ich nichts zu erwidern. Ich sah weg.

Alice redete weiter. »Ich mache es, weil es das wert ist! Weil ich mich weigere, mich von der Angst kleinkriegen zu lassen! Weil es guttut, mutig zu sein!«

»Toll«, sagte ich und setzte mich wieder in Bewegung. »Bewundernswert.«

Alice und Babette folgten mir. Alice war noch nicht fertig. »Seit Duncan hierhergekommen ist, erzählst du ihm, dass er nicht die Angst über sein Leben bestimmen lassen darf. Dass er nicht in einem Gefängnis leben kann, nur um sich nicht in Gefahr zu begeben. Aber genau das hast du gerade getan. Du hast dich selbst ins Gefängnis gesteckt. Wie willst du ihm denn unter diesen Vorzeichen jeden Tag begegnen? Wie willst du mit ihm zusammenarbeiten, wenn du weißt, dass er bei dir geblieben ist – dass er alles getan hat, was du von ihm verlangt hast –, und du trotzdem nicht den Mut gefunden hast, ja zu sagen?«

»Gar nicht«, sagte ich, verlangsamte meine Schritte und drehte mich zu ihnen um. »Ich werde nicht mehr mit ihm zusammenarbeiten. Ich kündige.«

Alice und Babette schwiegen.

»Ich wusste, dass es so kommen musste«, sagte ich. »Von Anfang an war mir klar, dass mich sein Auftauchen hier früher oder später aus der Stadt vertreiben würde. Von mir aus! Dann bin ich halt eine Heuchlerin! Ja, ich fürchte mich. Mein ganzes verdammtes Leben über habe ich Angst. Auch wenn ich weiß, wie wichtig es ist, Mut zu zeigen, habe ich selbst keine Ahnung davon, was das eigentlich bedeutet. Deshalb: Ja, ich werde kneifen und zusehen, dass ich von hier verschwinde – und aufgeben, verdammt noch mal!«

»Nein«, schaltete sich Babette ein.

»Nein? Was, nein?«

»Nein, du wirst nicht weggehen. Und nein, du wirst nicht kündigen. Und nein – du wirst Duncan nicht aufgeben. Oder dich selbst. Oder die Liebe.«

Bei dem Wort »Liebe« brach ihre Stimme. Aber sie fasste sich schnell wieder, streckte den Rücken durch und trat einen Schritt näher. »Du bekommst vom Leben nie das, was du dir wünschst. So einfach ist das nicht. Wie kannst du es wagen zu verlangen, dass du glücklich sein kannst, ohne dafür ein Opfer zu bringen – ohne Mut zu zeigen? Was für ein unglaublich eingebildeter Gedanke – warum sollte dir irgendetwas in den Schoß fallen? Man wächst an der Liebe, weil sie es einem nicht einfach macht. Es bringt dich voran, Risiken einzugehen, gerade weil es dir Angst macht. So ist es nun mal. Die wichtigen Dinge im Leben muss man sich verdienen. Und selbst das, was du vom Leben bekommst«, hier hob sie herausfordernd das Kinn, »wirst du nicht behalten dürfen. Glück ist vergänglich. Nichts ist von Dauer. Genau das bedeutet Mut. Zu wissen, was für ein Risiko man eingeht – und es dennoch einzugehen.«

Jetzt liefen ihr Tränen übers Gesicht, aber sie hielt meinen Blick fest. Ich musste daran denken, was sie alles verloren hatte. Daran, wie viel Mut es ihr abverlangt haben musste, die nächtliche Stadt nach ihrem vermissten Enkel abzusuchen – in dem Wissen, dass sie mit allem rechnen musste. Dieser schrecklichen Angst entgegenzutreten und trotzdem zur Stelle zu sein. Zu suchen und weiterzusuchen – die ganze Nacht bis in den Morgen hinein. Wie erschöpft sie sein musste.

Und doch war sie jetzt hier. In ihrem Hausmantel stand sie auf dem Hafendamm, die Augen gerötet vor Erschöpfung – und bemühte sich stur und beharrlich um mich und all meine dummen Entscheidungen.

Genau das bedeutete es, lebendig zu sein. Zuzulassen, dass die Schönheit des Lebens dir das Herz bricht. Als ich Babette da stehen sah, wurde mir das alles klar. Und noch etwas begriff ich. Genau das bedeutete es, zu einer Familie zu gehören.

Ich würde nicht aufgeben. Ich gehörte hierher, egal was kam – hier auf diese Insel, in diese vom Meer gebeutelte, alte Stadt. Das hier waren die Menschen, für die ich mich entschieden hatte und die ich liebte – und die mich ebenso liebten. Ich würde ihnen nicht den Rücken zukehren. Und wie es aussah, würden sie auch nicht zulassen, dass ich mich unglücklich machte.

»Du hast recht«, sagte ich schließlich und nickte. Ich trat zu Babette und drückte ihre Hand. Dann wandte ich mich an Alice. »Du auch.«

»Ich habe immer recht.«

Dann sah ich zurück in die Richtung, aus der wir gekommen waren. Mit den Augen suchte ich den Steg von Murdochs ab. Würde Duncan noch dort sein?

Dann sah ich wieder Babette und Alice an, und beide hatten meine Gedanken bereits erraten. Babette streckte die Hand aus und stieß mich leicht an der Schulter an, im selben Moment rief Alice: »Na los!« Und mehr brauchte ich nicht.

Ich rannte los.

Ich hatte das Gefühl, die Strecke bis zur Treppe in Sekunden zurückzulegen. An der Straße parkten noch immer ein paar Streifenwagen. Vielleicht waren doch noch nicht alle fort.

Atemlos erreichte ich das obere Ende der Treppe und sah die Stufen hinunter zum Strand. Hoffentlich war er da.

Aber der Strand war menschenleer – als wären wir alle niemals dort gewesen.

Immer noch nach Luft ringend drehte ich mich um. Wo war er? Auf dem Polizeirevier? Oder in der Schule? Ich hatte keine Ahnung. Ich sah mich um, in der Hoffnung, ihn doch noch irgendwo zu entdecken. Da ging die Beifahrertür eines Mannschaftswagens auf, und Duncan stieg aus.

Ich rannte zu ihm und hätte mich um ein Haar in seine Arme gestürzt.

»Es tut mir leid!«, sagte ich.

Duncan sah mich nur ungläubig an, als müsste er erst begreifen, dass ich da war.

»Du bist geblieben«, sagte ich, »und das ist so wahnsinnig wichtig. Du bist geblieben, und ich bin dir so dankbar.«

Er schüttelte den Kopf. »Natürlich bin ich geblieben.«

»Der Anfall hat also nicht ... deine Gefühle für mich verändert.« Ich war nicht sicher, ob ich das als Frage oder als Feststellung meinte.

Wieder schüttelte er den Kopf. »Natürlich hat er das nicht.«

Diesmal hatten diese Worte – die Tatsache, dass sie ausgesprochen wurden und ihre Bedeutung – eine andere Wirkung auf mich. Diesmal wehrte ich sie nicht ab. Diesmal nahm ich sie an. Sie wirbelten in meiner Brust herum, dass mir beinahe schwindlig wurde. Ich schloss die Augen.

Duncan kam näher. »Wenn ich es mir recht überlege, dann hat er meine Gefühle für dich doch verändert.«

Ich öffnete die Augen wieder, und unsere Blicke trafen sich.

Und dann sagte er mit einem Anflug von Trauer in der Stimme: »Ich glaube, jetzt liebe ich dich noch mehr.«

»Du liebst mich.«

Er nickte. »Ich hoffe, das ist okay für dich.«

Und dann legte ich ihm die Arme um den Hals, zog ihn zu mir herunter und küsste ihn.

Die Polizisten, die noch immer auf Duncan warteten, um mit ihm irgendwohin zu fahren, hupten.

Als Duncan sich von mir löste, sah er mir fest in die Augen. »Es geht also in Ordnung für dich?«

Und weil ich wusste, dass Glück vergänglich ist und nichts für immer bleibt und man selbst das, was man bekommt, nicht behalten darf, verschwendete ich keine Zeit mehr. »Ich liebe dich, Duncan«, sagte ich. »Ich liebe dich schon seit langem.« Ich sagte das, um mutig zu sein. Um innerlich zu wachsen. Aber vor allem deswegen, weil es die Wahrheit war.

Da beugte sich Duncan wieder zu mir, und ich stellte mich auf die Zehenspitzen, und obwohl die Polizisten warteten, gönnten wir uns einen einfachen, unkomplizierten, perfekten Kuss. Aber den hatten wir uns wirklich verdient.

Auf einmal zog Duncan den Kopf zurück, hielt einen Zeigefinger hoch, als wollte er sagen, *warte kurz*, und trabte zum nächsten Streifenwagen hinüber. Er klopfte an die Beifahrertür, und als die Scheibe heruntergelassen wurde, steckte er den Kopf hinein. Dann trat er einen Schritt zurück, und die Streifenwagen fuhren davon.

»Was hast du ihnen gesagt?«, rief ich.

Er zuckte mit den Schultern. »Ich habe sie einfach

gefragt, ob wir den Papierkram auch später erledigen können.«

Und dann begleitete er mich nach Hause, und wir schliefen zusammen.

Also ich meine, wir schliefen tatsächlich.

Denn, Mannomann. wir waren wirklich wahnsinnig
müde. Und, Mannomann, was für ein irrer Tag – was sage
ich – was für eine Nacht war das gewesen. Aber jetzt war
alles in Ordnung. Sogar mehr als in Ordnung.

Tatsächlich war alles so was von in Ordnung, wie es für
uns beide seit langem nicht gewesen war.

Epilog

Tina zog die Sache wirklich durch. Sie ließ sich von Kent Buckley scheiden. Wir hatten alle die Befürchtung gehabt, dass der Alltag sie einholen und sie einen Rückzieher machen würde. Aber das tat sie nicht. Und während eine Scheidung gemeinhin als traurige Angelegenheit gilt, war das Traurige in diesem Fall die vorangegangene Ehe. Die Scheidung erwies sich schließlich als glückliche Fügung. Und damit will ich sagen, dass sich die Dinge für Tina Buckley zum Besseren veränderten, nachdem sie nicht mehr unter Kents Fuchtel stand. Tina und Clay zogen für eine Weile bei Babette ein – worüber Babette sich wahnsinnig freute –, und Tina holte ihren Abschluss nach.

Wie sich herausstellte, hatte es zu Tinas häuslichen Pflichten gehört, beinahe jeden Abend ein mehrgängiges Menü für Kent Buckley auf den Tisch zu zaubern. Nachdem sie zu ihrer Mutter gezogen war, sorgte sie nicht nur dafür, dass Babette bestens verköstigt wurde, sondern brachte ihr auch eine Menge über das Kochen bei.

Ich im Übrigen auch. Denn es kam tatsächlich so weit, dass Tina mich zum Essen einlud. Mütter sind merkwürdige

Geschöpfe: Wenn du einmal ihrem Kind dabei geholfen hast, mitten in der Nacht einen Pottwal zu retten, dann hassen sie dich gar nicht mehr so sehr. Oder vielleicht ist es auch so, dass sie einem eine Chance geben können, wenn sie erstmal ihre Ehemänner los sind, die sie eigentlich schon von jeher hätten hassen sollen.

Wie auch immer, wir fanden zu einem guten Verhältnis. Sie stellte sich als wesentlich nettere Person heraus, als ich es jemals für möglich gehalten hätte. Tina verhinderte, dass Kent unsere Schule verkaufte. Sie muss ein paar wirklich schmutzige Sachen gegen ihn in der Hand gehabt haben. Er gab kampflos auf. Sein Auftritt am Strand – insbesondere die Tatsache, dass er den Direktor tätlich angegriffen hatte – zog seinen Rücktritt als Aufsichtsratsvorsitzender nach sich.

Raten Sie mal, wer seinen Platz einnahm?

Die wunderbare Babette.

Kent Buckley zog dann nach New Jersey, und wie sich herausstellte, war er die Art von geschiedenem Dad, der keinen großen – oder ehrlich gesagt gar keinen – Aufwand betrieb, um den Kontakt zu seinem Kind aufrechtzuerhalten. Und selbst wenn wir uns theoretisch alle einig sind, dass es für einen Jungen gut ist, wenn er einen Vater in seiner Nähe hat, so sind wir uns doch genauso einig darüber, dass es dabei auch sehr auf den Vater ankommt. Clay hatte jetzt eine bessere Familie. Mit Tina, Babette und mir hatte er mehr als genug liebevolle Erwachsene um sich, die auf ihn achtgaben. Ich richtete ihm sogar sein höchstpersönliches Bücherregal in der Schulbibliothek ein, wo er

seine Buchempfehlungen an die anderen Kinder weitergeben konnte. Ganz zu schweigen von der Meeresbiologischen
Pottwal-Rettungsgesellschaft, die ihm eine Medaille verlieh
und ihn als Ehrengast zu ihrem jährlichen Spendenempfang
einlud (er trug dabei einen kleinen Smoking) und ihn
außerdem beinahe jedes Wochenende an einem Projekt
mitarbeiten ließ.

Nachdem Babette ihren rechtmäßigen Platz im Aufsichtsrat eingenommen hatte, geriet Kent Buckley bald in Verges-
senheit. Wir schoben endlich das Abenteuergarten-Projekt
an und bauten ein absolut atemberaubendes Piratenschiff-
Baumhaus. Babette kommandierte Duncan weiterhin herum – zum Teil deshalb, weil sie ihn nun tatsächlich feuern
konnte –, aber vor allem deshalb, weil es Spaß machte. Und
ich glaube, ihm gefiel das mehr, als er zugab.

Wir setzten schließlich doch noch ein paar Sicherheitsmaßnahmen an der Schule um. Die Devise lautete: Verantwortung übernehmen, ohne zu übertreiben. Durch
Duncan waren wir in der traurigen, modernen Welt angekommen, in der eine Schule sich mit solchen Dingen
beschäftigen muss. In der Umsetzung der Maßnahmen verließ er sich aber letztlich auf den gesunden Menschenver-
stand des Lehrerkollegiums. Er veränderte zwar die Schule
ein wenig, aber er versuchte dabei gleichzeitig ein bisschen
die Welt zu verändern, indem er einen Verein ins Leben
rief, der die Menschen für die Gefahren von Schusswaffen-
besitz sensibilisieren sollte. Er wollte die Welt zu einem
sichereren Ort machen.

Und in der Zwischenzeit, trotz aller Sorgen und Tragödien und Ungerechtigkeiten auf der Welt, nahmen wir jede Gelegenheit wahr, um Spaß zu haben. Wir veranstalteten Tanzpartys, Sandburgenbau-Wettkämpfe und Keksverzierungswettbewerbe. Wir sangen Karaoke, organisierten abendliche Filmvorführungen auf dem Schulhof und unternahmen mit den Kindern ausgedehnte Strandspaziergänge. An Halloween forderten wir die Kinder auf, Spukgeschichten über unser Schulgespenst zu schreiben, an schönen Frühlingstagen schwänzten wir alle die Schule, und wir führten den Hut-Tag wieder ein.

Wir entschieden uns bewusst dafür, Spaß zu haben. Nicht trotz aller Sorgen im Leben. Sondern genau wegen ihnen.

Und es half.

Natürlich war dadurch nicht mit einem Mal alles in unserem Leben perfekt. Babette vermisste Max auch weiterhin und trauerte um ihn, und das würde auch für den Rest ihres Lebens so bleiben. Tina vermisste unerklärlicherweise noch immer Kent Buckley oder zumindest das Bild, das sie von ihm gehabt hatte. Alice musste auch weiterhin einen großen Teil ihres Lebens ohne Marco verbringen, wenn er wieder einmal auf der anderen Seite der Welt stationiert war. Die Kinder in der Schule nannten Clay immer noch Sherman, nach dem Hai aus der Comicserie. Und auch nachdem Duncan und Chuck Norris zu mir in meine kleine Remise gezogen waren, hatte er weiterhin Albträume, und ich hatte weiterhin Anfälle. Wir konnten nicht alle Probleme füreinander lösen – aber das mussten wir auch gar nicht.

Wir waren einfach füreinander da. Weil wir es so wollten.

Und das war eine Menge wert.

Max hatte immer gescherzt, dass er sich – wenn überhaupt – nur ein Denkmal setzen lassen wollte, das ihn als Brunnenstatue beim Pinkeln darstellte. Aber selbst unter dem Vorsitz von Babette konnte sich der Aufsichtsrat der Schule nicht zu diesem Schritt durchringen.

Wir ehrten sein Andenken auf andere Weise. Wir entschieden, ihm zu Ehren einmal im Jahr eine Tanzparty zu veranstalten. Wir hängten ein Porträt von ihm im Direktorat auf, das Babette gezeichnet hatte. Und sie bemalte auch den Zaun vom Abenteuergarten mit dem Lebensmotto von Max, das wir uns alle eingeprägt hatten: *Man muss die Feste feiern, wie sie fallen.*

Natürlich verpassten wir auch so manche Gelegenheit dazu. Wir ließen uns von unseren Sorgen und albernen Streitereien und Grübeleien vereinnahmen. Wir waren schließlich auch nur Menschen. Aber wir versuchten nach Kräften, uns immer wieder für das Schöne im Leben zu entscheiden. Immer und immer wieder. Genau wie Max es gewollt hätte.

Und natürlich kündigte ich meinen Job nicht, und ich verließ auch nicht die Insel. Ich gab den Mut nicht auf. Ich blieb und entschied mich jeden Tag neu für die Menschen in meinem Leben, die ich liebte. In guten wie in schlechten Zeiten.

Aber meistens überwogen die guten.

Danksagung

Ich muss mich bei so vielen Leuten bedanken, die mitgeholfen haben, diese Geschichte zu Papier zu bringen.

Großen Dank an all die Büchermenschen in der Welt, die in Bibliotheken und Schulen so viel zu der Herzensbildung beitragen, die unsere Welt so dringend braucht. Mit einigen von diesen Menschen habe ich mich persönlich beraten, und ihnen möchte ich besonders danken: Meine Mom (sie selbst würde an dieser Stelle anmerken, dass sie schließlich lediglich als Bibliothekarin gejobbt hat, bevor sie Kinder bekam, und später nach dem Tod ihres Vaters das Familienunternehmen weitergeführt hat – aber sie hat außerdem ein abgeschlossenes Jurastudium und mir von Anfang an die Liebe zu Büchern vermittelt, deswegen gehört sie sehr wohl auf diese Liste!); meine Schwester Shelley Steins, die als Lehrerin arbeitet; die Bibliothekarin Mary Lasley; und schließlich Julie Alonso, ebenfalls Bibliothekarin und zudem ehemalige Duran Duran-Fan-Fiction-Autorin und Freundin aus Kindertagen.

Ich sollte auch erwähnen, dass mein Mann Gordon, ein Geschichtslehrer, mich zu Duncan inspiriert hat. Die verrückten Hosen? Die Krawatten? Die Verteidigung-gegendie-dunklen-Künste-Namensschildchen? Die ertränkten Kakteen? Das ist Gordon. Er ist längst eine Lehrerlegende – und ich bin unendlich stolz auf seine Güte, seine Weisheit und darauf, wie er es immer schafft, die Dinge ein bisschen besser zu machen.

Zu großem Dank verpflichtet bin ich auch meiner guten Freundin Dale Andrews und ihrer Tochter Izzy, dass sie so offen und ehrlich über die Herausforderungen eines Lebens mit Epilepsie gesprochen haben. Das war eine große Unterstützung.

Vielen Dank auch an die Psychotherapeuten Veronique Vaillaincourt und Gerard Choucroun, die mir bei meinen Recherchen zu Ursache und Behandlung von Posttraumatischen Belastungsstörungen geholfen haben. Hier möchte ich auch auf die Arbeit von Dr. Patricia Resnick zum Thema kognitive Verhaltenstherapie verweisen. Dank auch an Norri Leder, ehemalige Vorsitzende der amerikanischen Vereinigung *Moms Demand Action for Gun Sense in America*, dafür, dass sie sich so umfassend mit mir über die Folgen von Waffenkriminalität an unseren Schulen und in den Gemeinden unterhalten hat.

Außerdem bin ich Wayne Braun, Corey Lipscomb (Hi, Heather!) und Philip Alter dankbar, dass sie mich beim Thema Bauplanung und Gebäudelehre beraten haben – und ich stehe tief in der Schuld des wunderbaren Buches *Joyful: Wie Sie Ihre Wohlfühlumgebung gestalten und glücklich leben* von Ingrid Fetell Lee, das mir Aufschluss darüber gegeben hat, wie Gestaltung unsere persönliche Wahrnehmung beeinflussen kann.

Übrigens: Die Gedichte, die Duncan für seine Beerdigung vorgesehen hat, gehören zu meinen Lieblingsgedichten: »From Blossoms« von Li-Young Lee und »Wondrous« (ein Gedicht über *Wilbur und Charlotte*) von Sarah Freligh. Lesen Sie sie nach! Und bevor ich es vergesse, muss ich mich auch noch bei Makenzie Minshew bedanken, einem Mädchen, dem ich während meiner Recherchen zum echten Eisernen Hai begegnet bin. Sie beschrieb sehr treffend, wie wir uns alle bei der Fahrt mit dieser Achterbahn fühlten: »Es ist, als würde sich dein Magen nach außen stülpen.« Herzlichen Dank auch an Lizzie Kempner McFarland und Babette Hale, dass ich ihre Namen verwenden durfte.

An dieser Stelle möchte ich mich auch herzlich bei allen Blogger*innen und Online-Rezensenten bedanken und ... bei den Leser*innen, die zu meinem Buch gegriffen, es gerne gelesen und daraufhin auf verschiedenen Kanälen weiterempfohlen haben. Bücher sind auf Empfehlungen angewiesen. Falls Sie jemals jemanden dazu ermuntert haben, ein Buch von mir zu lesen, danke! Das war wichtig. Dass ich immer noch weiterschreibe, ist Ihnen zu verdanken.

Meinen allerherzlichsten Dank muss ich an meine geliebte Schreiblehrerin am Vasar College, Beverly Coyle, richten. Ich werde nie vergessen, wie sie zu mir sagte: »Meine Schüler, die so schreiben können wie Sie, kann ich an einem Finger abzählen.« Ermutigende Worte sind lebensnotwendig und unheimlich wertvoll, und dieser einzige, kurze Satz hat mir durch so manche Krise des Selbstzweifels geholfen.

Unsagbar dankbar bin ich meinem geliebten Verlag,

St. Martin's Press, dafür, dass man dort immer an mich geglaubt und mich unterstützt hat. Der Verlag ist für mich ein wunderbares Zuhause geworden, für das ich sehr dankbar bin! Ich habe das große Glück, dort mit den großartigsten Leuten auf der ganzen Welt zusammenzuarbeiten: Jen Enderlin, Sally Richardson, Lisa Senz, Olga Grlic, Jessica Preeg und Katie Bassel, Brant Janeway, Erica Martirano, Tom Thompson, Sallie Lotz, Natalie Tsay, Elizabeth Catalano, Anne Marie Tallberg, Lauren Germano ... und so viele weitere! Irgendwie gehören natürlich auch meine lieben Freunde Katherine und Andrew Weber dazu. Wie immer möchte ich auch meiner Agentin, Helen Breitwieser, danken, dass sie mich seit so vielen Jahren unterstützt.

Am allermeisten muss ich meiner lustigen, liebevollen Familie danken, die in erstaunlicher Weise hinter mir steht – ganz besonders meinem unheimlich witzigen Ehemann Gordon, meinen entzückenden Kindern Anna und Thomas und meiner phänomenal tollen Mom, Deborah Detering. Sie alle machen mir immer wieder Mut, mich auf den Weg zu machen und über mich hinauszuwachsen. Ich kann euch allen gar nicht genug danken ... aber ich werde es immer wieder versuchen.

Unsere Leseempfehlung

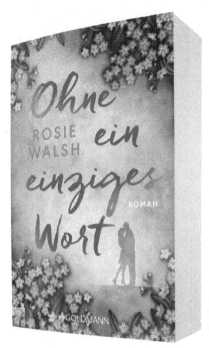

528 Seiten
Auch als E-Book
und Hörbuch
erhältlich

Stell dir vor, du begegnest einem wundervollen Mann und verbringst sechs Tage mit ihm. Am Ende dieser Woche bist du dir sicher: Das ist die große Liebe, und es geht ihm ganz genauso. Zweifellos. Dann muss er verreisen und verspricht dir, er meldet sich auf dem Weg zum Flughafen. Aber er ruft nicht an. Er meldet sich gar nicht mehr. Deine Freunde raten dir, ihn zu vergessen, doch du weißt, sie irren sich. Irgendetwas muss passiert sein, es muss einen Grund für sein Verschwinden geben. Und nun stell dir vor, du hast recht. Es gibt einen Grund, aber du kannst ihn nicht ändern. Denn der Grund bist du.

www.goldmann-verlag.de
www.facebook.com/goldmannverlag

Unsere Leseempfehlung

592 Seiten
Auch als Hörbuch
und E-Book
erhältlich

Emma und Leo sind seit sieben Jahren glücklich verheiratet. Leo schreibt Nachrufe für eine große Tageszeitung, Emma ist eine brillante Meeresbiologin und ein ehemaliger Fernsehstar. Gemeinsam mit ihrer kleinen Tochter Ruby genießen sie das Familienidyll in London. Nur eines trübt das Glück – Emma leidet an einer schweren Krankheit. Und so erhält Leo den Auftrag, einen Nachruf auf seine geliebte Frau zu verfassen, falls es zum Schlimmsten kommt. Doch bei den Recherchen über ihr Leben stößt er auf eine schockierende Wahrheit: Alles, was Emma ihm über sich erzählt hat, ist eine Lüge …

www.goldmann-verlag.de
www.facebook.com/goldmannverlag

Die international gefeierte
Sieben-Schwestern-Reihe

Band 1   Band 2   Band 3   Band 4

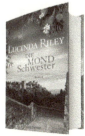  

Band 5   Band 6   Band 7

www.goldmann-verlag.de
www.facebook.com/goldmannverlag

GOLDMANN
Lesen erleben

Um die ganze Welt des
GOLDMANN Verlages
kennenzulernen, besuchen Sie uns doch
im Internet unter:

www.goldmann-verlag.de

Dort können Sie
nach weiteren interessanten Büchern ***stöbern***,
Näheres über unsere *Autoren* erfahren,
in *Leseproben* blättern, alle *Termine* zu Lesungen und
Events finden und den *Newsletter* mit interessanten
Neuigkeiten, Gewinnspielen etc. abonnieren.

Ein *Gesamtverzeichnis* aller Goldmann Bücher finden
Sie dort ebenfalls.

Sehen Sie sich auch unsere *Videos* auf YouTube an und
werden Sie ein *Facebook*-Fan des Goldmann Verlags!

www.goldmann-verlag.de
www.facebook.com/goldmannverlag